KB036342

5

이옥李鈺(1760~1815)

이옥의 자는 기상其相, 호는 문무자文無子 · 매사梅史 · 경금자絅錦子 등이 있다. 정조 14년(1790) 증광增廣 생원시에 합격한 후 성균관成均館 상재생上齋生으로서 정조 16년(1792) 응제문應製文으로 작성한 글의 문체가 패관소설체稗官小說體로 지목되어 국왕의 견책譴責을 받았다. 이후 정조 19년(1795) 경과慶科에서도 문체가 괴이하다는 지적을 받고, 과거 응시를 금지하는 '정거停擧'에 이어 지방의 군적에 편입되는 '충군充軍'의 명을 받았다. 처음에는 충청도 정산현定山縣에 편적되었다가 경상도 삼가현三嘉縣으로 이적되어 사흘 동안 머무르고 돌아왔다. 이듬해 다시 별시別試 초시에서 방수傍首를 차지했으나, 계속 문체가 문제되어 방말傍末에 붙여졌고, 정조 23년(1799) 삼가현으로 다시 소환되어 넉 달을 머물게 되었다. 해배된 이후에는 경기도 남양南陽에서 글을 지으며 여생을 보냈던 것으로 보인다. 이옥의 문학 작품들은 그의 절친한 벗 김려金鑢가 수습하여《담정총서藫庭叢書》에 수록해 놓았으며, 그 밖에《이언俚諺》,《동상기東床記》,《백운필白雲筆》,《연경烟經》이 전한다.

실시학사實是學舍 고전문학연구회古典文學硏究會

벽사 이우성 선생과 젊은 제자들이 모여 우리의 한문 고전을 정독하고 연구하는 모임이다. 1993년부터 매주 한 차례씩 독회를 열어 고전을 강독해왔고, 그 결과물의 일부를《이향견문록》,《조희룡 전집》,《변영만 전집》등으로 정리해 출간하였다. 고전 텍스트의 정독이야말로 인문학의 기초이자 출발점임을 명심하며 회원들은 이 모임의 의미를 각별히 여기고 있다.

이우성李佑成 학술원 회원, 성균관대학교 명예교수
송재소宋載卲 성균관대학교 한문학과 명예교수
김시업金時鄴 성균관대학교 국어국문학과 교수
이희목李熙穆 성균관대학교 한문학과 교수

권순긍權純肯 · 세명대학교 한국어문학과 교수 | **권진호**權鎭浩 · 한국국학진흥원 연구원 | **김동석**金東錫 · 중국 북경대학교 한국학연구중심 연구원 | **김명균**金明鈞 · 한국국학진흥원 연구원 | **김영죽**金玲竹 · 성균관대학교 한문학과 강사 | **김용태**金龍泰 · 부산대학교 점필재연구소 연구교수 | **김진균**金鎭均 · 성균관대학교 대동문화연구원 연구교수 | **김채식**金菜植 · 성균관대학교 박물관 연구원 | **김형섭**金炯燮 · 성균관대학교 대동문화연구원 연구교수 | **나종면**羅鍾冕 · 서울대학교 규장각 한국학연구원 책임연구원 | **신익철**申翼澈 · 한국학중앙연구원 한국학대학원 교수 | **윤세순**尹世旬 · 동국대학교 문화학술원 연구교수 | **이신영**李信暎 · 한국고전번역원 상임연구원 | **이지양**李知洋 · 연세대학교 국학연구원 전임연구원 | **이철희**李澈熙 · 성균관대학교 대동문화연구원 연구교수 | **이현우**李鉉祐 · 동국대학교 문화학술원 연구교수 | **정은진**丁殷鎭 · 영남대학교 한문교육과 교수 | **정환국**鄭煥局 · 동국대학교 국어국문학과 교수 | **최영옥**崔煐玉 · 성균관대학교 대동문화연구원 연구원 | **하정승**河政承 · 한림대학교 기초교육대학 교수 | **한영규**韓榮奎 · 성균관대학교 대동문화연구원 연구교수 | **한재표**韓在熛 · 세명대학교 한국어문학부 강사

자료편 | 영인본

이옥 지음 — 실시학사 고전문학연구회 옮기고 엮음

完譯 李鈺全集 5

휴머니스트

완역 이옥 전집을 펴내며

실시학사實是學舍에서 이옥 문학의 역사적 의의와 그 가치를 인정하고, 그 유문遺文들을 수집하여 한 전집으로 만들 것을 계획한 것은 비교적 이른 시기의 일이었다. 그러다가 1999년에 고전문학연구회 제군들이 분담하여 역주譯註 작업에 착수한 지 2년여인 2001년에 비로소 역고譯稿를 완성하였고, 곧이어 시중市中 출판사를 통하여 발행하였다.

이 책이 세상에 나간 뒤에 상당히 인기를 얻어 얼마 안 가서 초판이 품절된 형편이었다.

그런데 그 뒤에 우리는 다시 이옥이 남긴 몇 종의 글을 새로 발견하였다. 《백운필白雲筆》과 《연경烟經》이 그것이다. 이 두 종류의 유문은 이옥의 해박한 지식과 참신한 필치를 유감없이 발휘한 것으로, 그의 전집에서 결코 빠뜨릴 수 없는 것이다. 이에 다시 역주 작업에 착수하여 많은 시일을 끌면서 끝내게 되었다.

이번에 이 두 종류의 글을 첨부하여 새롭게 서점가에 선을 보인다. 참고가 될 도판을 찾는 데 노력했으며, 기간旣刊의 글들을 추가로 교정하는 데 신경을 썼다. 나는 이번 완역 이옥 전집을 발간하면서 고전문학연구회 제군들이 끝까지 변함없이 일치 노력하는 것을 보면서 충연充然한 기분을 느꼈다. 특히 도판 작성과 교정에 많은 수고를 해온 이현

우, 김채식, 한재표, 김형섭 회원에게 상찬해주고 싶다.

휴머니스트 출판사의 호의로 완역된 이옥 전집을 출간할 수 있어서 감사히 생각하며, 우리 선민先民의 문학유산이 오늘날 젊은 세대들의 살이 되고 피가 되어 훌륭한 성장 동력제가 되기를 기대해 마지않는다.

2009년 2월 고양 실시학사에서

이우성

간행사

실시학사 고전문학연구회에서 《조희룡 전집趙熙龍全集》에 뒤이어 이제 《이옥 전집李鈺全集》을 내게 되었다. 이옥李鈺은 18세기 말에서 19세기 초의 한 문사文士로서 우리나라 소품체小品體 문학의 뛰어난 작가라고 할 수 있는 분이다.

그런데 이옥의 성명姓名은 지난날 어떠한 사승史乘이나 민간 학자의 기록에도 별로 나타나지 않는다. 따라서 그의 작품들도 그다지 세상에 공표되지 않은 채 내려왔다. 우리나라 한우충동汗牛充棟의 그 많은 문집 가운데서 이옥의 것은 전혀 보이지 않았다. 오직 당시 문학동인집文學同人集이라 할 수 있는 김려金鑢(1766~1821)의 《담정총서薄庭叢書》 속에 산만하게 수록되어 있는 것이 대부분이고, 그 밖에 보잘것없는 단행본 형식의 한두 가지가 도서관의 한구석에 끼어 있거나 시중 책가게에 간혹 보인 적이 있었을 뿐이다. 그러니까 이옥의 글은 그가 죽은 지 2백여 년에 한 번도 체계적으로 편집된 것이 없었고, 또한 한 번도 인쇄를 겪은 적이 없었으며, 다만 필사筆寫된 것이 이것저것 분산적으로 남아 있었을 뿐이다.

이옥의 존재가 이와 같이 된 데에는 몇 가지 이유가 있다고 추정된다. 첫째 그의 가문이 한미하여 조야朝野를 막론하고 그를 급인汲引 발

탁해줄 사람이 적었고, 둘째 그의 문학 성향이 소품체에 편중되어 있어서 당시 국왕 정조正祖의 강력한 문체반정文體反正 정책에 배치됨으로써 과거科擧 진출이 전혀 불가능했으며, 셋째 그의 생득적生得的 체질이 외곬으로 나가서 국왕의 정책적 요구에 자기를 굽혀가며 타협할 수 없었던 때문이다. 그리하여 수차례에 걸친 국왕의 견책과 두 번의 충군充軍 등 가혹한 제재 조치를 받았다. 당시 사족士族에게 충군의 처분은 정말 참담한 죄벌이었다. 그러나 이옥은 끝까지 그의 문학을 지켜 나갔다. 같은 시기에 적지 않은 명사들이 정조 임금의 엄중한 명령 아래 자기의 문학세계에서 방향을 돌려, 정조의 정치 교화에 순응하는 입장을 취했는데 이옥은 그렇지 않았다. 이옥의 그 후 창작 활동은 변치 않고 더욱 치열한 자기 탐구와 자기 표현에 열중했음을 보여주었다. 말하자면 이옥은 그의 문학을 생명으로 여기며 어떤 무엇과도 바꾸거나 포기할 수 없었던 것이다.

이옥 문학의 내용에 대해서는 이 책의 해제에서 자못 상세하게 다루어져 있으므로 여기 첩상가옥疊床架屋을 하지 않는다. 다만 그 문학의 시대적 상황과 문학사적 의의에 대해서 일언一言하고자 한다. 18세기 후반은 이조 중세 사회의 하향기 · 해체기에 있으면서 상대적으로 정치적 안정 속에 농업 생산이 향상되고 상업 · 수공업이 활기를 띠고 있었으며 학술사상 면에서는 실학實學이 흥성하였다. 그런데 당시 소수 특권 귀족들의 벌열閥閱 정치를 청산하고 왕권王權 신장에 의한 통치 체제의 확립을 추구한 것이 정조 임금의 기본 방침이었다. 그러기 위해서는 소수 특권 귀족을 견제하고, 전통적 사대부士大夫들의 지지 위에 넓은 기반을 가지는 동시에 사대부들의 정통 교양—성리학과 순정문학醇正文學을 확보하여 왕조王朝의 정치 교화를 펼쳐 나가려 하였다. 이

점에서 정조는 비교적 성공한 편이다. 그러나 이미 중세적 계급지배 관계가 해체 과정에 들어섰고 전국 농촌에 변화가 일어나는 한편, 상업·수공업의 발달에 의한 도시 평민층의 대두는 체제 유지에 적지 않은 방해 요소가 있는 것이었다. 거리의 전기수傳奇叟나 사랑방 이야기꾼에 의해 조성造成된 패사稗史가 양반관인兩班官人들에게 흥미를 끌게 되고, 문사文士들은 즐겨 소품체로 글을 써서 일반 지식층에 매혹적 대상이 되었다. 이 패사와 더불어 소품은 순정문학의 아성牙城을 허물 우려까지 있는 것이었다. 실학이 등장하면서 성리학이 공리공론으로 비판되는 데다가 순정문학이 패사소품에 의해 허물어지는 것은 보통 문제가 아니었다. 실학은 유교 경전을 바탕으로 개혁을 주장하는 것이어서 정조의 정치 이념에 위배됨이 없지만 패사소품은 사대부의 정통 교양에 수용할 수 없는 것으로, 그대로 방임하면 문풍文風은 물론, 국민의 심성에 큰 해가 된다고 생각하였다. 정조의 강력한 문체반정 정책은 여기에서 나온 것이다.

문체반정 정책의 시행에서는 사람에 따라, 신분과 처지에 따라 문책이 달랐다. 남공철南公轍과 같은 사환가仕宦家의 자제에 대해서는 정조가 직접 엄하게 훈계하여 문체를 고치게 하였고, 안의현감으로 나가 있는 박지원朴趾源에 대해서는 남공철을 통하여 "문체를 고치면 남행南行이지만 문임文任(홍문관·규장각 등의 청화淸華한 관직)을 주겠다"라고 달래기도 하였다. 그런데 이옥과 같은 한사寒士에 대해서는 한 번의 기회도 주지 않고 가차 없이 처분을 내려 전도를 막아 버렸다. 이 얼마나 불평등하고 불공정한 일인가.

그러나 이옥은 이로 인해, 그의 불우한 생애와는 반대로 그의 문학은 독자적 창작 태도를 일관하여 우리나라 소품체 문학의 한 고봉高峰을 이룸으로써 그 이름은 영원히 빛나게 될 것이다.

18세기 말에서 19세기 초의 커다란 역사적 전환을 앞둔 시대의 경사傾斜 속에 소품체 작품을 통하여 인정人情 풍물風物의 이모저모를 참〔眞〕그대로 묘사하면서 종래 성리학적 사고와 순정문학의 권위에 대한 도전으로 근대적 문학정신에 가교자架橋者 역할을 한 것이 이옥 문학의 문학사적 의의인 것이다.

이 전집에 수록된 자료를 간단히 말해둔다. 통문관通文館 소장《담정총서》에서 뽑아온 것이 그 대부분이고, 다만《이언俚諺》은 국립중앙도서관에서, 희곡《동상기東床記》는 한남서림翰南書林의《동상기찬東廂記纂》에서 취해온 것이다. 이 밖에 다른 자료가 혹시 더 있을지 모르지만 현재 이옥의 작품으로 확인할 만한 것은 거의 다 망라된 것으로 여겨진다.

2년 유반에 걸쳐 실시학사 제군들의 성실한 독회讀會와 활발한 토론을 거치는 동안 우리는 이옥 문학의 진수眞髓를 체인體認할 수 있었으며, 이로 인해 우리 선민들의 진실한 삶을 다시금 깨우치게 되었다. 우리의 작업이 그만큼 값진 것으로 여겨진다. 끝으로 우리의 작업을 지원해주신 한국학술진흥재단에 감사의 뜻을 전한다.

2001년 8월 고양시 화정에서

이우성

영인본의 체제와 구성

《완역 이옥 전집完譯李鈺全集》에 수록된 글은 현전하는 이옥의 유고遺稿를 모두 수습하여 장르별로 배열해 놓은 것이다. 각 편에 들어 있는 작품의 성격은 역주 해제에서 소개한 바 있으므로, 여기서는 영인본의 차례에 따라 저본底本의 문헌 서지적 사항만 간략히 언급해둔다.

이옥의 문집은 따로 편집된 적이 없고, 대부분 담정薄庭 김려金鑢가 엮은 《담정총서薄庭叢書》(전질 34권 17책)에 산록되어 전하는데, 《묵토향초본墨吐香草本》(권10)·《문무자문초文無子文鈔》(권19)·《매화외사梅花外史》(권21)·《화석자문초花石子文鈔》(권22)·《중흥유기重興遊記》(권22)·《도화유수관소고桃花流水館小稿》(권24)·《경금소부絅錦小賦》(권24)·《석호별고石湖別稿》(권25)·《매사첨언梅史添言》(권28)·《봉성문여鳳城文餘》(권28)·《경금부초絅錦賦草》(권32) 등 11종이 그것이다.

김려는 각 작품집 서두에 '교열校閱', '교선校選', '정정訂定', '선정選定' 등의 말로 자신이 한 역할을 밝혀 놓았다. 김려는 발문跋文에서 "내가 이기상李其相(이옥)의 글을 초鈔하여 종류별로 분류한 것이 십 수종이다. 그러나 아직도 빠진 것이 있어 다시 초본草本을 뒤져 약간 편을 수습하여 《석호별고》라고 제목을 붙였다"(〈題石湖別稿卷後〉)라고 하였으며, 《담정총서》를 편찬할 무렵인 1818년부터 1820년 동안 이옥의 아들

우태友泰가 부친의 유고를 가지고 김려의 임지任地를 찾기도 하였다. 이러한 사실로 미루어볼 때 이옥의 원고는 당시 김려의 수중에 대부분 수합되어 있었으며, 그의 교감校勘을 거쳐 《담정총서》에 편차되었던 것으로 여겨진다.

이 가운데 《묵토향초본》은 이옥이 만년에 고심하여 지었다는 사집詞集인데, 분실되어 현재 전하지 않는다. 《경금소부》와 《경금부초》 등 2종의 사부집辭賦集을 제외하면 각종 산문이 섞여 있으며, 연대순으로 배열한 것도 아니어서 일견 자유로이 편집해 놓은 느낌을 받게 된다. 그런데 권차를 달리하여 '문초文鈔', '소고小稿', '별고別稿', '첨언添言'이라는 제명을 붙이고 있는 것으로 보아, 김려가 나름의 기준을 가지고 편찬한 것으로 여겨진다. '문초'에는 이옥 문학의 진수라 여겨지는 글을 엄선하고, 그 다음에 뽑은 글을 '소고'라 하고, 맨 나중에 모은 글을 '첨언'이라 명명했던 것으로 생각되는 것이다.

《담정총서》 외에 《이언俚諺》·《동상기東床記》·《백운필白雲筆》·《연경烟經》 등 4종은 별본別本으로 전한다. 《이언》은 대략 국립중앙도서관 소장본 1책(14장본), 국립중앙도서관 소장 《예림잡패藝林雜佩》에 실린 것(10장본), 성균관대학교 소장 《잡시雜詩》에 실린 것(11장본), 한국학중앙연구원 소장본 1책(10장본), 서울대학교 규장각 소장본 1책(5장본) 등을 꼽을 수 있다. 이들은 모두 필사본이다. 그중 《예림잡패》에 실린 것은 〈염조艷調〉 제10수가 빠져 있고, 성균관대학교 소장본은 〈염조〉와 〈탕조宕調〉의 순서가 바뀌어 있으며, 규장각본은 〈삼난三難〉이 고스란히 누락되어 있고, 한중연본은 작자가 이가환李家煥으로 되어 있기도 하다. 현전하는 이본은 모두 오자誤字나 탈자脫字, 연문衍文이 적지 않게 발견되는데, 여기에서는 비교적 오류가 적은 국립중앙도서관 14장본을 저본으로 삼았다. 이본 간에 출입이 있는 글자나 오류는 일일이 교감하였으며, 그 사항은 원문 각주에 모두 밝혀두었다.

《동상기》는 《이언》과 마찬가지로 여러 이본이 전해지고, 근대 문인들의 글에도 언급된 바 있기에 진작부터 흥미를 끌었던 자료임을 알 수 있다. 필사본으로 한국학중앙연구원 소장 《김신부부사혼기金申夫婦賜婚記》(19장본), 국립중앙도서관 소장 《이야기而也其》에 실린 《동상기東廂記》(12장본), 가람본 《청구야담靑邱野談》에 들어 있는 《동상기東床記》(15장본)가 있고, 활자본으로는 1918년 백두용白斗鏞이 한남서림翰南書林에서 출간한 《동상기東廂記》(14장본)가 있다. 문구의 생략과 축약이 더러 보이는 한국학중앙연구원본을 제외하면 각 이본의 내용에 별 차이를 보이지 않는다. 다만 이들 이본은 모두 '동상기'라는 제하題下에 이덕무李德懋의 《김신부부전金申夫婦傳》과 나란히 묶여 있어서 그간 작자를 잘못 비정하는 일이 있었다. 곧 《김신부부전》 끝부분에 《동상기》의 서문인 〈제사題辭〉가 첨부되어 있거나(한남서림본), 〈제사〉와 본 곡曲 사이에 《김신부부전》이 끼어 있기도 하였다(가람본). 이로 인해 '문양산인汶陽散人'을 이덕무의 별호로 추측하여 그가 전傳을 짓고 나서 다시 희곡으로 각색한 것이라 생각했던 것이다. 여기에서는 한글 현토懸吐가 붙은 한남서림본을 저본으로 하여 이본 간에 출입이 있는 글자나 오류를 교감한바, 이 또한 원문 각주에 일일이 밝혀두었다.

《백운필》(상하 2책, 필사본)과 《연경》(1책, 필사본)은 최근에 발굴된 자료로, 각각 연세대학교와 영남대학교 도서관에 소장되어 있다. 행서체行書體로 정사淨寫되어 있는 두 자료는 현재 다른 이본이 없으며, 오류가 거의 발견되지 않아 선본으로 판단된다.

이옥의 저술은 14종 가운데 2종 외에는 모두 고본孤本인 데다 여기저기 흩어져 전한다. 그 가운데 통문관通文館에 소장되어 있는 《담정총서》는 유일본으로, 책이 편집된 이래로 거의 전사轉寫된 것 같지 않고 또 일반에 공개되지도 않았기에, 그간 연구자들 사이에서 비상한 관심을 끌어온 자료이기도 하다. 이에 완역판을 출간하면서 현재까지 알려진 이옥의 글을 전부 모아 한 질의 자료집으로 영인하게 되었다. 이옥에 관한 학계의 새로운 관심과 연구의 계기가 되었으면 한다.

실시학사 고전문학연구회

| 차례 |

梅花外史

花石子文鈔

重興遊記

桃花流水館小稿

絅錦小賦

石湖別稿

梅史添言

鳳城文餘

絅錦賦草

俚諺

東床記

白雲筆

烟經

附錄

일러두기

1 현재 전하는 이옥의 모든 글을 장르별로 재편집하여 번역 · 주석하였다(《완역 이옥 전집》 제 1~3권). 원문(제 4권)은 번역한 순서대로 편집하여 수록하고, 저본(제 5권)은 영인하여 붙였다.

2 현재 이옥의 글로 알려진 것은 모두 수습하였다. 《담정총서藫庭叢書》 소재 글은 통문관 소장본(필사본, 10종)이 유일하며, 《이언俚諺》과 《동상기東床記》는 각 글에서 이본異本 종류를 밝혀두었다. 《백운필白雲筆》은 연세대학교 소장본(필사본 2책)을, 《연경烟經》은 영남대학교 소장본(필사본 1책)을 저본으로 하였다. 이 자리를 빌려 원 소장처에 감사의 뜻을 표한다.

3 번역문은 원전의 뜻을 충실히 반영하도록 하였다. 독자들이 읽기 쉽도록 원문을 적절히 끊어서 번역하고, 필요한 경우 주석을 달아 설명하였다. 동의어나 간단한 설명은 ( ) 안에 병기하였다. 저자가 사용한 우리말 음차 표기는 〔 〕 안에 밝혀두었다.

4 번역문의 제목들은 원제原題를 우리말로 풀이하여 달았다. 원래 제목이 없는 《백운필》 164칙則과 《연경》의 각 권에도 새로 제목을 부여하였다.

5 원문은 독자들이 읽기 쉽도록 구두句讀를 표시하고 문단을 나누었다. 저본 자체의 오자誤字는 바로잡고 주석을 달았다.

6 《담정총서》 소재 이옥의 글 뒤에 붙은 김려金鑢의 제후題後를 번역하여 제 2권 부록에 수록하였다.

7 번역문과 원문에 문장부호를 붙였다. 【 】—원주原註, 《 》—책명, 〈 〉—편명, 〔 〕—동의이음同意異音 한자 표시, ' '—강조 · 간접 인용, " "—대화 · 직접 인용을 뜻한다.

8 《완역 이옥 전집》 제 1~3권의 옮긴이는 각 편의 끝에 적어두었다. 동일인이 계속 옮겼을 경우에는 담당 부분이 끝나는 편에만 밝혔다.

文無子文鈔

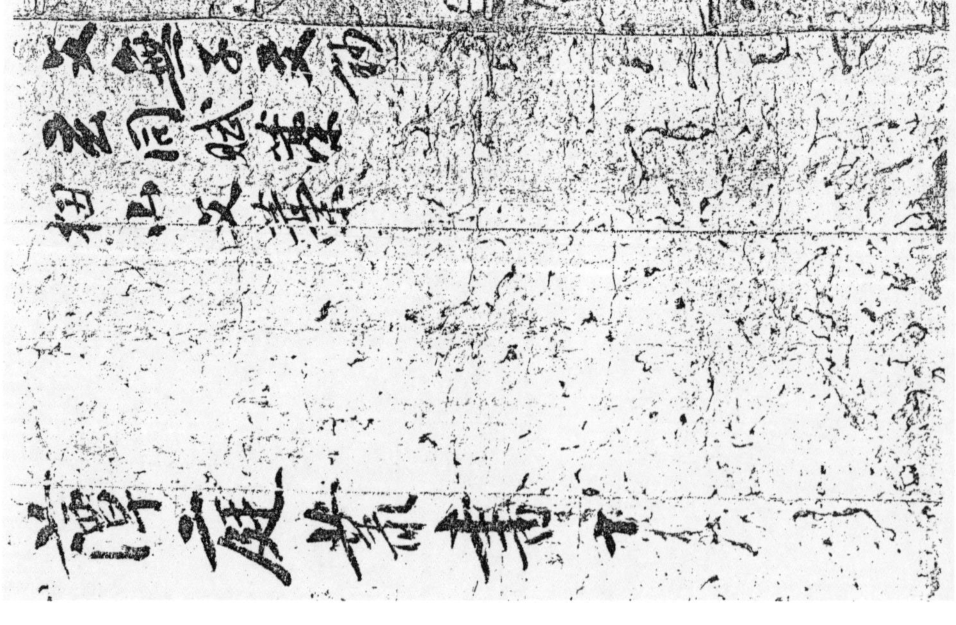

文無子文鈔

李　鈺其相著

藫庭居士校閱

南程十篇

叙文

恭承　天譴惟九月旣望前三日辛酉自漢陽濟
于銅雀之津至于麟德院壬戌宿于花石莊甲子
宿于金角乙丑至于天安丙寅至于銅川有老人
指示嶺南道作路問丁卯至于定山戊辰雨止于
石城己巳濟于黃山江宿于斗城自漢陽至于斗

文無子文　一

1

城六百有二十里辛未至于良井壬申雨止于松
廣之寺作寺觀夜有僧語作烟經癸酉至于松灘
甲戌始出嶺旅方言宿于安陰感水作水喻有新
屋作屋排丙子至于紫峙見禾棉作棉功丁丑宿
于三嘉自斗城至于三嘉四百有一十里己卯雨
庚辰自三嘉至于貴壽院多石作石歎辛巳至于
大梅壬午濟于洛東江宿于海平甲申復濟江至
于金泉乙酉始入嶺至于永同作嶺惑丙戌濟赤
登之津至于陳驛丁亥濟仙江至于清州戊子至
于天安紀行作古蹟己丑至于振威庚寅還至于

2

銅雀之津辛卯歸于漢陽自三嘉至于漢陽八百
有九十里各行兼數千有九百有二十里

路問

丙寅次于銅川有嗽且語者多四方言召致前華頂
龐顏有文使其年曰自生之歲至于今玆見二十有
九閏曰変奚居人曰家則庇仁曰奚業曰壯從驅馬
五六子貸錢數百千西至于義南過康津順天北逾
磨雲嶺東并海視千里如庭戺軏貿遷三十餘年消
折貨已盡身朽不可任筋力事今流于道塗惟人之
餘衣食是賴將奚適曰是嶽嶺以南熟且易以絜天

二 一 文㒹子文

3

小暄辛而不潸鑿迒是而畐曰余之獲矣自恩津湖
西南之交住于嶺之三嘉治將奚路有幾路奚走爲
康且徑行人不閑于役叟則貫幸相之折指而對曰
路三自恩之論山東西十七里爲連山之豆岐自豆岐
四十里爲公州之閑田自閑田二十里爲沃川之陳
驛又二十里爲藿巖自藿巖六十里爲永同縣六十
里過秋風嶺爲黃澗之倉始南二十里爲金山自金
山六十里渇扶桑扶桑湖嶺民之所會去星州四十
里自星州又四十里高靈縣又六十里陜川又六十
里爲三嘉縣兼數五百有七十里路一間一路不及

4

五百七十里者百有八十里自江京未及參禮驛至
于全州之東良谿之野國董之所生踰熊峙至于鎭
安之羽化亭鎭安安陰之畛爰有六十人之嶺寔半
之步而行遵于花林之遷至于安陰縣涉山陰至于
丹城之紫峙其詰至于三嘉日可昃是路一又一路
自江京之雲橋至全州一百里南過南原東至于雲
峯咸陽之八良峙一百有七十里劉綎都督之所勒
石又北過丹城晉州至于三嘉二百里曰四百有七
十里三路者皆術然熊峙捷捷故暫殟曰其熊峙乎
不有熊乎突曰狐雖已埋安閑熊多旅乎曰湖人衣

三　文無子文

5

嶺絜嶺人待湖而鹹皆蹂此出馬鈴鐸相和行者資
以火命從者饋之酒

寺觀

全州之東終南山之下爰有松廣之寺外門棟椽而
不飽第二門金剛二王女二守之第三門揭諦四分
左右立皆金甲金兜鍪金鉞寶鋏門西鼓樓門之內
佛庭大而方庭中石華表石燈殿四中重屋曰大雄
西曰香爐東曰羅漢十王殿居其幽羅漢東僧寮四
所東近溪爲紙之所觀于大雄金佛三曰如來曰觀
音曰大勢知佛皆坐面陽膝平蓮臺顱出于深虎笠

6

至背始見其準肩以上高丈夫身三寸手食指尺二
寸圍長三尺强股十指腰十股腹可三十鍾前白氅
瓶綠花梵字幡三角繡囊圓鏡金鏞法鼓稍右縣槓
各居前以尊經龕之所食觀羅漢羅漢五百敎有目
魚者簾睫者鳳眴者睢者睅者突睛者瞋者睨者盻
而笑者鷄嗔視者三角者眉劒者鹹者彎者長者如
禿帚者奠獅昂者羊者鷹嘴勾者鱔者平者昌者截
筒者口卷唇者櫻齒者馬喙者鳥喙者鹿吻者喎者
魚吻水者面黄者微青者朱者粉白者如桃花者酡
者栗色者黚者痣者麻者白瘢者瘤者魚目而獅鼻

四 一 文 無子文

7

者羊鼻而睫簾者獅鼻鼻而瞋而鹿吻者目同而鼻非
鼻同而口非口同而面面色非皆同而長短胖瘦非長
短胖瘦同而形態非或立或坐或頫或偎或顧左或
顧右或與人語或看書或作書或附耳或負劒或凭
肩或垂首如愁或如思或掀鼻如喜或似儒或似倨
或似婦人或似武人或似病人或似弱兒或似老人
千人之社萬人之市觀于北陰帝坐以序卽糾官烏
帽夾案立吏幞頭手簿牒鞫躬立夜乂前吏立力士
立于門如揭諦天女鳳冠霞帔奉桃童子奉花立渡
溪之舐之所丁夫八洴澼于石砆者何始涑楮也老

8

者毅人隅坐若無事手枝條者何取其膏也揚水于槽圜立四獨用棍攪不停者何糊也童子二人橫杠于槽安簾于杠翻簾入槽中復出簾水雨下簾微白者何淘而始紙也持刀錐繙紙若雷飈者何治其疵也張索絙趺絲者何紙成而晾也老弱踏碓不敢自休者何舂曰碓也顧語僧告者曰紙之質乎其敢易諸為僧寮湫且隘歸于西殿板龕及人乳金佛一頭芋大一燈一爐暗樓上華嚴經圓覺經如干縛四壁臚脣守近戶掛小鐘一寺大師之所嚴寂也閒戶牆外有二碧樅一幢一盜皆百年木

五　文無子文

9

烟經

鈔

一時客住松廣法門香爐寮中於如來前作跏趺坐講圓覺經是時客欲吃一杯烟出象鼻杯引香爐至幸文沙彌即從座起頓手合掌而白客言我佛如來坐蓮華樓普臨寮中一小世界不許寮出一切烟氣容時大笑謂幸文言佛有香爐朝夕燒香爐既燒香香必為烟一切世間能火諸物末為烟時香自為香艸自為艸各自不同及燒爐中腕化為烟香烟亦烟艸烟亦烟艸烟香烟是一般烟平等烟中此烟彼烟且我愛烟既愛艸烟亦愛香烟如來豈獨但愛香烟

10

不愛艸烟且我是客非是如来焚脩弟子豈有釋迦
世尊如来待一来客不勸客我吃二杯烟幸文胡盧
恭遷香爐容坐吃烟謂幸文言同一爐火俄燒汝香
烟為香烟今燒我艸烟為艸烟前烟後烟非一般烟
汝謂艸烟於汝香烟有相因緣無相因緣幸文合掌
而白客言前烟前烟後烟後烟後烟前烟有何因緣
客言善哉前烟後烟既無因緣是彼後烟於此前烟
不知面目不知姓名不相知人何必前烟為後烟地
前烟香烟後烟艸烟前烟艸烟後烟香烟香烟艸烟
各烟其烟何必後烟受前烟滔幸文合掌潛欽無已

11

客既吃烟謂幸文言火香火艸必有烟出汝謂是烟
自爐火出自香艸出若謂是烟自爐火出未投香時
何不出烟若謂是烟自香艸出未入火時何不出烟
幸文合掌而白客言無火無烟無香無烟火合香艸
烟始得出客言善哉汝雖有火藏一爐中汝雖有香
鎖一盒中終年香不去爐從火終年火不来盒求香
香自自香火自自火未知何處出汝香烟而供如来
大千世界無一點烟如来亦不得吃香烟幸文起謝
滂淚大下五體投地而白客言年十五時無父無母
不得不至祝髮花巖今住花巖又二十臘宅人祝髮

12

舉皆譬如自持香艸故投火燒弟子即是不欲燒物誤墮火燒雖不欲燒既已火燒亦無奈何阿僧祇劫永為罪人今聞雷音痛心慚詐容見幸文如是恨歎謂幸文言香為香烟艸為艸烟烟雖不同烟則相同物化為烟烟化為無烟出雾頃同歸虛無汝看寮中香烟艸烟今在何處閻浮提是一大香爐

方言

楚言楚言齊言齊言鄒魯言鄒魯言秦言周言吳言吳言或剌剌或唼唼或怄㤚如或吃吃且一物也閑中人名於粤名燕趙名揚宋之郊名朝汕洌水名此

七、一文無子文

言之所以方也嶺之南古徐伐羅國也二白限其北智異聞其西東南海海東南漆齒氏之所嘲晰也中國之有交廣閩浙也聞於鄉之音一日㝢或辨二日得其半三日隨而貫請曰都冗呼相助之義也應曰于噎羅尊之所以唯𢁉亦施於尊毋曰於遹祖曰豁輩女子曰嘉散節曰斫枝篙曰擧致綢曰朔落緊稲曰羅樂(郎各反)馬曰沒鷄雛曰貪兜利山曰昧石曰突其廨曰求義廚曰精子有有義者有無義者有訛者有不訛者不可詳也或曰土也土故炭言畢於沿海言異於野都言異於鄙北方之言似女直南方之言

似俸肺主聲心主情食於其土飲於其土安得不土其音或曰不然漢城國之中也城之中有民焉其嘐嗄應唯嘄叟訓對字篤物多與凡之民異別之曰類民是豈土也哉風也湖之人有涎行者入逆旅與主人言謂今曰山代謂秋曰歌琵謂村曰瑪琵嶺之主人大笑之嶺之主人笑湖之人之言而不知湖之人亦笑嶺之人之言吾不知湖之人之笑嶺之人之言是耶嶺之人之笑湖之人之言是耶又安知湖之人嶺之人不笑吾之人之言耶

水喩

八　一　文　無子文

15

有山有谷有谷有水有水有石有石石必白盖山出水水由谷中行水之所道土去而石留也谷尚脩而竅水尚悠而浚石尚幽而瓓無是不足爲勝也滮裕山之支耦行而東止于五十里其間谷也谷中水也水性下將東赴于海而兩山持之不能遂於是山東亦東山西亦西肩隨徐行而後之其行也或跳而爲瀑或攫而爲渦或守而爲淵或走而爲川或射而爲瀨或族而爲漈或小而爲澗或散而爲溆猶遮邐不得其志於是得水中之石溅其怒爲石礶而介者也受而安之有卧者有立者有伏者有蹲者有牴者有

16

箕者有浴者有飲者水其於石何喧隧震薄曲踊隳突時復委蛇豈弟與行入相虛徐也主人利其水覓而致其澤碓而替其力甕而代其鑿水之利溥矣哉然居者高其摟山趾往往築石為防利民者時亦害民也水上之民曰是安陰之花林洞也安有三洞皆以水石勝余所見者其殿也

屋排

安陰有新小屋一監朴伕之所營柱凡十有二東西三南北四東為檠不壁不楄西為奧有壁有戶有牖有窗其經視榮短三之一奧之北以其贏一稍級

九 一 文無觀文

17

於檠而為摟樓有壁有牖有窗視其制其壁外瓴而內墡完且堅也其戶牖窗或繢竹或比板而自樞方圜也其陛圠礎石而不琢磋自然也由簷而觀角而微脩由頂而觀尖而圜其葺瓦岩粥薾之芙不穹不脩不雕不華不奢不沉不曲而裹可以哦於斯酡於斯吪於斯婆娑於斯佚曰我作室家人聞之者曰華之制其填大憶當觀造屋者多澤木如蠟煉石如鍚輪檁弓桅五七其梁四角急卷鶴矯鶱蹌不籠則牖上壁下牆瓦文列卦丹碧綮章繩鋸解木如綖如鏦經之緯之棊野井方鐵鏁似絙鐵樞金陽乃贍其脊

18

鱷魚暴洋滴水相顧三星煌煌以此較彼孰真孰巧
孰儉孰張且古者縣屋民穴冬而巢夏中國有聖人
作然後宮室始建山之墳曰皇曰大庭主我屋室視
民之未居者喻之易之係曰上古穴居而野處後世
聖人易之以宮室宮室屋廬之興皆華也箕子東出
百工以從攻木者攻金者刮摩者搏埴者亦皆華也
以是工作是官以吾觀於世皆華也爲是言者亦不
知其從矣

石嘆

嶺以南多石厓巃硐礐畦塍道遮聚落皆石也山不

19

見草水不見砂十畝之間堆壘相望小民之居不涅
而墻高于屋在塗行者日易扉馬蹄不慎木澀生燒
磊磊砢砢何其多耶山之石方水之石規田之石角
塗之石參差大者如屋次者如斛小者如廬甚小者
如粟積者書萬軸族者雖聚內錯者推基局歷者陶
衕粥日浴者白花剝者黑磨于人足者綠而碧御者
曰嗟乎漢陽而是錢不足備以死于堂以麗于唐以
突于房以礎于廊以園于塘以縈于牆圓者方者行
者狹者隋者跂者敦者薄者抹者尖者皆材也有用
而無用矣有林子者偕曰呼使是石漢尊而字之葉

20

而庇之私而秘之寵而戲之汝安從貸之余曰不徒石則然策相殷漁相周黍相齊泰古之用人也

嶺感

自忠州南有鳥嶺自槐山南有竹嶺自雲峯東有八良嶺自長水縣而東有六十人嶺自黃間南有秋風之嶺於是區其外曰嶺南嶺南不蘇嶺不可境嘗聞之鳥嶺天險行者騎人肩竹嶺馬觧鞍八良嶺夷而高自趾于頂十五里六十人之嶺古者無六十人不敢入故名是以知嶺皆險阻陡峻也甲申次于金泉乙酉行晨戒御曰飭爾馬慎爾馬轡今日汗戒從者

十一 文無子文

21

鈔

曰日欲中可陟秋風結兩屨毋遠從至于黃澗之治顧曰嶺何遲問諸逆旅人已嶺北三十里噫曰相皆有道寅亮曰將軍皆勇智制的門曰士皆服義理曰道皆巍且浩曰德皆方大直曰學皆真實愽約曰章皆煌煌鏘鏘耶有實而後名亦有無實而名者

古蹟

戊辰濟于黃山之津其南野南扶餘階伯之所殁綏至于半月城爰有落花之巖義慈氏之所顛辛未至于金馬國韓武康王之所遷國丁丑至于三歧爰有闍崛之山龍華香徒使信之誓天盖冬庚辰至于大

22

良州爰有竹竹氏之門辛巳至于霊川大伽倻惱窒
朱日氏之所实封爰有琴谷師勒之所肄業至于京
山伽倻碧珍氏之所食癸未歌馬于嵩善爰有金烏
之山徵士吉再之盤桓爰有洛東之水貞女尙娘氏
之所沉山有花之所繇歌甲申至于甘州古甘文國
爰有獐夫人之藏丙戌濟于赤登之江至于莞城徐
伐羅歆運之所國殤東京之所繇歆陽山丁亥夕于
靑州爰有銅牆古娘臂城戊子至于歡州古南扶餘
高句驪徐伐羅之塞己丑至于慰禮城十濟溫祚氏
之所肇邦噫徐伐羅之亡忽焉已千年扶餘氏伽倻
十二 一 文無子文

23

氏皆先羅而沒谷為陵陵為谷水東西流遂古之蹟
不可徵獨南扶餘國有蘇定方碑金馬國有王宮坪
坪有礎有墻或曰善花夫人或曰薯童王大伽倻有
石佛一終古而不遷者其石耶忠臣烈女孝子之名
往往赫于蹊然則終古而不遷者惟石與忠臣烈女
孝子之名也

棉功

踰嶺而南路傍多棉田土之宜耶田中多女子提籃
者极者拖楸者俗之治耶從者曰聞諸嶺之人棉花
落五日市粥新布匹問從者曰汝知棉之所以為布

24

手曰棉既花矣以我藍徃于時來之把薄乘屋于時
曬之反之察察于時擇之絞之軋軋于時核之偃簩
彈繩于時髙之雲分跢席于時穿之外圓虛中于時
繭之紡車斡鐵于時撚之四十相比于時升之椓庭
塗糊于時烝之貫篋加縉于時飾之游梭徃來于時
織之凡經十二手乃成曰亦艱矣棉何以而花從者
曰蔵核于土自核而芽自芽而苗自苗而苗下根上
榦自榦而枝自枝而葉葉而後房房而後蓓蓓而後
坼坼而後花凡九變而花布既成矣衣之如何曰布
既成矣是曰無名灰而粧之陽而明之禾而縈之穀

25

而精之石而晶之度而亭之剪而程之箴而兵之絲
而并之焀而平之漯而清之火而貞之亦十有二運
而成大囍矣噫乃呥乃播乃糞乃鋤由核而花則男
女半之由花而布由布而衣以之為線以之為絜以
皃以婁以宜寒暑女専之女子亦勤矣湖西有長者
貰甚豐埒伯公其初一寡婦之紅勤之利大矣四月
種棉九月授衣民亦勞矣奈何貴嫪羅邐邐而賤棉
布也

尚娘傳

傳曰忠臣不事二君烈女不更二夫昔衛共伯之妻

26

姜氏早而寡其毋欲嫁之姜氏作栢舟詩以自誓詩
曰汎彼栢舟在彼河側髧彼兩髦實維我特之死矢
靡慝孔子逐曾刪詩取以居鄘風之首
青華外史曰史稱朝鮮尚禮義其俗好貞潔女子多
守一而死若嶺南之尚娘朴氏者豈其人歟
尚娘朴氏烈女者嶺之尚州人也年及字適善山崔
氏崔氏子冲且暴不相容尚娘賢而出旣歸後毋謀
兄弟將奪其志尚娘覺之間行復歸崔氏崔氏猶不
悔及其尊章距于門尚娘乃盛盛靡所自容訏溺波
死次于洛水上崔氏之隣有未笄而薪者遇焉問曰

27

崔新婦何因於此尚娘爲悉其由泣曰若之來天也
幸爲我明白也解髢脫屨以爲驗歌山有花一曲嘆
曰天乎高地乎廣哀我一身莫乎往耶嘘唏良久又
起而噫曰夫乎不乎毋氏有他余心之悲無死而何
遂反帬加面跳水而下崔氏之隣之女歸告崔氏且
致其遺崔氏大驚朴氏毋及兄弟亦始皆悲憐之往
洛水上求之水上有高麗忠臣碑
青華外史曰曲禮教子能言女俞女鞶絲七年男女
不同席十年不出姆教婉娩聽從司馬氏禮白女子
七年敎孝經論語列女傳是皆欲早敎誨以成其爲

28

端莊貞壹之女也然而世俗女往往不遵禮彼尚娘
都鄙之人未嘗有婉娩之敎孝經論語列女傳之授
其所成就卒如彼卓乎然也質之純者不待師而美
耶詩曰有女如玉朴氏之女有之矣

鄭運昌傳

鄭運昌寶城人也少時善病獨以碁自聊凡十年恍
然如有得初游京師人無知其能者時前金城令鄭
樸聞于碁運昌知樸以碁會南山迭觀之碁失運昌
矧之樸顧曰客亦能乎運昌謝曰鄉里人早知圍則
食樸見其容貌甚愿出最下碁對之行十餘着樸曰

十五 一 文無子文

29

非汝敵命次強者才半局樸曰非汝敵又命副已者
局就不足計樸曰非汝輩敵奮然引局自當之三戰
而三敗左右皆曰子誰也國碁也於是運昌之名一
日而遍京師丞相某性愛碁召運昌使與金鍾基梁
益彬卞膺平之徒日鬪碁運昌無甚高丞相疑其不
力出南原霜華紙二百番涯之戒曰努力能十捷以
賚子且提鍾基運昌乃下子堂堂出以爲全圍者如
墉斷者如鋒立者如節合者如縫應者如鐘峙者如
峯掩者如壘賑者如烽陷者如登變者如龍聚者如
踍鍾碁汗流被額不能抵過三局鍾基起如厠眴運

30

昌出良久入復棊運昌時時誤鍾基丐之也運昌爲
京師第一手二十餘年歿其後有李漢興者
棊史曰論棊家言鄭運昌不及崔起尚棊四子崔起
尚又不及德源令四子然則德源令其盛矣又聞棊
品有天才人工之異若運昌者宜人工之棊耶運昌
兼能象戲穿敵於當時

申啞傳

炭齋者姓申清道郡之啞鋼工也無名以鄉行善鑄
刀刀利而輕往往出日本右刀工皆精擇金炭齋不
問金惟問價價重者得上炭齋性甚暴有拂己者以
十六 一文爲千文

31

鉗鎚向之道監司嘗命之對使斬頭結謝之炭齋博
於物守使相其瓊瓔即畫延植芥作島夸采珀狀諭
以貨之燕舉手自南而北而東衆猶色不信炭齋大
怒毀瓔投火中有松氣守曰固服矣瓔不全將若何
炭齋走其家匊而還之皆類也出而啞者必聾炭齋
啞而聾與物無以接獨郡吏有能手語者語以形態
相悉其委曲㑹從而譯之吏先炭齋歿炭齋往答其
廬如狗嘷終日尋病歿炭齋之刀今罕於世炭齋初
聚婦甚洽偶見婦絆攣大污之自是不嘗婦人變其
任爲淅炊終養

32

梅谿子曰斷結類自守識珋珀類生知啞其有道者乎然則又非徒工也噫吏夾而慟知音之難不其然乎余嘗得其刀利可吹髮薄乎若將碎者相御家曰獲矣微爍以試𦚾肉良

烈女李氏傳

烈女李氏名某士人金某妻也年二十有一其夫病歿即披髮藉艸室處既棺殓而哭曰襄而從踰月覺有身卒哭哭曰身不虛不敢棄夫子命請朞而從娩而擧丈夫子已不子擇婢使乳之不改衣不易處不變食猶披髮衣麁麻藉艸而室處祥哭曰孤嬰業已

十七 一 文無子文

後請畢三年而從以其返家人不之戒祭成事之曉其日李氏命女侍擇髮而櫛之浴盥漱具新衣裳諸靡事悉致舅姑娣姒先後內外親戚與訣體仙仙如也恩皇皇如也不似人所為拜廟拜舅姑拜內外諸親舅姑曰毋有子女有從胡乃爾毋亦李氏曰新婦不福夫子早違職當下從今若以藐諸孤為辭夫子其謂新婦何敢不敬遵約呂孺子為摩其囟三入房姆御婢妾嚴閉之李氏呼曰婢正余席安余枕婢正席安枕整手加腹瞋目而逝事 聞即旌其閭噫自古烈女何限然皆倉卒或自刑以刀叙或雉經或七

日餓或投水或竊飲酖藥李氏獨不之然而然豈不誠卓乎烈哉從義也守納信也以誠也微三者何以能此吾曰苦節金氏之婦其庶幾乎

蔣奉事傳

蔣奉事者京師人也遍游士大夫家遇人必問其家及其忌日晬辰至其期必往往必有所饋即食之食不盡納之袖又往而之它日六七家或十餘家是故出街路必逢蔣奉事其袖長淋淋也人或賤之問其故曰吾將以驗吾卜曰子奚之卜奉事曰吾以飲食卜之靈於龜蓍遠矣升其堂拜而坐須臾主人呼女

卜八 一 文無子文

35

僕且進盤我引盤而考其槩擧節而嘗其味細嚼而思之即其家之興替存亡可坐而推矣吾嘗過某尚書之家其祭之餕奇而華其讌喜之饌巧而靳吾竊憂之今驗矣又嘗過某太守之家其祭之餕洗而馨其讌喜之饌辛而厚吾竊賀之今亦驗矣但吾所竊竊然深憂者擧一世之饌淡者日以甘疏者日以黏豈者日以纖雅者日以淫昔之半而饜者今漑而味猶餘吾實不知誰使然也且一飲食而乃如此則衣服之漸華也宮室之漸奓也音樂之漸哇也侍御之漸姱也可類而推矣天地之生財有節生民之用財

36

無涯雖天雨米地湧醴民安得不饑也此吾之所以
憂者也問者曰世方疑君爲飲食之人曾有術於其
間矣噫執此以卜其誰敢不伏

成進士傳

世之有斯民久矣奸狡日熾機詐日滋有負殍而夜
抵人之門呼主人急仍激怒之及至相格鬭始大言
主人殺我侶將詣縣告主人何由知費重賂事僅得
平亦險矣犹然至謹之人奸亦不敢賣詐亦不敢圖
諺曰毋交三貴人惟謹一吾身成氏之子庶幾乎
成希龍尚州人也家素饒凶年多食客婢方傳食出

十九　一　文無子文

37

盤一婢奔曰有襁負而丐者烏攫去希龍曰饑矣予
之須臾一婢又奔曰稾其皿且去希龍曰善爲之至
反有武色希龍曰賣乎曰然曰賣諸我曰下千五百
不賣希龍命與千五百錢丐熟視良久向外招其妻
入曰此非人也佛也解其緥有死兒乃曰我不法於
人勢必毆撑我毆撑我我脅之以兒死可得重賂今
詐不成予有謹身之力故也敢辭逝委錢與皿而去
成氏卒無所失

花溆外史曰向使成氏不之爾獄必成獄成掌法者
必以爲罪疑也累歲不能決爲成氏者不亦冤乎噫

38

苟有明察如西門豹莅乎法丐必不敢是矣

歌者宋蟋蟀傳

宋蟋蟀漢城歌者也善歌尤善歌蟋蟀曲以是名蟋蟀蟋蟀自少學爲歌既得其聲往急瀑洪舂硺薄之所日唱歌歲餘惟有歌聲不聞瀑流聲又往于北岳巓倚縹緲懭惚而歌始礐折不可壹歲餘飄風不能散其聲自是蟋蟀歌于房聲在梁歌于軒聲在門歌于航聲在檣歌于溪山聲在雲間桓如鼓鉦皦如珠瓔嫋如烟輕逗如雲橫璅如時鶯振如龍鳴宜於琴宜於笙宜於簫宜於箏極其妙而盡之乃歛衣整冠

歌于衆人之席聽者皆側耳向空不知歌者之爲誰也時西平君公子標富而俠性好音樂聞蟋蟀而悅之日與游每蟋蟀歌公子必援琴自和之公子琴亦妙一世相得甚驩如也公子嘗語蟋蟀曰汝能使我失琴不能和耶蟋蟀乃曼聲爲後庭花之美歌醉僧曲其歌曰長杉分爲美人禪念珠剖爲驢子紂十年工夫南無阿彌陀佛伊去處爲伊之去唱繚轉第三章忽當然作僧欽聲公子急抽撥叩琴腹以當之蟋蟀又變唱樂時調歌黃鷄曲至下章曰直到壁上畫所黃雄鷄彎折長嚨喉兩翼𢴬𢴬鼓鵠搖啼時游

仍戉尾聲吽一大噱公子方排宫振角治餘音泠泠未及應不覺手撥自墜公子問曰吾固失矣然爾之初為鈸聲又一大噱者何蟋蟀曰僧唱佛既必鈸而成之鷄聲之終必噱是以然公子與衆皆大笑其滑稽又如此公子既好音樂一時歌者若李世春趙楔子池鳳瑞朴世贍之類皆日游公子門與蟋蟀相友善世春丧其毋蟋蟀與其徒往吊之入門聞孝子哭曰此盻面調也法當以平羽調承之遂就位哭哭如歌人聽者傳笑公子家畜樂奴十餘人姬妾皆能歌舞操絲竹恣歡樂二十餘年卒蟋蟀之徒亦皆淪落

二十一 文無子文

41

老死獨朴世贍與其婦梅月至今居北山下往往酒酣歌歌為人說公子舊游未甞不欷歔嘆息也

讀老子

蓋甞聞之至聖先師曰老子龍也懿哉觀也夫能上則天下則囦其跡玄其用圜匪缶中之鮮也以余觀於龍只見其水也莫見其龍也大矣哉水水無莫無主無盬無侮天地之所腑萬物之所乳今夫水悠然而浮優然而流饕人取之梅而酸蜂而甘椒而辣鹾而醎能五味之漿水無味也卒之味者水也深人取之梔而黄藍而碧礬而黑莧而赤能五色之章水無

42

色也卒之色者水也榜人取之檝而亂鴟而行風而
馳石而停能千石之檣水無力也卒之力者水也田
人取之澮而儲胛而宣筧而邀橰而傳能百畝之秧
水無恩也卒之恩者水也於是𣪠者取之以筌其鱓
魴洴澼者取之以擱其衣裳搏埴者取之以堅其陶
旊洒削者取之以遷其陰陽耒珠者取之以拳其夜
光水無工也卒之能百工者水也然天下之囊而不
自涵行天下之盆而不自瀘物之於水大渴則死不
渴則亦死一日無水饑二日無水病三日無水致其
命大矣哉水也蛕蛕乎沌沌乎吾不得以狀也噫以

43

余觀於道德經其水矣夫

讀楚辭

試嘗以詩論於四時之風國風其春日之風乎雅其
夏日之風乎騷其秋日之風乎春風之爲風也其性
親其氣柔其思恭故是時也谷蘭生梅杏杝菀榮𥟍
有聲使人神夷而志平濈如也藹如也不觴而飲國
風可以當之矣夏風之爲風也其性坦其氣俊其思
闊故是時也艸木廡天行大雨使人神醲而志厚犂
如也洽如也有物浹其肌膚雅可以當之矣秋風之
爲風也其性潔其氣薄其思苦故是時也霜露慘于

44

林百蟲吟鴉南天德用僉使人神瘐而志危黯如也
慘如也無故而自悲騷可以當之矣故曰楚辭者天
地之秋聲也或曰冬日無風乎曰冬無風非無風也
風不足以感物故曰冬無風

楚辭不可讀亦不可不讀讀則使人骨清而身羸
不讀則使人氣濁而志庳宜於可讀時可讀處或
一二適或三四適或五六適讀慎不可多讀葉落
夜半月明夜霜曉日欲落時蟲鳴時鴈唳時花落
鵂啼夜可讀時百尺危樓無葉樹下小溪有聲處
菊花處竹處梅菊上灘舟中千仞石壁上可讀處

45

，先飲醽酒一大杯讀時摩挲一古銅劒讀已拔
作步虛詞一奏以解之如是讀方可謂讀楚辭
楚辭中惟三九歎

讀朱文

以之汲水舂米則炱光之妖麗娟之姣不如田舍健
婢以之載芻駕鹽則赤蘢之迅脩猜之俊不如鄉人
老牸以之炊飯絮羹則巨蒐之馨鳥哀之靈不如庖
丁米鹽以之製袴縫褌則方空之輕趾澤之明不如
織女布帛以之內閨外廩則娵婆之廣招靈之爽不
如閭閻屋廬以之築牆奠礎則重璁之輝醫巫之希

46

不如溪邊礫石以之然突煎鐺則豫章之器都梁之
異不如炭裡薪炭以之挖土劈柴則步光之珎騰空
之神不如鋼斧鐵鉔以之寒臛脩脯則塗脩之秉拔
挑之絲不如鷄鴨豕牛以之論事語人則兩漢之蒼
六朝之章不如朱文公文蓋其爲文也其辭長長故
詳其理真真故醇其氣直直故充其味淡淡故不厭
其性和和故無邪其力厚厚故壽前乎朱子所無有
也後乎朱子所不可無也常人日用之間寧無兵姬
漢嬪不可無健婢寧無騠駿武騾不可無老牸寧無
瑞麥仙薤不可無米塩寧無齊紗海錦不可無布帛
二十四一 文無子文

47

寧無大官高臺不可無屋室寧無琨琪珣玗不可無
礫石寧無美木奇香不可無薪炭寧無利矛寶劍不
可無斧鉔寧無青鸞白鹿不可無鷄豕寧無古文選
文不可無朱文

朱文理學家讀之可以善談論仕宦者讀之可以
閑疏箚擧子讀之可以優對策村里人讀之可以
能札翰胥吏讀之可以熟簿牒天下之文足於是
矣

聽南鶴歌小記

南鶴西湖莫愁村人也善歌南鶴之歌宜陽壁聽不

48

宜當面聽盖鶴雖善歌而容貌甚醜面如方相身如
朱儒鼻如獅子鬚如老羊目如瘈狗手如伏鷄每出
村小子皆急啼顛仆然其爲歌甚清婉柔曼巧能作
女子喉擧扇三拍變而奏新聲若高樓明月美碧玉
簫效雌鳳鳴若軟風融日稚鶯囀杏花枝上若十六
歲女郎送客楊柳橋頭酒盡人去攬裙而啼若半夜
酒醒聽微風敲檐外瑠璃鐸倘壁而聽使人魂搖心
蕩庶幾遇絶代佳人而如見其娟娟娥好當面而聽
實不知斯人何以能斯聲矣鶴自言嘗游茶坊巷金
氏金氏爲之易婦人裝置暗室中夜不張燭以誑諸

妓諸妓慕其聲皆促鄰圍坐與之叙手帕姊妹甚殷
勤及慶盼面調後庭花二十餘曲金氏遽以循堂紅
照之諸妓皆驚呼怖塞有半晌而始起而泣者衆爲
大笑南鶴之世有妓貴葉者亦能善男子聲

湖上觀角力記

毎歲五月湖上人與洋人爲角力戲於麻湖之北桃
花峒之前例也其勝敗無常定惟視力之如何近歲
湖人有金黑者甚力洋人之以角力稱者皆出其下
洋人恥之憤憤欲一敗之不能是歲端午前二日洋
人聞黑勞于載自鷄鳴至卯所手載爲百二十四馬

相與喜曰今日黑必病矣遂檄告城中外約湖人今
日請觀勝負尾檄而至湖人多爲黑危之黑曰猶可
什屠牛兜數百葷於是泮人城中人立西北湖人東
南立以觀之泮人請選十對湖人曰我不聞以多人
戯請以一黑奴承命泮人蓋爲憤黑露膊兩袒鮮錦
搭包係股或掛勾子或架梁蹴脚或手彎子連什九
人最後有黃姓者其蹻黑作扛口俯輪而擗下之未
嘗不掙扎住立如植凡撩跂之法投而立者復較黑
建投至七次猶不跌黑乃高擧至肩上若將前擲急
向後激之黃姓者始爲伏之不能起泮人大譁欲作

二十六一文 無子文

51

亂湖人爲露拳變視不敢動時公子綾昌君登皐而
觀曰壯士也解所携扇與香墜賜之

善畊奴記

有田居而稼者求僮於嶺之南挈而行僮之父閔請
曰賤之息不若人敢請奚手任曰畊曰敢請幾之歲
曰十獲歸僮之父曰賤之息不若人惟是春秋蒙蔗
之役貽主君憂是懇請俱至則請限田予之種二十
斛之穀之地乃行于田擇沙磽踈瀏之土揆之緜苣
爲箕擶馬牛犬豕高其畝二尺自秋于春凡十二畊
冬至前三雨水後九鐵入土尺有五寸周之六月時

52

雨至移苗而植之苗相去七寸既根三鋤之苗出膝交結而絢織綢而綢擧而冪苗及穗穗皆從目中出秀而包包而方方而合合而液液而形形而精精而磬絅以上高三尺者皆稻也未霜導田水去之既霜銍之砧之箕之始斛之得稻三百碩隣之人訐之其之田十五年之獲也僮之父請曰昔賊之息之來主君命之曰十獲以爾子歸今十之又五之獲矣敢請乃許之僮之父挈而歸過其田曰明勿事乎是安不獲果然

夜七

絅錦子燈盡而睛睡盡而覺呼僮問曰夜如何僮曰未午復睡睡而又覺又問曰夜如何僮曰未雞復強睡睡不成轉帳覺又問曰夜如何室白矣僮曰月桒戶矣絅錦子曰咄冬之夜甚乎長僮曰何長之有子則長絅錦子怒詰曰爾有說乎否箠

僮曰遠塗佳朋昔歲密友邂逅相見與子飲酒於是盎齊一石秋露五斛瓶罍尊彜雅歡列左右又復烹豯燀擯爲鷄羹鯉香蔬羹菹金橘朱柿又復筵謌大呂琴拂流水奏房中之樂飾君子之喜歡曰有客孔嘉有酒亦多飲之食之如此良夜何於是抽劍起舞倚

琵自唱三爵不醺十榼不讓當此之時夜其長乎

曰長安少年以賭爲游擲紙摸骨爭道點籌爾乃巨燭成雙羨酒如流列卦倍注分耦迦休及夫贏者反逋債者旋捷性本飲食見同勳業有進無退目不盻華奮拳怒壁吽吹咤嗟當此之時夜其長乎

曰二八佳人三六情郎離多遇新意蒲思長於是摻羅裾戱洞房飯離胡熏都梁已而鮮竇帶撥素肘心隨席而轉密恩與被而漸厚爾乃體嬾似春神暢如酒芳汗微有好夢無久恐膠音之先唱愛綺䟽之尚黝顧天神之諒此閤明月而無右當此之時夜其長

二十八一文係子文

55

乎

曰販鬻小民家在途遠先鷄後鐘作而不眠稚女治粉李子稱烟滌盎釀麯麲釭挍錢又有六工百匹各食其技程期屢差火以繼晷屑銅柹木冠帶衣履砲砲額額不敢自已當此之時夜其長乎

曰大夫金貂學士衣緋值此鞅掌早朝晏歸爾乃勞神殫力火飯星衣自公歸視客僂盈塀監奴囁嚅罷姬四竅頻呵屢欠志勸身疲已而臺隸骿至燈炬煜爚既歌街鼓垂啟禁鑰夜亦如朝令亦如昨當此之時夜其長乎

56

曰秀才老儒舉期無遠慆慆私欲耿耿至願爾乃冷鑪歆桊深缸短灶誦詩吟易聯章析句如鷄伏蛋精神内注辛有餘暇表箋詞賦昔者蘇李雖股司馬桃圜我亦有志何代無賢勔孳孳而爲此誓兀兀而窮年當此之時夜其長乎

曰有古至人居穷行寥塞充内觀坐如脘絅有陰無陽不晝不宵於是希兮微兮敵兮曠兮窈兮寘兮惚兮恍兮混兮沌兮手執玄象當此之時夜其長乎

絅錦子犂然有感良久問曰汝何爲者能不知夜之長乎僮曰走天下之賤也外不知萬事内不知七情

二十九一文無子文

57

無所思想無所經營飯成則喫日黑則睡尚不耕二味之飢甘更何涌籌之歷記也言訖而復眠絅錦子嘆曰噫吾聞聖法天天法嬰兒嬰兒法鷇卵以其不知也盖知而不知與不知而不知其不知同也吾誰從其僮乎

冬至祝

冬至者亞歲之始也祝者冀其如願也

願我 國家太平萬歲願我 王殿下聖益聖千歲千歲千千歲願我 慈殿 慈宮並享千歲願我 元子宫睿質日茂睿學日就早膺充冊得其祿壽願

58

我父母長時無疾無憂自得優游願我兄弟無疾無
愁無悔無訛願我農始播無亢既苗無雩既花無東
風之盲既皂無霜既穎無雹傷終始無減穀蝗偃潮
無囊虎汲無暘無鼠無螃無雀于倉閭閻無疫瘧痘
麻疕痢鷄牛瘟迍我無造言人親我無失德人窬我
無與為不善人願我婦有米則舂有布則縫事親溫
恭與妯娌先後雝雝願我兒身則健而無惱志則懋
而無回書則鈍而無才我則願以 國之恩孜去田
園怡愉親側職厥清溫晝夜而睡隨日而飡終日終
年莫出其門無生不死圀圀圖圖天矜于民民之所

欲天必從之敢布至願以籲于天

與病花子崔九瑞狀

秋去春來帳葭灰之移莞山高水邈講梅信之寄函
千里馳神一書替面伏惟足下紫鸞清韵黃鶴逸才
綠水芙蓉凌豔華於洛浦丹砂竹箭稟淑氣於衡岑
鳳穴揚翎夙著克家之譽龍門點額累膺觀國之行
曾涎歌鹿之筵猥托求鸞之契一言相合結已厚於
金蘭百事不如倚賓慚於玉樹花朝月夕同深白首
之盟墨舞毫歌兼試紅心之射未盡西城之良晤遽
歎南國之遠離天末雲停陶泉明之詩思江東日暮

杜子美之夢馳雁絶魚沉待遠書而惆悵花明柳暗
拊歸約而踟躕之子不來今辰已晩紅殘悄戚回飲
四六之工綠艸讋期窮慨二三之德爰折烏絲之簡
寄呈驛使之筒宗懿有游會促長風之檝鍾期未遇
誰憐流水之琴華表雲深若返一千年鶴扶搖海闊
可圖九萬里鵬某志業嶄頹榮名益邈花壇月杜鬪
孟氏之芳鄰雨夜霜晨思范卿之良友燈青泮舍春
嚴譴於明時雲白太行悲遠游於遲日棲遲鳳陌久
悲失路之人趨對鯉庭已戒還家之跡謹申尺札聊
悉寸誠

61

圓通經

如是我想大寒小寒天氣寒時我住一處踈冷房屋
僻衣獨臥是時三更風雪大至是時突火頓無恩情
是時被衾漸皆輕薄我時畏寒遍體生粟不得起坐
亦不得睡長躬忽短頸縮入被我時思想漢陽城中
饍難措大當如是夜三日不米十日不薪馬矢稻穅
一切世間煩人之物既不自來狗皮落毛蒲席穴穿
無帳無衾無褥無氈無屏無燈破鑪無火猶不得不
向此室中守此至寒經此永夜乃不得不偏袒右肩
直一死心以頭向地鄒貼于胸耳隱于亂脊如彎弓

62

手如綁索初如乳羔復如眠牛復如睡貓復如縛鹿
勢不得生亦不得死只一溫線出入喉間近則惟願
太陽速出遠則惟願春和遣歸是外更無一點宅想
是謂第八氷床地獄猶不得滅活動世上如我所處
較彼所處即是煥室煥衾溫突我作是想便有薰風
起自腹中遍滿室中即我室中如熾大爐我以是想
隨處起想肚裡空時却想饑民三旬九食視曆舉火
久離家時却想遠客萬里他鄉十年未歸甚渴睡時
却想熱官鐘鳴漏盡聽鷄霜晨初下第時却想窮儒
白首窮經未點一解嘆孤寂時却想老釋寂歷空山
三十二　文毋子文

63

獨坐念佛起嫖思時却想黃門末之奈何獨眠孤館
一想二想至于萬想阿僧祇想恒河沙想每起是想
如渴者飮醍醐湯水如病者服大毉王藥是謂南無
觀音菩薩楊枝甁中甘露法水

64

題文無子文鈔卷後

世言李其相不能古文此其相自道也其相之意以為學古而僞者不若學乎今之猶可為有用也耳食者從而和之以為其相不能古文哀哉其相所著述多在余篋今以文無子文鈔一冊欲寫以示世人要以問世之自以為善古文者較此孰眞孰假且余於南征十綱九有所三復而感歎者嗚呼此可與知者道不可與不知者言也歲戊寅重陽日蒲叟書于艮城縣齋

65

66

梅花外史

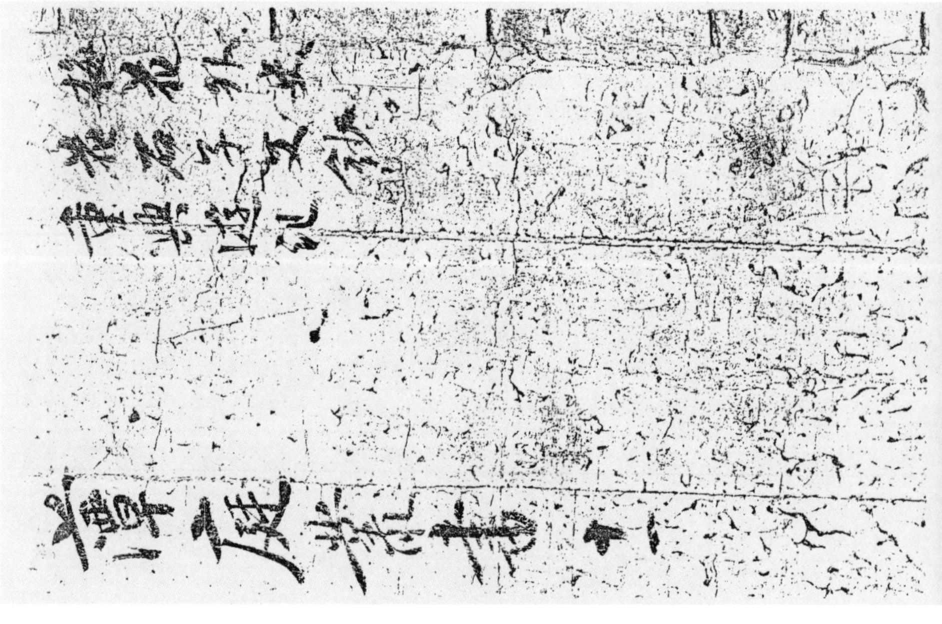

梅花外史

李 鈺其相著

薄庭散人訂校

捕虎妻傳

井邑山城下氓有業炭者獨與妻居家中唯有一犬十里四無鄰其妻有身且臨月氓以炭將適虛約其妻曰吾不往灌與米無以得雖夜必還幸避之是日天大雨雷炭不售欲丐貸亦無得轉往遠落未遑還夜其妻解娩犬亦乳三雛於貧家無有片稀米少許炭則可貸掮遂以石支瓦鑪於爐熾炭煮糜于室有

1

大虎至攫戶作將入狀其妻起撫犬戒曰吾于人汝子畜母慈雖均輕重有在汝母恨吾也取狗子一投之虎告曰山野餒耶奉汝一拳向幸早還無及人虎張口承而吞若鶴之飯吞已猶不去復取一投之又吞之指然有求飽色其妻以為狗子三吾貴其二不可盡且彼欲不可長可計遂之潛以鏊夾爐中石又投之虎以為是雛狗也不嚥而下之過喉始覺熱遂熊翻斗獅豕毬跳踉咆哮而死晨氓空手還其妻產無恙大虎僵於庭走而言諸官官賜其妻米一碩醬與甘藿之類甚多剝其虎以去

2

李子曰噫卿之死宜矣當卿之閫而臨于室也嬬嬬於眼前者皆內也未見其人也故蹈死機而不自悟向使峽氓守其室卿必不敢至於戶縱至亦不可以捕矣且氓妻一女子也卒然逢卿於衆人之中則且掩目而先走顧何敢有意於畜卿也然而能獨處深夜不動色而收壯士之功是故勢之所迫弱亦可以勝強慮之所未及強亦不可以自恃傳曰慮生於所忽其卿之謂而兵法曰置之死地而後生其氓妻之謂乎

守則傳　二

3

天地至貞至烈之氣或鍾於物鍾於人在物爲日月霜爲鳴瀨爲陡立之石爲松栢與竹之青爲芙蓉梅菊花在人男忠臣女節婦其剛柔純駁隨所賦雖不類其爲鍾天地貞烈之氣一也

外史氏曰雪必白未必不如玉人只尚玉不稱雪取其能白而久也易曰利永貞

外史氏曰氣之於人剛爲男柔爲女辦大事守大節宜男子賢於婦女歷觀往牒婦人之能之老死靡慝者多男子之以苦節終身者罕於世何哉豈婦人稱性也一結則不自解亦理之然耶嗚呼人之於事生

4

難死易倉卒之際一寸芒一抔齕知有義不知有身
凡有血性者皆可以辨一死以一日萬變之心不恩
不悔殺然若山岳之插乎地而累十年知一是有生
之年皆死之日其難豈死之比耶是故曰生難死易
生而久尤難也

直 王城西有月巖巨石立可百尺色正白爲城外
荒僻最近巖有一矮屋屋有二婦人其一居外或談
命或針指以爲生頭不流髯髻若戴籃狀其一室處
不窺戶人莫敢知其狀常畜猛犬十餘以衛人戶晝
猶內扃外婦人出雖五日不爲烟此舍嘗失火燒延

三 梅花外史

5

屋角處室者猶不出村人先撲之以免里有嫗竊窺
之只見有蒙裯而裹抱壁卧者是以知扃戶之內亦
未嘗肆其面也其外婦人雖出入人與人同而亦不
言所自見市鰕鮔者必買而放蓮池中立須臾視噫
而去人有與善者強跡之只曰我與在我室者出宮
纔幾年許其年癸未前一歲也於是有不能知而猶
憐之者有疑而傳訛者雖鄰閈終莫能詳其人歲辛
亥七月 上因朝會命左丞相及京兆諸尹小宗伯
近前 教若曰春因五部勸奮聞西城外有處子方
三十歲予中夜不寐者久矣近遣老宮人診之厥人

6

年方四十有六嘗以挾的隨娭毋入掖庭因得承
恩而人無有知者尋又隨而出出宮今三十年不見
人不見天日自廢於一室內便旋猶不外封人試之
以火亦不出予既得其詳欲旌之以奬之何如丞相
以下皆驚异而嗟服之遂封爲從二品守則即日旌
其閭盖室處者今守則也不梳頭者其娭毋也部之
以處子聞者隣里之疑而傳訛也下教之後人始詳
知其爲貞烈而嗟嘆之極至有欲涕泣者守則姓李
云

外史氏曰守則處其室三十年人無有狀其起居者

四 一 梅花外史

7

余不敢強爲說竊嘗意會之不見人不見天日者淚
必無日未汪汪流矣笑必不至矧櫛沐其娭且不爲
況伊人乎是非強爲人耳目者則原乎心見乎事矣
出宮門以來 恩何日忘痛何日忘三十年世矣猶
貞一如一日則人之秉心亦大難矣哉蘭谷而香珠
澤而紅節之聞于世固非伊人之所求而致而意者
月巖之間夜必有白氣烈烈亘星月者久矣惜無望
氣者候之也嗚呼

外史氏曰墨胎允餓死於西山之薇而天下之頑懦
者警守則之有力於世將不細余於是猶有恨焉使

8

伊人不婦女而夫也不幸當國家有事吾不知披腹
出腸以暴其忠赤歟抑觸龍壻以額與石俱碎歟將
不勝悲冤痛哭歐血死歟使為故忠臣烈士人所不
可為之事固將恢恢有餘顧何必一被蒙頭一戶囚
影飲泣三十年為豈生節難死節易故天以至貞至
烈之氣不鍾於彼鍾於此以其大難者試之也歟嗚
呼噫嘻

車崔二義士傳

我朝鮮臣事明二百餘年比它藩甚誠兼以神宗皇
帝有再造恩於東自此朝鮮人皆有為朱氏一死心

五　梅花外史

9

及一朝天運告改清起於國北門外曽未幾欲臨我
而臣之當是時清未有應於我直力耳我之盟于城
下被提挈以至錦州者豈樂為也哉故　國家則雖
為社稷重力不敵則屈於是有血男子只知義不知
有強弱勢爭願為明忠臣者甚多三學士及金清陰
諸公以介和起金應河南以興諸將軍先後死於綏
李廓不忝賀鄭雷卿欲使清諸將相殺不得而死林
慶業逬入中原畜恢復不果卒有能倒九殺滿人者
譬如天之傾人非不知不可支也當壓者自不覺手
之上此忠臣義士之不可以成敗論者也故　本朝

10

之所廢恥後人之所欽豔皆尚其片心而已清之於
此輩人雖當時則殺之幽之百年而定則亦未嘗不
嗟嘆而美之伯夷叔齊固忠於殷而亦周之義士故
也然則吾未知車崔二義士之死於明也清之諸帥
有嚮馬湩於地者而書諸策曰殺明朝鮮義士云耶
否乎

崔孝一義州人也環眼身長八尺胆力麤居常有倜
儻志以大豪聞於義及登武科李相國德馨見而大
奇之稍還至訓鍊院判官尋不樂於時棄而逆天啓
甲子副元帥适叛犯 國家患孝一爲其尹决策赴

大 一 梅花外史

11

國難以騎百効功於北山之役丁卯清兵東出義克
見陷孝一登西城門獨以大刀馘十餘人清二太子
望見之曰壯士也使叛臣弘立以黄旗招之孝一詐
降反爲清城守於是使人密告毛文龍於椵約夾攻
清事泄遂跳入國內城與義人之見鹵者夜襲韓潤
營斬順嚴等數十級順嚴者本義州官奴藏活潤以媒於
清者也及丙子冬南漢既受圍清將騎往來無所憚
林慶業時以尹守白馬城邀斬克廓林忠愍傳作要退於鴨
綠江亦孝一之計也丁丑清人得意而還孝一尤讐
讐不自已有大志未敢以發

12

宣川人車禮亮平居好讀春秋孝友著於人丁丑後
亦憤憤有意計滑求知勇士聞孝一名喜陰與密久
之握臂告孝一曰近漁採人多來往中原吾以子聞
之業矣今吾子西必得將將而從水路出灣灣必丐
我援 國家亦必以清北士行於是吾與若而人從
其役君攻其外我應其內事踐不濟矣孝一諾尹黃
一皓祭知之密遣孝一百金禮亮與龍川安克誠具
一大舶米百斛以資送孝一恐既行人有疑已者且
易禍於國以計受重杖於節度使(時林慶業為節度使)乃揚言
曰丈夫辱之甚何面於鄉吾將屛深山以謝衆遂匿

七

一 梅花外史

13

其努於禮亮家趍日將行知其事者諸義士皆會車
氏宅置酒以送之孝一語禮亮曰吾知車君與管貴
(椵島舊將被鹵入瀋者)善我行君亦往瀋中訪管貴而謀也顧
謂克誠曰使吾計得吾以舟師攻瀋彼其孰必將請
援於我君智而勇可仗應募而北得與吾會於瀋天
下事庶可圖也又囑曰諸君秘之無泄酒三行孝一
起彈劍而歌曰壯氣建天苑精忠貫日明男兒一匊
淚不獨為今行遂滌數行下一座皆慷慨為之泣時
己卯八月也海天初晴風甚勁擧帆出彌串洋浮海
而西直到山東謁吳三桂於軍門三桂與語大悅署

14

為將頒每事必咨清謀知之作孝一書使二撻抵其
甥張厚健且誑之曰崔爺方以水軍東厚健信之報
曰昨年介和臣金應憲又被逮于瀋國中沸動願舅
氏早成大事以活我宗族又曰同志諸義士皆無恙
東君已入瀋矣清既獲書遣命壽及二博氏馳入我
國戕殺黄一皓及安克誠張厚健禮亮之弟忠亮子
孟胤等十一人於所館紅欞門外是日大風揚沙石
日無光命壽復至瀋上大殺其同人有東元撤者禮
亮之從父弟亦以勇名獄官之從命壽行者愍之故
設辭問曰汝莫是元撤乎元撤大呼曰我義士東禮

八　一　梅花外史

15

亮之從弟東元撤也丈夫一死豈變姓偷生者遂見
殺衆皆壯而悲之先是平安監司鄭太和得密通於
諸人使避之死者若白大豪張起等猶數十人事既
覺禮亮與管貴被鞫於瀋至以竹簽刺十指猶緘不
言只曰速殺我臨死顧命壽罵曰不早殺此奴至於
此天乎禮亮死實辛巳歲除前三日也我人之在瀋
者莫不泣如哭親戚其友金敬白收瘞之以其衣招
魂返故里賻其妻孥甚厚禮亮等既死孝一計不行
從吳三桂于寧遠衛甲申三月明為流賊所破毅宗
皇帝殉社稷三桂乃以天下獻之清清世祖皇帝既

16

入順天登武英殿受百官賀令天下盡剃髮三桂以下方舞蹈地免冑脫幘薙其毛恐後獨孝一不爲賀不肯薙髮日痛哭毅宗陵不飮食十日死於林木下三桂埋其尸哭以文後七十年 本朝贈崔孝一爵戶曹叅判車禮亮安充誠贈兵曹叅議餘皆贈職有差

外史氏曰 國家當丁丙閒士大夫莫不以淸談相高聞其言若將蹈耿孔簉鄭劉而縛一章京以與之必腕顫不敢刃顧何所用哉至若車崔諸義士非徒其高義可以與秋色爭高其計得行於當時又安知

九 一 梅花外史

17

李實魏勝之捷不在於遼瀋閒耶嗚呼天之所廢不可猶也功之不遂伊誰尤也然而其卓犖奇偉之蹟又未免因人而蕪沒反不及淸談者之能顯聞於世則此尤吾之所拊卷擊劍飮泣不自已者也於是掇其實作崔義士車義士傳

生烈女傳

生烈女申氏貫平山龍仁人也字幼學鄭某未幾夫得惡瘡適身爛且死烈女聞人肉可以豐潛以刃刲其股燒進之瘡卽已股亦不甚創事 聞旌其閭曰烈女幼學鄭某妻平山申氏之門容有見於南御墨

18

寺洞者

外史氏曰女可更而不更是爲烈女王蠋曰烈女不更朝鮮貞而不婬士族女雖醮而髮不復適法仍成俗凡氏之稍知恥者亦爾是遍國中紅顔而衣素者皆古烈女於是擇死於夫者而後乃旌之故朝鮮之烈女皆死未有生而煅棹楔者吾於中氏乃今獨聞之矣噫擽白刃以自肉人而能之難於一死遠矣意其性多剛果而嘗聞諸人鄭之家寠甚舅棠使酒每一發剖覺壆愣漭人盡蹙頞而烈女愉顔色婉聲而事之不以貧且酒少有怨懟語嘗曰爲人媳豈可以

十一　梅花外史

19

家貧薄養老耶食日一肉衣歲一紬以終舅年而皆從手指出云余謂烈女之生難於死其所以孝於舅又難於割肌也

文廟二義僕傳

鄭信國朴濳美守　文廟僕也崇禎丙子冬淸兵寇出都人士皆空城走生進之守頖宮者亦雜逃竄信國與濳美入　文廟庭哭出東西廡諸位版及祭器樂器瘞明倫堂底以布袋奉五聖十哲版於背得進士羅姓一人以爲護將從　上於南漢徒隸之願從者亦十人出東城門淸騎已充斥於道不得行信國

20

潛美遂大呼唱喝令下馬清道騎皆驚墮馬鞠躬立以竢其過徐行達于 行在 上聞而嘉之令擢奉祀敀於僧寺信國不可曰雖在倉卒吾夫子之位奚爲於異端之室也人皆懿之信國等行食堂禮如常與同志作文誓矢以守死義翌年春旣下城又奉而遁安于大成殿日擁篲埽除不肯遁其家後 朝廷以爲忠特賜免賤加通政階信國曰職也何賞之有終不受命以守僕老死

外史氏曰壬辰丙子之難宰相之奉 廟社主以行者多有罪焉然則若信國潛美者雖謂之賢於宰相

十一 梅花外史

21

亦不濫矣噫在章甫尚爲難況僕乎 國家旌其故閭曰義士春秋釋菜以 文宣王餕退而祀於庭又聽頖民建祠以終丁享嗟乎其生也雖僕其死也亦榮於宰相遠矣

辛亥春晩松柳公長國子董頖民建祠於頖橋東入其祠揖之頖民榮之信國則子姓甚繁今爲守僕及成均吏而潛美則無後云

浮禔漢傳

國語稱僧曰衆稱老僧曰首座稱沙彌曰上佐稱火頭陀曰浮禔漢稱僧之還俗者曰重俗漢鎮川山中

22

有寺寺有一首座首座有一上佐首座每呼上佐曰
為我釀一斗酒酒醱熟有一浮提不知從何處來
首座令上佐担酒赶與浮提偕之松陰靜僻處且話
且飲蓋佛道玄妙旨而在上佐不省其何語也酒盡
浮提輒起而去酒醱月一釀而熟必至至必飲竊聽
之亦無期會語如是者歲一日浮提獨盡將作怨肆
然於色曰子知其日事乎曰何不知曰將何以曰須
發曰盡避曰吾入此山已有所自定者浮提曰然則
今世之遊止於今日矣後其日吾將為子求首座曰
唯遂相親而別及到浮提所問之日首座晨起具香
十二　梅花外史

23

湯沐浴衣袈裟跏趺坐念阿彌陀佛不絕聲至暮有
磬聲於前山者首座即開戶出衣未及盡於闥有物
攫之走諸僧畢而逐及於林下無所傷惟衣被上有
爪齒痕灌以湯不得甦遂瘞之柳根上茶毗日即浮
提之所約也火未擧浮提至哭之一慟甚哀監其火訖
浮提且尋上佐乃陰求裴壁隨之浮提從此使去不得
逮遲入山谷中度叢棘翻石如飛上佐以次逐之躡
則復起而超血其罪猶翹趄不懈凡一日夜浮提曰
來汝何苦我逐上佐曰吾之亡師固異人也小子不
及知已過矣今師將安事願為弟子浮提曰噫誠固

24

可矣奈壽何上佐贊問之浮提曰從此往三歲而已道未及救壽而其贊先亡則是徒喫苦無功為俞計莫如復逆俗食酒肉從人性所好以終餘年耳否吾何惜而不教俞上佐遂憮然而失拜而還浮提亦終不言姓名鄉里而去上佐既還而為重俗漢常往來於塲市間道其事詳自言其死期人或有不信後果如期而死云

梅花外史曰俗談曰洞内無名倡同接無文章我國人素自輕故言越有仙人蜀有佛則信言仙佛在我國某山則不信彼安知我之某山亦蜀越之蜀越也

十三

梅花外史

25

且異人之未出世也塵光相混若火頭陀之為則亦未知當面而幾錯過矣田間之女未必非白衣觀音也湖上過客安知不宮無上也余於鎭川僧一事既得其真傳則若全三淵南宮斗之還謂皆可信而噫安得還如此人知之耶

抑光億傳

天下攘攘利來利往世之尚利久矣然以利生者必以利死故君子不言利小人殉利京師工賈之所萃也凡可售之物壓肆星羅而棊布有為人儈手指者有賣其肩與背者有淘圊者有鼓刀而血牛者有莘

26

其面嫁者天下之買賣趣于此矣
外史氏曰裸壤無絲錦市摶土之世無鬻甑有需之
者貨之者生大冶之門不以鉗鎚衒力農之家負耒
者過而無觧無諸己而後求諸人
柳光億嶺之陜川郡人也粗觧詩以善科體名於南
其家寠地又汚下鄉之俗多以賣擧子業爲生者而
光億亦利之嘗中嶺南觧將試于京有司有以婦人
車要於路至則朱門數重華堂數十所面白而踈鬚
者數人方展紙試腕力以聽其進退館光億於内日
五供珎羞主人公三四朝敬之若子之能善養者既
十四　　梅花外史

27

經會闈主人子果以光億文登進士迺裝送之一馬
一僕迓其家有以二萬錢來會者其所貸邑羅監司
已償之矣光億之詞無甚高但沾沾以銛利爲才以
是亦得意於試光億既老尤有拜於國京試官過監
司問嶺南才誰爲最曰有柳光億者京試官曰今行
吾必置壯元監司曰子之鑒然乎曰能遂相與難以
光億爲睹京試官既登場出詩題曰嶺南十月設重
九會嘆南北之候不同識有一券來呈其文曰重陽
亦在重陰月北客強醉南烹酒試官讀之曰此光億
也以米亂點等二下擢爲魁又有一券頗合依置之

28

二又得一券為第三及圻糊無先億名陰謀之皆光億受人銭貨以貨之多少而先後之也試官雖知之而恐監司不信已欲得光億招以為畢務閑于陝使執光億送而未嘗有起獄意光億為郡所収將被送自恐懼以為我科賊也去亦死不如不去夜與親戚縱酒飲仍潛投江死試官亦聞而惜之人莫不憐其才而君子謂光億之死不在是宜矣

梅花外史曰天下無不賣物有賣身為人奴至毛之微夢之無形皆有買賣而亦未有賣其心者豈物皆可賣而心不可賣耶若柳光億者其亦賣其心者耶

十五　一　梅花外史

29

噫誰謂天下至賤之賣而讀書者為之乎法曰與受同罪

沈生傳

沈生者京華士族也弱冠容貌甚俊韶風情駘蕩嘗從雲從街觀　駕動而還見一健婢以紫細袱蒙一處子負而行一婢鬟捧紅錦鞋從其後生自外量其軀非幼稚者也遂緊隨之或尾之或以袖掠以過目未嘗不在於袱行到小廣通橋忽有旋風起於前吹紫袱褫其半見有處子桃臉柳眉綠衣而紅裳脂粉甚狼藉瞥見猶絶代色也處子亦於袱中依俙見美

30

少年衣藍衣戴帅笠或左或右而行方注秋波陽袱
視之袱既褫押眼星眸四目相擊且驚且羞斂袱復
蒙之而去生如何肯捨直隨到小公主洞紅箭門內
處子入一中門而去生惘然如有失彷徨者久得一
鄰嫗而細偵之蓋户曹許士之老退者家而只有一
女年十六七猶未字矣問其所處嫗指示之曰迤此
小衚衕有一粉墻墻之內一夾室即處女之住也生
既聞之不能忘夕詭於家曰留作某要余同夜請從
今夕往遂候人定往踰墻而入則初月淡黄見窗外
花木頗雅整燈火炤牕紙甚亮靠壁依攩而坐屏息

十六
一
海花外史

31

以俟室中有二梅香女則方低聲讀諺稗說嗯嗯如
雛鶯聲至三鼓許婢鬟已熟寐女始吹燈就寢而猶
不寐者久若轉輾有所思者生不敢寐亦不敢聲直
至曉鐘已動復爬墻而出自是習爲常暮而往罷漏
而還如是者二十日生猶不怠女始則或讀小說或
針指至半夜燈滅則或寐或煩不寐矣過六七日則
輒稱身不佳纔初更便伏枕頻擲手于壁長吁短嘆
聲息聞窗外一夕甚於一夕第二十夕女忽自廳事
後出繞壁而轉至于生所坐處生自黑影中突然起
扶持之女少不驚低聲語曰即莫是小廣通僑避近

32

者耶妾固知郎之來已二十夜矣毋持我一出聲不
復出矣若縱我我當開此户以迎之速縱我生以爲
信却立而竢之女復逶遲而入既到其室呼婭鬟曰
汝到嫣嫣許請朱錫大屈戍來夜甚黑令人生怕婭
鬟向上堂去未久以屈戍來女遂於所約後户拴上
釣吊甚分明以手安屈戍鑰故琅琅作下鎖鍛隨即
吹燈寂然若睡熟者而實未嘗睡也生痛其見欺而
亦幸其得一見又度夜於鎖户之外晨而遁翌日又
往又翌日往不敢以户鎖少懈或值雨下則蒙油而
至不避沾溼如是又十日夜將半渾舍皆酣睡女亦

十七　一　梅花外史

33

滅燈已久忽復蹶然起呼婭鬟促點燈曰汝輩今夕
往上堂去睡兩梅香既出户女於壁上取牡鑰辦下
屈戍洞開後户招生曰郎入室生未暇量不覺身已
入室女復鎖其户語生曰顧郎小坐遂向上堂去引
其父母而至其父母見生大驚女曰毋驚聽兒語兒
生年十七足未嘗過門矣月前偶往觀　駕動遍到
小廣通橋風吹襟捲適與一卅笠郎君相面矣自其
夕即君無夜不至屛竢於此户之下今已三十日矣
雨亦至寒亦至鎖户以絶之而亦至兒料已久矣藹
一轍閭外播鄕里知之則夕而入晨而出誰知其獨

34

倚於窗壁外乎是無其實而被惡名也兒必爲犬吠
之難矣彼以士夫家郎君年方青血氣未定只知蜂
蝶之貪花不顧風露之可憂能幾日而病不作耶病
則必不起是非我殺之而我殺之也雖人不知必
有陰報且兒身不過一中路家處子也非有傾城絶
世之色沉魚羞花之容而郎君見鶻爲鷹其致誠於
我若是其勤然而不從郎君者天必厭之福必不及
於兒矣兒之意決矣願父母勿以憂噫兒視老而無
兄弟嫁而得一贅壻生不盡其養死而奉其祀兒之
願足矣而事忽至此此天也言之何益其父母默然

十八 梅花外史

35

無可言生亦無可言者仍與女同寢渴仰之餘其喜
可知自是夕始入室又無日不暮往晨返女家素富
於是爲生具華衣服甚盛而生恐見异於家不敢服
生雖秘之深而其家疑其宿於外久不返命往山寺
做業生意怏怏而迫於家且牽於儕友束卷上北漢
山城留禪房將月有來傳女諺札於生者發之乃遺
書告訣者也女已死矣其書略曰春寒尚緊山寺做
工連得平善願言思之無日可忘妾自君之出偶然
一病漸入骨髓藥餌無功今則自分必死如妾薄命
生亦何爲第有三大恨區區於中死猶難瞑妾本無

36

男之女父母之所以愛憐者將以覓一贅壻以為暮
年之倚仍作後日之計而不意好事多魔惡緣相絆
女蘿猥托於喬松而未陳之計以此爵望則此妾之
所以悒悒不樂終至於病且死而高堂鶴髮永無依
賴之地矣此一恨也女子之嫁也雖了鬟揷的非倚
門倡伎則有夫壻便有舅姑世未有舅姑所不知之
媳婦而如妾者被人欺誑伊來數月未曾見即君家
一老鬟則生為不正之跡死為無歸之魂矣此二恨
也婦人之所以事君子者不過主饋而供之治衣服
以奉之而自相逢以來日月不為不久所手製衣服

十九 一 悔花外史

亦不為不多而未嘗使郎喫一盃於家披一衣於前
則是所以侍郎君者惟枕席而已此三恨也若其定
相逢未幾而遽爾大別卧病垂死而不得面訣則猶
是兒女之悲何足為君子道也興念至此腸已斷而
骨欲銷矣雖弱艸委風殘花成泥悠悠此恨何日可
已嗚呼當聞之會從此斷矣惟願郎君無以賤妾関
懷益勉工業早致青雲千萬珍重珍重千萬生見書
不禁簌泪俱失雖毁之慟亦無奈矣後生投筆從武
舉官至金吾郎亦早歿而死
梅花外史曰余十二歲游於村塾日與同學兒喜聽

談故一日先生語沆生事甚詳曰此吾之少年時窗
伴也其山寺叕書時吾及見之故聞其事至今不忘
也又曰吾非汝曹欲效此風流浪子身人之於事苟
以必得為志則閨中之女尚可以致况文章乎况科
目乎余輩其時聽之為新說也後讀情史多如此類
於是追記為情史補遺

申兵使傳

禮樂屬乎明鬼神屬乎幽幽之不敢干明久矣故稍
祙魈魖之類時或嘯舞恍惚而宜於夜不宜於晝然
而齊諧志怪之書鬼之肩與人磨於市書固妄矣猶

有之故有是妄豈地天道之絶舊矣將漫漶混淆莫
之聞耶或曰中國吾東之質若我東國未聞之意中
國人多妄言者外史氏曰是子未聞也豈以東國而
無之以余聞若高麗平章若諸沫若權清河若丰玉
者其非鬼耶恣世有申兵使事
申兵使不知為何間人南陽府西舍許有李生者凡
夢居一夕李方臨紙僊伯泼内呼使飯李入少選出
有書一行當於紙無人疑之莫能定其翌有緣笠破
纓衣直領至者揖而入貌甚㑣問誰曰我申兵使也
與君鄰而居主人訝始指塊南一荒丘曰此也子孫

已絶海民不我恤久困於牛馬以子力得從此免何
感之如敢以懇生諾送之畏而從其言後數日又至
謝僕僕自此每閑無人則必在坐又請通書札曰若
投札於某樹下我當見之生試之旋有獲於案上或
攜外者即答書而其衷式艸法札語甚精好無以異
於人居數月又言於生曰恩大無以報竊覩子之先
塋非吉壤為子求佳兆作始得之於蔦山地如不外
我子其移而窆生兄弟信其言與之期而徙已先在
自點穴開壙以至封皆親督役不懈不知其事者皆
以為青烏家也生既遷其親凡弟嘗閑居論其事李

二十一 梅花外史

曰緬禮重事也吾輩妄信其言安知非魑魅魍魎假
餙而弄人也言未已户闢而又至矣曰子之疑亦無
怪矣其失在我請從此辭又有艸笠而青袍者色甚
勃不為禮顧李而責曰子不知恩反以魍魎目長者
乎其父呵止之猶不聽向外喝曰奴尔速去外廊押
一使喚来見鐔笠被襦者諾而出捽生奴伏於前少
年曰主有罪且笞奴三笞而去笞不甚痛而奴卒以
死李亦發悸疾自是遂絶不至
外史氏曰燈燭灺而盡者無烟驟吹滅者烟氣結而
久不散觀於燈燭可以知死生理若甲兵使者豈强

夾者耶利氏之學曰一切鬼神之有跡皆魔之假矣
而騙人者也信是說少年之怒亦豈怒其見欺耶余
之南陽而聞之其書札尚有藏之者云

蟬告

余家在梅花山下仍自號曰梅庵其音適與蟬聲相
類嘗於路中聞蟬聲口占曰怪底秋蟬能識客傍林
終日喚梅庵蓋自戲也歲辛亥七月客游長安久未
返時霖雨乍晴返炤忽明西風動人鬢髮余方挑枕
而眠作還家夢瞢騰之間聞有喚梅庵於外者起而
覘之無人矣有蟬方抱柯而吟向余若相喚者余遂

二十二 梅花外史

43

有感於中作蟬告以自警

蟬告主人曰梅庵梅庵此豈子之梅庵也乎亦豈子
之所以稱梅庵者乎山之椒海之佩蕭騷而寂歷者
吾知是子之梅庵也斧是山綸是海逍遙而自在者
吾知是子之所以稱梅庵也家花竹友魚鳥樂而忘
世事者其非子之曾題於梅庵者乎夫何舍梅庵而
不居稱梅庵而無實郭門咫尺近市而湫隘則地非
梅庵也埋身擧業窺榮而覬利則人非梅庵也猶且
思梅庵而不置冒梅庵而爲名觀魚聽鳥係着乎心
事者梅庵也山光水色䕺之乎吟咏者梅庵也以至

44

晨鐘暮燈感之手勇寐者梅庵也則子於梅庵何其
棄之之遠而思之之深耶苟子之思健驢一日短笻
三朝便可置梅庵於梅庵之中矣孰禁而不爲是耶
憶梅庵梅庵可以歸方使子如子之願一朝而居百
花之顛其往槼可推矣位公卿佐 明主調玉燭而
贊太平非徒世不子與子之才且不堪矣笙鏞黼黻
華 國家而鳴一世非徒子之不逮世將不子與矣
外此則抵殘紅累未必甘於田舍黃粱矣最因肯恕
未必鮮於瀨識綠簑矣世無子小曾何所失焉子無
世亦小曾有所辱焉則子行子志子從子樂子不必

二十三 梅花外史

45

孰逮哉梅庵梅庵宜其逮哉子之梅庵吾固貫知之
矣梅庵之堂有親鶴髮梅庵之室有妻有兒梅庵之
後有山可以登臨梅庵之前有水可以溯梅庵之下
有田可以畊梅庵有烏其名曰鶴梅庵有花其名曰
桃梅庵有書可以讀梅庵有酒可以尉離羣絶俗長
往而不返則吾不知是梅花林下抹處士之梅菴耶
是梅花山下李處士之梅菴耶梅菴梅菴胡不逮

所騎馬傳

馬壯而賊善於步日可二百里高過御之肩見其友
必蹄桀地振鬣高嘶嘶聲甚清而壯然性則馴相傳

46

爲駞毛羅産産五歲至吾家畜吾家十二歲以馬年
計凡三十三秊辛亥五月從余赴京師偶病不能食
倩獸醫診之曰宿熱入腎臟危矣下之鍼投以藥少
可送逥鄉病復作七月余在京䜭鄉書馬已死矣嗟
呼余幾乎淨因作詞以哀之余之哀非惜馬也惜其
駭也憐其久於家也其詞曰
自余之有知畜一驢二馬畜驢若畜婢所惜惟妖冶
畜馬若畜奴如多所失者汝來自濟州不皇而不赭
一丈烏雲色汗則如墨濡汝性甚桀驁走不待鞭打
每當怒索豆蹴裂震屋瓦慨揗以睞之輒自嘿如啞
二十四 梅花外史

47

若論毛與足世固多疾踝若論其靈識如汝者蓋寡
秋原暮獵李春城早朝貫從以白羽勁鏃之紅燈灺
汝若得其地豪邁復後雅惟應嘶北風去如盤水瀉
儒家弊弊鞍辱奴短齧把歲或三四出否則牧在野
於汝心樂乎此莫非命也自汝強病南心爲念不捨
忍聞汝已斃初猶訝其假世無郭景純已矣從此舍
不有人畜異余淚可盈掌況是不忍聞村人夜窃剮
借車與債驢從余足苟且頓汝早入輪爲人多炙鍛
也日過空廐䯝目余懷惹忽使隣家牛獨眠高柳下
生勿有一束依菉祭馬社詩成如畝帷隨意強所寫

48

主人曰余兒時所蓄鷄爲貍所攫作酹鷄文及冠喪
所騎術作盧君傳今於馬之死不忍無一言亦不忍
徒事文華如前之爲於是文以記之詩以哀之合之
爲所騎馬傳

海觀

送柳錫老徃游沁都

國之西有水其名海其深無止其大不知爲幾千里
百川仕之二水帆之日東之而不自已摩尼之神類
而笑曰我屹然立彼惡乎流我以沙石固成削庚庚
彼惡乎柔我止於止彼惡乎悠我之爲德崒彼惡乎

幽我窮不取西海若曰嘻我不流江漢川澤瘍矣我
不柔魚鼈無以府我不悠舟楫之利無以溥我不幽
神龍陽喬將爲漁侮矣我安得不然小人之德小大
人之德大非若所可茹海上丈人晨出而觀於海信
杖而植目不轉瞳日昳猶不返漁父過而問之曰子
惡乎觀若是其味丈人曰大哉海大哉海道其盡在
是矣漁父曰敢請丈人曰潮至而退退而又至吾以
知天地盈虛消長之機谿磵渠澤畎澮皆以海爲歸
吾以知有德者衆之所遌水日夜流未嘗瞬息歇吾
以思自彊不息孳孳鰭鱧鱄鮀皆得以潛其背吾以

思寬以治風濤起雷雪交摯風止復寂然吾以思靜
而持萬斛之舟颶而行須臾踔數千里吾以思濟物
而有爲水哉水哉吾道其在是夫觀海生跪而進曰
聞之矣敢問海之道亦可施於文章乎哉小子復請
丈人曰然海之體深而廣大而無當造海者以爲不
可曠也設涯岍障之擲島嶼潢之鱗介而郄之雲霞
而釀之遠而望之眞可以狀迯而窨之浦漵汊港大
舶小舫秩秩有序旣通且暢兼以珊瑚琅玕樹於下
老蜃樓於其上瓌乎宕乎何其壯也說未已觀海生
起而謝曰小子已得之矣先生姑舍是

二十六一 梅花外史

51

馬湘蘭傳補遺

皇明嘉靖間金陵老妓馬守眞字月嬌號湘蘭少時
頗有才色爲六院冢及老顏色頗頹門庭冷落有一
少年游金陵學慕姬甚一見不自持賂金三百指江
水爲誓欲諧伉儷時姬年正五十少年春秋未半姬
笑曰以我私卿猶賣珠兒寧有半百靑樓人執箕帚
作新婦少年意逾堅鄉祭酒施夏楚始怏怏去
補遺曰方少年之惑於姬也人有問之者曰子方少
彼老革囊且色已渝子何慕之深少年曰不然自吾
之還姬見他妓之倭墮抓如雲者嫌其不須白也見

52

豈煩而頳膚者恨其不皺且焦黃也見膚如凝脂者
醜其不如拈橘皮也人性有嗜芻豢者有嗜瘡痂者
貴自適非人所知及姬辭不肯少年憂違不能食往
卜肆筮之遇剝之六爻動占者曰不吉剝者五陰一
陽謹按卦辭曰碩果不食夫果非不美其大至碩則
在柰已皺在柿栗已坼在桃杏必內生蟲在梨必酸
且爛食之病不可食之饌也少年不聽竟欲之受咎
一百而去

黃鶴樓事蹟攷證

李白登黃鶴樓見崔顥詩不敢作一詩而去

二十七 梅花外史

53

攷證曰世稱李白見崔詩閣筆而去傳之者誤嘗聞
此白少時事也白少時以文章自許每登臨小山水
必有作人未甚奇之則白曰此境窄故也若遇大山
水吾必有驚人語及南游楚登黃鶴樓樓高三百尺
下有湖水一望無際彌天地浴日月鸚鵡青艸諸洲
擺列眼底如可類而嚥白目瞠口欸精恍神惚若吟
終日咬破石蓮筆管撚斷五十六髭不能成一字詩
遂痛飲所攜酒三百杯不勝憤懣以鐵搥打碎欄櫨
罵曰高亦有數濶亦有限安用尔至高至濶使我不
能吟一詩為也因醉倒假寐有一騎鶴仙人無[illegible]

54

曰遠矣僉令而後亦可曰能詩否乎勉之哉苟以你
之氣濟之以工何潤之有吾將以三湘一曲許汝作
研池白鷺而起遂入匡廬山晝夜讀書凡十年卒為
天下文章

柳錫老住沁府與府妓之老者甚昵抑又登摩
尼頂不能成一詩云故於其再往也戲贈二則

一以為成一以為勉

南靈傳

南靈字烟其先有淡巴菰者當崇禎間以醫術聞嘗
游九邊治戍卒寒疾甚神以功封南平伯子孫遂氏
二十八 梅花外史

為靈其枝葉也為人短小精悍黃黑色性甚剛烈習
兵書善於火攻天君御國之三十二年夏六月大霖
雨踰月不止於是靈臺賊秋心起兵作亂連陷鬲縣
齊州等地方塘失守圜天君敠重困於垓心徵諸將
入援黃卷從銀海欲徑趍九曲河賊熾相火焚之卷
戲於眉山不得入或薦靈可將天君乃使大正黎持
節拜靈為神火將軍平南侯使火速赴難靈聞命仗
節臨軍設烽燧於金臺從賁當谷穴遺而行過石城
涉華池踰咽喉關遇賊於鬲縣燒走之進戰於靈臺
下與賊大鏖火烈風猛烟氛四塞秋心亡火自走已

餘黨悉降天君大悅使使册靈為西楚霸王加九錫
其册曰向者朕否德自貽心腹之憂賊秋心與其徒
長白髮夢不成等侵蝕郡縣勢甚熾盛終至劍臨防
意之城矢及神明之含股肱之郡莫能相救肺腑之
臣無以自力興念國事惟危惟微尚賴卿奮起艸莽
非聞馨香威行搢艸若火烈之具擧功成破竹解鐵
桶之深圍整頓於呼吸之間淑平於灰燼之餘終使
烟塵不警風艸俱偃朕惟火炎昆岡玉石易混而兵
不血刃惟賊是驅使民不知有兵火之憂則此卿之
仁也火攻素称下策而乃能推孫武之五計灰曹操

二十九 梅花外史

之萬艘則此卿之智也一鼓而壯士慓怒三駈而狂
冠烟散斬關奪路奮不顧身則此卿之勇也卿有此
三德宜居第一茲命為西楚霸王賚以銀花鐵奩一
以為卿第宅黃油紙匣一以為卿衣服綠紬囊一以
為卿衮冕銀壽福箭一以為卿甲冑花紋斑竹一以
為卿節旄白板方櫃一以為卿菜邑青銅爐一以為
卿封疆鐵剌刀一以為卿尚方劍三孔風穴一以為卿
主璜卿其欽哉於戲不戢必自焚尚其念哉靈雖受
封西楚而時秋心之徒夏心猶隱伏於氣海故不許
靈之國靈仕于朝兼進香使権茶使酒泉太守摧重

一世天君嘗指而語曰不可一日無此君
花史氏曰昔韓慕廬菼與南烟及㛐生為忘形友人
問二者如不可兼當去何者韓公沉吟良久曰皆不
可去若不獲已其去㛐生乎至於烟有死不可去仝
於南君亦然於是為立傳以紀或曰其先呂宋人

俠娼紀聞

京師有一娼姿色技藝為一世最律其身甚高容非
貴與富不為禮於其中又必擇美容神散名著于世
閑於風流者而後友之是故暱者不必衆其一與狎
者文而武玉堂銀臺武則節度伏外此猶閭里富子

三十一 梅花外史

弟之花衣怒馬行者也當是時客之得閑門羨於娼
者皆訾之為熱心膓不知其有守也歲乙亥國有大
獄遠謫者衆娼之歡一人坐其凡從舘閣班為躭羅
奴去娼聞之告于諸狎客曰速為我裝我與某不過
為尋常一夕友我之設此會十年所親密亦近百人
窃許之皆肉食衣錦以度世未嘗有窮之今某且餓
死於濟奴之歡而以餓死是奴之恥也吾將從之遂
挾厚貲浮海從之至則供之極華盛謂其人曰子之
不復北決矣與其困而生不若死於樂盡畜之乃日
具火酒灌醉之醉輒引與寢不以晝宵間居無幾果

病而死爲棺槨衣衾甚美以瘞之又自置送終具以書十餘幅及貲之餘付隣人囑曰我死以此殮以此貲送我之康津南岓以此書傳于京師也仍痛飲酒一慟而絶濟人憐之依其言其所寄書皆抵漢陽舊友也得書者衆之而義其事醵金往迎遞求其土葬之人於是乎知娼之有高義而非趨炎者也噫若而人者真可謂自好而亦裙釵中矍夫也是豈世俗粉頭之唯錢貨是逐者比也嗟乎安得其殘粉剩香爲世之市交者脈哉噫

三十一　梅花外史

61

62

題梅花外史卷後

余愛李其相詩文其奇情異思如蠶絲之吐如泉竅之湧今見此卷即其雜著外書也譬若聽善謳者之歌其始也颯颯兮正始之音而變之爲商聲寥亮羽聲淒苦此蓋嘗所以下淚於雍門之琴者也讀者病其時或有俚語然亦才之過月誦芬嘗言其相筆端有舌余以爲善評云歲己卯仲春己卯即望藫叟書于黃城之論山海厰

三十二 梅花外史

63

64

花石子文鈔

花石子文鈔

李　鈺其相著
　　潭庭散人校選

鏡問

花石子曰吁嗟紫珍人不自知其面必於女而得之
則女面余面女面之有異女豈不知之乎余不知女
之面之昔之秋水之輕明者于何枯木之不揚也昔
之蓮暈而霞晶者于何砦石之黝蒼也昔之趺瑩而
鏡熒者于何霧日之無光也昔之鼓鍚而晾綾者于
何老橘之旁也昔之柔輭而豊盈者于何蜀蠶之殭

一　花石子文　一

1

也昔之劍嚴而雲晴者于何蒲林之荒也昔之飲砂
而含櫻者于何退紅之奬叢也昔之圓貝而為城者
于何坡峗而垢黃也昔之春草之始生者于何素絲
之繅長也以今之面覽昔之面族兄弟容或相肖何
其異也噫余自七八歲已以女為面于今且四十餘
年則余之年亦五十而衰一矣神涸而色燥肉落而
皮皺眉尨而眼眊脣晦而齒槁者亦固期矣而以余
之庚等於他人益傷而漸榮者閒亦多之何其惟余
之早耶且毛髮者艸木也地之消旺候之弦慢多係
於此則女之以宣髮我睎者凡幾禩矣憶十七年前

鈔

2

對梳而頻驚自是二年二年見於頷次見於鬂次見
於鼻前又次見於顱始一白二白今則巾以上存之
沿口而鑷者每四三日必十有餘向使徵女與鑷已
須而犂矣余不知何余之甚毒耶噫余平生質非不
脆而不至琉璃之不牢也神非不耗而不至穀神之
逃也女非無勞而不至煎爍燈膏也嗜或性豪而不
至內爛淹糟也非無飢渴而不至鯛幻踊躁也非無
悲哀而不至膓攢鋋刃也非無慕顧而不至氷火交
鑿也非無辛若而不至積痞羸勞也非無幽欝而不至
慍倫離騷也至若子淵之學仲將之書與嗣之文充

二 花石子文

3

鈔

非余而可追則靜究其來誠臭之曉豈中身亦已暮
矣因其宜而爾耶豈來薾無積視人七八十而猶耶
顧聽於女鏡曰噫子不知其一不知其二也居屆貴
者淳毋益齊日灌五倉若穀之擁糞故色數如也肉
膴如也學神仙者吞吐呼經習發丹黃若鹿之食野
故皮姝如也髮濡如也今子既不能肉又不為藥安
得無變於今昔乎世之喜其面者嚼楊而漱加豆而
澡掠削而巾復導而掃栗膜理皺亦香潤槁綴帨在
手摩挲自覽今子月不梳三日不靧磨彤而視和逆
而嚼汗被而泥日炙而黧雖以余言之塵而不拭綠

4

而不磨則幾何其不爲古尾斥耶此子之所以自致
者也子不知之耶且夫山前之石生而猥㩁則閼剗
而猶猥㩁也石上之松生而擁腫則彌老而猶擁腫
也既無可喜亦無可悲至於松下之花生而婐婉連
娟則三日而乾花變色見韓詩又三日而蔫又復三日而往
視之則色香態質殆無全矣子之幼也妏花盈束及
旣冠也街人攔驢續騎三十猶以非舊之面荷奬
於射策之班則美固不可以長恐礜固不可以久與
早衰而礙固其理也子何竊竊然疑之又何戚戚然
悲之也子如欲問其閒諸黔羸

三　一　花石子文

5

瓜語

下第庭下庭圃圃大麥可耤二寸歲植瓜瓜則亦寸
根餘三月種瓜四月瓜蔓五月瓜始花見花月將半
乃瓜而食既食瓜一日摘三日摘又五日摘小者如
拇指大者殺角又大者闊握大而老者圍而尺小者
淨洗蘸鹽連皮齕宜火酒大者截而巹餡芹葱蒜或
鹽淹或加醬或醬水微湯以作葅寒葅不熟而梅
周握者以羹以菜菜或方或圓羹多馬蹄削膳着瓜
之宜不一此其大略若老而大者皮色黄頑且散如
大樹膜其腹離而空其味小酸子堅可以藏不可食

6

膾而浣之檫其酸拌黃虀為辟暑菜不則剝而取其
子提諸圈此瓜之用以大小異也然瓜之生易老花
脫之三日往眡之雖小尚可穀中日而又往眡之已
大矣又三日而往眡之又大矣其或瓜葉之所蔭蔽
覓之所交瀜蔓眡而不得則已哆然而老矣已喟然
而大矣故圃之人摘瓜當以相衡以目小者留之大
者收之諦而眡之如擇粟於積擇權而取之如囊竽
而剝㧊不踐其鬚不反其蔓小者穀大者迫而羨而
菜之大不可食者留一二為嗣歲儲然後圃之道得
矣吾未知為瓜者將為穀乎將為迫乎將為羨為菜

7

乎將老而棄而留其子乎是則未可知

蠅拂刻

蠅甚賊惡物也為拂而拂之有鬃拂有革拂有麻拂
鬃拂斑竹五尺鬃用白馬銅沓而僂流蘇閒璣石麈
如旄則迎空而隨若刑以刃革拂其質韗其制隋而
圭繩紉而衲檍以震其背麋滅者萬斤之壓麻拂用
麻或用葛會撮而約以穗于策縷粗而疏拂之多不
中吾於用皆未當吾得一牛尾甚茂且脩剝太骨珠
縋以桊木布青紕際箸銅而慮脫好一拂也以試之
蠅飛者行者羣集者懸棲者抱壁者莫不感焉一之

8

則如醉再之則如病三之而始寂一之則如醉營營乎呼以翼翽翽乎旋以背三息而不再之則皇皇爾起望望爾恣之踰閑而不敢止再之則如病肚宛宛然如有存股脉脉然如有動殑殑甆甆(音從亂 垂死貝)刻幾半而始甦甦則團團然蘇蘇然如溺而未晞也如凍而將蟄也三之則始寂而亦無斷脰潰胃者人見之以爲將翔也掠而致之然後知其僵也此牛尾拂之用寬之則寬嚴之則嚴舒之則舒張之則張其視諸鬃拂革拂麻莖拂爲善實習亦篤天作舞操用牛尾晉之人士每清談愛麈尾梵氏說其法必竪拂皆牛

五　一　花石子文

9

尾拂類也古之尚牛尾與拂者其亦以此歟遂刻曰健之垂賊之揮儉之爲仁之宜

鈔

効貓

問犬曰汝之於貓不同而同雖非族彙蓋似儕同畜於我同爨而食同庭而戲既無讐隙亦不相涉則汝之見貓必狺狺然怒犖起而遂之徼倖而遇則咋之噬之欲殺之而後已其意云何彼非狐兎野貓則旣不可自倚以獵而豈主人之所以待之者有密跡厚薄之不均也故媢嫉而然耶抑主人之所以感化之者有不及於貓相乳雞哺狗也故習於悍戾而然

10

耶毋伏爾懷其以實對對凡物之食人食者不聞人
不人必有功而後食故亦食則必有職焉今以主之
家言之奴也芸且蘇蹊也畚且汲下之馬受騎牛效
明雞司時如臣之族生則警戶死則羹獻以其勞之
大小而食從以高下焉者事之當也如彼猶者臣愚
昧不知主之所以食之者何如彼之所以食於主者
何功耶游則處塵上而毛裘縕溫訴穉畏寒必就煖
炕而眠每當食上走伏桌下俯蹄咿嚶若饑兒之索
飯故未餒而先分恣其飽飫而時復侈之以魚肉此
勤壟之牛力載之馬所未得於主者而伊攷其職只

六　一　花石子文

11

在斜鼠窖墉之間幸而得一鼠子則距踊擲矣矜眩
其能若樹奇勛而獻臣馘者然而渠之才既不可逐
聲攫貌則所力雖小而猶能勤其所守一日而捕一
鼠耶猶可爲除主家之害報受食之恩而爾乃量隨
身大腫與尾長自來狡性老益慵狂則墻壁飄篙鼠
穴空洞案壓經籍鼠跡縱横鼠之脚蹤聲聞不啻狼
籍而無意採詰一不跟詗致使庭中之粟七粒而三
殼梔上之衣不蠹而先穴論其不職已難曲貫而此
猶未矣豢焉而一日再哺兆焉而一年一乳者其理
之常也至若此猶則既飽而旋乞綏吃而復索朝晝

一　鈔

12

之項四飯五飯腹重而多睡食歇而思肉乃向者廚
人淩豆腐于盎完之以拌搨蓋而盜其半懸魚於柱
高可過脣登罷而躍斷其一尾何其倦於鼠而勇於
魚耶鱇鰈膾飵無味不嗜和鮮連骨呑不暇嚼則尋
又嗢音沁猫犬吐聲然嘔穢於床裀之側至使人惡而廢餐
者凡牝次乎既肥矣又逆矣晝宵嘷哭以速其雄花
者犁者長尾而面大者群至而醜易聲舔四隣呵逐
不奈繞三其月隱而生子春既孚尾未秋又爾其子
漸大各習其父見人則屛見鷄則猛毅誨似之非獷
則獷於是鼠既歇伺鷄又畏嗔則乘夜上屋撤其瓦

七 花石子文

瓴擲雀之㲉蕩巢破卵當是時宿客疑其有盜婦孺
聽其爲魅近簷易危鴟鵂立碎頂曳雨集屋漏爲沛
是猫非徒不捕鼠也是亦一鼠也盜人害家鼠孰大
焉三苗之虐不足以比其驕林甫之奸不足以擬其
心經曰暫遇奸宄劓盡滅之無遺育傳曰毀尾晝堤
其志將以求食其斯之謂乎臣雖賤且劣乃其所守
者盜也浣飯和羹鐳飯半救日再免饑者惟主之恩
則夜不敢寐循竇而警惟盜是求矣夫藩外之盜猶
欲驅除況室中之盜乎未至之寇尙可防禦況方養
之寇乎此臣之所以見之則必逐當之則必噬顧力

不足耳必欲肆諸尹庭而後已者也何主之疑其有私於其間耶噫奸人巧於媒罷忠臣傷於自勇從古疾惡而反坐者滔滔是矣臣將見猫則飽死而臣則死於蟲鑊也於是主人流猶于松山

論西風

伏以上穹之所子萬物者無處不仁無時不勤而於物之中尤眷眷乎民故民之所欲必皆從之民之所欲固不一而莫大於食故食爲八政之首穀與五行之列然則其所以生穀者卽所以重民而尤不得不仁且勤者也資而養之慈母之施餌糖也蘇而搆之

花石子文 八

15

老醫之挾箕黃也凡所以隨方費精生之成之者果如何哉然而至尊至大不可以躬庶務則此所以有有司之任而俯體上穹至仁之念循遂生民莫大之欲者專在導揚輔佐之爲如何耳乃者五月已過三農方殷秧者將移根者將耔汚者方耡亢者方耜民之所以待惠澤者兒飢三夜思母之乳婦曠十年望夫之聚一日二日民情萬皆然而油然者作合而旋析旆然者將始而復惜竟使水田揚塵山田敲石近井憂汲附海苦濕以至桃葉生甘匏葉垂簷而民之所莫大其欲者將至於欲從而未之矣小民無知仰

16

首號咷而脊恐者或移咎於雲或歸責於雨而竊覸
今茲之旱非雨與雲之所不勤奉職也苟究其由罪
有所在噫嘻痛矣惟彼西風性本肅殺職在揫斂江
河遏之而涸草木當之而𧩪雖或備列於四佐之羸
癸功於六氣之調而其於仁覆長養之世則固不可
責任而肆力矣然而爾乃憯不知時慢不守次每當
夏至之月其日辰巳南風宿戒東風踵起林喧衆鳥
穴徙羣蟻於是雲則染形爲墨由濟積厚饋餾四蒸
祗馳如蔀雨則振河翕海高蓄廣蘊經綸旣久絪縕
且近於是導溝洫理穢襪圃擁瓜塲杖麥盛矣條矣

九 一 花石子文

17

鈔

今已至矣農之相慶夜不能寐爾乃乘機抵隙奮起
闖發者然鷙擊悍然𩥇突貪賁之趍亦也恐有或先
勇士之陷陣也雖死猶前狂夫之脫繫也且沛且攋
鴻陂之決隄也倏爾滔天燥薪之遇火也燄未及烟
狂鋒所觸雲不能遮其行颷燄所及雨不能徑其情
莫不披靡走藏瑟縮斂退乃至碧空如掃紅日如燒
生民仰之氣短無語爾乃快其得意矜其擅權猶復
輕掠林木大撼嶠之變秀色低拂畦塍嘉禾爲之失
生意吁亦異矣抑何心哉今若援經議律嚴其所犯
則理多難貫夫燠寒殊徵舒慘異用如西風者其字

18

在况其官在秋苟閑其職則惟宜調金律滌玉露催
吳江之落木戒燕塞之鶵羽而乃敢出非其時用非
其宜則是午月而行酉令也經曰先時者無赦夫雲
蒸雨鬱叙有其時金流石爍功有所資則暍夫之歎
天非不知也夏畦之病天非不慈也誠以旣方急於
秋訛未暇恤於炎谷而若西風者其性旣寒其德實
凉一鼓而吳牛匠喘再獻而違龍回光怡衆里臥牖
之叟快蘭臺披襟之王則是罔違私而曲媚於人也
經曰罔違道以干譽夫風各有候時各有授詩不云
乎習習谷風以陰以雨又不云乎凱風自南吹彼棘

十　一　花石子文

19

心春風者東風也功著膏潤凱風者南風也能於長
養則伊放三農之節政屬二者之權而若西風者炻
賢妨能枝克叨慣旣厭勝己之才專懷擠揄之志跡
不嫌於趑趄情無異於紾臂則是其意實在於奪人
也經曰人之有技媢嫉而惡之夫惠以養民守下之
政勤以越命事上之敬則當行而行當止而止者是
爲用上之命矣非任而作非功而起者是爲不用上
之命矣若西風者跡其所爲果何如哉顓擅之失躁
遷之情雖古跋扈之臣方圯之類殆無以過之則此
皆出於逆上拒命之罪也經曰不用命戮于社噫有

20

一於此猶不可原況負犯之多至於此極耶況萬姓
之所怨三農之所恨萃于一身形諸萬口則亦豈可
任而無懲恣其所行也哉昔形天不恭膚斷其首欽
䲹擅恣罔赦厥咎貳負逆旨則梏之疏屬之野支祈
流害則枷以青石之鎖天討有罪五刑五庸哉惟願
毋聽而明斷焉謹效韓氏訟伯之義敢申繳聞

衆語

李子舍迤北有縵田一區橫可二墨(五尺曰墨)由十肘(尺二爲肘)
量以盈不足法不及鑊(五畝曰鑊)十之一其土白而墳
且鹻無力五穀不毛其間有歲昨三年海水溢壅有

十一
花石子文

三日而去其性愈失雨下作粉餌渙暘而風白出花
壁之爲雪李子使里之夫治而耕麥麥不苗秋而蒔
來服又不成其翌年春有言紅花不擇土者乃耰而
子之百生一二李子曰豈有是也顧不力耳趣奚奴
易之以衆(衆卽林鹹也)奚隷曰不可是性柔味耳鹵不宜
種種必不遂李子曰石則已水則已寧有土讓穀不
受者汝則憚其瞥耶吾必田而後已於是奚壯一人
童四女隷三半月於治之奚搬灰與穢十數斛於畺
以鍤耬銛土每三武一銛銛容五升匏童以瓢及瓠
行其灰隨而實之女隷先事三日以圃水漬衆候其

大倍每畝下四五子手以閉之足以壓之所捉凡一
升有羸於是李子日往于所審而待之閒有雨下急
水以土走碨磴者漫然無文也旬而餘衆始生有一
畝而四五生者有一畝而惟生一者有五六畝而不
見生者通校之十畝而不能一二也李子懭然而視
憮然而嘆曰偉哉地之爲也信不可人而抗也地則
不欲其穀我則欲之彼畚鍬也其於地何山田種黍
水田種稌亦順其性而已矣噫成都炭也孔明欲植
漢而不得建康沼也朱子欲培宋而不得彼拔其萃
盡其瘁尚不得於地況吳童女隷者而之力耶非徒

十二　一　花石子文

23

天勝人地亦勝人矣噫
衆之生十有多日往視之猶舊衆也方儼然而黄如
累霜者奚怵之曰衆乎衆乎翁翁乎莘莘乎鹹之涌
乎浸我手之動乎李子悠然良久曰已之余將不復
事噫壤亦有棄乎奚曰竊嘗聞諸老農曰膏地宜旦
麥确地宜秬燥地宜秠濕地宜衆多石宜麻有水宜
杭地之斥而鹵若皆不宜舔其壤味若鹹毋以耜往
是土也實鹵棄之何有李子歔欷曰向吾未之知矣
壤亦有棄者矣人之於天無日而無所爲與日偕作
日惟不足而其有大風雨大寒甚雪行者停居者高

24

棄而無成此天亦有棄日也人主之於世任賢使能
量器以授上自宰輔下逮直鑄冢瑑扶盧司火一無
不需而亦有聲斷齟齬憚悇誒詒只自耕釣乎皐澤
而不欲爲時之用者此世亦有棄民也見於棄者固
灣矣猶得以自閑則在其自爲棄賢乎不棄是壞也
其亦欲閑乎也訛茍可以閑棄亦何歎噫
李子以衆之不田也猶恨之欲因以閑之議闕而容
水設隄坻以資魚不然褻之爲町疃欲消擔斯相羊
斯詢之于奚奚曰不可乃爲池相泉脉審土性潤可
以無涸到可以無圯然後穴於水宜魚子宜菡萏蘆葦

十三 花石子文

25

揄芷凡爲消擔之所高可以望塿可以暢花竹可以
相莛席可以張又客乎臺除上作唯意今是土也閒
於屋而左窓下而無水雨則沒䂍暘則恐瓜衆且不
遂何花竹之可事也且主既已棄之何不任其自然
使羊蹄番舌馬蓼牛覓壓海之紅者族於斯掬於斯
放駒犢而無所愼始生而芼之既老而樵之猶有所
效於主歟李子曰然向女爲不可悔予不女聽吾焉
女從之噫吾以爲棄也聞女言是不棄也既毛矣何
必穀之膏也既茂矣何必人之畜也地生物者也其
生也生之而已不以愿草而猎焉不以嘉禾而萬焉

26

盡其功矣人自異焉耳鹹水海中生鹿角紫菜綸組
珊瑚樹鹽池生驟駞芴海之沙生海棠海防風何所
不生向者衆之性不宜非土之性不宜也又豈可以
其不宜衆而直棄之耶噫
隣之叟有見其爲衆也嘻嘻然謂李子曰惜矣夫之
子之勞也使子得良田膏腴之壤而致是焉水田尓
千鍾山田衆千甑平衍之野三豆二蔴黍與稷各千
斛沙礫之畜歲木綿千斛不亦富乎不然學於業人
葠者易而易之三歲其成千金有羸惜矣夫之子之
勞而虛也何子之勞於虛也子其大寒折纊則團盆

十四　花石子之

以湯蒸樹而花者耶大暑流金則捉旎于井變湯而
氷者耶折亦引繂轉檥驅播而上嶺者耶飛石架水
塡潭而築廬者耶彈力於無用之地費精於無功之
事一事爾百事皆爾子於乎日若制作若思慮若營
爲其必多衆之田矣惜矣夫勞之虛也李子俛而笑
䦨然不答者久之乃歌曰沃土之民苦逸而怠而瘠
土之民勞而儉而非余之皐芳土不可悔而
旣含衆之旬日李子適出而徑其所見衆之生者有
兩葉而寸者有四五葉而葉猗儺者方困於艸無以
自生衆則孤而艸則繁衆則弱而艸則蕃衆則伏而

艸則軒如守以契如蒙以盆如圍以擂孛子猶戀戀
也手以抹之非衆葉者去之非衆節者去之非衆色
者夲之非衆心者夲之須臾艸則皆夲惟有衆也女
之芸者過之問曰先生何勤於此曰吾亦芸矣女笑
曰爲衆芸乎爲艸芸乎曰爲衆夲艸女乃就衆中拔
衆二三而質之曰此衆耶此發仰也此莎之萌也此
狗尾之禾秀者也爲衆芸者亦若是耶李子仰天歎
曰嘻余之罔矣夫其心也衆其色也其衆節也衆其葉
也衆是固衆也吾又安知叢仰與莎與狗尾也嘻何
其類歟狼似禾蕎似麥蔺似藍紅亂似葱盜庚似菊

十五　一　花石子文

求甌似竹蕣芜與苠似人參奚徒是也焦明似鳳負
釜似鶴符拔似麟鷦鷯似騶虞六駮似馬鮫蜃似龍
能似靈龜奚徒是也小人似君子奸臣似忠貪臣似
能譖臣似直惡臣似賢漢不知弘也故用唐之不知杞
也故寵之宋不知檜也故重之有眞必有假有正必
有邪不有其明何以得其情不有其精何以別其名
不有其平何以異其旋嚏苟不察於是不可以爲百
人上不可以爲十人長不可以爲人之內雖求爲衆
之芸者亦不可得矣不亦悲哉

話龍

龍之宅海也龍之職雨也然則鐏于海而與海相浧
而居者龍之隣也搬水而上復下而散而使槁者蘇
燥者濡者龍之仁也然則龍之施雨宜先於邇而後
於遠宜厚於親而薄於疏宜數於沿而希於陸然則
比歲以來旁海彌亢它則滈滈而我則煌煌它則洋
洋而我則芒芒它則康康而我則荒荒是何哉昔姬
文王居於畢施其仁江沱潜漢先其澤而化庚桑楚
處於畏壘畏壘之穀速熟庭堅氏曰邇可遠君子曰
聖人之道家而國而天下也故自邇而可以遠子曾
子曰知所先後則近道矣又曰所薄者厚所厚者薄

十六　花石子文

來之有也使龍而腹無腸如蛇無心如蚯蚓鯉鯽無
可語使龍而有心有心必有性情有性情必有知覺
有知覺必有所先後遠近厚薄者是誠何心也抑豈
行施之際不能自主有其位而不能司其用故委之
於雨師雷公之手而莫之何耶豈因懶成痼嘽喧誒
詣而瞀不知十里之事土燋泉涸而未之察耶豈處
幽性陰獸與人陽而相逼則欲蟠其民而墟其地潛
使之遷而遠去耶豈旁海多鹼曰規鰌鱸蠔蚓之屬
而獮之故以其類也惡而讐之有若相報仇者耶豈
吾海無股龍所天久旱始享而求之故故靳而徼之

爲齋勻哺餟計耶世而皆無雨炭農爾楚農爾則已
矣今也它之土皆雨而足去龍舍三十里外麥偃而
禾遷穰穰乎有望秋之思豎吾土獨不然數年以至
今年年年無雨今年自正月至是月又無雨是月也
五月也非無雨也有雨亦無雨也雲出于山潼潝然
有意徙而近海則忩薪之烟也南風者薰風也民之
所倉財也其吹終日其庶幾以雨而日次禺中石欲
生汗則有風自海而起颾颾然颮颮然俄而衆如也
燚如也不爾則不止此則誰使之然歟非徒不庇我
也而又害之其意何居在國之刑天不雨象龍而禬

十七　　花石子文

之禬之不驗扑而艾之龍其念之哉

莠悟

李子性惡莠凡除庭圃畦之間有莠或手之或器
以治之期無莠而後已因多所悟解作莠悟
莠本一艸以其能害穀莠爲惡艸於是艸之能害穀
者皆爲莠不徒莠爲莠旣爲莠皆爲惡草草豈皆莠
而惡也哉以其害穀故也人亦然驩兜虞一人少正
卯魯一人子蘭楚一人若恭若杞若檜皆漢與唐與
宋一人然而能害賢害正害忠則或爲兜或爲卯或
爲蘭或爲弘恭盧杞秦檜焉此後世所以多蘭杞之

類而不徒楚之貴唐之幸爲蘭爲杞者也苟能害人
者皆古之能害人者也人豈可害之也哉人之賢又
豈可害之也哉
莠之强而大者難除而易去莠之柔而小者易除而
難去其强而大者十步已見其爲莠環兩指鉗而引
之不可得即右手握而牽之又不可得兩手擁而曳
之瞋目而頳頰紅鮮不得如又不得必恥憤之急呼
鋤或鍬挖而出之雖滿擔之根不敢留其柔脆而微
小者循而後始有拇爪絶交即漠然而絶視其所更
無有莠三日往于視之復前莠也蓋斷也非拔也故

花石子文 十八

35

也漢之卓人皆知爲卓而力而後始剪既剪更無卓
宋之安石人不知其爲奸一斥即退而熙寧之安石
又生於紹聖又復生於政和是卓可去而安石不可
去也故曰莠之强而大易去莠之柔而小難去然莠
之强大者既去土以根壞氣以土竭鮮不病穀
非其種而自植曰莠非其類而同居曰莠然間有假
而混者焉於稌有非稌而稌者於粱有非粱而粱者
於來有非來而來者於牟有非牟而牟者於衆有非
衆而衆者巧農兩業而能知庸者秀而後始知蓋有
所同亦有所不同自其同而觀之則同自其不同而

36

觀之則不同能知其不同者觀其所不同也人與人亦同面目同言語同行立同甚至巧於同者氣象同意思同嗜欲同議論同文章同事業同無所不同亦有所不同者心不同膺不同真駁不同純醨不同淳其同易見其不同不易見是故知人則哲惟帝其難之老子曰大奸似忠

莠艸也穀亦艸也天之所生地之所欲成豈有彼此於艸也惟人不然曰穀曰穀曰莠曰莠區而名之而愛惡形焉亦利害已也非天地之情也然利於我我不得不恩之害於利我者我不得不讐之亦物之情

十九 一 花石子文

之固然也然而苟不害於我我何必苛而戚之也天下之土畊少而多原天下之艸穀寡而莠繁又豈可盡之耶使莠立於閑不與穀相妨細可以秣社可以爇雖后稷復作亦何必誅於莠也介甫老抱輸葩惠卿止於府史章惇久於詞掖蔡京限於供奉是子皆可人必得其任吏何莠之害穀於宋也然則雖小人亦不必盡斥以小人任小人則小人非小人也

莠之中有羊負來者蓋古無是也塞之北多有之子綴于羊毳毛落于中原中原目以有羊負來其為物也根淺也故占土多而難於除葉繁也故喜擁殺天

陽使它不得遂實莠之魁也且其子一稃而藏二成
則能自種春土脈政疏羊負來必先它艸作褭然冠
道人頭而起纔去地二寸復脫而藏之土明年春其
半又茁而生是故荒蕪不乂之地皆羊負來也村之
翁有善治羊負來者稚者蕪之而不墜其所戴強者
候其實之未堅芟其半而火之行之三年居無羊負
來噫國之治小人者盡是之法
手治莠之苗莖脆者難根直下深者難根盤而廣者
難臭者難有刺者難拔甚茂甚如木者難猶未若蔓
者之難蔓者其本甚微其及甚遠縈蔓虯結而左纏

右挐方延強者以爲援又附於穀而托之故欲去則
恐傷穀欲不去且病穀是故蔓者最爲難人之庇強
宗納與援結寵甚固者似之治莠者又不可不知也
緣佳疏也種不善長而爲蔓菁力治之猶可以筆有
莠雜然蒙蔽之使奚朝而盡之菜女過之曰惜夫皆
菜也此明花子此飛乙陰此獨孤抹可茹此大入繫
菜之餘帚亦好此唐蓼花雖不菜紅白可愛盡怨而
債之噫彼其藜與莧與菓與地膚與葒者耶非吾謂
無用也非吾亦不知也奈凌侵我白菜壅蔽我白菜
使吾白菜不得成其美何奚速去之非吾不愛也愛

不及蒔也哉種蒔不種莠者也哉於莠何哉噫訣之
以莠猶可原也非哉之蒔又何寃也莠蘭當門猶揔
其根是在彼非在我也噫於人亦有之矣
指烟于除之前時天火旱土燥恐暴而失其功乃不
先事莠種之莠之間拔葉之所施艸氣之所資天不
裛雨而膩地不鑿而潤三日視之烟已根焉又三日視
之烟將拔且葉矣而固於莠亦歇矣於是爲烟而去
其莠四匊不五寸不止噫烟之根莠之力也莠之去
烟之役也莠何負於烟哉然莠之於烟旣所不容則
安得無是攻也是亦非其類者不可以同非其匹者

不可以終于厚者其非蘇子瞻之少日友守烟與烟
比莠與莠僧雖相交加無哉無爾若烟與莠錯莠與
烟薄始雖相助終必見虐莠有則烟不有欲有烟則
早無莠矣

蜀葵花說

葵菜也葉宜羹花白而細節節生葉間蜀葵花也葉
小異於葵微似菀花大於葵有紅有白有淡紅亦有
單葉有千葉黃蜀葵亦花也葉尖而拔有缺異於葵
蜀葵花亦異色微黃形如菊而大其大過壯丹莖高
麥高人尺餘而花於頂一莖一花頭秀而竝開隨時

而傾朝則傾東夕則傾西日中則正蓋花之慕日而偏隨者也故古人謂葵爲傾陽政黃蜀葵之謂也國朝賜及第人人花二朶莖葉青花紅黃相間異於牡丹蓮梅菊諸花狀漆紙而剪於花無所類其取制者蓋蜀葵花也噫花乎花乎奚取於蜀葵花耶豈取其向日而傾耶又何不黃其彩而規其製耶欲取其傾陽而蜀葵之取焉則是猶取竹之節而取石竹也取桃之華而取胡桃也取其名而訛矣取其義而註矣奚取之有哉且蜀葵之爲花也花既不能傾陽葉既不能宜芼已不逮乎葵與黃蜀葵而嘉實不如桃

梨李橘烈香不如蓮梅蘭薇麗華不如牡丹芍藥淩寒不如菊忘憂不如萱動人不如若榴耐久不如月季直花之無可尚者也且其爲色甚紛無純粹之美開落甚怵無貞固之守根陳而始花無膚敏之譽子落而自蒔無難進之義君子無可取者一焉噫畫藻於簪尚其潔也鍐蘂於冠取其華也今也賜新進者責首之飾而必以是蜀葵花則吾固知其無可取也或曰古諺曰葵能衛足或可資自保之智歟曰是又葵之智非蜀葵之謂也余始植之庭爲恃瞭華圖永久者戒焉

七切

客有造花石子而問焉曰子病矣乎否花石子曰無
余祿𩛰則食時至則寐武可以杖三里眡可以分五
類無冒無格無沴無祟余未之病矣客曰噫覸子之
神龖乎艶乎診子之氣痎乎瘏乎㱠子之志憕乎怳
子若靡之在腧若痞之在膺若亡陽而不知皆若喪
心而不知癢夫病而知其病者可藥而譬不知而病
者不可以瘳子之病已痼且厚矣子何不病之憂耶
花石子曰余食雖能飽而不知酸鹹者已三載寢雖
達明而覺不知夢之所在析秋毫而猶瞖審蟻鬪而

二十三 一 花石子文

尚瞱寙寙乎如仕者之失位顛顛乎如離妻之有待
心神不爲之鴅然志氣不爲之爽塏然而旣無疷之
可對亦無失之可悔引鏡反察縈衛不彩面目益顰
毛日益皭余亦蘇蘇疑而莫寧子若有術能相余殆
客曰蒙則觧之囂則下之態焉以導之金火以瀉之
者鑿之所以攻有形之疾也今子則不然㹉然而不
覺厭然而欲化昔枚叔說潮楚儲却藉陳琳馳檄曹
若兜卻僕雖不敏請借少暇願以嘲嚅之訥導其竅
而灌其魑可乎花石子曰唯唯子試言之
客曰心者一身之冢君也無釁則逸不開則擒至人

齛之聖人聖之凡人易動不區別失百病職由瞰虛
襲實存存之道必寓於一嗜觀世之人多寓於戲之
具樗朴音者其戲維何亦云多術曰有紙牌最繁且昵
齊脩隋於蔔賭等旋覘於不聿象列卦而分彙準成
數而開秩紛售強而食弱順衣會而迭出蓋古之葉
子與馬弔之變也維陽才子文雅之匹莫不鍾恩嗜
之如癖爾乃紅氍鋪疊銀燭雙挑有客有錢有酒有
肴上下更番合六為曹倒歌烏逌各解青袍揎腕撞
拳號呼不勞排着飛鳥之展翮擊若戰士之抽刀或
龍拏而虎攫或鷹揚而鳳翺或投餌而必引或射覆

二十四　花石子文

47

而相遭或比兩而決闘或吞三而占豪於是畫奇如
羿得雋如皐忌瘦與餐繼瘠以膏樂哉斯也其樂陶
陶是故衣朱之賢青谿之髦下逮騶僮閭里之教傻
過而癲癖成而饕府有禁而不爻庭有誡而莫操是
豈三十六宮宣和之牌十有九路冷暎之碁雙陸象
戲簸錢之儕也哉雖其趣之獨未混時俗而知佳寧
從事之有晚何不動於心懷花石子艴然怒曰子何
曾論余於是其身必潰其家必訾使吾家牧猪者業
之吾尚欲挈而韲之曾謂讀書者而染乎此
客曰酒之於人字曰歡伯肆古賢聖鍾千觚百天苟

鈔

48

無戒嚋不莫逆和人心志調人血脈染人顏色浹人
骨骼仲宣夬旅伯夷忘阮世之飲者皚皚頷頷量雖
不齊嗜均無隔知子業嗜粤自宿昔吾將為子麴綠
臣之珍餕糯米之新壓以生綃之密囊貯以甕甖之
無塵暇日選勝豪朋滿茵或桑花之林或明月之濱
或爽風之晡或皚雪之晨其酒維何其都廿紅之露
湖邑三山之春竹瀝膏之已萊梨薑酒之宜唇三亥
再煎一年十旬杜鵑松筍碧香之倫暨乎新清白濁
之醇杯以斗分蓋以行陳其肴維何爨牛炰豚禽雉
燔鶉醎有蟹胥鱠細鮮鱗鴨蛋如瑣蘭鰒如輪其蔌

二十五　花石子文

維何菘葅蘿蔔魚山蘄甘辛瀹芹醞瓜磨菰輪囷和以
梅花之酸調以鳳仙之津於是揖荷鍤之客速蟹飲
之客不醉無歸期以濡首斟三雅而迭勝咻一座而
復起夜以繼晝五石十斗芠芠如太古之始蝹蝹如
春夢之久瞢瞪如頑空之佛蕩然無思想於醉後所
以古人稱之為掃愁之帚一名曰太和湯穎子之力
於酒也花石子曰節則天祿濫則狂藥大則措滅小
則顛錯且愁者得之而戚懼者遇之而樂在乎其人
不在乎杯酌余嘗有戒守在三爵
客曰儒之猥目莫美黃卷然而經要貫穿史資攷卞

多子衆集閱亦難遍敎敎稗官自漢有選或仙魔劇
戱或壯士鏖戰或坐明文瀆或豪侈游衍皆一見便
休疏朋之面惟崔氏之春秋節儺文之佳傳其事則
燕婉其文則瞵絢董王之所倡和歎可之所舞抃叶
南腔而分齣像丑淨於戲院讀之者莫不如蟅之咀
咬如酒之瞑眩如入迷樓之中欲歸而不自擅如對
傾國之佳人公然有物之相罥手不能釋目不能轉
若將蒐裒而老焉窮年而不自倦焉子佪不購吳婦
之箋註致名花之繡像書則棐几明牕夜則短檠焚
晷兀兀乎窮趣愔愔乎存想駸駸乎埋首潑潑乎鼓

二十六 花石子文

51

亭嫋嫋乎如見其步影嚦嚦乎如聞其語響殷殷乎
神作惚惚乎魂蕩洵閒中之妙解儘人間之佳賞因
觸而悟可滋而養誌水滸而未肩劇壯丹而莫兩雖
癃癖而可忘子豈得之於既往乎花石子曰艷婦多
媱才子多輕為藥之花靡靡之聲且或愛其奇人愛
其情我愛其才人愛其名子亦溺於是耶抑衒而未
明耶不論愛之真假余實恥之於後生也
客曰居處之於人也近湫則傷於鬱太亢則傷於明
所以古之君子治其棲而貴適其情吾將為子謀屋
數楹背小坨之巉巗右規池之瀏泓石不瑳而自砥

鈔

52

砌澁浪而三成輿為炕而處温爽為樓而挹清既合
梯而連甓乃飛椙而設榮雖未宏麗亦緻且精於是
當室之白卧墻八尺鋪以花氍藉以籐席設几前峙
不黝不赤銅瓶如膽玉畫微碧孔尾金翠游塵是辟
旄牛之塵結珠相隣文園四友分方共宅隃糜之煤
端溪之石粉紙蠲滑紫穎如麥珊瑚笔山之架白玉
硯池之滴丹青翎毛之軸錦帙牙籤之冊以左以右
惟取是適又復文王之鼒雲龍鳳盉品非鴈蚪御合
阮家子以供香子以試茶香蒸瑞雲之毬茶清龍團
之芽安花插於座右傾四序而薦花梅蘭牧藥芙蓉
二十一　花石子文

53

桃杷瑞香秋棠金紅二羅花以人雅人以花麥又復
花楄半擡蘆搭外遮山水掛帛烏木養花障圍花鳥
䃅鬪龍蛇使人入其室只見其清閑不見其縟華若
石室之賍上真若蓮座之承釋迦清虛日來煩惱自
遜子以為如何花石子曰噫餙其居不如餙其身明
其身不如明其神其室則求其心則塵且予吾鄉之
人也氣移於居素陋且貧用一鷩硯處一蒲團
客曰子亦知夫錢乎人若知錢愛莫自過古人不云
乎危可使安死可使活貴可使賤生可使殺爭辨非
錢不勝幽滯非錢不拔嫌恨非錢不解令聞非錢不

54

豈其言似盡之猶未如今之末矣試看今之錢焦者得錢則滑䕻者得錢則齡瘠者得錢則腯愚者得錢則黠斂於金銀珠玉要於菽粟裹褐神於靈丹之救絶爽於甘露之已渴蓋未之知耳知之則許由已攘臂而相奪矣亦未之遇耳遇之則於陵必彈智而歛括矣凡今之人上自朱黼下逮寬褐莫不誠心好之磨戛肌骨子何不逖逖乎貨殖之傳儇儇乎泉布之論塗青趺而致類把牙籌而合券積一成百由百致萬鉤距銅山之冶蒐羅旦布之販紫襌分賜青緡交蔓赤仄半兩鵝眼三寸高過鄧公之積數富猶帥之

獻於是手摩而志和目擊而神健物無可想事無可恨出無所憂居無所怨好官美祿不足爲願清談華譽不足爲歡心亨而不滯氣充而不困身恃而不餒更何患涔涔而悶悶也花石子曰孔之方者物之穿也輪之圓者事之鏡也腰横二戈神搽其柄無則雖寠多亦非慶往往有人以殘性命子以我爲病乎即子之言病矣

客曰南國佳人二八芳年尙方内院香藉初編秀者爲月惠者爲蓮韶者爲春嬌者爲仙温者爲玉各擅嬋姸類若天桃晧若石泉脣若點握髮若裁蟬鼻若

粉捏耳若瓊璿腰若柳枝髮若山巔舞若回風步若
飛燕爾乃低寶鬟彈香肩濃妝束薄末鉛纂錦襪馳
金鞭赴佳約登華筵象芙蓉之倒蒂嫋楚腰之緊纏
彎霜襪而半翹何接武之蹁躚態如羞而目笑故啓
齒而遲延俄而分杯促席胭脂動暈婉然作意嫚然
相近頻然若怒嫚然乍困引琴自彈歌以淋悶其音
繞空傾有風韻歌曰勸酒兮更勸君之醉兮適我願
花落兮春去兮艸兮何嫩人生兮須臾今不飲兮奈
何恨有和而倡者曰黃金兮鉅萬功名兮十分富貴
兮能幾時世事兮莫間與君兮相對不如飲兮良醞

二十九　花石子文

於是情生於密寓之於酒醽余唇援素肘脫瑤鐶解
紫扣糾結擁持與之左右私語呢呢以耳就口佳人
不以為嬾唾客不以為狎暢一時之風情儘悽活之
可取紛朝別而夕逝最於我而情厚知無累而不忘
寫有疾而相守花石子起而作色曰烏是何言也偎
紅倚翠淫夫死之謫花柔月君子耻之烏有服儒之
襟裾而媟戲於烟花之妓者耶余雖不及乎楊侍制
誰肯為蕩子也哉
客曰樂莫如酒猶之欲吐焉美莫如錢猶以為懼焉
好莫如好色猶知其惡而惡焉它人有心其可諭矣

其莫非登月宮掛桂樹要姮娥之一顧者耶積風力
展雲路欲擧大鵬之翎者耶噫蛾眉雖姸必遭入宮
之妬明珠暗投多致按劒之怒子雖心通乎程朱之
性理口到乎王鄭之箋註手技乎文蘇之巨源足蹋
乎班劉之藝圃蹣跚乎螭鸞之窮變飄颻乎驥騏之
齊步難乎得於今之世矣苟行而無容節之嚼進而
無曲蹊之賂沽建城而訶石綯雲錦而嗤布子何不
混俗同趨徇時所務下有與鈎結上有所蠅附逯會
閱於南宮嚴棘城於金墉尋竅隙而竄路鶩脈絡而
潛通識無贄於陸郎慮腦烘於顏公役飛卿之屢乂

三十一　花石子文

59

鈔

抵姓薛之渾充投丸蠟而內外覗圓秘之始終恐朱
衣之錯點絡蹝丞而提聾張公飲而李醉亦可謀於
緘封蓋有司旣多不明世道亦自無公苟有至妙之
機能自馳幹於中者詞不必宏文不必工寫不必精
入不必躬一朝擢出果捷雋功人誰知之知亦相蒙
綠袍綺袍而動色仙範鞠韉而揚紅人生會其得意
晉塗亨而方豊何妬詒癡之符不失醬瓿之蟲心膺
體胖志氣自雄此世之能事畢矣更何憂思之憪懆
花石子哂曰有欲爲而不能爲者有可爲而不爲者
不爲與不能爲世或委之於數奇噫人可欺也天不

60

可欺也使是而可為者余豈老白首病於斯耶
容不悅曰僕雖有遜於發花亦嘗自附於鏡機侍語
半日未得解圍熱湯泉而求冰塞黃葉而止饑非徒
寸舌之諮謹子實鍵閉其玄扉請從此辭花石子曰
居吾將告子以心也之辭夫病於飢者不必待山陽
之稌則飯疏而已自肥矣病於渴者不必須若下之
春則飲水而亦自怡矣余齒已邁於半身念已謝於
當時憂百晦之不易傑王道之無陂乃其所願則十
畝桑麻數間茅茨高堂老萊之母傳家王霸之兒夫
畊婦織子穫父菑安巢夢於枝鶴戢短尾於泥龜植
三十一　花石子文

有凌霜之菊疏有傾日之葵時則生逢堯舜下有鼻
蘧化不言而默運治無象而廣施吏不以貪官不以
私馨香所升膏澤潛滋三十六雨洊釀以期七十二
風韡韡其吹暑不瘠寒不祁水不溢山不濂其穀穰
穰其民熙熙龐有宿氣鄉無流離於是余亦類庶草
之與庶幸我稼之實多遵南畝而喜饁秋余籍而手
斯畓而皆秀豆不為萁有穡有粱有衆有來叶是盈
于室是舂是箕為食為飧為饘為飴為此春酒醇而
不醨魚在于笱執鷄于塒酌以大斗介壽于眉兄弟
朋友飲酒孔宜妻子僮僕自得犁犁當是時也意惠

熏也氣氳氳也志忻忻也色誾誾也若登老氏之臺而接韶華之烟熅也若入化人之國而飲神泉之醇醞也若聞蕭韶咸英之樂而覩鸞鳳魚龍之紛紜也心平而調血神和而舒筋指百年之可期卷病痾而如雲嗟吾樂之只且自不知其所云客起而拜曰有是哉子之病也發子其衷傷子其真陟丹邱而煉劑資金膏而潤津非僕之所可鑿也子其訪諸康衢之老人也

却老先生傳

昔王僧虔目銅鑷曰却老先生余亦有一先生處於

三十二　花石子文鈔

囊因號之曰却老或問於余曰先生果能却老也乎曰能曰人之老也骨老而梏血老而消肉老而焦精老而澆其中旣老矣發於外者面老而不韶目老而不瞭耳老而不聰視其行仙肩而圭腰聽其言舌蹇而齒復齴其神旁寂其色萃焦於是乎髮隨而變由玄而皀由皀而黲由黲而紫由紫而黃由黃而素由素而白由白而爲雪白由雪白而爲梨花之白白玉之白於其白也始白乎頭次乎額次乎鬢次乎鼻谷次乎須次乎鬚次乎眉下此則腋與臍下無不白矣是有內外焉有先後焉比之於物焉毋隤而後玄者

黃雋將降而羽翠不章木返液而後其葉紫紅草心
枯而後其支蕭颯而失芳然則髮之於老也外也後
也是故古之事却老者或丹砂雄黃以換其髓或黃
精昌陽以塡其傷莫不致力於內而未聞有摘去其
毛之白而許之以却老者矣是何異於秋盡冬凾氷
雪鬩干姑割火炙手而曰我能却寒也城隳師潰大
盜臨國姑戉甲退避而曰我能却賊也是果能眞却
也哉先生之却老也何以賢於是也余曰噫嘻悲哉
余豈不能知先生之不能却老者耶使先生果眞能
却老者則皇帝政已以五百童男女具樓船迎之矣

三十三　一　花石子文

65

鈔

元封主已致爲天道將軍文成侯矣先生豈肯爲吾
輩遊乎予只知老之不可却與先生之不能却而不
知老之不可不却與先生之所能却者則請爲子詳
之童子之謗曰匪死之嘻伊老之悲人之惡老以其
漸於死也而今惡之反甚於死焉則世之所以惡老
而欲却者余固知之矣或縈塗多蹇籃袍久絆而銳
於進取又恐顏駟之不遇則不得不使先生却之矣
或尊闈享壽斑衣色愉而義難稱老窃慕萊子之兒
嬉則不得不引先生却之矣或晩妻嬌姫慕芳醜朽
而志在婿悅欲學陸展之假餙則不得不倩先生却

66

67

之矣或可憎也或可喜也或可哀也而至於余之所
以用先生者亦有異於是者余年今五旬已無意於
求仕矣屋中只有一妻已偕老三十餘年則余於三
者脫其二矣上有慈母年開八秩尚以稚子畜余則
余固不敢肆然鬚白於慈母之前而亦非徒此爲也
古者尚齒而尊之故先王有鬚毛之制而書曰尚惟
詢玆黃髮禮曰斑白者不負戴當是時也毛黑者尊
須白者須白而皤者尊白者白者尊黃髮者齒各有
列禮各有別故天下之尊榮者莫尚於毛之黃白而
齒以之列於三尊壽以之加於五福矣齒邁而耆者

三十四　一　花石子文

68

惟恐其髮之不華尚何却之而欲違之也於今也不
然不見其人惟見其頷而種種然見其耳角而星星
然見其唇與顋而皤皤然則優而疏者視之若鷺鵠
之偶集惟欲其氣色而翔之急而眊者視之若鵞兀
之生而廢者只自無奈而矜惻之夫人之於世也學
不脩道不由文不猶言不倂爲人所鄙擯則此自作
之鄙也誰恨誰尤其或布而未羅繙而未串炎而未
華以儉而見輕於奢以素而見嗤於奇則非我也區
貴在天我於區貴何彼亦於我何哉又或不幸而有
病於外脣或兒而皴目或青而凸鼻或塌而穴齒或

摺而谿手或駢指而縮節趾或不良而躠躠有一於
是可以為人之所衰矜而姍笑者則必窈窈然悲之
求良醫以讐之而或縫之或刮之或孈而填之或象
而植之不欲人之見之也故出必方褻而障之今也
余幸而無三官之咎五竅之災而特以鬖鬖者白見
外於人受憐於衆則是不可不却而後已矣噫頭有
冠額有巾又何必却之廣耶只却之於髩却之於頷
而世之所惡之之老則已却之盡矣先生之所却老
者不已多乎或曰悲夫世之所以待老與子之所以
待世者吁亦悲矣子將調衆於粉以舒其摘皮之皺

三十五　花石子文

削柳而堅以塞其拘攣雕花剪綠以易其偉素之袖
而與夫緦角之秀鳩車之幼嫖娰孩穉於蔥竹之會
而後已不亦謬哉且家以譬之貲積內鴟耕販外闞
窺其廚無三日之活而方揚綾繡羅龍鳳葵桐竹效
王石之樂者其家立而喪國以譬之天災乖刺民俗
嬰軋祭於朝楚汲汲守朱矣而方慶符瑞贊德化夸
禮樂象唐虞之盛者其國不能長何以異於是也吾
竊為子危之也於是敘其相難為却老先生傳

墨醉香序

余嗜書亦嗜酒顧地僻歲儉借沽無所取者方春煦

醺人只自醉空庸矣有惠我以毹借詩餘醉一部者其文則花間草堂輯之者鮮長潘叟也弄叔墨非醺麯卷無奚百則書安能醉我也將無以覆瓿耶及讀而又讀讀三日以久花生於目香出於口蕩胃中之葷血滌心上之積垢使人神怡體和不自知入於無何有焉噫此糟邱之樂宜其寓於罋臼也夫人之醉在所醉之如何不必待飲酒而後矣紅綠眩暈則目或醉於花柳矣粉黛駘蕩則心或醉於艶婦矣然則是書之酣暢而迷人者何渠不若一石而五斗也耶長調短闋即月下三爵之毒也歟是李柳亦花間八

三十六一　花石子文

71

仙之友也讀之而能得玅處者愛其味之厚也吟哦咏嘆而不忍絶者醉而至於濡首也有時或步韻而依闋者醉極而嘔也繕寫而藏之巾衍者將以為潤明之秫畝也吾不知是書耶是酒耶今之世又誰能知也否耶

墨吐香前叙

余得潘遊龍詩餘醉既讀之又讀之復輯而錄之時又依其闋效之又復步其韻和之自花始開至花落了其書而余之得亦如干牌余又繕寫一小冊名之曰墨吐香有請其義者余曰詩餘詞也非酒也而鱗

72

長名之以醉則以其文能浹人肺脾宕人神魂如旨酒之可醉人故也讀是書者人戱無醉而余於是賓酩酊爲大醉則醉而劇者必吐若古之或吐臥被或吐車茵者是已而余之於酒醉則不得不吐者又余之酒之病則然也然則余之讀是書而有是作者亦余之醉而吐者也醉而吐者非如援鵝翎倒禽者也胃窄於甕酒溢而上行則瀑而從喉吐或從鼻孔吐間有以耳吐者皆自然耳余之吐何以異於是亦必子之夜來一臟而非嘔出心肝者比也吐因醉人之常而亦有胃弱病潔者見人吐而亦爲之吐易我不

三十七　花石子文

73

知人之見我此編者能不據地略略而殻也哉噫何物賣油郎其肓爲我脫汗衫也

時辛未歲芍藥開後桃花流水館主人書

一鈔

墨吐香後叙

余童時有長者過而徵所業既悉索閱有詩餘作乎余對以不必作故不作長者瞋目而喝曰不能作故不作耳何有不必作餘亦詩也古人作吾斯作何國之然是不能者語也如君亦復是言耶余大慙詐自是求詞法甚勤亦卒不可得後十餘年得詩餘圖譜及花間草堂諸書而時治擧子業只涉躐而止未嘗

74

潛心究解也間或有所吟短闋而亦效顰而已今年春得潘氏詩餘醉讀之書凡十五編調千有餘首人老而志靜春閒而晷永為比脾而援訂之隨級而按驗之庶可得乎古作者用心之微而若句法律法韻法亦可按卷而瞭然矣於是或效或和長調短闋凡如干篇非曰能之聊以遣閒耳以酬四十年前胡僧一棒喝而噫人之在童年先生長者之所期許責勉者不止一倚唏花月而白首窮居楞然無成則其孤負前輩者不知為幾事而至於無用之詞句亦必待老而後始得糟粕則此又余之所重為慚恧而繼之

三十八　花石子文

75

居仁而為之清如君復而為之晦庵大賢也亦嘗為之其在子明自伯溫孟載以至于鱗元美用修徵仲眉公諸鉅公莫不為之其為之不得與是者又不知有幾蓋不知則已知之則孰不為也朱李孫蕭之閨秀而為之皎殊範晦之衲子而為之張帥岳王之庸臣而為之完顏亮拜住之羯奴而亦為之不為之者惟吾東國近世之不為者已我不知古之為之者皆輕且薄而今之不為者果賢乎古之人之為之者然歟貧家乏錢無以沽酒乃反曰吾惡言酒故不飲也

三十九　花石子文

76

以欷歔自悲者云爾

桃花流水館主人又書

桃花流水館問答

客有語余曰子奚之為為詞曰古之人為是以為曰子慎無為今之人不為也已曰奚不為曰詞多唫花咏月也丈夫不為且其語綺華纖巧也故有輕薄之誚為也願子勿為余曰詞我不知其如何即潘氏所選知古之人之為詞者矣其在唐李白白居易在宋周柳賀康存之秦黃與陸且不聞有若韓富為之有是誠不飮者耶不能飮者耶何以異於是且充是語以往則若古若選若律絶果可以為之乎何不燔盡文字而直反乎結繩之初以為太古之朴也耶我亦東國之今之人也只恨為之之不早與為之而不能為尚何畏子言而不為詞也客絀而去

有問於主人者曰嘗觀古之詞詞必多閨閤語奚為爾曰果多乎矣十而七八曰詞則然與曰然敢問其由曰子讀詩之周南召南矣乎周南之詩十有一而婦人之語居其九召南之詩十四而不為婦人語者才三篇子以為奚其然耶關關雎鳩者閨思也嚶嚶

草蟲者閨怨也灼灼挑花者豔情也采采芣苢者閑適也標梅三七者幽懷也白茅包麕者佳期也喬木之慕行露之訟孰非婦人之故也殷雷之感汝墳之囊孰非婦人之思也詩者將以道人之情而人情之可道者莫婦女切焉則此國風之所以多婦人語也亦詩餘之所以然也問者曰然則謂詩餘為能得國風之旨可乎曰唯唯否否善道其情之正者為風之正焉道其情之不正而其辭淫者為變風焉螓首蛾眉玉瑱象揥則淫於侈矣贈以芍藥野有蔓草則淫於蕩矣荷花游龍褰裳涉溱則淫於昵矣角枕錦衾

四十一　花石子文

79

焉得諼草則淫於悽矣一變而為變風而已失其正焉則況變而為漢魏變而為六朝之選與艷又變而為律絶於唐末復變而為詩餘者乎然而其所以道人之情則反有賢於律絶選古而遙遙乎有聞於風之餘意則與詩餘之所以然也而豈變極則思反有可驗於詩道之循環者耶客曰然非詩之餘其風之餘乎

客曰子讀詩餘亦作詩餘乎能知詩餘乎請聞其方主人曰比之學琴方按譜而擱弦余何知客固問主人曰余則不知亦嘗聞古之知之者之言曰命意貴

一　鈔

80

遠用字貴便造語貴新煉字貴響文曰清空二字一
生受用不盡云余之聞止是請益曰余何知若其長
短之別今古之變余亦可言之矣名曰詩餘餘亦詩
也故短者如絶爲如律爲不以言有長短叶有平仄
而懸隔焉若長者其舖敍也則古也其排比也則律
也有起法有煞法古人所稱鳳頭豕腹豹尾固善說
詞矣若其大率則能言詩之所不能言欲言詩之所
不欲言亦不言詩之所言者此則大異於詩者也言
其世級之異則萌於六朝之季形於唐倡於五代旺
於宋劇於元與明唐人以詩爲詞固不必論五代莫

四十一 花石子文

善於後主而猶太變宋興歐晏爲宗瀏瀏守融融守
不可尚已周美成柳屯田輩如時花美女似得之而
猶有失焉則此坡老之欲一變其治而亦或有鐵綽
板之譏矣秦與黃也學焉而不到則傳其法者惟稼
軒一人下此則巧則傷鑿豔則傷績輭則傷脆俚則
傷訴雖以青田之華麗鳳洲之精悍而反遜於賀康
將馬遠矣要之後之學者學宋以上則將爲詩而律
絶矣學宋以下則必趨於曲矣惟宋爲的而宋之中
亦當以歐晏爲上乘而學其短闋蘇辛爲前茅而學
其長篇矣知乎此可以讀詩餘亦可以作詩餘也夫

客曰唯唯

歐文約小序

大凡人情老則厭繁厭於珍則却方丈而嘉蔬藿厭於華則謝重裼而安緜襖厭高明則舍傑構而樂朝南小屋蓋人老則嗜淡趨穩反守淳而欲守約故也然則上而有莊左馬班下之有韓柳孫李二蘇方王之文而必歸守歐歐之文凡百五十二卷而只取爲二卷則齊鄒子之於文其亦老而厭而欲其守之約也噫文章仇命困躓坐阨而久處守約則年雖未艾而萬念灰安得不老於文耶然苟欲約之卽遴其

四十二 花石子文

83

一二篇或五六篇亦足矣何至爲二大縛若不憚煩者耶曰若書若序跋可以取而取碑碣體備故各有取跡劉畸人無所事故不取濮之類歐公之所守禮也故不得不取所取雖多所以取之者則亦約矣書之末以洛花記而終之歐之所以作余之所以取亦皆一得花也又何論約與不約爲也噫非文之約乃人之老於文而約也亦非徒老而約卽窮而約也是可悲已顧何辭以復然古之訓曰以約失之者鮮又曰博以文約以禮敢以是勉

蜃樓記

84

野氣城部海氣樓臺或曰海之中有蟲其名曰蜃蛇
身千尺火鬣而龍角是能呵氣成樓臺狀博物者曰
信有是炬其角烟出紅碧結而爲小樓臺然則之樓
臺者果海之氣耶非海之氣而果蜃之氣之使之然
歟在幼聞諸隣趙公春日於靈仁海上有樓三成而
高其尋可千碧之尾華之揺瑣之户文之攔粉之壁
垂鴈之阿畫彼而鏡絢不可盡物俄忽倚山而寺雲
栊蓮床儒黄金皆冒彌敞且華暫易爲舟譙之屹素
雉雲亘石門如月朱丹之轂葎蓋之游容裔而由之
有巨人衣金鱗揚紅旄倚劒而立釖碧如脩虹皆蜃

四十三 一 花石子文

云然則蜃之氣若是其靈且瑰耶小人起瓜斗屋擿
斧木於山泥土而高之積日而後始成大屋一年虎
祈三年阿房十年而不得爾乃不瞬而爲之又不瞬
而戲之何其能也劇之野有樹其林千里惚易而有
儵焉而無名之曰烟崑邛山有吐毒鳥呵紅蛋爲文
神龍嘘而錦雲隨蜥蜴噴而氷爲珠物亦然氣之所
靈又豈可測也哉無因而營無假而成吾何必海與
蜃也非樓而樓爲有樓於無樓是可覿也已況巍峩
煥燁如說者道者乎花之外海也鮫蜃宮之每春蒸
日炙天欲雨往往有見蜃樓者余獨未之而恨日海

人以樓起告余于海而逕之自吾約十里有山跨海
而立溪青而黝爲障爲屛爲廧爲城忽又有穴覘而
洞爲大城門忽又上亘而下垂爲千柱之橋忽又縱
而不橫爲林立之華表忽又手斷而錯起爲纍纍之
竅忽又合而復爲障爲屛爲廧爲城其門仍而不塞
方其殷也中海而島者皆起而答之芋而拳拳而斗
斗而屋低者穹尖者方上平而簷雖以樓之亦非不
可也又有離立而特者根漸跡而瘦冠圜而廣之刁
刁焉童童焉如屋上之菌焉此則蜃樓之蓋也然而
是惝怳也是蒼莽也曰屋而屋曰山而山曰雲而雲

四十四 一 花石子文

87

曰烟而烟侈之曰樓夸之曰市者亦或然矣而其曰
結構之詳也采色之章也則亦好事者言也古之人
以世之樓臺之不可常爲世悲之而山猶不可久樓
又何可壽也余以是重爲之悲之也余嘗早陟于山
之高以臨其野蓋有不頃之海青白而溶溶也

88

89

題花石子文鈔卷後

余平生喜作古文詩騷其所用工亦累年耳然語或澁而難圓字或强而難懿每以此患之又讀漢唐以來諸名公詩文亦然心以為作文本自如此及見吾友李其相之為文詞也每操筆立書疾如風雷手無停腕心無凝思毋論長篇大文短律小闋無不可圓之語無不可懿之字讀之者或爀其時用方言俚語以為文字之一疵然大抵了無生澁牽强之態眞可謂一時之奇才也適得其文一卷又加數寫云爾己卯季

四十五 一 花石子文

90

春己未穀雨濟老書于集清臺花下

鈔

重興遊記

重興遊記

李鈺其相著

藫庭散人校閱

時日二則

癸丑秋八月壬午會于會賢坊定山游議乙酉往孟嶠約也景戌入山丁亥盈戊子從東間路下止于孟嶠己丑歸

秋久晴丁亥山中陰戊子霾山高也

伴旅二則

紫霞翁閔師膺元模甫歸玄子金士精鏸泉其仲木

一　重興游記　一

犀山人大鴻鎵偕及余才四人余曰李鈺其相

初約徐稚范進士同適不來童鳳釆期會不至其後悔

行李二則

李子曰余嘗觀乎人適莽蒼者謀信而歸猶積日貴心神裝就要多缺人驢或馬一童子執具從者一執躑躅杖一葫蘆一癭瓢子一班竹詩筒一筒中東人詩卷一彩箋軸二一人擔一油衣一衾一氈一炳杯一脩五尺強烟小奩一傴僂先後出其門自謂整頓好之五里又思之所忘者筆墨研

行中短烟杯二佩小刀二烟囊三火鐮三天水筆一
蜀紙三幅人各足摱麻屨一兩手乀摺扇橐中常平
五十兩已
約束五則
李子與金子飲酒酣金子顧李子曰子欲出乎秋氣
沁人肺胃城市竟鬱鬱不自聊吾欲逞觀乎北漢城
子何莫出乎又曰吾弟鴻宗主是行要與子偕李子
曰諾請其期曰二十七吉日遲遲不有昨乎金子曰
諾
它日李子遌閔子於泮道金子言且告以緣閔子曰

然二三子專之耶顧老夫不當先耶二三子之行而
豈可少老夫前也李子謝曰幸之焉願先生早之毋
使之懸也
出国門立三章法一曰戒詩作詩中人不可作人中
詩爲詩中景不可爲景中詩
二曰戒酒山坳水涯幸而酒家勿問紅鵝勿問波漬
勿問當壚者之如何不許秋衆不飲而過一杯而和
二杯而酡三杯而歌不吸則傞一切勿許飲至三螺
如来釋迦證此金科
三曰戒身既杖既屨而綦既扱衣灰蹬可峻阪可躋

崩橋可陡磴可白雲臺不可匪不能不可也有渝此
言山神其原諸

譙堞二則

出國都城曰彰義門西北也入曰惠化門東北也入北漢西南小門曰文殊暗門出東南小門曰輔國暗門暗門不譙穴城行歷而見者大南門大西門東北暗門中城而閉曰捍禦門者望見者外城之漢北門也大東門也東將臺也雉堞覗京都雖庳且淺譙樓皆新而皖城廓有刱倉卒足可為暴客禦

亭榭四則

三 重興游記

鍊戎臺有洗劒亭白雲峒門少東有山暎樓都之東孫家莊有在澗亭

前後於洗劒亭從仁王一出為買紙出為祇迎之東駕出為八僧伽寺出併今出為五洗劒亭近于京雖有名石太平水太爭地太明山太輕只可為公子少年者行也

留山中二日登山暎樓三晝而登夕又登其翌日朝又過而登晝而夕晴其翌朝曀山色之晦明水氣之陰晴令之行而集其成見暮山如媚楓葉齊醉翰山如寐藹乎滴翠暮水甚駛砂石不疐朝水有氣岩壑

雨漬此朝暮山水之異而楼之可記也
在孫家莊曰歸来亭在川上曰在澗亭刻于亭下石
曰歸来洞天曰龍水亭曰擯溪曰桃花潭周遭山野
窓通城郭流水粼粼白石鑿鑿固城東第一落𡸝朱
刻詩為水所泐闌干為風雨蝕甚至蛛絲籠板燕泥
栖楹蓮池淺古芋區縱横無癖無成惟山色水拜也
問諸酒人嫗栢子巷金氏之古平泉

宮廨一則

城中有　行宮曰箚臨軒有　璿源牒藏修所有筦
城將營有訓局倉有禁營倉有御營倉皆匪一所有

四　重興游記

7

火藥庫有總攝營在重興寺菊盖庤餱粮鎧仗為城
守計詩曰迨天之未陰雨徹彼桑土綢繆牖戶今此
下民誰敢侮予

寮刹五則

山城中皆山也故有寺凡十二曰文殊廢曰重興曰
太古曰龍巖曰祥雲曰西巖曰扶旺曰鎮国曰輔國
其序從我觀曰圓覺曰国寧曰普光我未之觀觀亦
未必异也
寺必有法堂曰極樂殿或曰極樂寶殿或曰大雄殿
有房皆一兩獨扶旺分左右扶旺又有凝香閣太古

8

有普愚師碑閣碑陰歷載擅越主我 太祖康獻大
王以判三司事典焉別館及門寺各不類修飾在衰
旺
直祥雲北有圓休峯峰下有菴云
山城西南有地藏玉泉諸菴而僧伽寺長焉冥府殿
與極樂寶殿二而一有長壽殿有齋室有浮屠舍有
僧寮頗廣有門樓皆新繕也丹雘塈茨之工城中且
無之
山城東南下有青岩寺一名護雲菴其門曰鎭巖有
藥師殿曰滿月寶殿寺名曰奉国皆湫俗不可久

重興游記 五

9

佛像五則
寺佛廟也有寺即有佛或塑或鑄或劃或琢塑者塗
鑄者範劃者繪琢者塡中曰如来世尊左曰觀音菩
薩右曰大勢至佛西嚮而坐東曰地藏菩薩有四佛
者有三佛者有尊一佛者僧伽獨尊五佛其一曰長
壽佛龕玉嵌金以修之近歲至自燕寺之所懸設
八佛室五方皆繪事畫佛韶畫羅漢薇畫十王驕畫
鬼嫖畫玉女桃畫龍擾畫鸞鳳翹畫地獄慘而紗畫
輪回紛而昭因閧而想因想而象因象而爽如是懺
慌君子晃焉而不賞小人敬之以額

10

扶旺揭三障一白衣大士像款曰唐吳道子筆一泗
溟堂惟正師像髥不祝一樂聖堂敬環師像祠寺者
也
鎭國有老子騎牛出關障一李濟供也
釋迦之宮一切所以莊嚴它者窮之以象龕崇之以
蓮臺承之以錦墩容之以綢幢從之以香童瓏之以
玻瓈燈藥之以紙花餙之以淨瓶隆之以法皷是則
大同惟青巖小菴香爐前供紗幮濟風僧伽有金屏
画洞春甚工
緇髡十二則

出国門已過僧至北漢漸多遇入寺遇盡僧見僧凡
二百餘語僧才十餘
獅馹曾爲護宗闡教正覺普慧八路諸方大住持八
道僧兵都捴攝花山龍珠寺捴攝者也自造泡寺今
移爲北漢捴攝自言本湖南人氏語半晌甚闇利猶
時作南言
玄一有能詩聲見于重興夜追至太古使之賦辭以
有方喪
海寺出指路僧一以送之曰淮聰太古至龍巖曰乃
淨龍巖至祥雲曰處閒祥雲至西巖曰西巖最煒至

扶旺曰扶旺僧道恒至鎭國鎭國僧曰盂繕至輔國
輔國僧致遠城將責松餠惡不能遠送送至暗門倩
樵童指獅子厓童金龍得也
太古之頓鑿以借節語祥雲之師彦以沽酒語扶旺
之晟日晝寢以杖警其脇戲而語鎭國僧將豈一可
與語而語外此不可殫記
寺宿二夜夜輙有唱梵明者誦兵學指南大將清道
圖者而燈歇不肯從誰口也
僧衣或布襖或青縣布襖或皂布直裰襖袖或廣或
窄僧冠緇竹短桶帽布深簷巾蔽陽笠織竹皮藳笠

七　一　重興游記

又有笠簷似絲笠上似魟頂似餠口僧帶絲絛或絲
絛其紅絛者貼玉圈或金圈于帽又有鴉衣而笠氊
笠頂飄紅毦腰係青錦爷當尻鳴鐵琅璫而趨者僧
之職軍者也僧珠多木而髹貪者薏苡
袈裟形似袱而隋鱗緝以成左右貼縜字曰日光菩
薩月光菩薩垂紫絲璧三條僧言縫有度寸有數制
有寓莫敢誤莫敢汙諸佛之所護至理之所具也一
見於僧伽寺紅縣布也
諸寺絶無經典惟僧伽及扶旺略有之雖有之葉佚
頁散不可讀所有者只結手文恩重經法華經五六

縛而已可知無通經僧

僧吾知其非蚌也非蛇蝸也而死而火往往得五色珠名之曰舍利舍利果靈乎聞湖南一寺菴一村老夫蠢訝訊之於鼻中得舍利珠數組故倉於寺舍利果灵乎哉耶天下之化物者莫如火火之所治松脂可使為紅黏粥汁糯米為五色珠皆火之工也熱僧而出珠者又何足靈也顧僧則靈其說太古寺之後有石浮屠誌曰寶蓮堂大士應香牲聡之言曰香師平居持律嚴且淨壬子寂及荼毗有三舍利一紺二金色放光三日夜草木皆如炬遂封于此云青岩

八

重興游記

15

寺前亦有蒼松堂大士之蔵

青岩寺近京城其僧胖而皙知其有酒肉嗜率自好知其有所媚手姣而衣花知其不力于事藥師殿與閒閻烟相接有青帬者浙於香積厨其僧只民而不髮者

僧伽有僧十餘天烈指路敬洽說經又有新祝頭者未字法名頗姣俊逗後寮有羞人色

泉石 一則

泉石蕩舂臺攘祥雲簾瀑壞西水口鈂七游巖烺山暎楼朧孫家莊祀皆佳賞優劣未易摽榜也

16

艸木二則

佛殿前多種金鳳花鷄冠花紅姑娘艸黄葵花若唐菊在在植花紅白紫三色環山皆松近寺多楓楔紫檀木沿溪或樫椽栗繞人居雜木多不可名

未八山皆言楓太早及八楓及絡石及木之宜紅者已盡紅矣石榴花紅胭肢紅粉紅薔花紅猩血紅老紅退紅隨處而色不同地之區而木之殊也

眠食一則

宿孟嶹而蓐出都城飯僧伽又飯太古而宿朝飯於宿夕飯扶旺宿鎮國飯如前歸飯于洋復宿孟嶹凡

九　重興游記

17

四宿而七飯

盃觴二則

再飲孟嶹前後共四觴行宫前壚一碗有半太古寺半碗祥雲一碗訓倉壚一碗朝大霧送僧沽酒来不果孫家莊一碗藥師殿一碗惠化門還青袍而跨驢者邀與飲飲一鍾洋飲二觴桂子巷飲一杯鍾者清也碗者白也觴者醇也变而曰杯者紅露也

山行酒固不可無亦固不可多

總論一則

風枯露潔八月佳節也水動山静北漢佳境也豈弟

18

洵美二三子皆佳士也以茲游於茲如之何游之不
佳也過紫峒佳登洗劒亭佳登僧伽門樓佳上文殊
殊門佳臨大成門佳入重興峒口佳登龍岩峯佳臨
白雲下麓佳祥雲峒口佳簾瀑絶佳大西門亦佳西
水口佳七游岩極佳白雲青霞二峒門佳山暎樓絶
佳孫家庄佳
貞陵洞口佳東城外平沙見犁馳馬者佳三日復入
城見翠帘坊肆紅塵車馬更佳朝亦佳暮亦佳晴亦
佳陰亦佳山亦佳水亦佳楓亦佳石亦佳遠眺亦佳
近逼亦佳佛亦佳僧亦佳雖無佳殽濁酒亦佳雖無

十　重興遊記

19

佳人樵歌亦佳要之有幽而佳者有爽而佳者有豁
而佳者有危而佳者有淡而佳者有縟而佳者有窮
而佳者有寂而佳者無達不佳無與不佳若是其
多乎哉李子曰佳故來無是佳無是來

20

題重興遊記卷後

歲在癸丑余在孟園之霏紅涵翠亭與李鈺其相徐有鎭太嶽及舍仲厚園玉衡乘月夜會飮酒賦詩遂成遊山之約以壯漢爲定及期太嶽有故不至閔師膺元模以約外來赴放觀三日而歸誠勝事也余及其相皆有日錄合作一部名曰重興遊記藏于余家未幾余壯竄書帙盡亡於緹騎之變獨其相本草在其胤子友恭所故仍加款寫存其舊名別爲一通云爾己卯四月己巳浴佛日薄叟書于三清之五岳圖齋

桃花流水館小稿

坎窞日記
桃花流水館小藁
絅錦小賦
藫庭叢書 十三

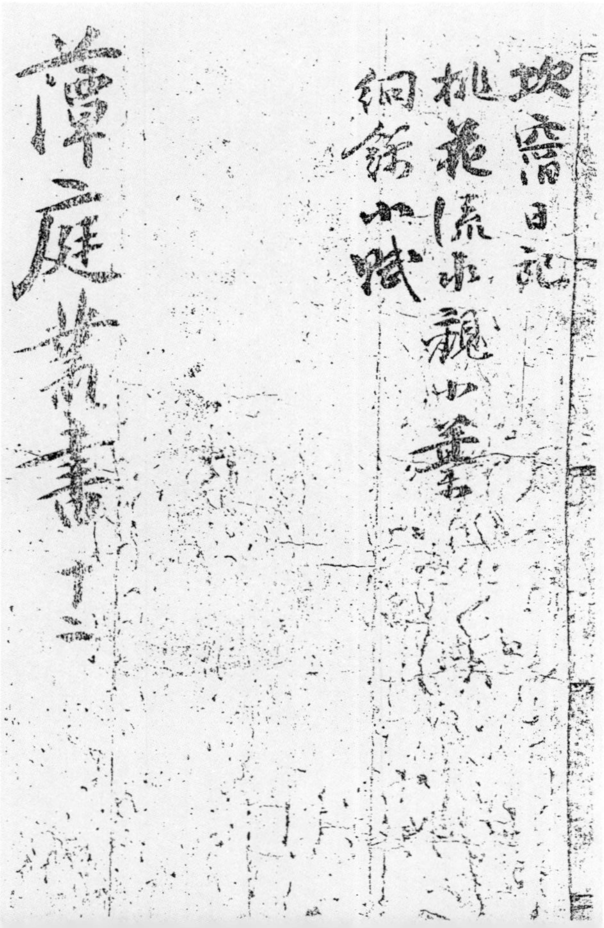

桃花流水館小稿

李鈺其相著

蓮庭居士訂定

市奸記

漢城有三大市東曰梨峴西曰昭義門中曰雲從街
皆列肆左右羅若星百工百賈各以其所居者至四
方積貨雲輸而水灌之民得尉帶衣履飲食於是於
是萬目覘覘惟利是闞萬口咻咻惟利是謀一人賣
之一人買之又一人售之日出而會日入而罷市之
中行者戛肩背止者尉不正有奸細小人魚淵而進

桃花流水 一

1

館小稿 一

藪之出沒欵賍於其間甚者剽囊而賊人貨其次衒
僞而利粥之周之刑書曰竊義奸宄奪攘矯虔其之
類乎

金景華東萊府人也有刀礪以膚金三十兩貿一短
刀於倭三年而獲之以吹髮無不入於是室以匿香
敉以赤金佩而游京師館於新門朴氏朴氏亦癖愛
刀見而欲之請券萬二千錢易之景華不肯朴氏曰
京師多剽囊盜子不愼是棄萬二千錢也不如早德
我景華笑曰吾脆可偷吾刀不可謀朴氏曰子不賣
我我若從他獲子若之何景華約不取直朴氏乃丕

2

吕劉囊盜三人飮之酒亦人與刀戒三日必以刀來
辱賞女盜諸色不難景華猶不信也景華雖不信猶
以憲自是三步一視刀吠立行臥其右手未嘗不在
刀二日刀穿無事三日過小廣通橋有迎而至者貌
甚愿衣冠偉且鮮目景華舌嘖嘖過曰咄長者人顧
不能衣捫蝨景華自視衣左肩有蝨方蜿蜒動景華
祇急回右手擇去之行數步視其刀刀已無矣衣繫
失其半意其為盜亦不敢買歸而告朴氏朴氏笑曰
子之刀誰敢謀啓筵而出之衣結處猶未解刀竟為
朴氏有

二 一 吡花流水

白鐵似天銀羊角似花玳瑁朱埴土似漢中香腺鼠
皮似灰鼠皮黃狗毫似狼尾市之巧於貽者貨之多
以騙鄉里人巧之至雖京華辨博者亦或墮其白照
厓李生者生於漢陽城西長於漢陽城西自以為漢
陽之賈無敢我欺者一日過西門市有童子與須白
者鬨靜聽之須白者曰與你十文你與我童子曰叟
亦有眼我貨寧只直十文錢須白者曰你何從有此
你必挾來於園子壥十文猶白貨何敢論直不直童
子曰我挾來叟曾見未此段狀好吃我罵須白者唱
曰鼠子敢無禮童子背而狼曰強盜叟須白者欲拳

餘小稿

之童子走且訴不絕口生爲殷勤之說其貨黃玳瑁
明如琥珀晃如純金堅如雕瓜圓如鷄眼環上有二
鳥花得其色態售之與十二文而始得之歸而示貴
園子者華角也生恥之陋跡之童子即須白者子須
白者乃市之業偽貨者也

頖村四旌閭記

惠化門內有崇教坊國太學所建之地也其民皆居
以世職役孔子廟習俗言語多與乞民異或曰太學
者禮樂之所由明教化之所由成夫近泉者浸近楸
者蔭宜其民有殊凡過庸之行以余觀於太學之民

5

余則不知其然也右胡子曰不然茶坊巷南北華衣
而腆腴者以千家未有非其門猾者彌雲臺直下蒔
花而談詩文者不止數百戶亦未有閭歸鳥頭者獨
太學氏之居有四旌門焉詩曰樂彼之園爰有樹檀
其下維穀得爲穀亦已多矣何子之望太學氏之侈
耶四旌門者義士鄭信國朴潛美孝子李禺成孝子
黃成龍烈女安氏也
義士鄭信國朴潛美守太廟僕也崇禎丙子清人寇
舌上寺南漢一城中鼎沸太學生皆四散去信國潛
美與進士羅某者藏祭器樂器於地約願從者十人

6

貞文宣王廟及諸聖哲位牌冒出上東門達于行在
在道清師有騎者皆喝下之旣入城將權安於佛殿
信國潛義執不可曰雖倉卒僧之廟不可以安我孔
子也於是設食堂如禮作文誓同志以死及清師解
圍去復從上奉諸廟歸日灑掃文廟庭至老猶不懈
朝廷以爲嘉賜信國通政階信國辭曰職也何賞信
國潛義旣死旌其閭曰義士護聖守僕春秋丁以文
宣王廟祭于庭

孝子李得成亦守廟僕也自幼有至性事其母甚孝
好讀書粗能作詩母沒得成執三年喪以禮闕於

四 桃花流水

館小稿

地籍草處其中時已衰猶哭泣不飮酒每朝夕躃哭
至隣人爲感泣後得成死鄕之民皆曰李桃隱眞孝
子相與狀于官得旌其閭桃隱者得成之自號也得
成有子曰寅烱亦能孝於其父母

孝子黃成龍者居棠敎坊氏也兒時孝事父甚至年
十五隨人往南郡久未歸父朝夕泣北望以思父父
病死家人以狀至成龍成龍聞自若曰毋援人兒父
必不死矣郡守叱曰家人在此汝何言不死成龍曰
兒父必見兒而後死兒父豈不逞耶衆皆以爲哀過
而顚成龍趣歸家家尚未斂成龍乃裸抱父屍蒙被

臥不絶聲呼兒來者一日一夜死忽欠伸覺若初不
病成龍始起曰兒又不死矣不之然乎聞者皆驚異
之以為是孝感成龍以是得旌閭於朝
烈女安氏成均館婢也平居性騃獃殆若無覺者夫
以罪受官刑榜死烈女既早癈不以悲居踰月烈女
縫衣偶失鍼自鍼其指指痛烈女遂呼嗥哭不已曰
頃余不之知鐵小入肌痛猶難支哀哀良人痛如何
其哀哀良人痛而死而哀哀良人奈之何不悲因不
食晝夜哭不絶四日淚盡血而死事聞旌其閭
石湖子曰余嘗蒞游漢陽漢陽多忠臣孝子烈女孝

五 一 桃花流水

9

女節婦旌閭之門余式而問之皆薦紳大族章甫世
家家也余不以異也夫薦紳章甫之世皆外守家訓
內承姆教其為臣忠為子孝女而嫁為婦烈而節者
猶牛畊而馬馳直有所遇耳能之者亦必異遇而不
能者反之異矣何異有惟彼小民幼而無教長而無
效其於尊君愛親配匹之際雖有所不及於士大夫
族者人固未必異之乃能有卓然自殊於千萬人者
或捐軀而徇義或秉禮而勵俗終使朱丹其戶赫貴
于隣此惟皇上帝降衷于下民若有恒性而能不為
流俗物欲之所蔽棄者也是故鮮鮮而能故余窃心

館小稿

10

彝之周詩曰氏之秉彝好是懿德其之謂乎

攫鷄說

有某氏貧家子也適事嶺南得千萬錢歸踰鳥嶺有幅巾少年跨驢之若果下者從山谷來左韝囮籠脫鷄後從一束索小獨至山之椒咲夫獨令令走有鷄起于叢鮮鷄鼓之擧而持于庄驢惶之彳亍疾趨上于鷄跳前膝以鈋之幅巾者從鞍上鉤引之挕而去某氏大以奇請奉錢千萬相易難之盡捎其所乘馬得之騎其驢弃其猧鷄則臂行攫斁鷄以懸揚揚得歸其家家則夕不炊矣其父日倚扉閭之怨答罵之

六

一

桃花流水

一

館小稿

後數日某氏間其父出往于田鷄與猧驢並馴焉其父歸從林間覘之嘖嘖曰有是哉無怪吾兒之輕千萬錢也亟使乃父行亦必易而歸遂父子并悅之遂日出不悔噫甚矣耳目之役人也貧人之得貨非不知重而輕之父之答子聞則怒而見則悅豈有它哉心從而物誘之然也噫棄千萬易一鷄猶可咥也彼以萬乘四海之富易一狐一兔則豈不危哉噫甚矣耳目之役人也

張福先傳

三韓古無俠人其往往稱俠者皆朋游花房以身許

釣若古青陵契者或不顧家貲飲酒叢馬乎者也是
豈真俠人也哉近世達文以俠鳴於漢達文之為俠
也并五丁不尉衣襤褸衣與豪富民被綾紈者相凡
旁嘗持於友其友亡白金一封疑達文問有否達文
曰誠有之謝其不吝即假諸它人而償之無何友人
得所亡白金於家大慚愧還達文所償且重謝之達
文笑曰無傷也汝得汝銀我還我銀何謝有自是達
文之名聞于世綱鎔子曰具達文閭巷之長者也非
俠也所貴乎俠者能輕財重施尚義氣周困急而不
望報斯其為俠人乎

桃花流水 一 七

13

張福先者平壤觀察營之主銀庫庫子也今尚書蔡
公濟恭之按營也覆其庫所乾沒銀凡二千兩家素
貧無以為徵法當斬下獄因明日且斬聞平人皆惜
其死爭以酒食饋尚書夜使人覘之獄福先方引飲
談笑自若忽索紙筆語人曰我固死不惜恐我死後
或疑我盜官藏以自肥不亦耻丈夫哉且留下一錄
以作契遂列書曰某之喪貧不能斂我贈銀幾兩某
之葬我贈銀幾兩我之嫁某娘尉某甲賚幾兩銀某
之羅某吏之徵逋皆我銀幾兩題畢而會之二千有
羸明日朝蔡公既張號福先於庭且斬之平人相奔

館小稿 一

14

告曰今日張吏福先死老幼婦女匝圍而觀之至有
泣者女伎百餘人皆擁髻頫錚暴羅跽庭下相和而
倡曰乞饒官乞饒官蔣乞饒官張福先美洞節節蔡
尚書彼張福先乞饒全張福先如得饒此回知登上
台筵上台筵雖未然剪板秉子錚唐蔡得小郎君在
膝前乞饒官乞饒官乞饒福先伻終舞歌未竟捋校
之在列者擲大柳麗於地揚手衆曰今日即張福先
且死日也如有願贖者醵白金於北関西泰饒銀俗
且奢尠無以銀飾者於是或刀或鑷婦女之或指環
或釵或雜珮之屬紛紛然下如雪頃刻而以籠量者

洮花流水

15

館小橋

四五吏秤之爲銀已千餘兩尚書從民欲且奇其人
命庫之出五百銀助之翌日而官簿告充福先既效
三日而遠邑之載銀至者又二三人皆聞而樂之且
惜其晩至也

絅錦子曰若福先者眞俠人乎其爲鼠於宮亦恩於
私者在法固當刑而若使福先家而有積金則亦豈
盜官藏干國律乎東人性愿拙且儉於財鮮有以周
急名者而福先以外邑一小吏綽然有古大俠餘風
豈関以西在我東風氣土俗稍自異焉有輕財重義
尚氣節好名之習而然歟近歲客有過平壤者訪福

16

先方往安州未返云

李泓傳

古之人朴後人尚機機生巧巧生詐詐生騙騙生而世道亦難矣我國之西門有大市市之售贗貨者數馬贗之類證白銅為銀貿羊角為玳瑁文獖皮以為貂父子兄弟反相作交易狀爭高下賭呪啾啾鄉之氓眈之以為且真也從其直買之售者得其詐則利必什佰又有剽囊者錯出乎其間揣人囊橐中物以利刀劃而取之覺而逐則逃匿之賣醬巷巷之狹且多折者也幾及之有負芭子者時買芭子而出路塞

17

不得前是故入市者固錢如陣審貨如嫁猶見墮於騙也三韓之氏古称淳素近世有白兔善之類多以騙人名莫俗日趨下淳素者變而為欺詐耶上古顓蒙之世亦自有奸譎者間之耶

李泓漢陽人也好風神有言辯才初得者不知為騙人人也性輕財好侈華衣食以自度而其家固自貧也泓嘗將巨室談水利以錢累萬從事於清川江日擎牛醮酒勾遠近名妓所招無不至惟安州妓一人技色為関西最節度使昵之雖別星過者莫得窺其面泓無以致泓與其徒賭約將定丁日兄狎而歸遂

館小稿

18

馱而來肩鋪掛子馬無辛只從笠者一人鳴鞭入安
州城物色者皆以為松大賈也抵妓家貽馬妓之父
軍校之老而開店者也泓約曰吾所挾重貨也所館
勿許人吏入吾行待人也遲速未可卜歸日當清帳
自求食不健朝夕必精勿憂直多也烟價任主人妓
父視其人賈也視其所馱不浮而重蓋銀也曰此好
客也遂掃室而受之泓入室環顧牖感者久呀其從
買壯紙求人雖一日居安能卧此間奎既成安所馱
於枕鋪羊褥紫錦被行橐中出帳簿一大卷及珠簪
小硯閉戶與其徒日會計不足妓父從門隙聽之錦

十一 北花瓦水

館小稿 一

緞香藥之類也妓父與其婦老妓謀曰客巨商也見
兒必恍恍必多所獲豈止為節度使德也遂潛呼妓
出衙至則拜於戶曰尊客久留陋地少主人敢現泓
忙謝曰無女主人何必乃爾復置籌若目無見者妓
父以為是巨商眼微且為重貨然也夕遂從容謝之
曰兒陋耶客人太冷淡兒至今含羞也泓愛謝無意
若邑勉而後從者妓設酒肴歌舞盡歡幸而得伴寢
焉自此來間抵隙與客會者三四日泓始感眉作憂
憲狀呼主人問曰西路近無火漢乎曰無自義州幾
日可到此曰幾日然則過矣焉病耶主人曰客何憂

曰貸之自燕來者某日渡江某日與吾約於此尚不來是以憂從人汝可往城西門覘候夕又以不來告自是憂日煩至三日囑主人曰吾之所以不得更進以重貸故也今則主人一家人也吾欝欲病不能坐此奇吾貸煩主人善着守吾且前進探以歸遂鎖其室飄然去從間路歸清川累十日也妓家疑其久不歸發其囊皆揔所水磨也有下邑吏職納軍布者從千餘緡入京靡所館泓引與歸誘之曰吾有蹺蹊可以免脚錢花費吏悅遂以錢委之泓且朝暮得尺丈居十餘日泓忽滅言南山之義以一壺酒從吏登至

十一 桃花流水

21

彭南洞火人處獨傾壺盡仍縱赧悲哭吏曰一壺酒此不勝耶泓曰長安信義吾持舍此安得不悲神出一條絃絓松枝欲雉經吏大驚惶手挽叩其由泓曰由汝我豈欺人一文錢者奈誤信人汝之錢已揚盡矣欲贖則貧欲仍置汝必督我我不如死休相挽套其頸且下跳吏惶甚跪而請曰毋若死從今當更不言錢矣泓曰不然汝雖欲寬吾死令如此言此言也非券也吾何以辭汝督不如死吏自思之死與生無錢均死則且有言拒出筆墨於囊作已捧錢手摽而敵之憑無死泓曰甯苟如此吾何用死拊衣而逼自

館小稿

22

其夕驅吏去不入門按法風聞之拿致泓掘其臂一
百泓幾死亦不死泓雖業射以其嵗登武科非其射
也既放榜其侈夸為一榜最皷人皆衣青学帖裡坐
沉香絲三尺手水錢布之外人賜西壯丹屛一双蜀
蜀匣粧刀一人以為泓出游遠鄉多埽咒人墳而祈
奈田以背用云泓家在西門外常衣花紬襖左手循
叟胡纓輪琥珀扇墜緩步從南門入見門外有鋪勸
善孽磬永施者泓呼曰僧汝立於此幾日曰三日得
幾錢曰僅二百餘文曰噫老死矣終日叫阿彌陀佛
三日始得二百文者耶吾家富多兒子女業欲於佛

十二　一　桃花流水

23

附小僧

氏作一場好事僧之遇福也吾何施若沉吟者久曰
有鍮器有用者僧曰以鑄佛像仍德莫大曰理哉遂
前行入南門指燈戶曰小憩此行酒入温酒將美肴
來速倒十餘卮撫鍮子稟笑曰今日出偶忘酒債來
僧姑僧汝鉢囊中物至且償僧許酒僧訖復行顧而
呼曰僧來前僧曰諾隨曰鍮鬻器家或有阻擋者須
善輸去僧曰許之在櫃越持去在僧哉不善泓曰然
復入酒家以僧錢飲凡三四入僧之錢且盡復行語
僧曰僧凡事須有眼力僧曰小僧如是行半世所餘
者惟眼力泓曰然復醉矣回頭語僧曰僧鍮甚大江

24

何以力僧曰大益佳苟有得焉亍何難泓又曰然時已度大廣通橋矣泓捋轉向東街擧扇指人定鐘時曰僧鏑在彼善特去僧聞之自不覺回身急轉望見南山立良久遂疾走去泓緩緩向鐵壓橋去矣泓之一生皆類此而此尤其最著者也泓既以善騙人名亦以是受國刑謫遠地去

外史氏曰大騙騙天下其次騙君相又其次騙民若泓之騙末耳何足道哉然騙天下者君天下其次策其身又其次潤屋而若泓者卒以騙坐非騙人也自騙也亦悲夫

十三　一　桃花流水

25

館小稿

烈孝婦傳

烈有婦夫早死家深山無隣姑癃廢且盲無他養婦善事姑不敢一日離母家居三十里自寘亦絶不往父嘗以母病聞迺設粥一盆囑其姑曰善自養媳夕必至母雖病明則必還粥在盆爐有火幸自温也至母家母則不恙父曰汝尚少汝豈盲婆婢耶吾有客貫也義且富俠汝而行汝無逆其從之客否且殺婦曰兒意亦久矣何幸蒙久不為容無以見新客盍得一靜室爲理粧地父母喜館之別室婦迺瞰無人從後牖穴籬而走以爲必躡我從山谷間行日已暮有

26

錚文大虎踞當路婦前語虎曰虓吾寡也父母欲奪
志死非吾惜但家有姑不可不訣死亦不可昧幸假
我數刻食我於我之門虎起讓路尾而行既至家婦
入抱姑泣曰媳至矣從此去矣訴其由爲之泣良久
又囑曰媳之不終養天也幸自適于山下也庠光遲
之媳去矣拜而出虎蹲於庭婦曰已訣吾無恨矣汝
其任之虎掉頭若不肯者婦曰汝豈憐我而不欲食
者耶虎爲點頭狀婦曰仁哉獸也汝無飢乎入取粥
飼之虎搖尾貼耳狗餂之婦摩其頭戒曰虎汝果靈
物也從今只可獵獐兔毋近人恐穽擭機弩負比好

十四 一 桃花流水

27

意耳虎食訖仍遲顧而去婦復養其姑如前居數日
夢虎來告曰不能遵戒方在某地檻中速來可救我
婦驚而詣往訪之果然村人方欲焚其機婦悉其狀
乞宥之村人以爲誕態不從婦慷慨曰吾之生虎恩
也虎死而不得救生何爲遂跳而入穽虎方睢盱大
吼怒人之窺已也見婦下忽嚬伏流淚若悲不勝婦
亦撫而泣村人奇其不噬也遂控出之虎先出亦不
忍使去待婦出磨于衣且舐其手如馴犬之喜主也
婦又戒而送之謝村人而還自是虎不下山婦之父
母亦不敢更嫁婦也

一 睢小稿

28

外史氏曰余嘗聞城西有虎掠人義寘而去裙帶於籬杻於園人皆憐之後有見於逆旅者豈亦虎之不食而然耶噫虎豈人人而不食也哉

崔生員傳

客有問於余曰人皆言有鬼鬼其有乎曰有它日又問曰人或言無鬼鬼其無乎曰無客曰前日吾問鬼有乎則子曰有今日吾復問鬼無乎則子曰無竊爲子惑焉曰然子有之則斯有矣子無之則斯無矣敢問何謂也曰鬼之理至玄鬼之跡至神鬼之事至謬非吾所目見無以質言乎鬼吾嘗見墻之南有屋素

十五　桃花流水

29

無鬼主人宅之五載木葉不驚適與其南鄰生交惡生嫉之無夜起颿飛下三四石初以爲偷也至三日乃延女巫陳餠於大樹下方語鈴鼓笙生覘之從墻隙匿笑復以石擲其樹磯於枝其响甚感樹之旁立者皆竄窣鳴石墜於餠巧而破甑巫舌齰不能語棄而走曰鬼怒甚不可解也南隣生亦怒其久則覺遂止既止而其家夜益驚有面受㾮青腫者有得疣中之藏於屋脊者尾亂飛椽楹盡隳毀月主婦死患病相仍卒以凶家聞吾於是知鬼之有之則有之而巫不足信也洞北有一等以多鬼賤其售有知其事而

館小稿

30

買之者剋日捋入竊色妻子娟僕詒之曰吾所適多
鬼也然而不往則無適矣約入竊之後雖見鬼勿言
鬼否則不可偕衆皆色懇應及入其室鬼嘯呼舞跳
婁人祈禳百般揹不捄乃擷汲婦於階輟屋瓦三夜
騷擾於庭作浮屠狀亦安之竟有問誰所然皆笑不
言凡十餘日家內淨靜鼠亦不出居二十年無憂吾
於是知鬼之無之則可以無之矣人有鬼鬼有人無
鬼鬼無吾之言不其然乎客曰然有客因說崔生員
事者

崔生員只知姓說者稱嶺南人國言謂士為書房尊

31

雜小稿

老書房為生員崔生員蓋書房而老者也其為書房
也性侮鬼見村百姓有事鬼者則必往魔之後已嘗
赴京路旁有叢祠方賽鬼巫筮而披錦左植杝右翦
鄉父老傴僂薦烹生員大怒叱其驅前以鞭驅巫去
扯紙銅蹴床卓倒地罵曰么鬼何敢惑民行斂里怒
來已所求焉忽仆地覺驅者曰若若不関我且此神
素靈奈何結神怒焉受把厥而死把厥者鄉人神罰
之謂也生員曰此鬼也安敢爾氣憤憤欲狂復入祠
取芻火其祠盡有黑氣如盆大出祠踰嶺而去生員
既老志氣漸衰亦不復苛於鬼一日偶從山路行暮

32

叩一村家求宿民曰今夜有事乎神禮不可受客生
員笑曰我豈爲祭鬼不能宿者耶遂强就館然不沮
其祀亦不能記其爲焚祠鄕也俄而卧聞神假巫而
語號民於庭丁寧之曰汝以我爲何等神汝享豈乎
設精乎汝供我隨陪床不可與墟主軍雄諸雜神比
供我床不可與隨陪同汝設崔生員床乎崔生員其
尊尤非我之比供床高我供十倍不崔生員必殺汝
民謹諾此蓋巫所謂安盤告詞而隨陪神之從者也
墟主軍雄巫之所事者也生員笑曰鬼乃有與我同
姓者乎俄民趍過前呼而及之語氏曰吾鄕舊有神

十七　桃花流水

33

堂在岡外每秋了村人醵而一賽村無病年穀以熟
歲在某有客因慢神爲受罰死狠而焚之祠神遂還
而食于村家家必歲一祀無怨且自其還每令另設
一床曰崔生員供意焚祠客之靈也生員反思之不
覺啞然遂大笑曰崔生員吾也吾焚祠客也速以崔
生員供來吾且飽民异之入而言於巫曰外有客自
言是崔生員也巫乃跌倒地久始甦神則去矣雖終
夜降神而神終不下

主人曰世傳南將軍怡能威鬼妖若景秀才之辟山
魈者豈人固畏鬼而鬼亦有畏之之人耶余幼嘗聞

雜　小稿

34

巫之所目者城主墟主者人家土地之神而然有貴
賤之別亦明者指人祖先之靈也軍雄者神之武者
而若兒雄之類也 三神者人所稟而生者也帝釋者
佛也虎口婆婆者痘神也又有稱紅王者城隍之訛
也使者皆鬼差之㺃也崔生所感之神亦必此中之
一而要之皆非正神也苟有其人固將畏之之不暇
又何及事之而求福也且村氏之供崔生員者亦已
耳矣而崔生則昧然也夢蘇之間亦未嘗一往醍焉
則安知夫村家之揷花羅果費才金於一卓者皆不
過崔生員之供耶崔生已到於陽壁之室而巫不之

十八 一 桃花流水

鯤小稿

省神亦不之覺及其言而後走則豈其神鬼之中无
瞭且贖者耶近歲 國家擯巫於外使不得挾左道
居城闉巫皆萃於鷺江之南婆娑坎坎有宛丘之風
而閭里之好鬼者纚屬而至紅轎綠衣踵相矚於豁
則宛丘且變而爲上宮矣不意桑柳西湖盡爲此輩
所汙辱噫安得如崔生員者置之於鷺江之南耶

題桃花流水館小稿卷後

世或訾亭其相之文曰非古文也是小品也余竊笑之曰是奚足以語文章哉論人之文者論其古今可也論其大小可也若云小品而非古則此耳食者之言耳越絶秘辛何嘗非小品而又何嘗非古文耶且看文如看花以猿茸芍藥之富艷而棄石竹繡毬以秋菊冬梅之枯淡而惡緋桃紅杏是可謂知花者乎余讀其稿拈出小題略干首别爲一局名曰桃花流水館小稿云己卯仲夏小晦己丑薄翁書

桃花流水 一 十九

37

館小稿

38

絅錦小賦

絅錦小賦

李　鈺其相 著

薄庭居士 訂定

後蛙鳴賦

客辭主人曰予之蛙賦儘辯且諍矣恨不使癡司馬聆之而亦寓言也若糾之以經則彼自鳴者蛙官私焉何情哉是予欲刺其無簪反實其不俗也請與夫更評也予果知蛙之鳴乎主人曰是可知已予亦嘗聞人之聲聚則必聲者乎在市盈市在城盈城遠而聽之嚻然如羹然而徐就而枚叩焉則未嘗不有鳴

絅錦小賦

其腸者矣慽者已哀酗者之狂謳者為驩喊者為爭情之所廬而即其聲生焉蛙之於人亦類也而其聲由中而成焉推而察情灼乎明矣在昔周禮六典秋官掌刑蟈氏投灰除蛙及丁是故咸恩而鳴粤王勾賤將吳其兵塗逢怒蛙式其車衡是故戚感而鳴智伯債趙水晉陽傾蛙亦失所産人皆庭是故戚愁而鳴元鼎五年將軍南征黿之所符蛙鬭漢京是故戚怒而鳴且夫莊周之蛙視井如溟見東海驚詫其居停以比觀之驕而鳴也德璋之蛙為鼓為笙兩部鼓吹月白風清以此論之樂而鳴也彼其閤閤然訇訇

然如怒吃如啼嬰如鵝如鴨如遂如箏謳光風之早
凉聒宿雨之初晴者雖似無謂亦皆有名謂余不信
子其虛心而聽之客笑曰是子知其一未知二也彼
何嘗有意於喔哩嚘嚶也彼雖膨其腹而鋭頭荷錦
文而紫青被文藻之繢緣宅深陂之清泠或若男夫
之呼聒或若辯士之縱橫或若文人之喑喑或若直
臣之諍誼若有所鳴施于其行伊放其題掘泥跑阬
是豈可曰有意鳴乎主人謝曰前言戲耳余何知

七夕賦 戲效豔体

梧桐落天地秋金風作火星流今夕何夕七月之七

3

織女西征樂其靈匹於是烏鵲飛斷銀河靈雨滌洸
香車道除白雲幕褰綠霞百靈宿戒儀物既多織女
乃揚霞帔安星髻治瘢花之粧曳明月之珮如喜如
愁以乾風蓋戒車胡遅我心光遵及其明河當前牽
牛已至一見郎君萬事皆淚憑青烏而祀辭懇悲恨
之無窮前游追其陳蹟郎在西而妾東今宵永而月
白春晝妍而花紅腹鴆浴兮喜偶寅鸛喉兮悲雄覓
微物天猶然可獨人兮無情朝鸞奩之鎖紅夜鳳蠟
之啼青機錦絪而績愁覺玉梭之稀鳴香挽唼其沁
紅海侍婢之朝鷩花腮瘠而黑背恨可察於其形埋

4

愁緑而不死復獲侍於辰良柔腸易於喜戚雖百後
於阿郎然斯術之有期玉漏未其添更知不可以久
樂只自憎天悲傷牽牛聞之愀然作色婉然送辭佛
氏有圓滿之戒詩人有別離之詞花猶開落月亦盈
虧從古紅顔何限其悲是故羿東一南九疑空翠竹
悲湘江皇英搶淚羿失金丹瑤臺覺修鸞啼桂泣素
娥傷秋况復楚江蓮妻章臺柳姬石名望夫花稱相
思斯皆佳緑難終情根易傷天之賦恨豈彼阿娘罪
祭二萬錢謫限三千年漢之廣矣其白達天余執其
咎娘實可憐然天命之已定復惆悵夫何益且姑酌

三

一網錦小賦

彼流霞聊以娛兮今夕奚詒衆勝命觴餙遣杯九行
而不醉樂三終而無懽須臾織月東没綘河西懸一
聲天鷄四座凄然僕夫屢告已整其軒一揖登車期
以明年千回忍淚忽覺如泉臨風一洒而滿人間

龜賦 幷序○壬寅四月

在昝孝子之祈親齡也必於龜焉以其壽且靈也而
𡡉寓言無幾近不經也歲壬寅四月初吉余家設
家大人花甲會于樂志之亭有一武弁舟而帰青盤
蹣而嬉于庭進而止于階檽非常之瑞灘人瞻聆而
曾曰是瑞也奴視于青田之翎而伯仲間於南極星

意彼蒼錫飴黄於冥冥乎余小子旬不勝欣抃作詞
以銘而以記有天意乎丁寧也
壬寅之孟夏月初吉竹里子親齡卬而返甲還茲辰
而喜懇翩其彩而爽興速諸舅而滑酤於是拓竹扉
敞華筵虛左具位以竢嘉賓忽有一客無從先至其
行蹣跚其形矗矗起及賓皆天然而立伸長頸而若
望拱前手而如揖竹里子蒼黄下席舉衰而問曰客
何為者客對曰僕海上人也字曰元緒官稱督郵稟
北宿之靈精宅南溟之清流負后過之以受其書周
公從之以定厥居戒一尺而為寶成五色而為瑞琦

四

一 絅錦小賦

7

其牀而驗靈鏤其鈕而效異貽貽達蹟載在古傳今
逢主人何睨相見竹里子曰然子非三百甲族為之
長者乎嗟爾遠途之人胡為乎來哉客曰側聞主人
有事軌豆藪園蔬而命賓釀山花而祈壽修子道也
不還視觀齡之無彊分星文於南耄借桃花於西娘
此固戚事聞風而喜爰整玄襟是以來耳竹里子曰
然則安不遠千里而來亦將有意乎客曰唯僕聞人
於生會必有祈年或寓諷於靈春或繪象於胎仙猶
有一物可獻于斯原吾生之久視最萬品而壽考偕
二儀而不死數三花而無老悼鏗聃之早殀視小子

8

以翁侄培兆拔而嘰碧馴鶴卵而跨玄笞余暫游於渤海桑九碧于天東鞭而憩于蓮花續味白而晡紅逢瑤帝於紫都欺我康而使年稷春枝而盡花欲積壽而礙天盖天下含生之類而未有如漢之寂壽者請以賤齒敢獻大庭之下竹里子且喜且感而酒醻客侑以詩曰我有嘉賓鹿鳴既醉以酒旣醉報以介福節南山綏我眉壽烈祖父兮母兮日月何不黃耇南山有臺客洗盞更酌倚歌以和之曰四月維夏四月躋彼公堂七月以祈黃耇上降福無疆烈祖萬有千歲閟宮如岡如陵天保歌竟遂再拜而退曰壽旣献矣頤從此而辭

五

一 絅錦小賦

蟲聲賦 效歐陽子秋聲賦

李子方夜靜坐維時凉秋萬籟俱寂忽聞有聲起于四壁初瑣屑而相語漸啾啾而凄楚如嫠婦棄妻切切然吞聲而啼也旅魄鴉魂潸泣而傾寃也畸臣騷客之被讒而失位者若吟思鄉而夜不能寐也李子聞之愀然嘆曰此蟲聲也爾其十月在堂來告歲暮者耶將寒促織而人先慮者耶豫秋而吟若賢臣之遇時者耶家嘖動人以助哀秋士之悲者耶嘉遯而不售也故其跡寒而靖草餘而不祿也故其心虛而靈於其爲聲也固無贓浮不平也然而爾質雖微亦

天之生聲雖在爾天實假鳴非爾之音即天之情天
惟何故使爾鳴至於此傷也無乃風雨不用其命閔
皇綱之莫張歟季世不循其理痛流俗之不良歟憐
歲功之不登而將慰予流離之氓歟悲陰氣之漸強
而將弔予妻死之殤歟抑亦有人所未察之愁如山
如城弸天胸而撐天腸歟何其區區然假吾淒淒然
鳴腹志士聞之而秋嘆思婦聽之而夜哭嗟呼物之
代天吽呼者豈其汝而徒哉為鶯於春使吾人和且
醇也為蟬於暑使吾人暇而忘苦也下以至晨明夕
蛙皆未嘗為人所嗟汝獨胡為予以秋使吾人不勝

六　一　絅錦小賦

11

其憂且愁也其非盛衰治時運之遷也亦非天之所
奈而然歟胡不回爾唧唧之舌且為余詳其說也叩
之再三默默如瘖欲問于天天亦何言但聞秋雨蕭
蕭如助蟲聲之繁

詛瘧辭

歲癸卯偶患痁三其朔醫百方猶不能已伏枕譫囈
戲作詛瘧辭語類些意類咒恐不若閔中嘲而弟筆
誅墨園未必不為一時之肆快聊以忘風頭也
惟上帝之字黎兮安順蒼而疾慝卯躬雖其蘋朧兮
亦一天之假頭藥銀亂而下馳兮從赤帝而為取恩

12

偏家於顧復兮身自孤而愛護迨衣尺而自鞠兮戒
酣鴆與媒蠱肆筋骸之賴寧兮兇沉貽之爲痼旹雖
遘旡妄之災兮亦自勿藥而旋除夫何今玆之仲夏
兮長負笻而呻呻帝高陽之不肖兮性昏憊而婁殘
字之曰虛耗兮掌爲瘧於人寰其不幸而遻之者兮
病乍熱而乍寒俄蔟蝍於雪國兮習弭節於巘山初
輕襲於玉樓兮終大鬧於泥丸同南僧之赴市兮指
一日而爲間詩無切於自醫兮杜昔伏而叶鄰三郎
雲於翠華兮丕瑤遂與香蟹蝌卬疾而內商兮與逵
牒其一般醫家診而詒余兮曰此瘧其是矣小兒之

七

一絅節小賊

13

無狀兮來病予君子鍼維鏑而不顧兮藥雖瞑而獎
視符師之詛祝兮墨如血而盈紙庖人之供饋兮日
宰鷄而薦七饋祈禳而呵檮兮策不一乎鄉里幷背
悍然而不有兮遂冉冉而至此余乃不勝其苦楚兮
將以籲乎瑤皇風爲馬而電猋兮魂托蝶而悠揚鶻
龍慰余之顛頹兮排青猊而叩玉扃敷絜華之潔褋
兮趨紫庭而蹌蹌臣爲民而少咎兮天亦愼其蔵殃
今兮爲妖鬼之所困兮敗氣血若癃膏肓幾上帝之
垂憐兮赫皇威而啼請豈惟臣之安兮亦天下之咸
寧帝斯愍而不怨兮拔右袂而洸洸詒靈霆使闐鼓

14

兮命招搖而載旋於是真武天罡駢趨而沓至兮有若雲鼎而雷轟雲罕兮陸離星鉞兮青熒魁爲右而馗爲左兮來鬱壘而御戎邪吒賈勇而前茅兮玄女鍛其九宮兒卒隘兮八萬神將剡兮三千風之爾而迺舉兮下滾滾而從天彼小兒之倉皇兮匪海鮪而雲翳天鼓訇而一聲兮已奠迸於秋蓮淋漓血化紅瑪瑙兮塋生楓葉之翩翩埋髑骨於溟涬之幽獄兮使剉磨而焚燃若其魑魎魍魅之助而爲虐者兮亦戒斧而戚鞭歸瑤臺而獻凱兮上帝欣而嘉馬臣摻謝而欲退兮帝曰女其來前女無門而羅災兮朕賞

八 絅錦小賦

15

惻而女慄仍錫余以翠霞之金丹兮光五彩之爛然稽首受而歸來兮食之使我無病度百年

魚賦 丙午夏

水者一國也龍者其國之君也魚之大而若鯨若鯤若海鰍者其君之內外諸臣也其次而爲鰛鯉鮹鱔之類者又其胥史吏隸之倫也外此而大不能盈尺者即水國之萬民也其上下相次大小相繞者又何異乎人也是故龍之爲其國也旱而涸則必雨以繼之慮人之漁而盡則鼓唇浪以蔽之其於魚也非不惠也然而慈魚者一龍也虐魚者衆大魚也鯨鯢順

16

潮而吸以小魚為詩書鮫鰐奔波而吞嚙以小魚為
菑畬藂鮍鰱鱧之屬乘間抵隙而蔟之以小魚為銀
鐔瓊琚強者弱吞高者下漁苟其不厭魚必無餘噫
無小魚龍誰與為君彼大魚者亦安得自大也然則
為龍之道與其施區區之恩曷若先袪其為害者乎
於乎人只知魚之有大魚不知人之亦有大魚則又
安知魚之悲人不亦如人之悲魚者歟哉

白鳳仙賦 上同

厥有墩花字曰鳳仙錦滏砂殷夭夭可姸采而染爪
若画以胭朝纔坼於砌下夕必致於奩前嗟女手之

九 一絅錦小賦

若霜莖枝葉而無全獨有一掬超然自守雪而不膩
玉而無垢稱寒梅之介弟作豔梨之畏反歆踈影於
月中動清香於雨後然而以其色白不宜染紅女子
視之凡草是同回輕屌而不顧任門落於林中邀[illegible]
鏍而自遨得終老於和風噫衆皆朱紫何以獨皓衆
皆摧折何以久保翁其緋拖早萎霜菊晩凋念謝繁
華超世逍遙者乎木災青黃蘭以香焚黏光鍾彩明
喆保身者乎樗櫟不材擁腫枸攣仍其無用自得保
天者乎商芝輕漢東厥况周超然高住與世無求者
乎嗟呼以余觀汝用亦多方研而為粉色可繪裳釀

石爲醪香可薦鶬得其油可以和大羹吠其根可以
已惡瘡一葩一葉無適不良釋女無知於汝何傷我
者天意惆春色之方凋留汝而作一時之光子童子
且勤護之吾將爲紅塵中不能潔白者詳焉

草龍賦

龍者至神不測之物也或爲梭或爲竹或爲駿馬或
爲鈿鋒隨時幻形變化無窮其於植物也眼爲珍果
腦作異香樹披其鱗之錯艸拂其鬚之長得其一體
猶擅芬芳豈若彼葡萄之蜿蟺其勢夭矯其形非龍
而龍仍以獲名者乎爾其老幹初挺細柯亂吐宛若

19

脩尾掉雲拖霧四月葉生遍體稠疊又若密鱗閃爍
曜燁怒鬣指天虬結相彎又若彩鬣鼎湖所攀結實
星磊玲瓏透骨又若頷珠個個明月又值清風乍振
枝葉飛翻紛紜上下如鬪鄭門初月來照影落庭空
斜蟉活動如畫葉公宿露結珠葉滴蒼翠霏霏點綴
如雨之施暮烟暫拖籠架滿棚依依淺映如天之登
究其體格察其形容葡兮萄兮艸中之龍噫是果可
以爲龍乎龍之爲龍以其德也不以其貌苟不以德
徒以貌效是一花可以爲鳳凰一木可以爲麒麟四
靈可兆於艸間又何足爲祥且神哉嗟呼世之徒以

20

貌久矣孰能辨其爲眞也

蛛蝥賦

李子因夕之涼出步于庭見有蜘蛛颺絲于短簷之前鋪網于葵花之枝乃經乃緯乃綱乃維其幅經尺其制中規密而不踈實巧且奇李子以爲有機心也舉杖揮其絲盡之且欲朴之若有呼于絲上者曰我織我絲以謀我腹何嗔於子伊我之毒李子怒曰設機狀生爲虫之賊吾且除爾爲它蟲德復有笑而語者曰噫漁夫設網海魚惟錯者是漁父之罟耶虞人張羅埜獸登庖者豈虞人之教耶士師懸法庭頑圄扉者抑士師之非耶子何不誅伏羲之網捄伯益之烈責皐陶之讞乎何以異於是且子非知入吾網者乎蝶惟浪子粉飾欺世趨慕繁華白粧紅靨以是吾得網之蠅固小人玉亦見譖忌味酒肉嗜利無厭以是吾得網之蟬頗廉直縱似文士自誇善鳴叫聒不已是以入吾網蜂實猜狠蜜釰其身爲犧赴衛空事探春是以入吾網蚊最陰秘性如饕餮晝伏夜行潑人膏血吾是以必網之蜻蜓無行公子佻佻不遑寧居倏如風颺吾是以亦網之若其它燭蛾之樂罹罌鷄之喜事丹鳥之虐張熏焰天斗之僭竊名字蜉蝣

楚棠之蕈蟯蜋非轍之類尊由自作凶不知避羅身
網羅肝腦塗地噫世非成康刑不可措人非道釋縶
不可素彼之觸網即彼誤也吾之設網豈吾忤也且
子於彼何愛於我何怒而我之毀反彼之護耶於戲
猉獜不可以獲鳳凰不可以娛君子知道不可以縲
絏爲災其監于茲慎哉勉哉毋沽俞名毋衒俞才毋
亢于利毋殉于財毋儇而妄毋忮而猜擇地後蹈時
以去來否則有大蜘蛛於世其網不啻我京垓也李
子聞之擿杖而走三獗及榣關戶下鑰俯而始吁蛛
出其絲復網如初

23

龍賦

海天秋晴空碧玉兮龍之將出游而戒郊向者予忽
有白雨亂擲珠兮龍之擊水而水爲之濺者予玄雲
出地立如柱兮龍之初離海而乘便者予西風吹起
三千丈兮龍之始上天而睇奇變者予旣全體之莫
快覩兮只自凝神而送眄怳惚閃爍者龍之鬐鬣鱗
角之之而而燿炫也鬱律滚邃者龍之諸臣遁邏而
擁拔也勔勱擾沓者龍之集百騰而遵六傳也羣山
之蓬勃而氣應者龍之行而百靈皆餞也然而此皆
雲之形而人之以意度者則顧何以得之詳而說之

24

逈也惟其尾之脩如兮若千尺之楚練垂雲外而宛
露兮霽後至而爲殿翕乃夭矯細棹如相銜兮蜿蜒
直拖如自倦兮逶迤佃低垂如有戀兮鬱屈急掣如彼
胃兮時或如弓復如箭若須臾遠引如一綫兮雲霧
兮旣撤雷收兮掣電碧海兮空瀾紅日兮復晛秋天
寒兮寥廓望龍去兮不可見不見兮何及余心結兮
余目穿竟大哉龍之德也優優乎其升降而折旋使
龍而作而無所見人將以謂浮雲之一片使龍而見
而無所隱亦何異乎鰍鱔之宛轉於泥潦也彼其時
動而時靜或隱而或現耀靈變而萬昌庶施功利而

九野忭是乃人之仰瞻者所以神之而莫之或賤也
於戲求之於人今古幾彥唐晧紫衣容漢代金門掾
溲深雲氣裡千載晦直面此以外者無可選也鱗侑
之嶄然者非不多矣並皆自充於孔甲之膳嗟嗟徂
俗子之可哀兮是奚足與論於易之首卷也

蚤

綱錦子日入而息向晦燕居紙牖月明布衾風踈氈
無樊蠅之營營抵有莊蹂之蘧蘧怡神而肆體出沒
乎華胥忽有一物來自織蒲之隙騷眉乎簟與裯被
靜而聽之聲如黍子之亂墜戚而寅緣乎毛髮之際

賈勇乎肢體之間止乎左肩而蹲焉若銀鍼失縫颯
然入肌薔花慄拂紅刺鑽及棠驚衛駭使人不可支
也於是舉手搏之捫而至於腋磨之擦之終用拇指
而獲焉蜈息爪甲之下而生意尚脈脈也余憫其趁
於利而不知其死已也叩其背而詰之曰爾以微物
床席淵藪適余性嬾三月不帚渴可吸汗飢可舐垢
人之於汝亦非不厚何爾不厭來戕我侵我血非酒
爾其謂人膏血之可吮知人竅穴之可透栖塵埋隙
豈容爾斟我騰不病豈須爾箴吾且莫解亦爾之心
銜夜潛晝棄靴而進則饑鼠之多機也得利而趁則

絅錦小賦

27

秋蚊之聖知也一綫之細皆得撼一鍼之隙皆能認
乃安其喙必以其釁雖古之扁鵲俞跗操鍼而醫人
亦無以若是之嫺且慎也然而秪知人之有血肉不
知有指爪之可畏蟻也而蚩衆蜂鑽而蛙沸浚人膚
澤將以充胃飽多者糜行急者疐血人之肉者人亦
血其胔是汝所以謀口腹者適所以身之累也噫由
前而視何其智也由後而論又何其昏也無乃知愛
其口不愛其身罝罥乎逐末利而喪其真者乎抑亦
智非不明矣物欲之所昏蔽而昧冥者乎吾且剖其
腹而汝質其情以爪剥之如躍之聲催起童子點烙

28

蚘視不見其腸但見血如桃花之一莖

後蠶賦

絅錦子既撲蚕夢始安復整被池轉輾考槃有一道士尖臉圓肚紅衣火爛其大粟粒來若漸儿進前致辭如欷如嘆曰主人之夢安乎曰安道士曰嘻其殆矣覺者生也夢者死也天道陰滅則診人事魄強則毀是故糞朽之戒垂於孔子與寐之箴戒於陳氏自古有志者翫不以多睡爲恥也況子稟多力強可爲之士耽詩書而若炭惜居諸之如水倚泥寢牀不自以鄙青燈一炷黃卷一几無寒無暑以火繼晷然而

再欲圖而百魔戲禪欲定而夜乂猜子工之熟睡蛇則來學業以聰志氣以憒余是憫子思欲挽田頂門一鍼慧竅鑿開豈敢毀傷惟覺是催其鋒則鍤芒作胥其癖則櫻飽旋推縱或有技磨之使終亦無瘡痏之笑噫非綉不剌非玉不磋長安希侯生長燠窠魂蕩蕩兮石榴裙滑淳淳兮金巨羅家視夢鄉况事睡魔若此者釘頂撾背猶欲無吪彼既非吾之可益吾亦不欲彼相加是吾之所待子者厚於人而非敢薄也何主人之視德爲怨報善以雷性同韓昭之太禍文做木偶之喜讀毒余之甚一至於昨且夫至人割

膚鱗而是飼愚頑擇蝨君子為詈徃哲慈悲物我均
視以古證今利歟不利犬逐一偷擲齏以餽猫禦穴
蝨剔毯以驅頑於大者及不為地主人於此知亦未
致責我之語我實子娩頑從此弊不敢復至言訖色
變欲去先意噫嘻今而後我知之矣幸子無去針砭
我昏曾也起欲謝之欠伸而覺乃一夢也

五子嫗賦

絅錦子之隣有四子之毋聞其又娩叩之亦丈夫也
七日而起面猶未蘇似無所悅倚柱而吁使女隷賀
之嫗怫然曰戚之尚不暇何賀之又相惱耶余以為

31

是孀也笑曰生男至五如之何不好也嫗曰邑添一
軍府吏之喜貧家無錢何樂於子余怪而詰其由曰
民既我仇兒不相扶家素赤無所富惟雞三年必擧
兩對猶餘大者纔耕野田小者僅負牛芻以下髮皆
髧髧只費麥飯一盂嗟呼民既有役役各其征需米
保人東伍牙兵水軍最重募八差強生纔三月里正
報名襁抱入府疤記立成及其吏與秋來催錢火急
聲如乳虎當門怒立大兒二百錢小兒百五十若不
令朝納官門捉將入是故終歲責逋窮年把韓飢不
敢粒寒不敢絲以備軍布猶未及期不優履氷空自

32

涕泗以此思之何貴乎兒兒實無貴是以窮悲余聞而惻之以古事慰之曰嘻爾何知之也昔在漢唐國事徂伐家發甲士戶刺戍卒驅若帶兕刲以鋒鍼歸家無夢死綏有骨至今思之使人竦髮今爾世際堯舜百年升平國不言戰民不知兵美子鞠孫各遂其生以今視古泥辱雲榮此少丁錢何足慼情嫗曰不然當彼之時得則亟亟㺃闕失則纍骨龍沙其宜有無錢之憂如妾之行泣嗟嗟乎以妾觀之是今日之悲有加也言訖凄然欲泣嘘啼而去余憫民生之多苦嘆軍政之甚紊記其問答而文之以備夫它日采謠者之聞焉

題絅錦小賦卷後

壬子春余中進士第星歲秋與李梅史其相任西洋村之金應一外舍做工令駢儷體每晨夕之暇漫作短賦或效江鮑或倣歐蘇各數十首合為一卷莊之余篋丁巳余坐飛語獄謫寧城辛酉被逮旋配鎮海丙寅始歸平生著述盡為鬪失無復略存昨年其相之亂友黎以其相遺文來校於余得見其時所著雜賦若干頁尚載草稿中其相可謂有子矣且念存沒不覺淚闌茲加抄出數篇云 己卯仲夏端陽翌日 丙寅

35

葦翁書

36

石湖別稿

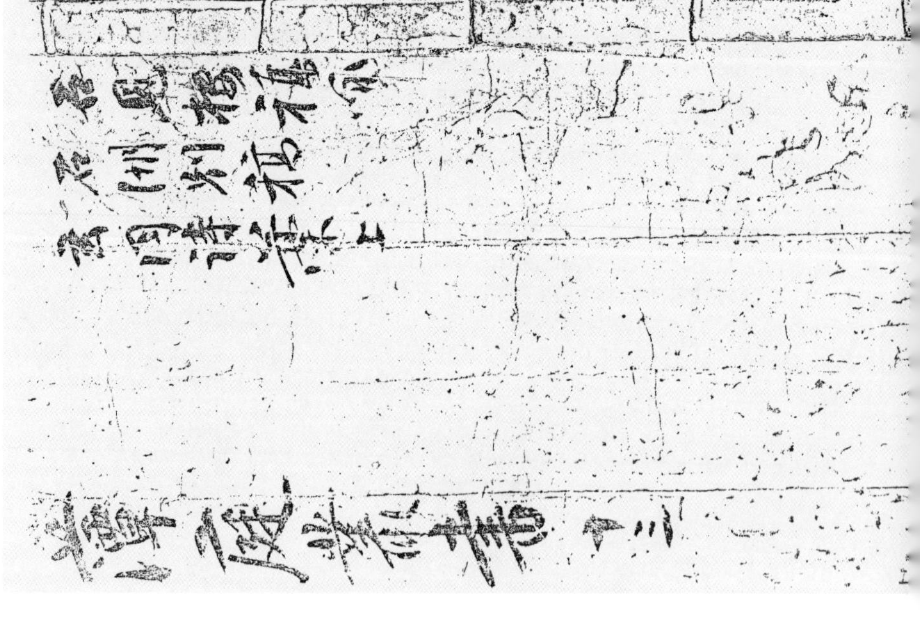

石湖別稿

李鈺其相著

潭庭散人選定

種魚陂記

太素汪汪蟠以氣無際而其底生珊瑚禾龍鵬鼉鰲錯之者天之陂大而非一人或所可私也於其瀅瀠而有百頃水家蠡蜂鉄鱷鱖而鱗之溢于海者就之則川澤雖有主猶其交紅草困青泥釣綱亦不能以意比吾之陂之所以又於其内而高沒肩東而西二十步擴湛十之七中為島與水相祭多而稍東南近

1

鄰父老相之蓋可置盈尺者千餘魚經其役有九日用五十夫切切既成命曰種魚陂會春暮桃花水漲余且畝鯔蚬之大柳葉者㧙諸中而私焉種紅海棠夾倒柳於岍以飾之以待夫浦雨歇月出小山之時橋而上其島頫其魚而樂之則濠濮蓋庭除間物而晨夕之趣將不待膾白雪而飽矣夫何必垂鉄網撈明月引大二鱻於竿極濤海觀而為美哉陂成日乙巳暮春記

三游紅寶洞記

記余八歲時侍家大人杖屨訪花紅寶洞洞在延禧

2

宮之東懿昭墓之南林廣可小草場皆紅杜鵑密不漏日老者可攀而非眞霞幕錦帳也有清泉可澆芳艸可藉仍煮花餻賦詩余之云向陽花似錦藉地草如茵案錄也其時聞古有洪輔德居於此花皆洪之植也故名洪輔德洞而今訛爲紅寶洞又或稱紅屛後洞云其後歲己亥從二兄及諸老友自鞍峴飯山寺日昳到獨松亭下有一生員起別墅於花之西盛檻水閣工未訖而已浸入官矣時春色方闌夕陽又倒客旣醉花亦醉嫣紅照面淸香撲鼻使人愛不能去因小奴折花與村人一閱而歸視初游已一紀而

二

一石湖別稿

3

不覺花之有異矣其後近逢春序意未嘗不在林下今年辛亥三月微雨初晴又好風淡步自照庄行偲懿昭墓溪上蹦娗麓至紅寶洞以爲且紅爛熳矣及至無一瓣花非徒無花無樹矣非徒無樹根亦無矣方見村丁寉土畜夾糞爲種䔍珆計下視水閣亦去矣惟井井白磁如華表柱使人索然似秋絲之以感始知麻家老婆之不臨碧海痛哭者亦爲頑腸也噫十三年而再游又十三年而復游則何花之不變乎前而變于後耶花之變余知之矣老者悴而稚者又菜斬者去而萌者踵起則雖或有盛衰之殊而亦未

4

有若是之盡者矣豈穉童牧竪一朝剪伐并挖其根
而然耶折歲久矣老者益老稚者不復萌而然歟紅
寶洞徙此已矣因又思之湖上友人李尚中家曾有
桃花小園每春欲暮紅碧粉紅亂襲人衣垂柳繹綠
綠葶地余甚愛之不見又十一年矣未知能免爲李
十娘家老梅耶古人以桃稱短命花亦非耐久朋安
知不變爲免葵燕麥也余若逢尚中當問桃花平善

游梨院聽樂記

余幼時讀尚書見卷首樂器圖莫曉其制以爲此古
樂也今世無之矣嘗偶入梨院見鍾鏞鼗笙磬琴

三 一 石湖別稿

5

琵頊簫柷敔皆設於軒其它若月琴奚箏之類又多
書之所未見者怳然若復對舊圖始知今之樂猶古
之樂也其後又得樂學軌範而閱之又怳然若復入
梨院并與書之所未見者而可知矣然見其器未聞
其聲矣今年季亥晩松柳公提擧梨院初赴二六會
余亦與諸人游院中聽之雅樂清而緩有古意而端
冕者非徒臥直欲睡矣武成王廟樂嘽嘽有壯氣而
使人久聽不耐煩俗樂慣於耳不足爲奇余笑曰前
韶而如此鳳鳥驚而舞矣夫子無事忘肉矣金善之
曰今之樂不及古之樂耶古之人不如今之人耶旣

6

不能辨此又何以各從余曰然矣然凡聽樂之法南
呂黃鍾不若龍虎營細樂之打行軍樂一回也三絃
又不若或琴或箾之月下奏昤西調一曲也是豈古
人所謂竹不如肉之義耶遂相視而笑俄而典樂請
呈舞舞童皆花帽錦襴繫紅帶以大小分其偶拜而
後舞嘗觀許筠閒樂詩莫詳其詩中景矣今始了然
如觀戲子而念西廂記其曰彩袖半擅銅指鈸曲頭
初換㖃丁當者舞童四隊大童着紅襴舞者也其
曰羿乘腰鼓置中筵輪得紅𣘶彩袖翩者舞童齊出
繞鼓揚袴而舞者也其曰跳出彩娥相對舞繡衫將

7

押處容來者五方處容每一人一舞童前導行者也
此皆鄉樂而處容之以臭視者可供噓噱其後望日
余為人所拕又游院中皆前日所見而猶矇叟與彼
女即前未有者也矇則無可觀伎亦不合觀惟名者
挑梭桂者四妓稍可而桂甚偉且暮矣及樂將闋出
妓舞桂首齊命余曰此彼老所謂影搖千尺龍蛇動
也雖有金銅仙若置此肥婢於掌則腕必酥矣或曰
今日之游太無聊未知與蠶頭看花孰優余曰眼雖
無福脚幸不痛然而觀者彌滿軒庭至肩磨不可行
皆閭里浪子不為耳只為目也噫嘗讀余淡心板橋

8

雜記千載之下使人骨醉心熱悅惚與雪衣琴心流
連於迷樓之上而恨不得同其世矣彼浪子蝶翩
蜂鬧奔走於此者不幸而生當時南曲則不為烟花
中餓鬼者罕矣可以笑亦可悲也樂止而還花煦正
蒼矣

觀合德陂記

余平生甚愛水愛故觀水多觀海觀漢江觀瀑觀溪
觀池觀灘觀潭觀非不多顧無可余愛者蓋余性弱
觀水之波濤洶湧沉㝠無底者則畏畏故於海若漢
江觀而不敢愛余性靜觀水之喧豗磞湃大聲而急

9

流者則惡惡故於瀑若溪若灘觀而不知愛若池與
潭則似宜乎愛而余又不能恃乎觀所觀池與潭池
或湫而局潭或窳而深則又無足為其愛然則終不
得觀可愛者其惟洪州之陂乎登其堤環而約之周
可二十里徑三之一時九月秋水初集高處鶴沒脛
厚處猶可厲溶溶汪汪湛湛渟渟風微而穀生日斜
而鏡平遠而疑之如平郊之烟橫近而孔之若空庭
之月明余顧而樂之曰此余之所愛而欲觀者也惜
乎質而猶未歸也宜種蓮使好事者貴蓮子四五斛
三弃之久可以得芙蓉萬柄於是緣堤插垂柳數千

10

枚陂中荻蓮壺置三四舃舃上設丹青小屋每豔紅
初婚以青翰十餘艘載紅粉綠醽從事於斯則何渠
不若長公堤也宜種魚從花蟲之言設九舃埋魚苗
歲納守宮以護之不殺歲魚鱉不可勝食於是禁一
寸之目毋竭澤毋毒魚斜陽在水柳陰初涼籊籊竹
竿以釣于梁豈其食魚必河之魴在家可貧在國可
藏不亦富哉顧其所處也在窮鄉荒絶之瀕沮洳一
曲蒹葭蕪沒無有以一花一石助其觀者則守讓用
默只與鳧雁而往來而已不亦惜哉然而余之所惜
以其愛之至也故惜其觀之無華且美也而其在陂
六 一 石淵川鎬

也則器大也不中覘愛益也多以歸積厚思深流行
以時則枯者潤匱者滋陂之下墾千餘頃畝收一重
其利博哉奚止於冒紅葩包錦鱗而已也然則陂之
可愛者又以其德也而不足爲觀者惜也從者曰子
未之見耳四五月之交桃花水大至益之以時雨是
陂也爲江爲海西疇告竭鍪臿如雲啓閘而洩之雪
浪馬奔不徒爲灘瀑比也于斯時也子必畏而惡之
不能愛乎觀之矣余曰然則余之所可愛者是今日
所觀之陂耶遂歌以美之曰陂水之積兮行其素可
以溉兮可以湖吾誰從兮黃叔度

登酒碧樓記

余天性懦是行也又嚴途之左一二里有好樓榭亦
不敢迷而就之非徒不敢亦不欲也自岐而西未及
陝四里山止而沙沙盡而水水有橋甚長橋窮而有
樓特然起石門當馬首朱闌直加人着額若出余不
意而攔道留客者也余不得已由其門入登其軒凭
其欄雲際東南群山龍蜿而鳳翥者吾不知其何郡
何邑而但蒼翠之色悠然可喜明沙十里積雪初霽
老梶短櫂畫幅點綴大川逶邐東流而去盤而或渦
曲而亦渚至于樓下酒泓渟滀滐則爲黛淺則爲縠

七 一 石湖別稿

13

黃魚躍波翠禽唼藻斜陽一抹樓影倒樓則架百
尺之巖瞰千仞之潭憑虛獨立飄飄下臨倚柱而望
珠落波心飛石而擲無射發音視其扁曰酒碧樓噫
是酒碧樓耶昔余家漢江北有亭曰酒碧其時聞斯
樓對絶嶠南每欲一登覽甲乙之今遂矣軒胎爽襟
恍可人目者何其似吾舊時之亭也結搆丹白制亦
精麗而漫漶歲月雨蝕風瀜文櫳瑣闥殆莫枝梧且
被游人之所點汙惡詩疥壁歃墨歃渠使人對之若
將并江山而穢之也攀磴而上樓後有寺曰烟湖寄
於蒼壁之間危若燕壘懸似蠔房僧去已久惟一泥

14

觀音守之其初蓋欲以僧守樓而佛不保僧袍錫四
走則終古守樓而不去者惟巖雲汀月而已也既風
多厲高處不可以久移武下樓不覺回首眷眷

野人養君子說

孟子曰無野人莫以養君子君子者何內而公卿大
夫士外而方伯二千石六百石諸長吏皆君子也野
人者民是也古之君子學優而仕束帶立於朝入而
竭力事一人出而盡心牧萬民位高而任重德厚而
望隆固不可筋力而自養也先王爲之法使爲其下
者養其上於是田夫穫而君子食稻粱紅女績而君

八　一　石湖別稿

15

子衣錦裳武徒綌而君子是營匠師落而君子是堂
百工作而君子用台以方一切所以供君子者咸出
於民夫民之所以貿是供也日不暇食夜不暇息女
先其指男跰其趾盡力而就則不敢自有于筐于篚
敬之君子奚其養之若是其至耶以其入則竭力事
一人出則盡心牧萬民吾雖有畬織君子吾得以鋤
鐝吾雖有絲織君子吾得以機歟我矻矻頎頎勞力
於下彼孳孳屬屬勞心於上勞心者食於人勞力者
食人理固當矣先王之法之然矣於是衆不待責而
精絲不待促而成既盡其禮文致其誠藹然若孝子

16

孝婦之所以養父母舅姑者則此野人之所以養君
子而謂之以養君子不媿稱之以養野人不愼者也
其為養顧不大哉然則君子野人之養今古皆舉是
耶曰何可然也君子野人之君子言位非德也問或
有官而不賢位而不能非君子而尸君子者入不能
竭力事一人出不能盡心牧萬民斷獄以貨聽訟以
謟善而不勸究而不恤以涖乎民思乎若越人之過
秦時復烏攫肉鷙窺魚闞然思飽於民又有沈湎稽
色無知無識而唯俸錢是索者則民雖畏其笞掠不
能絕其衣食而彼亦有喜怒性情於中顧何心勤且

九　一　石湖別稿

17

誠也子曰至於犬馬皆能有養去此不相遠矣噫一
溢之米一稱之錦均是民也同我養也而或為父母
之養或為犬馬之養則受其養者可以知所處矣又
況槪量不平勃谿于庭徵索逐日詛祝于室則求受
犬馬之不敬而亦難得者乎周書曰享多儀儀不及
物是曰不享儀之不及君子猶恥是故詩曰緇衣之
宜兮敝余又改為兮適子之館兮旋余授子之粲兮
此言民之所以養君子也詩曰彼君子兮不素餐兮
此言民知其為君子故養之也詩曰樂只君子民之
父母此言民知其為君子故養之如父母而猶樂而

18

稱之也君子哉若人雖服斯皇之芾佩有鶴之珩彈琴聽堂終其日無所為民奚敢不蠹也苟其不然則雖享萬鍾之祿供五鼎之旨衣錦褧衣持粱而饜肥吾未見其為蠹也鼠無食苗魏風見刺鵜不濡翼曹詩有譏彼其之子其不有醜於是歟余於野人蠹君子之義未嘗不有懷於古之君子庸為是說為今之蠹於民者戒

龍畊說

余到合德堤聞龍畊甚詳老於驗者曰信有之歲以然其狀何如曰歲不一有當中直劃作土鼠墳地狀

十一　石湖別稿

者有屈曲斷絕作鷄撥泥狀者其期何居曰歲十二月氷腹段堅夜聞有聲朝起視之即耕矣其占何諸曰近堤豈遠堤凶多且直穩窄且屈折歉自古有得其驗不忒曰噫亦靈怪矣余嘗觀乎耕畊必有犂有牛有農夫使龍而畊顧安所得此耶且氷水也匪土也龍奚之事而且此畊耶或曰龍神物也國於水變而化不測或為鈞或為馬或為義女又安知不化而為犂與牛與農夫以稼穡於國耶或曰安也十二月寒益盛氷結甚則埓土亦然龍豈有耕余曰二說皆通余亦有說冬至陽氣生於地日以益長至十二月

則將出地而奮永頑隋也悍然絶地天通若羃以帷幕然於是龍陽蠲而守水者也其責在龍不得不裂而闢之而乃其扶或似芊畊土人稱之曰龍畊以卜歲功卜之而驗則其或陽氣之萌休咎有自呈者然歟

田稅說

國法制田畝以布帛尺二之尺度之東西一南北一爲把把十爲束束十爲負負十無稱曰十負負十其十爲結一結爲田萬尺又以六等法等田高下上上萬而結上下萬視上上八千五百中上視上上七千

十一　石湖別稿

中下半上上羸五百下上視中下減千五百下下四分上上之一下下四萬尺爲一結余問諸農曰上上田尺以女縫衣尺長二十廣亦如可取禾幾曰中歲可一豊束豊束一收稻幾曰可一斛稻一斛得米幾曰鑿四升又問曰女田一結納稅官幾米曰吾小人多懼不能自諳縣歲給隣保長米二十一斗終其年無事萬二十一則千二斗一升百二升一合十二合一龠一歩爲二龠十分龠之一是民食米四百斗之田官收二十一斗也貢徹助夏殷周之稅也皆十而一或九而一今四百而二十一孰多少況官之收又

非盡二十一乎況田之取不止四百乎況優則除歟
則蠲者乎孟子曰天下之民皆願耕於野者顧安在
我余疑故錄之竢史甫也

花說

試上高原以望夫長安春色茂矣美矣偉矣麗矣有
白者有紅者有紫者有白而紅者有紅而白者有黃
者有青者馬吾知之矣青者吾知其柳黃者吾知其
蓁芙花狗刺花白者吾知其庭梅花梨花李花來禽
花柰花鬼籠花桃之碧桃花紅者吾知其杜鵑花羊
躑躅花山丹花紅尭花白而紅紅而白者吾知其杏

十二 一石胡別稿

花櫻尭花尭花蘋婆花紫者吾知其惟丁香花也長
安之花無出於此出於此亦無可觀者於其中有時
不同有地不同朝花癡午花惱夕花暘雨花疲風花
侊霧花夢烟花怨露花矜月中之花妖石上之花高
水邊之花閑路傍之花俏出墻之花冶藏林之花澀
件件般般種種色色此花之大觀也南山然北山然
六角峰然圓峴然北楮洞然花開洞然桃花洞亦然
我既作如是想我亦作如是觀雖終日勞筇孱而所
觀者不過如是雖終日閉戶塞牖而所觀者亦不失
如是我何必出而後觀使足怨目為也東園公問於

西鄙先生曰人皆徃于花子獨室處何子之薄乎花也西鄙先生曰不然大恩割恩大慈割慈大憐割憐大愛割愛位卿相祿千鍾人孰不愛惟隱士最愛憲其有蚩尤逐奪也故初不居焉深閨軟桃譎青眤紅人孰不愛惟釋氏最愛懼其有睽離恐眤也故初不交焉千紅萬白品色行香人孰不愛惟余最愛恐其有春去風雨也故初不有焉世人之愛淺之愛也余之愛花愛切也須之南其地有春無秋冬月見五色杜鵑花若錦葵花紅梅花木香花木犀花水仙花皆四時榮嚔使吾鄉於此吾必以林下為家矣

十三 一 石湖別稿

25

犼辨

水之戮有犼者東國人名之曰強鐵強鐵之所見主大旱人甚畏之至為之語曰強鐵所蹝秋亦春有白言見強鐵者問之狀或曰角而似龍或曰似人而鬼是皆不真見強鐵者也強鐵罕於世不見於經史宜世人之莫狀也按東軒述異記載康熙二十五年有犼鬪三蛟二龍犼與一龍二蛟死獲于平陽犼形馬身魚鱗鱗縫出火死猶燄起丈餘以其從火而敢敵于龍者也故犼之所遊雨不沾疇理則然矣今年夏在白門天急震電以雨坐客有談龍而及強鐵者侍

26

郎洪公言兒時聞諸青城僧大雷後過王方山石上有物鱗而馬雷火斷其腰死疑其爲强鐵云仍詰余余以東軒書讀之洪公以爲信余亦以此益知强鐵之爲狐也荒年儉歲氏善訛言無多傳强鐵過者余作狐辨欲以斥妄言者而若又有聞余之言謂見如焉者則是余之又案其妄言也

士悲秋解

士悲秋悲霜耶非草木也悲將寒耶非鴻與蟄蟲也若不遇時之跅弛離鄉國之旅亦何待秋而悲也異哉當風而歔欷不自聊見月則惜然幾至於涕者從其悲何故以也問之悲之者悲之者亦只知悲之不知其所以悲之者噫我知之矣乾爲男坤爲女女陰氣也男陽氣也陽氣生於子旺於辰巳故巳爲純陽之氣而天道盛則衰自巳月巳後陰生而陽漸衰衰而凡四三月陽氣死而盡古人名其時曰秋然則秋者陰盛無陽之時也銅山頹洛鍾吼磁石所指鐵鐵走物亦然惟人之稟陽氣者如之何其不秋悲也語曰春女思秋士悲天地之感也

或曰信有子之說士之悲以其陽之衰則凡世之不國而驛者皆已悲之矣胡獨惟士而悲之也曰然今

夫秋之殺也其風驚其鳥遠征其水鳴其花黃而貞
其月揚明顯然陽索之兆溢於殺氣則觸而遇之者
孰不悲之而嗟夫下乎士則方刀馬而不知也溺於
俗者且醉死矣惟士不然其識足以下哀傷其心又
善感於物或以酒或釣或燈而讀古書或聽鳥與蟲
或求花能靜而察之虛而受之故天地之機感乎中
天地之變感乎外悲是秋者舍士其誰也雖欲不悲
得乎宋玉曰悲哉秋之為氣也歐陽脩曰此秋聲也
悲之若而人者其可為士也乎
絅錦子曰余悲夕而知秋之莫之悲而悲也日之夕

十五　一　石湖別稿

29

也崦嵫紅庭葉微翻鳥窺棲蒼然暝色自遠村而至
則倚其境者必愀然失其驩也非惜日也悲其氣也
一日之夕尚可悲也一年之夕寧不悲乎哉又嘗觀
人之悲衰老者四十五十毛始華氣血漸枯則其悲
之也必倍於七十八十之已衰老者矣豈耆耋者以
為無奈何也不復悲之而四五十之始衰者獨悲之
歟人之不悲夜而悲其夕冬不悲而獨悲秋者抑亦
四十五十之悲衰者歟噫天地一身也十二會一年
也余不知天地之會已秋耶未耶抑過之耶余竊為
悲之

30

斗論

天下之器維斗爲大星有北斗以平四序之分聖人
象之積黍於黃鍾之管三因而始爲斗斗者龠與升
合之所集成而鬴秉斛石句鍾之所由生也斗不停
下於斗者無以準其平過斗而量者尤無所得其衡
是故聖人旣作之憲其久而失乎也鑄銅爲嘉量銘
而欵之守在冡氏慮其或不相同也每歲巡守省方
而同之春秋二分物而平之有不齊者刑而懲之今
觀於周官虞書月令諸篇可以見古聖人之所重視
斗者矣今也不然閭諸歸市者一湖西百里之內而

十六 一石 湖別穩

彭澤斗米錢四十零天疋禮山四十錢青陽不及錢
四十非有貴賤斗不一也一湖西百里之內而斗差
是其不一則衆而八路遠而千里不待問而後知且
京師者一國之準京師之市以升量斗則以京師斑
祿輸漕之斗三猶不弱是官與市已不相同何怪乎
縣吏之斛租糴或異居縕之升授受有二也隱穀民
食也斗所以量穀也而龠升合之所由爲鬴秉斛石
句鍾者則古聖人之所以重視之謹其始齊其異者
豈徒然也將以息訟而正紛也

北關妓夜哭論 并原

客有道北關之妓夜哭事甚詳若其說曰咸興之妓有名可憐者顏色甚好性倜儻如也粗解詩文誦諸葛亮出師表琅琅也善飮酒善歌兼能舞釰能搊琴品簫能碁與雙陸人皆稱之爲才妓而顧自許以俠也嘗從太守登樂民之樓見有從萬歲橋来者美少年也丱眼妓鮮儀容秀美風韵能動人十步躋黑衛而行後一騎載琴囊詩筒酒榼而隨可憐知其必以已爲歸辭病至其家覘驢已繫門外小桃樹遂延入中堂歡然若平生也於是閉戶張燭爲房中之猝與之詩我和彼倡彼和我倡與之琴而歌我琴而彼歌

十七 石湖別稿

我歌而彼琴與之酒我斟而酬彼彼酌而酢我與之碁彼贏而我輸與之雙陸我勝而彼負與之簫雙鳳来而喜其遇與之釰雙蜨合而不能離可憐大喜過望自以爲我於斯世得一此人足矣吾不虛生此世也欣欣乎猶恐不得當也乃先解鬟與裙托以酒請睡少年黽勉若不樂者及華鐙吹落爐香襲人少年但面壁側身卧作長吁短噫而已可憐初猶有所待久則疑之逼而驗之閹也可憐遂蹶然起以手敲地哭曰天乎天乎斯人乎斯人乎天乎大哭一場推戶視之落月已曉鳥啼花落矣

論曰姬其善於哭者已矣姬之哭豈傷其情欲之不得遂者耶姬之哭其哭千古際遇之難者也天地之間人而合者有二曰君臣也曰男女也惟其人與人合而為也故有悲哀喜樂於其間此人之常情也然則其得之則喜而樂不得之則悲而哀者宜君臣男女之豈是均也悲歌擊劍偏在於不遇之士掩鏡積淚多見於薄命之妾則亦豁乎良人與國君者一身之所仰望也其所懸試而馳想者不得不女切於男臣重於君也人之情亦不其然乎是故勿間男女其懷質抱藝砥礪而自惜者之所以來之也雲從龍風

十八、一　石湖引稿

從虎非徒君擇臣臣亦擇其君而來之如行深山椓金光得之如入滄海遇明月既見君子云何不喜昔張良遇沛公於秦楚之際說以太公兵法沛公能善用張良曰沛公殆天授也仍留事之有志士蘇舜欽讀張良傳至此引一大白撫卷喟曰君臣際遇若是其難乎舜欽之一大白足令千古人下淚況姬閨址之烟花一女子也非有大而難容之道絕世獨立之譽而聲色伎藝沾沾然自以為將絕其曹則猶復傲兀當世思得如我者從之十載青樓歷試而隨來者匪此人乎咸與大路也觀察御史之揚準擬驗熊軾

而至者吾嘗見之矣節度遼帥之建牙鳴角而過者吾亦嘗見之矣貴游公子之花衣怒馬而行者吾亦嘗見之矣富商大賈之輕銀錢賤錦綉而游者吾亦嘗見之矣能詩而不能酒非吾偶也能酒而不能歌非吾多也能歌而不能琴非吾心也能琴而不能棊非吾儀也能棊而不能舞非吾擬也以之雙陸洞簫皆能吾所能者而後方可為此人也此世此人豈容易可得也哉悠哉悠哉轉輾反側者固已久矣而乃者虹橋斜日遠眼忽明則有美一人清揚婉兮邂逅相遇適我願兮及其回燈添酒予倡女和則左之左

十九 一 石湖別稿

37

之君子宜之右之右之君子有之維其有之是以似之當是時也巨魚之縱大壑鴻毛之遇順風賢臣之得聖主也百年非敢望也一夕猶自幸也今夕何夕見此邂逅子兮子兮如此邂逅何自不覺神清而志滿意驕而身殆雖使為君而死此夜固所甘心也誰知能人之所未能者反不能人之所能有人之所無有者獨不有人之所有竟使遇而有不遇之嘆則已焉哉此世此人信乎不可得而遇也夫人之悲不遇也不遇於其所不當遇則不之悲焉不遇於其所可遇而後為之悲焉賈誼遇文帝而不遇故悲李廣遇

38

武帝而不遇故悲憂徒屋也聖人亦然孟子之去齊也三宿出晝不豫之色不掩乎眉睫者誠以齊王之足可與而不與故也向使齊王無易牛之仁好勇之問則孟子顧何惜於齊王之不遇也然則姬之踊然而起噭然而哭者宋哭其遇乎難遇之人而猶不遇也豈不悲哉豈不哀哉故曰姬之哭非哭其情欲之不得遂而哭千古際遇之難者也其豈非善於哭者也耶古人言人不可無三副痛哭淚一副淚哭千古不遇佳人余則曰可憐一副淚哭千古不遇佳人才子

祭文神文

維歲次甲辰歲除日庚戌絅錦主人謹用古人除夕祭詩之義採文敬告于文神之靈曰嗟嗟文神余之負汝亦多矣余自未齔從事于汝則汝之伴余蓋二十二年有久矣然余旣性懶不能自勤前後所讀書書僅爲四百周詩前後百周而雅頌倍之在易三十周孔孟曾思書多於易二十周性最愛離騷聞未嘗輟於口亦未滿千周自其外蓋目涉也未有以壽翠也又就其目涉者言之則朱氏綱目祝家事文泉柳州文若干篇稍用力焉統而計之書不滿車比勤者嶽藏工矣固宜其出語則蕪抽思則拙不得與文人

之列而亦嘗觀今之世矣有稱博覧者從而買之寵
中之語星辰也有稱善詞賦古文者求而聞之穿壁
而西蒻者也有能於時文鳴藝於科屋者求而玩之
皆粉飾草偶人以舞於市者也然而役皆鬻名濟鄙
媒跡明時其生也用之于科場館閣而自以為綽綽
也其死也又復緝棗板剞貢珉身死而文不死也佖
而用之也高纖而用之也鉅皆自不負其有神而獨
余未能雖其癖經如酒淫書如色聰明所漏綫以鈔
録人未嘗謂余參聞而鄉里痴兒乃反蘄侮花壓月
社與炎送別特賞叙者為文律者為詩不勉之地其

二十一　石湖別稿

41

斁亦彩而不唐不明非杜非蘇雖或有二三知已過
加奨詡謂有可語而嗟吁韓愈不逢項斯誰說出則
鄒眥處則奚囊安用彼槖謾大牛腰若其科場文字
雖是大方家所不屑而秀才學究必以是歸重又是
青衿進身之梯則芓生貫心死歸無筌故志於科十
六年有逌于詩錯之以二百餘文緬之以策五十賦
論銘經義乘隙迭發安自以為忝一科亦無妮而咎
之者猶曰詩宜華而未鑴宜細而蒼策宜遼而冨自
賦以下檜無譏焉是故乃將殯庠庇居魁屢不及七
入荊闈竟孤一鮮一對金殿又被見黜年將二十有

42

六而尚依舊一揩大也誰謂斯人能乎科髗雖曰能
之余亦不自信黙念終始余之不負汝者有何乎噫
同是春也遇蓮與菊者必遲遲難發莫比乎桃李之
早則豈春之咎耶蓮與菊負之矣靜言思之面騂肚
熱余不忍多其言幸汝文神不以余界鄙益相余癡
性俾前者一洒則余雖不敏亦當自新厈惕揚推不
負是啚今日歲暮余庸多感着撥笔花尊酎硯池心
香一字細碧如絲採文告神神其歆茲

除夕文

今夕何夕逢此除夕夕名以除天將有除乎余請以
二十二一 石湖別僑

可除之事於是夕除之噫宗國不幸朝著之未靖莫
近日若浪趑康莊禨千譽景無將不軌之徒踵相囂
於市上以助堯舜之咈下以貽士大夫耻者吁亦甚
矣繼自今周行之間其或有頑如殢佤嚶如林把墨
如狐饕媢如牛李食於國而不以國為心者惟蒼天
明殛細勘不待人自天除之田家失穡農比歲不登
或魃而旱亢或龍乘而鴻或食之飢蝻螟近海風山
災雹而霜害我嘉苗非一其謀穢孛痒歲不熟霾天
亦不能秋凡此殿者非人可力繼自今氣輕雨鉏滑
晴在田除旱濟蟲垂胎除苦風來薙除霜雹龜鴻困

箱除鼠穿墉不豆穀者自天除之疾癘之來即人無
妄冒而為寒暑觸中而風外邑而釘内而癖癥在小
子丹豆瘧蒸在婦人帶産勞經在老人為痒與不仁
癃疫則翕歘亦同馬乳鄉谷尠醫與藥自夏來痁于
家癘于國至秋冬未熄穡肆金翔覡門饑積既有生
之所有亦有生之所不可有繼自今天其憐之細至
癬疥莫不除之然惟此三者在國國人願之在家家
人願之人之所願天必從之余無事祝而除之余於
是亦有所私焉天之於余既不厚畀卤其質拙其性
其才不滿斗遠矣猶未自量余欲云云早而自力承

二十三一 石湖別稿

45

訓于庭學語於姆文於傅肄藝於齋友入則餘力而
學問出則從人遊進而觀光於國惟先業不墜是圖
而嗟乎才之所限蜍莫延颷性之所局鳩莫縫巢談
協話席雷轉雪飄而截截辯夫搷袂欧欧則既尖黃
河復竄以澆蘇金雲壁一言盈巳而余則嚅嚅囁囁
覸方莫交脣重五斤舌粘阿膠此余之不能於言也
大闈小闈戰白射紅而時儒世兒逞技呈工則花髓
月魄如偭如儷龍門鴈塔朝發夕登而余則筆齵墨
瘦勞而無功終日刻胃勤帛橫縱此余之不能於文
也李俗同渠聖彼鄉原而局局諂夫淫思渭言則如

46

脂如韋世渾亦渾求門大喜解綦逢尊而余則脚硬
膝直大道蜀㮾人之見者不斧則雲此余之不能於
行也奚徒是也人百余一莫非不能若以此求其所
欲則是輩而南之瓊粤無期寧不閔斯昔昌黎氏有
送窮文子厚有乞巧文藝苑襫襏自古有作伏惟天
神降鑒微誠除其所欲除俾遂其願則自今以遑庶
幾天之更賜云爾

戱題錦南詩鈔後

歲癸丑春余在辟雝與意中諸丈人論唐宋詩次及
陸游誦芬姜子忽躍席起戟手厲聲曰游之詩何可
二十四一 石湖別稿

47

汚口吻游之詩在家當焚否必誤後人也余與歸玄
金子尉纓幾絶笑其太激而亦未嘗不以爲旨甲寅
秋余將游湖西裝不宿戒遠見四歳稚子提一卷行
奪視之乃昔歳借人錦南詩鈔未還者也仍納之槖
旣到湖西霜夜方俏旅燈無人出而時展看之誦芬
之言益信矣然而使游而聞亦必自以爲寃矣原游
而論初未嘗自盡於是而只坐六十年間作句太多
口煉而細手熟而圓終之爲姜子之所不容矣譬如
三十老妓閑於風情閑於烟花辭氣大溫珠翠太繁
賓客滿堂而且歌且舞頓無羞澀顧忌底意思則自

48

以為得而人反賤之矣雖越游而賈之必不易吾言
矣近歲吳人有羅聘者叙其學陸集槩曰少時學陸
為詩中年覺而盡焚之晚歲與其妻白蓮女史方婉
儀庋坐談詩方為誦其所焚詩三十餘首還覺可意
惜其焚而無傳故借金鳳釵以刊云余嘗得而讀之
既焚之不必更費金鳳釵意老羅亦到爛熟境耶惜
不使誦芬子亦一覽之矣

戲題袁中郎詩集後

錢虞山論明詩之所由變石公必居其一至以比大
承氣湯蓋石公矯王李而啓鍾譚功罪相半故也以

二十五 一 石湖別稿

49

余觀於石公不過一尋常文人也非有德位之著也
而其為辭又不肯師古只以石公有舌之筆記錄石
公由情之語固一代之變風也顧又細瑣輭弱不可
以大家稱使石公處于今不過為南山下穀間茆屋
種一畝殘花日與龍子猶輩沾沾自鳴者也使隣人
不見其詩而指斥之則辛矣彼安得登文壇主詞盟
麾旆鳴鼓而天下靡然乎從之耶豈石公之時天下
詩道不及乎今故以石公而猶宗之耶抑石公之道
近乎人情不似白雪樓之空事吒啅故天下知其然
而從之耶在石公固雄矣噫此一時也彼一時也其

50

時則翕然

題石湖別稿卷後

余鈔李其相文各以彙分凡十數種猶有遺漏
又就其草本收拾若干首命曰石湖別稿蓋其
相嘗自號曰石湖主人故云爾此卷文頗不類
然如野人養君子説田稅斗論等篇皆有用文
字其亦可積也已外他又有巨帙數面姑未下
手當俟靜時鈔寫云　夏十八日戊申立
秋蘋翁書于北山僦屋

石湖別稿　二十五

53

54

梅史添言

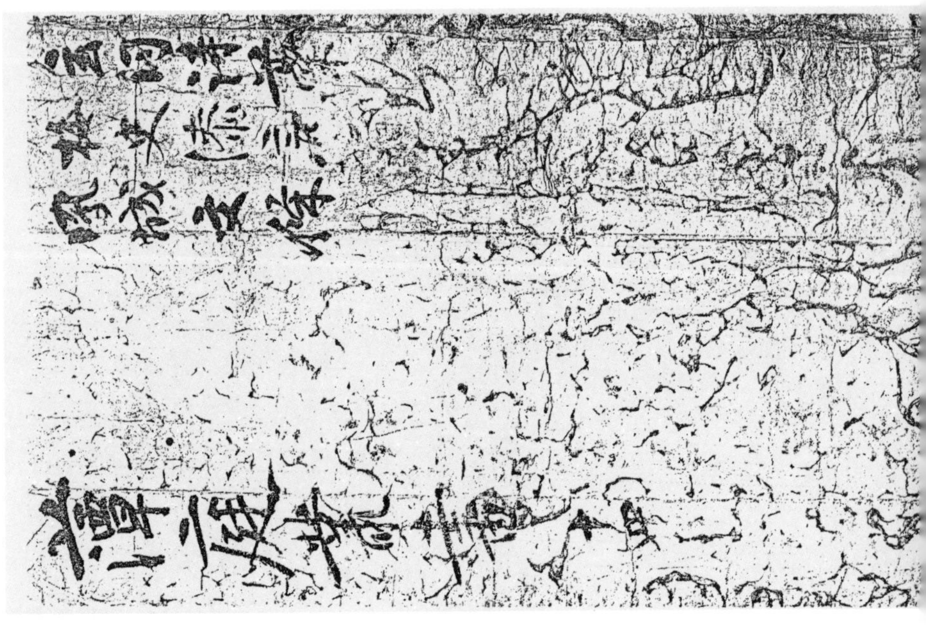

梅史添言

李鈺其相著

藫庭散人校定

科策

三代貢士之法不行而士不以揖讓為進身之節則科場之紛拏閧沓固後世之所不免而亦未有亟濺章甫屍橫禮闈如今日之驚慘者則求諸唐宋而未聞準諸近世而尤甚不徒士子之所可懲而亦當世執事者之所可恥也然而只歸於一時之偶貼不有所以變通之則竊恐 國法日解士習日乖荊圍一

梅史添言 一

步將作死地而後已矣堂堂 聖朝濟濟多士者亦若是乎噫善治水者跡其源而不壅其流焉善治人者正其心而不過其趨焉今夫儒生之赴場也三縛其袴挺燈負薦人死而不相顧身死而不自恤抱門而呼則悍卒之攻城也登場而走則健夫之逐兔也威儀固無論矣性命且不保矣則彼亦豈樂為之哉誠以不如是則無以得要地矣不得要地則無以得早呈矣不得早呈則主司者黜而不得忝解額也是故科場之弊皆由於主司之早取而胥吏徒隸皆以壽手來焉輿儓軍健皆以隨從聚焉一人呈券而十

人入場則場屋不得不紛挐閙咨而甚至於相蹂而
後已者也然而其所以捄弊者不於求早之心而只
於爭先之跡則科欲者人之所均也試肯徐行而後
之乎此聚沙防川潰則必傷而一所終場之酷於二
所初場者固其不可禁之明驗也今若稍試科制而
變通之大小科毋論式年增廣而皆依增廣大科例
易書之收券則令儒生畢呈前勿許作軸填字而試
取則以解額之數分定於收卷之多少若三百初試
而收卷三千則每十卷取一解爲又令儒生非納卷
者則不得空出棘圍而敢有犯者及代述者斷以重

律與受同罪行此數者則科場之門士將相揖而讓
先矣題之板人皆摳衣而翔行矣其正科弊變士
習者豈不誠多歟難之者以爲易書則經費必浩矣
盡呈而作軸則試卷之閒失必多矣取無早晚則巧
拙難擇而遺珠者必多矣是則大不然文之工拙固
不在於作之遲速則取文之道固不當以早呈爲優
而五色終眯冬腦太然則主司之早取者亦出於不
獲已矣惟其早取也故新學短才之士不能自力而
於是乎勢者役之貨者買之能書者換之舉一世滔
滔皆然則科文之漸不如古俗子之不務於學者亦

惟早取之為害也況乎題墨未乾試卷雲積筆如鶩
鳥文似空花則氣像之悤迫短數者亦豈 聖世之
美事耶苟使赴科之士安心定慮以盡其才如升庠
之為則將見文風彬發士子鹹述朱門有讀書之聲
青衿無賣文之俗矣豈不韙矣而至若失卷之憲則
儒生出入之際皆捧擧案試卷之數若有差錯之弊
監試官及差備諸官皆令抵罪則此不足憲也易書
之治費則庭試會試別試增廣皆已行之矣監試數
科之易書者奚足為 國家之惜而縱有所費亦豈
不優於亡人命害世道者乎如不欲變通科制則已

三 梅史叅言

5

矣而如欲之則竊謂無以加此矣

塋氏

佛何為而作也蓋亦傷世之衰而自以為不得已者
也古者治世報應昭昭無德不賞無惡不感是故云
德升聞則雖陶河之一鰥而南面為天子績用不成
則雖崇庚之貴而一朝殛于羽山此阿臭兜孽俱在
見任世界而公明天子即我世尊聖佛也是故誅一
而百夫懲賞一而百夫勸使斯民日趨善避惡而猶
恐其不逮當是時雖有萬釋迦說法亦何以加於是
也及其下世聖王不作賞罰不公而孔子賤於季氏

6

子祠貧於盜跖楚蘭驕寵而正則畏死則嗟乎民見
賢者未必賞不肖者未必罰而其能無解體放心肆
爲惡而不憚者乎此所以佛氏者出衆民之將禽歟
而莫邪窮思所以誘之之術而賞罰者人主之柄也
不可臣下則於是乎詡爲天堂地獄之說臣爲人有
三生而爲善於此者食報於彼爲惡於此者受苦於
彼其理不成而若其用意則只欲借人主之權以勸
懲斯民而寓之於冥冥無知之中者也佛之用意良
亦苦矣彼亦豈樂爲哉經曰天命有德五服五章哉
天討有罪五刑五庸哉世之人君苟能信賞必罰爲

兆民倡則佛氏之說必不敢贅矣
佛之爲佛憤乎吾道之衰而過於激者也佛亦人也
則豈不知人倫之爲可樂先王制禮之爲不可易也
而顧其世久俗末無法無弊忠弊而有野孝弊而有
商臣負烈弊而有夏姬天下萬事胥淪於弊則彼佛
見之臣爲是弊生於法欲捄其弊則并與其不可廢
之大法而欲廢之有若濱於河者懲人之有溺則不
知高隄臣防之而反欲涸天下之水卒不免先溺水
臣亦哀哉是故不君無父激於篡弑也守童身激
於鷄奔也斷葷激於禽荼也戒酒激於糟丘也戒臭

激於戰國也激文繡方空而爲稻畦激玉栝而爲瓶
鉢激駁娑而爲伽藍激廬庋而藏於荼毘激豺毃而
傳於闍梨激有事爲寂滅無事激有情爲清淨無想
則佛之所事皆出於激矣其果勇高潔固非不多而
但其激之者激於所不敢激之地則比終歸於似墨
非墨似老非老卒之爲天下賊者也不亦哀哉吾師
曰過不及皆非中也又曰毫釐之差繆以千里佛之
謂也而其使佛至於激者亦不無罪於此乎
道者要與世共之者也行乎天下而若小妨於一民
則不可謂之道也今夫舉天下祝髮被緇燒臂受戒

9

則是尼之頤滿蒲而天下之責亦將從而大矣未
知貽無相妨之患歟佛氏戒色行佛之道是盡斯世
鰥且嫠也陰陽不合則萬物不生吾不知度了百年
之後彼佛者從何處覔漏閣刹以爲其法嗣耶此相
妨者一也佛氏戒殺行佛之道是不可以兵甲語也
縉雲之世蚩尤猾橫姚氏之國三苗尚阻則吾不知
萬一有蚩尤三苗者挾刃而至則彼佛者將何力而
禦之歟此相妨者二也既戒殺又斷葷是非不爲擠
趾之仁也而顧其不能驅虎豹犀象則吾恐人獸之
肩相磨於中原而道力未成之前豺若先食其外則

10

將若之何此相妨者三也佛好清靜無為故未聞有
叱牛和尚養蠶比丘則是無農桑工賈之利也香積
之飯稻畦之衣其誰將供之而摩尼珠法鍾法燈之
屬亦將向誰而求之歟此相妨者四也吕此取供則
彼必有不經妖誕之對而此三歲嬰兒之將不信矣
佛雖有三尺珊瑚寶舌其將何辭以對
佛之所以哄訹愚民者不過輪回一事而從古斥之
者我曰無則彼曰有俱無的見而徒以口舌相攻於
有無之間故彼不肯一言首服而愚民亦瞠貽迷所
向者也吾請將其有而且無之佛氏以去來今三生

六一　梅史添言

者作一身而謂以受福於今生者即去生修善之效
也修善於今生者即來生受福之意也則吾未知今
生之我能知前生之我耶吾所不知則人亦不知而
前生尚不知則後生之不知亦將如今生矣前生後
生既不相知則是便是它人也他人雖尊為天仙何
榮於我雖賤為畜生亦何辱於我也復育化而為蜩
菜之蟲化而為鳳車雉化為蜃使輪回而誠有之則
亦必如此而斷椰之苦舜花之樂既不共蛸蛸者相
関蜃不見鷹而伏則後生之榮辱顧何関於今生而
可以為勸懲之資耶是佛之為說似巧而實拙也祖

先牛馬夫婦娣妹之說吾不欲悉辨而吾則不必曰無輪回矣曰使有之而不足以動人也

五行

五行生克之論昉自齊儒而理甚無據殆不成說但世無辨而黜之者故歷代沿革之際其尚色用數章從其言而若卜筮堪輿之家專以是為祖其强辨曲飾類多可笑以余觀之剋則無之强者剋之生亦無之而必欲言之則水火金木其皆生於土歟夫相生之說其說不過曰土礦而金生金鎔而水生水潤而木生木鑽而火生土復生於火燼則金之必産於土

13

火之初資於木猶屬可據而今若指竈下之銅灰與罐中之勺汞而語人曰水土皆生於是則是嬰孩且不信矣顧何以實其言也天下事以五行合者類也而未有大於四序則論四序而五行即可知已五行之分配於四序也木春火夏金秋水冬而土則分旺於四季于以成終而倡始則是夏之火不生於春木而生於春季之土也金水木亦皆生於夏秋冬之季土也其謂水火金木之皆生於土而無相生之理者不亦信乎

以人之一身而觀之汗溺水也光豔火也眉髮木也

14

齒甲金也膚肉則土也之四者皆待膚肉而生特膚肉而行則水火金木之於土亦猶是矣且仁義禮智之必資於信先儒有訓則水火金木之以土為生者固其貼乎

請戲為一難與主相生者論之五行亂不相生也水泡而凝金蝕而花木朽且蠹而胥土豈獨生於火乎蘇鐵釘蔓葡萄烙根芙蓉以外皆茁于土木何嘗生於水乎謂火而生於木則陰燧之法且置勿論而積油之焰燃地之烟獨非生於水土乎謂水而生於金則井泉之湧固非金穴而肉煎則膏下瓶敗則汁行亦豈非生於木火乎金之生固不外乎丘陵而亦或有隨雨而降因鍊而成則雨者水也煉者火也苟謂之互相生則亂不為之相生乎

相剋之論則其說益無稽焉彼見夫水之灌火火之鑠金金之刋木木之穿土土之障水而輒曰是理之相剋則獨不見陰火渴水而益熾黃金入火而深精斧折反破於林木堤坊每潰於河水歟且烈炭而熱之釜中之勺水立焦重鉦而撲之爐中之焰太旋滅相當而鬪多力者勝之此相剋之論尤極不經而余之所謂强者勉之者其呂是歟

題梅史添言卷後

余校考其相遺稿有所謂添言一曰村家曰
竺火曰五行凡三篇亡入北蓋敍古人著書之
體而未及成者今其三篇雖少其有補於世教
豈大支哉行文稍雅潔迺足其相亦世設加
致焉今曰梅史添言以入叢林書云爾己卯季夏
下澣癸丑澹花書于藕鮮館中

17

18

鳳城文餘

鳳城文餘

李鈺其相著

簞庭居士校閱

白衣裳

我國色尚靑民多衣靑衣男子非袷與衲未嘗無故白衣女子以裳爲重无忌白紅藍以外皆繫靑裙衣不一色非持三年服則亦未嘗無故白衣裳獨嶺南之右男女皆衣白婦女雖新歸者亦白衣白裳余初到見少婦多頭不帶髢着木棉白短裙疑其孀耶新歸而飾者也惟妓及巫女衣靑衣裙其人益賤靑而

一 鳳城文餘

尚白

童子戒酒

晉陽人柳汲年十四五歲時赴村塾道過澤畔見一守停蓋坐澤上竹樹間汲從林隙立覘之守見林澤僻無人出一竹筒傾小盞飮之忽見汲呼而前使之姓名與年曰美童子又傾一小盞曰飮此汲曰童子不解飮此曰汝謂此何此竹露也藥也已百疾汝強飮此汲固辭守曰汝能詩乎曰能命韵使賦之汲應聲曰晉陽童子洛陽賓偶爾相逢大澤濱如今莫勸杯中物上有 明君下有親守愕錯失其色蓋時國

有大禁敢飮者死遂隨汲諳汲家懇汲父乞死許勿泄然後去多賫汲紙筆

曹將軍劒

岐之板峙村有曹氏者去一劒相傳其祖曹將軍之使將軍南冥氏之族有絶倫勇壬辰倭寇之難將軍忿憤思擧義無從者適遞馬自至甚駿又一健者來願以死從將軍遂乘馬從健者揮劒赴敵敵皆風靡走不敢近岐邑頼以全以其单也猶不能出境遠鬪故其代不及紅衣諸帥云惜哉將軍沒今二百年所泯泯然無知者而將軍之劒則尚至今無恙土花不

二

3

爲蝕人皆稱寶劒豈物之傳勝於人故耶徵將軍又奚足稱道其劒也

鄭仁弘像

仁弘本陜川人陜人傳言艸枯伽倻山而仁弘生其誅後有茅屋在其墟屋有仁弘像村民畏奉之若淫祠然者百有餘年適陜川守過而問知之曰死賊何祠爲命火之火其屋屋盡火像不火以風颯然而擧如有神守怒鎭石而火之始火未幾守之婦與子皆病死守亦終坐法死陜人至今以火爲咎意神其説未必信然然亦异矣哉其像類老狐云

4

納田鄉校

金東者邑之古進士也距今可五六世云東家甚富無子只有二女已歸東且年老恐一朝死二女有其財而不祀也將驗之乃蒙僞衾臥床圍以屛赴于二女二女隨至叩心呼爺哭於屛外甚哀一女哭且語曰日爺來見息息具餠酒烹雌而進之甚軃也食幾盡許息以某田若干頃奴某婢某某而歸言猶未歇於耳無幾乃有斯耶一女亦哭且語曰日爺亦來見息息亦沽酒備飯烹雌而進之亦甚軃也食幾盡亦許息以田幾頃奴婢幾口而歸息喜爺尚康強如昔

曾幾而斯耶由今而思盖訣也亦治命也東不忿恚鼓蒙蹴屛蹶起坐罵曰狗彘息吾何曾過而耶而何曾酒食我耶我何曾許而曾田與僕耶狗彘息速走二女皆驚愧掩面竄去不敢復寧於是東以爲女息不可以托後事我死必爭我財不祀我乃以田産臧獲盡入之鄉校貲亦不少東死校僕爲立祠奉其主每歲以春秋上丁之詰旦誠致祀至于今不輟云昔高麗時國太學不興安文成公献奴婢以資之此爲學也非爲私也然太學猶建生祠以祠之安氏至今食香火不絶東之納校田與奴固不可同年而論情

亦哀矣顧不勝於施田供佛寺者耶然東之二女固
非矣東亦非善人也女曰女子子女子子亦子也子
雖不可信父豈可以死而誑其子耶謗曰汝死豈定
死我哭豈真哭其語類此而亦金氏女之謂歟東之
墓在上室村人有壓葵者校之士議訟移之來質於
余蓋信有金東之事矣

白碑

政邑多李姓貫仁川清者爲儒下者爲吏自言其遠
祖當高麗末棄官歸政仍葬於此多清白廉直行高
麗王爲植碑不墜而以其德甚盛不待贊揚且無文

四

鳳城文餘

可以稱其人故碑而不之文至今稱之曰白碑云嘗
聞唐時有沒字碑類此事而余固陋未之記信其言
亦異乎哉

能詩妓

余至政聞邑曾有妓稍解文其死亦已十年餘余惜
其不及遇從久問能有傳者吏誦其詩一曰拜鶴峯
頭月正圓淨襟堂下水潺潺顏如明月長無缺莫似
水流去不還蓋粗讀剪燈新話偷得藻臺竹枝體者
也亦能圍碁云

盧生

到岐後數日適晴暖步出林外沿溪而行溪甚清仍
隨流而上未三里溪上有扉意其爲士人家扶扉而
入有草堂堂中有二人其衣冠而當戶者主人也主
人見客至不屣而出立于階下揖客使先上客揖而
讓主人主人始上又揖客請先入客又揖而讓主人
主人入旣入主人揖客俛首僂腰袖至地而擧禮畢
主人有問於客必據席而後言辭氣愿款若曾有契
者須臾童子進方柈蒸栗爛柿柿餠三盃主人辭以
寠且僻不能沽酒啜已主人請留宿毋遽歸客辭出
主人再三言不可不淂客然後後客而出至門內復

五　一　鳳城文餘

揖客如初余亦爾而歸噫世無賓主之禮久矣非大
父行年及官公卿者則主人未嘗下階而迎其送亦
如之揖則只擧扇齊眉而止是豈士相見之禮也哉
余觀其人未必修邉幅習於容觀者而乃能行是則
是嶺之人猶有古俗而皆然然矣惜余未之他驗也
向使洛下年少而見之其不胡盧大笑者亦幾希矣
主人姓盧云

唐人乞粮文

童子允新爲余無聊以一弊卷來脈卷有唐人乞粮
文二道余錄于此以其情之可憫也非以其文也程

崇元文曰宗元聞窮者欲達其言勞者猶歌其事宗
元大明之人也今作此地之羈旅而無所依歸則窮
之甚者也不免朝夕之憂而皇皇不及則勞之甚者
也將欲歌其事達其言冀有承乎閤下之矜恤焉昔
日中原多亂大國無主北人乘虛遼東尾鮮鐵騎金
甲蹂躪青齊嵩洛之間而百萬黎元盡為魚肉矣宗
元生年二十即逢喪亂流離顛覆又感風樹爰及俱
爾辛我所怙東西奔竄左右逃遁求生於海與寄身
於毛帥遂為一旅之將曾未二載之久主帥被誣而
死百口無所於歸上而慈父及我兄弟浮海而入其

11

地一身淪落又遭賊鋒之張織箪舸宵遁越入義州
行乞村閭轉輾嶺南鄉関何處親戚安歸回首中原
腥塵蔽天而已欲奮飛兮既無可及之翼瞻望父兮
亦無可陟之屺山河舉目長洒伯仁之淚故國多懷
難消仲宣之憂起思乎生父之所嗜甘旨之供難奉
懷想乎死毋之邱園瞻掃之禮莫展空懷寸草之誠
辜負三春之暉則一生悲恨宜如何道也棄我陸沉
之神州得侍君子之光儀苟全性命於朝暮以至今
日三十餘年矣時移事往物換星周昔日強壯今已
衰老鄉音盡改鬢毛如霜昔時游衆之臺池舊日栖

12

息之喬木時入夢中之游觀而萃表之社萬里之城永絶再覲之期骸骨將爲異域之塵去而殘生又値歲運之不幸昔日安土者今尚流離自前丙乙者何以資食瑣尾行旅簞瓢屢空一縷微命無緣契活而又有情事之尤切者晩娶流離之子已作箕箒之婦而生男生女幼稚二三赤灑遶坐啼飢欲死其爲可憐又如何哉詩云哿矣富人哀此煢獨願閤下哀此窮人有以矜恤之也

二

劉振文文曰唐人劉振文上書于方伯閤下古人云

乜 一鳳 成之跡

13

物不得其平則鳴不得其平猶且有鳴不得其所而安得不鳴鳴之者雖哀聽之者不哀則其鳴也無益今夫賊生之鳴其情也戚其事也憐苟非木石肝腸之人誰不知賊生哀惻之事乎賊生家在山東世受國恩羽儀朝廷者不一其人賊生父親則以鄕貢進士歲在庚申往充國賓未及還鄕辛酉二月虜襲本鎭本鎭失守壯者爲俘老者爲尸子女玉帛盡入於犬羊之手賊生旣無家長惟弱妹少弟老母在焉卒遘凶鋒擧家魚肉母親則義不死凶賊之手引索自決於閨中生於是無依保全家有二奴子能脫生於

14

帀口鞭驢宵遁越涉江水轉乞諸處一八毛營則飢
民淌路岡有生道遂與二奴出來黃海道乞粮郡縣
寺刹惟一老爺姓張者見生於道惻然不忍率來京
城二奴子纖𦄘貿來行乞於市以度時日去年差官
之來捉而歸去生獨落於此寸地不能行升米不能
運皇皇無依有若落地之黃口欲訴中情語音不通
叩胸仰天心腸欲裂日三號慟中夜不寐獨坐思之
則此地何地此生何生今日在此明日安適飢寒誰
念疾病誰救寧欲一死江水滅此哀恨而尚爾未決
者既否有恭天道之常天若悔禍消滅兇虜則遼廣

八 鳳成文筆

15

之路亦必通矣且生纔二十不見天日奔南走東艱
難辛若有艱形言路人雖皆越視有義君子無不憐
之林川使君黃老爺推食食我解衣衣我憐之恤之
有同己子是知朝鮮風俗不殊於中華祝天祝天非
伸文字而通之則誰知賤生哀惻之事乎頓閣下監
此衷曲有以救拯之也讀其文則劉文中華之宦族
而情志尤惻惻者也當中原鼎沸之時流離漂泊者
固多程劉之類而百年之下按而讀之則使人涕簌
簌橫流有不自慰者矣嗚呼亦傷哉

社黨

16

國以南有似巫非巫似倡非倡似丐非丐者葷行宣淫手持一扇蓬場作戲沿門唱曲以誆人衣食方言稱之曰社黨稱其雌曰居士居士只鳴小鼓念佛社黨不專為歌舞以善媚纏男子為能每白晝稠人之中囂唇摻手百計索錢而恬以為常面不少紅蓋含生之類最極醜穢天褻人道之衰莫此輩甚而婁猪之所不為者多矣余嘗痛惡之見於大梅客舍皆究顙傀頰黃髮白裙者十餘人有鵠紅衣者稍韶少則鼻左已有痂杖而僅轉脚又有一女童可年十二三為店婆能纏綿余問彼幼亦黨乎曰彼抱扇之女從

九　　一　鳳城文餘

母行余曰而之昔已已矣今不可為彼孌孌者何辜獨不可與民作息婦托上户為婢耶而其以而之昔之為為人之為耶雖而則為其忍諸而之子耶彼孌孌者而之子何辜其母抱扇者諾而哂之噫比者國有禁所至使沒入官為婢其黨皆散伏不敢作今又遏於道法久而州郡不之察與國有法而使民至此者守法者之不得無責也

二

竝木宋生於戒共宿多說里中事以資笑其族人有多力如牛者且大陰人嘗與社黨之少而艷者寢一

夜女終夜不得自在比曉疲薾氣如縷垂絶飯而後始起脚與腰不相隨猶未能步辭去索例錢佯不知曰何謂例曰與社黨睡尚不知例耶社黨之法與社黨睡者一夜二百錢此例也不居士且敺奴曰原來是亦有價耶戱以為無價也不努力覬有價更為汝致力直二百文而後還汝女揺手蹙眉去曰二百錢雖不可得不可以更近郎郎之創我甚於居士之拳不可遂去里尚今傳笑之云余聞之不覺拊掌大噱盖狀其以淫治淫刑以反刑之外故也

筆製

一 鳳城文餘 十

19

童子有來肄書法者視其所操筆皆秀腰而頴尖若蘭蕚之末坵余出槖中筆視之皆初見反詑異之嶺之筆大抵皆長腰意其工皆學唐製而失之也

陜川孝婦

孝婦朴姓咸陽鄉吏之子十七適陜川吏之子為妻氏婦姑病二日瘇甚危劚婦潛刲其股雜牛肉燒進之病即已事聞復其戶歲時官饋米肉以旌之二十五喪其夫至今獨居甚清嚴云

僧獄

鳳城民盧大千其家近明寂庵與寺之僧漢英親僧

20

往來大千家通於大千之婦大千之婦與僧謀殺大千僧與大千往于市多灌大千酒大千醉甚僧扶大千歸大千家俟大千睡熟以廚刀割大千喉賴岦刃鈍氣管不斷血流滿室大千始寤急起咬僧手僧遂與婦俱逃聞于官官追捕於草溪把歸杖殺僧妻僧則久繫獄不斷又逃而走亦一變異也

湖陰先生

縣北有竝木村村有文姓者其遠祖以武擧官止萬戶嘗起一亭頗有勝邑誌載其亭而有曰湖陰嘗過而題詩云爾則其子孫無知乃以湖陰爲其祖萬戶

十一

之號而至立碑遺墟盛稱湖陰先生道德文章之美又言與南冥先生爲道義交相上下曹氏怒欲碎其碑賂而得已云爲人撰碑碣者其可不審諸

白棗堂

鄭玉成貫草溪歧之平泉村人也事母至孝及居母憂以母嘗嗜棗祭奠不輟棗每攀庭前棗樹而哭棗結子甚夥於前而子皆白由是人稱孝子白棗堂其子姓尚今居鷺里立鄉賢祠以祠之余嘗見華人雜錄有以孝致白棗者而忘其姓名矣意孝感之神有如是夫今鄉曲之篤孝者類皆有冬筍氷鯉之異而

攷其實則妄矣故世人槩不信之而孝感之至亦有其理則又何可一並不之信耶

錯呼雲得

余以壬子春游太學每往留庠舍有梁雲得者時年纔十二性甚聰慧貌短小而猶姣好可愛以東齋第三房齋直來役於余余甚愛之余旣愛雲得同人皆愛之雲得亦守余不忍去食必我餒眠必我趾凡余之在泮則未嘗雲得之不在傍乙卯以後余不復游學則雲得以丙辰春隨朴尚左游金剛而歸病殀于冬洛下舊游至以書赴余于海上余至今猶未忘雲

十二 鳳城文餘

23

得而不可復見矣今年冬來寓鳳城則村童子有廉時甲者來游於余亦晝夜守不去年與貌雲得也言與事雲得也其輕佻慧俐果敢多謀皆雲得也其戒愛渠親越日來供者亦雲得也余之愛時甲非徒愛時甲愛雲得而愛時甲也余旣視之以雲得則每晨夢未醒之際有事急喚之時不知不覺而呼之以雲得呼之旣屢渠亦有時乎應傍人皆惟之余亦自愧其錯而可以見余之愛雲得深而時甲之類雲得酷也

生菜髻

24

京師游女之粧有天桃髻鐙子髻等樣而嶺外則少婦有生菜髻其法不帶髢只以原髮梳而不辮畧加綠組交結于額上相詑為豔粧而以余觀之則産而新起者也浴而未櫛者也被郎敺棹泣而權斂者也

女子名心

我東賤女子之名多是琴梅丹月之類而星州店舍聞呼其女者呼大心故甚希之及到鳳城閭街衕間相呌喚者則有桂心花心綠心彩心彬心琴心玉心香心二心古邑心五家之隣而多心至此則嶺女子之擧以心名可推而知矣

十三

一

鳳城文館

逍遙子詩

逍遙子尹周瞻本湖南人流寓踰嶺貧而為吏於岐以養親親死亦不復為吏有詩文二卷藏其家余因其孫息俊得而讀之亦渾圓有可者其與客登岐陽樓曰遠峀當簷秀長川韻檻流離家何處客終日倚西樓別友曰江郭青烟外春山白雨中臨岐愁送別凉動竹林風杏花曰庭院風輕日影四飛花撩亂洞門閉笑他游俠探春子誤向山家問酒來又其閨門正言雖掇拾古訓而亦可以正家道善攺録甚詳且博為守宰所可柯則蓋早游鄉塾有志文學而貧窭

不能遂者也閒其家尚有餘訓異於他吏族云若是
乎學之有力於人也

老婢紅裙

余於陜川客店見有從轎行者衣綠而紅裙疑其妓
而猶野之余所留道傍也時有轎過之而婢之先轎
行者則皆必繫紅裙甚至有白首老婆亦復罩曳紅
裙而文值雨下袴襪皆爲之紅路人皆笑之嶺之俗
從婦女新歸之行者雖老不敢不紅裙亦壞觀也

淨襟堂

攺無名樓館只以淨襟堂稱堂即客舍外軒也因溪

而城因城而堂可以觀稼可以釣魚余嘗以月夜登
眺羣山遠拱而一峯特秀者曰拜鶴峯也水遠迤自
遠而來或溥或瀨而過堂下者曰水晶江也郊平而
豁樹老而綠亦足爲一時暢懷地堂上多今古人詩
板

司馬所

城內東北陲有凡屋四五楹無居者狮曰司馬所土
人言古邑人鳩村合力置田數頃與是屋以待邑人
之能上庠者故名其所曰司馬而無其人久矣田則
姑屬之鄉校屋則居無人有時村童子聚而讀書云

山清烈婦

山清烈婦姓河者居昌戶長之子也幼喪父母育于其大母事大母如母十六嫁于山清之宋亦戶長子也旣昏未行月餘夫病且死婦至則夫昏昏垂盡聞婦至蹶然自起捉婦臂以頭觸婦泣曰吾於若爲至不忍如是者三而絶婦哭如人殊無慟絶色未葬其大母又以病危報凉兄弟皆幼婦不得已還居昌則大母亦卒不救婦爲經理殯殮及葬比葬夫已先葬夫家不欲見婦狀留不以歸及朞而婦又至豊而詣者不可復識至則陳寒暑凉燠之衣各一襲于卓大哀哭衣皆婦之所手績而若生人妻隨序授脹者也

十五

鳳城文餘

隣人聞婦哭皆爲之不能寢食家人意其必死閒之甚嚴祥祭畢婦如厠久不出診之已死死旁有一椀於帬帶得一書自陳無以生爲狀且囑與夫必同棺而葬否且有憾其家以爲非禮葬婦於夫墓之趾婦甥於戶長多怨望語戶長仍感病死戶長之他子又病死家人懼爲改葬而同其穴人有見其塚而詳道之者余嘗見燕巖子作烈婦傳而亦山清洪知印之婦也山清邈邑也知印小民也而其婦女乃能舍生而從夫者非一則王化之成豈徒漢廣而已也哉嗚呼盛矣

郭氏旌閭

玄風郭氏旌閭之盛固聞於世而余過郭氏之居髙靈者問之則曰棹楔凡十有三而郭存齋暨其二子其子婦二人是爲一門三綱其後有兄弟四人皆以孝旌其餘亦皆孝子與烈女也且郭氏之門出適而以烈女旌者亦十餘家云噫亦偉矣京師紫烟巷有李氏八紅門人皆壯之而郭氏則又多於此矣豈其氏族之異於人耶亦家訓風聲有自古相受者然耶亦偉矣

鄕飮酒禮

十六 一 鳳城文餘

31

國家頒鄕飮酒式于列邑列邑多行之歧之士請因校門之新行鄕飮酒以落之於是太守以鄕大夫行主人事邑無可賓者邑之校中亦有朋黨曰西中南中以齒則南士當賓而主人窂於衆延西士爲賓南之士皆恨恨不赴會聞其方事也自賓以下多踉蹡不成禮者憊徒殺狗也吾未見王道之易易也僻矣小縣之校又安用西南爲也

花開占豊

十一月稍暖樵者自太平山谷歸言山中花開余問何花曰此巖花開以爲曾未見者索見之乃杜鵑花

32

也土人謂鶴花爲真花故稱此巖花也主婆聞之喜
曰冬日花紅明歲豊

佛頭花

邑誌土産載佛頭花而問之邑之人皆不知爲何花
余亦不知其花爲何狀蓋花之稀有者今無於邑者
也今若按誌而徵土宜則殆若古人之責杜若也若
是乎邑誌之不足取也

僧寺興廢

邑誌載寺名甚多凡十餘所而若墨房金谷頭黎三
寺官僮之弱者皆猶及見其盛而今也則無惟頭黎

十七 一 鳳城文餘

33

餘一菴寺僧業造紙而朝暮且散去民之視髮爲
僧者圖欲便於爲民而及爲僧徭役又繁官府之誅
求吏隷之侵漁日甚一日此僧之復散而爲民而寺
之所由多廢也爲民既難而爲僧亦難矣哉

除夕祭先

元朝祭先以湯餅者雖非古禮亦我國京外之通俗
也嶺之小民則以歲盡日之午祭其先而不用湯餅
具飯羹魚肉酒果以享之亦異乎俗村童子有以酒
果來饋余者余笑曰俗以餅椀計年而余今年不喫
餅當得一籌若汝曹已虛喫了歲月矣

34

盤果犒饋

邑之俗家有婚禮或祥祭或祀神則助者以一大柈俻果品及魚脯及燒肉或牛肉凡四五器或六七器以贈之曰盤果又設飯羹菹菜魚肉膾炙諸餅品食者猶七八器侈者至十五六器具匙箸冪以黃油往饋之曰犒饋東家饋西家東家有事西家亦如之亦厚風也有致三四十盤者

打空戲

童子斲木如鵝蛋大使圓滑不定轉置廣場中尋小兒圍立以球杖隨其轉逐而擊之使轉動不少息名

35

曰打空亦毬之須門而有時激而跳則能傷人邑童子多瘢額者

方言

方之有言無處不有而嶺之言尤多異於畿湖者余始至多不曉及月餘漸慣而漸解有傳訛而然者有語急而異者畧錄于下其言爺曰阿陪氏孃曰御每氏婆曰鉻媽氏女子子曰假山兒傭者曰淡沙里巫之夫花郎曰揚衆女之誨淫者曰花隱影公役及賦稅曰九二山曰梅石曰突其外舍曰茅亭庖曰庚子鼎之無足者曰大咼小盆之有嘴者曰使器箕曰青

36

杖曰綽地篙曰擧致編秸蓋屋者曰羅來扯曰吐音
朴席曰孟席綢曰山羅緊晒竿曰竿地臺筒曰大吴
壼曰裹用爐曰大德魚網之似暖扇者曰簇揰襪係
曰可夫襠布曰排稻曰羅落杜鵑花曰比蕨花油茱
茰曰杜荔支馬曰毛乙雛鷄曰貧家利大口魚曰蔑
醬曰前曰阿乙厓睡意曰低拂陰性惡曰霜氣勝氣
曰勒三臥曰頭扶餘喚睡曰可撲汝事之終曰莫足
改爲曰公改食之曰默談古曰例白打曰者突羅抱
持曰寶同器大聲曰鼓喊是非曰是去乙責語曰知
底姓請物曰突阿讀文曰理路應曰于壹罹咄嘆曰

十九　一風戎之詳

於乙乃敱語辭曰咸不厓謂獨曰胡分此蓋聲音甚
促頗有駃舌之意故多不可解者

市記

余所寓店也近市每二日七日市聲囂囂然聞市之
北即余寓之南壁下也壁舊無牖余爲納陽穴而置
紙牖牖之外不十步有一短堤者市之所由出入也
牖又有穴僅容一目十二月之二十七日市余無聊
甚從牖穴窺之時雪意猶濃雲陰不可辨而大畧已
過午矣有驅牛若犢而來者有驅兩牛來者有抱鷄
來者有拖八梢魚來者有縛猪四足搭而來者有束

青魚來者有編青魚韉而來者有抱北魚來者有持
大口魚來者有抱北魚而持大口魚或八捎魚而來
者有挾菸草來者有曳海蘆來者有擔薪若穪而來
者有負或戴麨而來者有荷米槖而來者有擁乾柹
來者有挾一卷紙來者有手摺紙一幅來者有以竹
筐盛蘿葍來者有提草不借來者有持繩屨來者有
拖大組來者有綰結木棉布揮而來者有抱磁器來
者有荷盆若甑來者有挾茵席來者有以木乂串鯢
內來者有負孩兒而兒右手持餳若餅噉而來者有
繫瓶項携而來者有藁束物提而來者有負柳笥來

39

者有戴篚若筥而來者有以瓢盛豆腐來者有椀斟
酒若羹饘而來者女子任頂而有負而來者男子肩
任而童子有戴而來者有戴而且左挾者有女子以
裳財物袺而來者有相逢而腰拜者有相語者有相
怒勃谿者有男女挽手相戲者有去而復來者有來
而復去去而又復來怔怔者有衣廣袖長裾者有衣
上袍下裳者有衣窄袖長裾者有衣袖窄而短無裾
者有羅濟笠而持幺服者有僧僧袍而僧笠者有戴
平涼笠者女子背白裙有或青裙者有童子而衣帶
者男子笠則着紫戩帽者十八九團項者十二三佩

40

刀則童子之弱者亦佩女子三十以上者皆黑帽其
白者持服者也老者杖椎者扶人行醉者多行且仆
急者走觀未止有負一擔柴者憩于楄外正墻面余
亦隱几而卧歲暮故市益繁也

春帖

余平生不閑書法且無記性所誦唐宋聯不滿十餘
句把筆不敢作杯圈大每欲修春帖必倩他人手今
年春遇立春於逆旅村人以爲是可善於書自三日
前抱紙而至者踵相翳始欣然受而書之過十餘幅
又辭不得則以夜繼之凡三日三夜不敢歇一茶頃

二十一 鳳城文餘

所泥不知爲幾百幅橐中有碧城墨一大錠磨不足
繼以他墨隣嫗爲貿紙而市之三日售五卷餘余既
無多誦則各隨其人而構語以祝之蓋其春聯之法
不論堂廚廐圊有柱有紙則帖而後已雖如斗小屋
亦復聊不免俗焉要之紙則賤而筆則貴故也

冬暖

余以十月晦至鳳城經冬於旅舍旅舍之窗楄甚踈
泥壁多罅隙處處風至燈穗不自定策以衣衾之温
厚不及在家故大以寒爲懼冬盡而不寒村幼子皆
不袴而走戲天有時下雪雪皆空中花到地無雪閼

三冬而不以寒一憂之人言叱洽冬甚暖每自洽來
者至此減衣緊云

魋鬼戲

十二月二十九日夕邑人設魋鬼戲于鳳城門外例
也童子觀而歸言狂夫三人着假面一揹大一笼婆
一鬼臉金鼓送作謳謠並唱以禦之正月二日有喧
而過窓外路者竊之執秖毦白拂先者一人執銅小
鈸者三人執銅鉦者二人執鼙鼓者七人皆衣紅抖
子戴氈笠笠上揷紙花到人家喋戲其家盤供米出
門名曰花盤其亦儺之餘風歟

43

乞供

魋鬼戲之流行村落求索米錢者亦名曰乞供正月
十二日有乞供于大堤下者一人黑衣氈笠執大青
旗先一人紙笠揷鷺羽紙花黃襖執扇一人笠揷孔
雀羽白襖五人氈笠黑袂執鼓二人童子氈笠垂紅
毦黑袂而舞二人童子氈笠執鑼三人氈笠執鉦一
人笠而白襖執大竹箭一人狗皮帽短衣執鳥毦執
鼓執鑼執鉦皆頭垂一丈白行作商羊步鼓且拄其
頭則頭上畢白如車輪曰象皮皆遶場而走且歌且
舞鉦鼓鑼不敢以鬧須臾冠鬍者以肩承紅毦童子

44

而走童子踏肩而舞名曰東萊舞其後數日又有自
遠來者又甚衆未入場三嚮信砲吹鑼角建大旗二
鉦鼓動地邑人皆驚太守笞其渠三人使不得戲沒
入其鳥鎗喇叭於兵庫

六足鼠

正月十二日歧陽門外吏李敬日家失火火延墻壁
衆鼠爲烟所燀皆出穴走救火者撲捕之中有一鼠
大如梭有六足知印李正敦目見而歸詳其形狀鼠
蟲而猶歟也四足曰歟今有六足亦異矣

星州衣

二十三一 夙成 文訣

傭於人者歲末將致事而去則主人例授新綿衣一
襲而其衣制度甚廣大長學長幾下膝袖長一肱有
半濶可容十肱謂之曰星州衣星州之人上衣皆長
大故也其稱好衣服者必曰星州衣大郎襠

忌狗

主人自九月不食狗至四月始食非不時不食也言
食則神不淨有妨於家故狗甚賤大而肥者纔三四
十錢近海尤賤業操舟者終年不敢食云

生海蔘

海蔘海之產也余未曾見不乾者矣見於歧其大強

猪之新生者色黝而微黃其質脆甚視牛毛稍堅膾而肴紅露初若巽味未盡一楪覺肚腸充腴如飽雖無味似有補人切開置温室一夜便融液爲水盖水母之類也

菊花酒

城中多沽酒者而惟白濁紅露而已有言妓德鄭家新有酒美無前余問何名曰菊花酒亟往市之乃濁之澄而淡者也特泛菊矣價既倍三味反不如而以其菊花酒也飲者蠅集其初一大杯直三文數日直四文又數日至五文而酒先盡矣若是乎人之皆耳

二十四 一 鳳城文餘

食而虛名之能欺人也聞有清明酒甚美而余未之嘗也

祈棉占稼

自星州以下每元宵前一夕多揷麻骨於門外枝上綴木棉花曁曉女即鋪大帕於地羣出摘花謂之摘木棉又十五日曉盛具白飯雜菜以食傭者而飯熟先糅菜與畊牛牛先食飯即豊若先食菜必凶云

巫祀

土俗尚鬼秋成家家皆賽鬼小有疾病必請命於巫其祀也陳餅餌酒果魚肉甚盛巫衣紅衣藍帶左叢

鈴右紙纛歌飲且舞巫之天請花即吹笒擊鉦拍腰
鼓以歌和之每一場謂之一席或祀于山或祀于庭
或祀于路或若祀主人之先或祀佛或若祀宰官每
席之將終樂槃歌促雜以嗔笑跳踉回旋若偽休然
間出詼謔備盡醜褻巫以鬼命歷疇主人及坐者飲
者必酢以錢其祀于庭也以大竹竿綴主人衣裳搖
蕩作窸窣聲以索繫主婆及主婦跪於卓前責不能
豊腆之罪以紙枷鎖其頸納布若錢然後稅之盖於
誕怔之中尤無着落余嘗聞巫之所祀者曰皇娥者
湘夫人之比也曰軍雄者國殤之類也曰帝釋者佛

二十五 一 鳳城文餘

家之天王也曰萬明者金庾信之父而巫之目人先
靈者也皆若有所據而嶺之巫則皆異於是而不可
方也

巫歌之訛

店主人邀巫賽鬼余隔壁而卧聽之多絶倒語其尤
可央笑者其請鬼曰紅旗奉持來者青旗奉持來者
忽又曰大洋海來者盖方言奉持之意與海相類故
訛而曰海仍憶兒時有行乞淨屠言呪能逐邪老婢
試之其逐鬼曰向鴨綠江去向後綠江去盖以鴨為
前而意其更有後綠也余追問後綠江在何處則仍

棄稍米而迎安能使大洋海來者盡捕巫僧向後綠
江逐去耶甞登月波亭聽大巫娛鬼則其音清越亦
多奇語其曰白飛緞兮長衫孔雀羽兮爲領又曰帍
口神兮遠來伽倻琴兮爲梁琴絃兮十二從何絃兮
翺翔腰鼓緩節金鈴如碎而年韶喉清者互唱而迭
和則頗有讀九歌之意足可以娛生者若嶺之巫則
使人徒聞聒不能察

影等神

歲二月吉日家家祠影等神前三日門鋪赤土限人
使無入及期鷄未鳴家人皆新衣服齊爾陳飯羹餈

二十六一凡戊丈

51

糕酒果魚肉殖菜于庭以竹綴紙列之籬無數拜拜
且祝如願祠畢立一木于祭之所供明水於上毎朝
易而新之至十五日始盡敬家無疾病年穀豊財貨
興皆神之賜云嶺之邑皆祠之土人言古者事影等
甚嚴邑主吏爲邑請釐吏之婦盛飾坐室中以候之
半夜聲然如有感神去而汗浹于衣蓋古豆豆里之
流淫祠之鬼也

剪燈新語註

剪燈新語者瞿宗吉之所刪述元明間小說者而若
聚景園秋香亭等記亦佑之所作也牧丹燈記陳愔

52

作金鳳釵記杵貫作綠衣人傳吾衍作渭塘奇遇錄明馬龍作其文詞卑鄙俚淺弱易知而易效故我東吏胥必讀之垂胡子者姓林失其名官至軍資監正者而爲之註釋甚勤知印張宗得以新語來願學余亦時閱之註釋頗詳而惟渭塘錄秋景詩鐵馬作戎馬[illegible]誤矣鐵馬出元宮中故事元后有愛聽竹葉風聲及葉盡以玉片及鐵鏤作竹葉懸綴風簷名曰鐵馬又名竹駿今若訓作鐵騎則聲喧風力緊者乃塞下光景也何有於閨閣秋興耶閒新語印板甚多至六七本云其印其註渾覺多事只爲都都平丈準倫

二十七

飯椀也

諺稗

人有以諺稗來爲余消長夜者視之乃印本而曰籀大成傳此其京師烟肆中拍扇而朗讀者歟大無倫理只令人嘔噦不已然余以爲勝於稗史夫作稗史者巧覗正史之有疑案處便把作話柄李師師之游幸則忠義水滸傳有宋江夜謁娼樓之語楡木川之卒崩則女仙外史有賽兒授劍鬼母之說千載之下緊繩耳目者罪固大矣局若以謊說謊自歸姑妄言之科而只博人一粲者乎然而雕以枤板攜之楮素

則二本亦究矣

愛琴供狀

右謹陳中心是悼言之辱也情由矣段女矣身亦本
以造實坊胎生居住良女十五歲兮良中出嫁於新
支村為令益處為有置之子于歸宜其室家三歲食
貧靡室勞矣是白如可夫也不良人而無禮不我能
畜反以我為讎兮叱不喩譖言罔極搆我二人以為
潛通於隣居人金起文是如為白遣逝不相好薄送
我畿反是不思亦已焉哉女矣身復我諸父終窶且
貧敎彼獨宿不我活兮是白只以適音葛明谷張桂

55

生家良中傭織價受來次以東方未晞陟彼崔嵬厥
泄行露獨行跼蹐是白加尼彼何人斯有力如虎遭
我乎狃之間兮邂逅相遇執我仇仇顚之倒之伊其
相謔使我不能息兮中心如醉尙寐無吪我躬不閱
遑恤我後汔可小休覆出為惡甚至女矣身背脫脚
痿昏倒不知之中同厥漢褫奪赤衫而去是如女矣
身匍匐歸家累日不能起則矣父始聞其由是白遣
或恐女子獨居復逢強暴之辱許嫁於隣居老鰥夫
丁貴南處昏因之故言就爾居以我賄遷與子偕老
不意今者前日厥漢始稱龍儀谷居金命吉而手持

56

宮牌及女矣身所失之衫是遣謂以女矣身琴手同行信誓朝朝豈曰無衣美人之貽宅人入室大無信也是如無撥誣陷是白良置大抵取妻如何匪媒不得子無良媒云如之何命吉段所可道也亦孔之醜狂童之狂匪我思存雖速我獄室家不足雖速我訟亦不汝從貴南段妻子好合及甭偕老黃髮兒齒實維我儀之死矢靡他茲敢具由仰訴爲白去乎右項緣由乙細細參商教是後無信人之言哀此煢獨歸我歸我適我願兮爲白只爲右供忕云是星州良女愛琴之訴童子有謄傳者而非徒事涉可笑其忕辭亦甚絕倒豈或者之弄作耶畧加刪改以資無聊中觧順

九夫冢

坟有同塋而十冢者相傳有婦嫁則輒發葬而又嫁嫁則又發凡九嫁而九發於是列葬其九夫於一塋已死而祔焉合爲十冢亦奇矣自有祔葬以來未有此焉但未知九原可作誰與同歸

乘轎賊

大邱軍校嘗遇一轎於金泉驛轎甚華從奴皆豪健陪後者亦秀雅若游閑公子然而諦視有綠林氣遂

跟之至清道邑治至之日適市館轄於店散而入市
偷人錦綺錢貨甚衆軍校遂蹴而反接之推詰甚酷
轄婦人急出勸餅曰乞旅母急械貫吾將與子餅其
姿態絶世使見之者心醉而手軟盖餅者盜言相奸
也盜自有言以相語而使人不能鮮若儈曰小驢女
曰心主人曰烟主馬曰龍牛曰吖盜曰貫討捕曰旅
無物無言而惟討捕者皆知之余在道聞諸討捕者

漁者毀網

有漁者業一網設於丹城錚灘之曲坐灘上盤陀石
以候魚時已昏有炬火電閃而至漁者知其帀無以

三卜

59

避遂裸身入水中泅於匪帀蹲於漁者坐守不去俄
而水底覺有欝屈來逼者摩驗之又鱗也未及走鱗
遽以尾纏漁者脚大與股等緊若箍鐵漁者急以手
握鱗頷敲其顲于石顲堅不可破即仆卧石上以肭
磨石鋒厲處甚急鱗遂四五齗鱗既死帀亦去漁者
乃出仰天哭曰天不欲吾漁耶吾寧飢卧死於家遂
毀其網而去噫何山無帀何水無鱗吾未見漁之貽
毀網者矣

墨房寺鼓

墨房寺有桐鼓善鳴寺既廢太守新縣門樓欲迎置

60

之鼓甚大圓徑尋有尺高半之議牙致之猶難之門卒有請獨行者行則析其圍以革包㮊片而歸縋一擔鼓至而不可以復爲鼓太守怒責之卒愠曰雖不難固勞矣亦不嘗偷丟一片也人皆笑之

石窟盜鑄

晋州討捕軍許南者以善詗名嘗於晋陽市見有三艷婦使錢甚廣尾祭之又有五丈夫負其所貿行至固城之栗峙下舍路入亂樹間里許有窟門以石扶而入復閉南乘危木得之踵而入窟中窟中無晝火照而居有茅屋頗廣有男女老少甚衆有鐵爐十餘所方鼓冶造通寶見南至欵待之爭與酒食南卧房中假睡聞戶外語曰此人不可出將刃耶挺耶又有老者語曰費六萬錢可以箝其口豈爲錢五六萬害人命遂呼南出曰子胡爲來我知子矣子速去當有饋六萬錢者受之且慎口不慎且有饋劒者南懼亟歸其家夜有錢三萬致於庭其後南與諸討捕復往探之茅屋鐵爐皆依然而不見人

必英狀辭

自等女矣身雖非官族亦是良家早懷貞節養在深閨是自加尼紅顏薄命青春易老三五之艷陽已過

九十之盛儀未覩秋月春風之虛度夏日冬夜之誰
與空深有家之願每切無媒之嘆羨探燕之雙栖怨
鏡鸞之孤泣是如可適者京居崔郎以弱冠之年來
隔籬之地清新削玉之儀温籍偷香之韵一見而心
動再見而情生才子之遇佳人愛女之懷情郎幽思
則一曲琵琶浪興則三春蜂蝶始同窺墻之宋玉終
似桃琴之文君三生宛業一夜佳緣曰黃昏以為期
鮮雜佩而相贈桃花之春灼灼蔓艸之露瀼瀼雖無
六禮之備儀亦可一生之偕老是白加尼那知北堂
之違悲以至東閣之速訟謂女閨之隱行俾妓籍之

寘名誰意園上之花將作路傍之柳自顧羞慚實切
哀傷雖緣春心之難抑以致水性之誤流不過朝為
雲暮為雨猶非東家食西家宿豈可菲質之永淪至
今芳緣之相阻乎叱可況旀女矣身跡未慣於歌席
舞衫手未諳於豪絲哀竹是乎則郡樓紅裙之會客
館翠盃之行非其人矣為用彼哉幸伏望開黛而放
鸚鵡折莖而護禍鴆怨鑽穴逾墻之罪遂執手摻裾
之願為白只為遐鄉小童之所願學者乃狀牒之文
故謄錄而傳誦者多此類此則云宜寧良女必英之
狀而多得力於剪燈者也畧加刪改以貽村童之讀

剪燈者

市偷

邑之西門外有市市之日有貨魚者失二千五百錢索之不得無可詰人適邑之校過市北小巷有人以裾抱重侻而趍前行問何抱曰棗曰分我一棗曰奈之用曰奈棗獨不可嘗一急往手探之錢也曰是棗子曰無聒當半之校縛而見諸官官以錢還魚者罪抱錢者二十棍抱錢者出而笑曰平地固折脚出入大市十餘年未嘗一蹉使人羞欲死明日是宜寧市也及今行可趁仍大步而去刑盜宜重而不得重故

三十三　鳳城文餘

65

也

張翼德保

邑之校有名張翼德者邑之將校例有保人徵其布翼德以大平人名趙子龍者為其保子龍究之訴於官官題其狀曰張翼德保趙子龍事甚稀貴勿為更訴余以為勿論其人論以其名則常山公必大以為屈好笑

慎火

守倉者其牓曰慎火毋捧羅既量慎火必自執篙令氏擧斛而注之方急注下如瀑慎火即乍鬮篙口粟

66

皆迸于地地之粟慎火之所食也民或難之則曰既
已經糴官也非汝穀也監者或呵之則曰明春將不
糴而糶民民也非食於官也故官民皆不之禁而其
實民之盜也余謂慎火曰慎火之稱固好於庫子而
若攺稱慎盜則尤好矣

俗吝於財

以余居店舍也多見飯於店者飯訖鮮不爭直者甚
者鬈長而鮮衣鞍騎肥馬傍掛䩞垂橐而其爭也刺
刺與店婆較計曰羹一文菹一文魚一文飯吾米也
胡索我五文錢又有從卒僕行者約奴飯四文供我

三十四　鳳城文[illegible]

67

一文飯店人請半之不許竟飯其米與一文而去其
俗蓋吝於財不以體貌輕重於錢故也店則厚於宅
路飯一文可以行邀十里

俗喜爭訟

有三人訟于官列跪堦下所爭者一犢直三百錢者
也守責曰若非鄉士族乎且老矣一犢何重三人乃
為斯耶皆謝曰慚愧雖然訟則必訟而歸又有居邑
北六十里者以錢十二文來訟于官守曰汝騎馬而
行六十里於路必費費必多於十二文何不知不訟
之為利訟者曰雖費十二緡何可不訟也其俗甚木

68

強故爭則必訟

挖金

有愚民夜過皈峙下見星月在地如鏡就挖之得一
物大尺餘且厚擊而視之遠大洞照如隔琉璃視以
爲金也負而遠逊官吏亦以爲挖金也跟索之甚勁
以余所聞意其爲雲母也

鵲巢

直余所留室南牖外有堤堤上有樹有鵲巢於顚在
余室爲南鵲村父老多來賀者余於立春書一聯壁
上曰少日雄圖搏鉅鵬於北海新年吉語驗靈鵲於

南巢

觀瀑之行

邑之北三十里有瀑曰黃溪飛瀑早春天氣甚暢人
多勸余一游二月二日適宋生至盛言瀑之美起余
甚力其翌余遂行從者李正敦李雨得尹德俊李元
植朴驥俊姜宋得李益孫童子李允新張宗得李光
宗姜時大全致石劉卜尚朴突夢凡十四人資抪餠
四十枚乾青魚五十尾杖策而行逾嶺涉溪遇村間
有酒有則沽飲行過半有店從人皆買飯而食食少
人多人食一〻文食猶不周至瀑巨巖屹立如屏高可

十餘仞瀑從巖上飛下人言瀑之所由道舊有石甯
如賣油注故瀑遠飛而尤奇居民苦方伯守宰之來
游也琢而墮之至今蓋有椎痕與游者名噫達官之
累名勝多矣以其巖高而谷深也瀑下猶有氷瀑旣
奇氷亦甚奇相與坐瀑匆盤陀上送人沽村酒而飲
殽以魚柿相顧甚歡然日向夕宋生請以家為歸余
辭以衆將歸或言由頭黎菴歸差遠可以憩旣定路
使允新宗得先別宋生緩步問路而前於路多造紙
所流憩而行至紫室嶺嶺甚高峻日已暮童子之不
餘酒未飯者飢乏不自力使光宗負而行纔及頂有

71

臥艸間者視之又宗得也蓋酒醒而飢也衆人又掖
而行行不遠德俊又倒於地旁人挽帶使强則閉目
不視曰殺我也莫可起時前行者已遠守德俊而坐
者惟余與兩得益孫若元植則余受之甚故不去也
夜色已黑林谷有風可懼而亦無若何忽元植曰彼
樹下窸窣者何似來矣陽警乕以試之德俊始擡頭
欲作還仆曰乕殺我也亦未之何夜漸深約至二更
有火迎而來即頭黎僧二人燃竹炬至允新之所慮
也䭾僧而下盡嶺有村徃叩村門主人開而驚延入
坐急取溫蜜水灌之又進溫酒各一大鍾又以馬菜

72

羹煮飯分四盂進之食皆已問德俊病何曰已大狀
遂向寺而去余笑曰平生食亦多味未有甘於馬菜
羹元植曰俄主人進酒酒亦甚喜慮或止於酒而更
不飯亦甚恐衆皆大笑至寺而飯鷄已鳴宿於寺明
日始自平邨村歸所寓日已過午余作觀瀑記故不
詳於瀑之奇而備記其顚倒狀爲後日不忘戒

龍穴

大平有大陸自裂徑可數十間深亦如之廓然若山
水之所蕩者名之曰龍出之穴數歲前忽大風雨震
電有物出地而奮乘雲霧騰空而去地仍坼有樵者

三十七

適見之以爲龍也龍亦有起乎平陸者耶余於觀瀑
已行過臨之蓋亦異矣

竹

竹固東南之美而大嶺以外産尤賤山坡簷砌往往
成林大竹則不耕而自田小民之居猶擁數百竿故
其民不以重之視其家籬笆窗扉皆竹也十斗之筐
數尺之簣家皆有用甚至夜行者燃以爲炬其火青
熒憶竹之用豈然乎哉多則貴者亦賤物之情也

追記南征始末

乙卯八月 臣 以上齋生應迎 鑾製 上以體[illegible]

命停擧改　命充軍大司成招諭　聖教曰　慶
科不遠若停擧則將不得赴故改以充軍其即往而
歸應製諸科如前並赴又　命所編邑許賜科由臣
惶恐感泣即馳往忠清道定山縣編籍訖即復赴洛
九月又應製　上以嚴勘之下噍殺又甚　命移
充稍遠邑臣益惶感自定山踰熊峙至慶尚道三嘉
縣編籍留三日即又還歸至明年二月赴別試初試
濫居榜首　上以策有違近格　命降付榜末
國法充軍者一解則宥臣只知法不知有呈訴之例
三月歸南陽五月遭　先君喪擗哭苦塊苟延喘息

75

丁巳春忽自三嘉抵書邸人問久不還狀余始知名
尚在縣案服闋訴于刑部刑部委之兵部兵部委之
禮部及訴禮部則禮部不許遵例既見格繼之者皆
如之至于己未嶺邑之督還愈頻而愈苦刑部則曰
我只知簿書不知榜禮部則曰雖知究前人既不許
我何敢許於是京畿觀察及南陽守皆勒迫使去若
囚之縣逆者然余遂以十月復往三嘉官例為授館
而余則自留於西城外朴大成之店舍借室而眠買
飯而食請暇而官不許至明年二月　國有大慶且
設科三嘉令始許余西上村父老童子之日夜來游

76

者有三四十人聞余且行皆設餞以送之既行館人及李元植等十餘人送于十五里之外皆泣余遂自八良峙過南原全州至公山聞有 上已因赦命宥之感泣愈摯余以己未十月十八日到三嘉以庚申二月十八日離三嘉留三嘉凡一百有十有八日三嘉去 京師八百里余逶遲往來凡千有七百有八十里三嘉一名鳳城一名三岐一名嘉樹縣

小敘

余之同人有多憂而業嗜酒者清亦飮濁亦飮甜亦飮酸亦飮醇亦飮淡亦飮多亦飮少亦飮有友亦飮無友亦飮有肴亦飮無肴亦飮余問何飮曰余之飮非取味非取醉非取酡非取興非取名欲忘憂飮何能療憂曰余以可憂之身處可憂之地値可憂之時憂者心在中心在身則憂身心在處則憂處心在値則憂値心所在而憂在焉故移其心於之他則憂不能隨至今夫余之飮也提壺試蕩則心在壺把盃戒溢則心在盃持肴授喉則心在肴酬客辨虀則心在客自俯手之時至抵唇之頃則瞿而無憂焉無憂身之憂無處之憂無値之憂此飮之所以忘憂也余之所以多飮也余是其說而悲其情嗟呼余之有

鳳城筆其亦同人之酒也歟

自鳳城歸後庚申之五月下浣題于花石精舍

79

80

題鳳城文餘卷後

正廟乙卯秋李梅史其相被嚴譴編管湖西之定山縣九月又移編嶺南之三嘉縣翌年春赴別試居魁命付榜末五月其相丁文憂已未冬復往三嘉庚申春始解歸今其遺衍有所謂鳳城筆者即其居謫時所錄土俗古蹟若干則也文頗雅潔可愛故茲以鈔爲命曰鳳城文餘古人以瑣詞爲詩餘蓋以似詩而非詩其實詩之餘也余亦以此書爲雖非文之正體其實文之餘也云爾已卯季夏末伏翌日辛亥潭士書

絅錦賦草

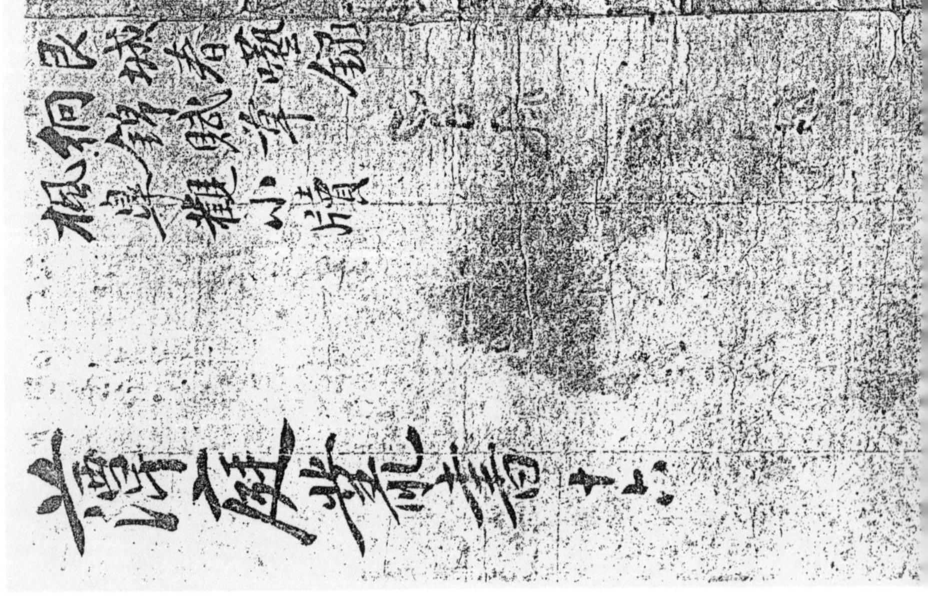

1

絅錦賦草

李鈺其相著

薝庭居士校閱

奎章閣賦 并敍

歲丙申 上置奎章閣于昌德宮北禁苑中御眞宸
章及諸圖籍祕焉也閣既成卿大夫士及庶民婦孺咸
曰美哉閣也巍乎煥乎美哉閣也眞聖世之作也其
美之者蓋非拱宇求色觀覽詡也艸莽賤臣慶國之
有盛擧也窮以謂五鳳樓福是不過宮室尋常而文
之者猶欲揮毗千秋矣今若以拙詞自許辭生其也

絅錦賦草 一

2

而闕然無賛揚語或恐王逸兒笑人欲敍包放於絕
筆而猶以省中事嚴邃非在野所得詳搦不律以待
者歲矣日閣之誌出布人耳目廣求而伏讀之得其
設置儀章制度有畧乃敢冒僭妄作奎章閣賦一篇
其煥爛輝煌至文且華之德雖非臣愚賤詭所可髣
言而顛於我 聖上設閣之治不能形容得萬一自
不任臨文震惶聊以申蹈欣之私忱云爾歲乙巳元
月上澣謹識
客有夢而爲鶴者凌風而擧摩雲而翔游乎九霄戾
乎上蒼徜乎閶闔觀乎一方見有大星煒煒煌煌玲

玲爛爛爍爍熒熒如璧如珠如燭如釭如日如電如
鏡之光悚然異而覺朝而從絅錦子道之且質之詳
絅錦子曰子知天文之德乎在流爲瀾在植爲英在
絲爲異錦在石爲明瓊其在乎天燦而爲星曰斗曰
台曰譽曰昌纚列璣錯若華麗壁者何莫非乾文之
精而若其西北一躔奎曰以名遠拱東壁延揖長庚
維天有文爰集其成旣朗旣煥復以其晶旣淑旣華
復以其榮文之所積外而彪章珍光瑞彩於斯焉藏
球虹錦霞於斯焉生羽衪彈墨之徒於斯焉彙征爵
雲絺河莫與敢京紫垣太微賴爲之明經其文於萬

二

絅錦賦 草

家管一世之休亨是故趙祖基其休明屯五宿而脈
禎高皇煥而洗宇屛黑祲而晨晴懷鸞篆而吐藻還
大蘇於紫城蓋上天光明之中而奎星至華且靈今
乎之游其斯之丁噫予見天文未見人文奚徒未見
亦未之聞戒聞奎章亦在乎人其誰章之惟聖吾君
吾君允聖如華如勛其治黼黻其德氤氳媚于上帝
垂山龍裙天經地緯文武彬彬休運丕闡庶務日新
如晷斯午如歲方春業基萬祀教暨八埏修之於人
準之乎天爰峙一閣以象奎躔以儆中華以述祖先
有國之閣自古惟然周人有秘守以耳仙府殿漢世

獜室唐年爭華競麗埒彼西崑宋氏因之宸藻是安
龍圖天章藏以世分下逮皇明尤重其官異爲内閣
文華文淵雲漢斯倬羣龍斯蜿萬寶所儲小酉之山
豈徒爾也文化攸關余惟小華威與之班一有不若
恥在東民肆昔我 莊憲大王之時治存内修謨裕
後昆蔚變齊魯陋視夏殷遴臣建奏盍閣之尊麟趾
之東實相禁園木天石渠庶見其完宮暉先暮恨八
梧雲亦粤 爾祖丕承光前于何未遑慨古咨嘆乃
建小搆宗寺之間 列聖一手澤斯焉是拚飛白科斗
舞虬濡鸞乃煌璇墨以賁其顔蒸虹射斗光氣爛爛

三 一 絅錦賦草

5

然惟斯閣既窄且偏文之方盛無以稱焉蓋其制刱
而不備儀設而不全藏無他書守無定員者豈文物
未闡之故也蓋若有待乎神孫皇乘挹其不卒聘後
人而啓端是故恭惟我 主上殿下紹明明顧丕丕
傾黼宸握璿璣爲國之道文其在茲肯堂肯搆非台
伊誰自天栽之既叶龜著詢于大同羣雄是咨禁苑
之北既景且基密邇映花堂咫尺深巖瑞蔥臺一陲
地既與之以所天又假之以時豫章爭抽而娭斧禮
泉自飛而獻池鼕鼓一作衆推趍慈民興靈臺之役
工歌薰殿之規於是乃堵乃礎乃陛乃墀乃柱乃甍

6

乃梁乃楫乃枯乃梳乃桷乃㰃乃涌而窑乃榮而袤
乃殿而敞乃樓而危乃爲廊廡而脩乃爲楯檻而奇
不壯而穆不高而巍不僻而幽不彩而輝璀璨焜煌
轇轕崎嶬縹緲翩翻窈窕淋漓穹窿倜儻蜿蜒逶迤
襹褷如鳳鳥贔屭如玄龜如綾紈之各揭如瑪瑙之
相磨如蓮坼而灼灼如竹苞而猗猗如鷟雉之聳翮
如怒鯨之皷鬐正如山岳之突起戍削千尺之參差
又如仙人道翁之特立軒軒乎冠劒之有儀梓墍既
勤丹雘斯施雕朱綵之有戒亦繪事之陸離拱蒸雲
而不石椽吐花而非枝蝸延横拖澡柯倒披𣟗集五

四　一　絅錦賦草

7

鳳璧戟九鷁神將倚柱而搖腕玉女臨窗而斂眉木
生鱗毦土出慈䕺粉砂黛黃擅荷騮緇目爲生花石
若中危不陋不黍不鉅不卑辰也實閣聖人之爲於
是樓名宙合扁揭揩南軒上有軒搵再其三寔爲正
閣克華且深真容穆穆於焉儼臨堯眉舜瞳鳳章虬
髯丹幀御搨碧帷護揩百靈斯護萬姓攸欽香自起
而勃蓊雲不去而紅暈又復宸章閣万寶翰載圖風
水自然之文天地正始之音煌煌乎明珠之必相聯
灝灝乎滄海之無不涵聞嘗論君人之文自勅天薰
風之吟下以并漢唐宋明而其盛莫與相叅求之於

8

墨藪筆苑亦可以軼古超今祇安紅錦軸設黃金光
輝所蔵星斗羅森冊寶印章尤大且嚴拜蔵一室或
几或龕宜千萬歲鎮國無斁西南有堂奉謨斯瞎兩
夾斯鼂寶搨香沉一十九世 聖祖所簽文之璽璽
詩之渢渢筆而楷篆艸白畫而花竹蟲禽教誥之所
以貽謨顧命之所以傳心銀潢玉支之牒蘭臺金匱
之籤于架于案于帕于奩于以莕罩于以敬緘毎一
披翫孝思不任如羮如廧盥而後拈保有萬世東國
之賝爲方有搆甍霤相接觀閣古而既高窗皆有而
乍挾或層軒而疊架或燠閣而深闔叟倚犨書以資

五 綱錦賦草

9

涉獵類分經史子集部別丙丁乙甲其書則史載歷
代之蹟經垂羣聖之業習士異人之訓忠臣良輔之
集秦漢哲匠之家唐宋鉅公之什百家諸流之所著
述千古羣儒之所編輯蟲魚艸木之所箋禮樂儀章
之所創以至星曆地誌道經兵法物譜技訣畫卷筆
帖讖緯稗官仙另佛笈神鬼之怪藝術之雜天上之
蔵海外之拾林林叢叢累累疊疊鱗鱗井井秩秩甃
甃矗矗離離紜紜燁燁不億其計有萬其級或珠其
籤或綱其匣或香其架或錦其裏或花其帙或雲其
篋積成羣玉之囿環作衆香之堞芸烟青而辟魚香

10

滿室而長狹然而此猶遠購燕市華本之合若其東
籍所藏別有西庫屹立多或過之類或相襲巧曆授
籌不眛百十積金齊斗寶猶莫及輝輝玉印是款是
踏煌煌牙牌以出以入 至尊所緗香留卷葉庫之
稍南以軒以閣寫名書香九楹是帀每當曝晒此焉
移搨搆各有適多猶不沓鑿彼外閣不同而同秘之
沁都慮于無窮蜀以芸館剞劂是供或創或沿越以
類從又是直院惟禁之中瀛館之右虎門之東摛文
之院通于九重白玉其堂青瑣其牕天近蓬萊之雲
地清翰林之風軒宜月而最白砌有花而先紅帆如

六 一 絅錦賦草

紫虛羽客所宮於是當塗白面之彥閒世黑頭之公
才淩枚馬志齊夔龍影華纓而膺選接芳武而協恭
敷懷抱於厦氈賛治化於笙鏞臨文見才隨事知忠
是故便蕃寵錫大硯玉燈飮酒之器楇盃銀鍾天門
曉爾臚賛鞠躬龍街晩歸金牌戒衢春三秋九旣和
且豊賜暇燕賞流霞臨江梨院寶瑟太僕花驄百僚
送酒恩澤融融雖前修之選湖榮猶莫其斯隆又復
抄啓之官經藝是通早年黃甲是敏是聰爰試講製
月課其切若溉嘉樹蝻彼文宗撿書之官詞翰兼工
洛下才子抜乎墨叢供給文園技竭雕蟲歌詠聖恩

章時之逢筆人畫客律官書童下逮胥史人無苟充
久矣內閣國之所崇奎章閣之制度措置於斯備矣
而於是乎惟我　聖上當殿宮門寢之後際卿宰退
食之初池邊送蹕花外田輿於斯周覽於斯燕居于
是時也聖人豈無思歟披寧考之寶訓撫烈祖之遺
書僾然如見噫噫歔歔根天之孝久猶篤如繼述之
治斯焉益圖堯中舜精武烈文謨前後一揆如帝之
初又復紫禁夜靜宮月方虛畫燭雙熒香穟扶踈雲
床在前玉音伊吾蠶緖容而細繹復有光於玄珠臯
比夙其聖臨若左右乎先儒工於斯而日躋緝治心

七　絅錦賦草

13

之丹符又復春晷初舒漏滴虬畫花影綺疏鳥語銅
鋪凭香案而暇豫抽徃牒而卷舒尋千古之寶鏡得
柯轍於橐誅蒭諸書而攷訂遵正路而範驅嗟叔季
而不有宛兒義而弟虞又復春花秋菊美景方姝羣
賢蛻蛻整簪曳裾論前聖之緖餘問治不而都俞忘
簾陛於尺五若父子之怡愉傾與尊而酒暝閣臣躩
其庭趍庭花湛其露斯樂魚藻而只且若其它虛池
納明氷光一輪珠欄十二壁月淸神則觀感乎天移
之於人徠諫之德於斯益眞宮砌日煥百花爭春早
紅晏白郁郁乎彬則體之東皇訪于臣鄰求才之念

14

於斯益新禁苑雨過芳草爭欣陰厓陽岸一色羅裙
則法彼造化衰此芸芸施民之政於斯益均慶成秋
晩萬寶授辰玉粒初熟滿畦黃雲則奄觀銍刈念彼
耕耘務農之典於斯益勤觀德抗侯武夫揚神箭落
紅心皷動旗翻則治在張皇念我三軍詰戎之戒於
斯益存佳節試士羅鳳蒐麟儷策銘律各以其倫則
蠋盡詞圓能者是掄造士之禮於斯益文蒼檗白鳥
呦翯成羣一團春意與物氤氳則擴而引之撐乾彌
坤周文膺治於斯益仁土皆瓦鋪甎不孄貧瑠鬟白
屛賞花無樽則富而不有將以貽孫帝堯克儉於斯

八 一 絅錦賦草

15

益敦此猶萬一何敢盡云盖以為寶殿法官人主所
御鸞坡西掖詞臣所住敷文顯謨御書是護天祿白
虎秘書之處各有所適莫能相與惟奎一閣諸美是
具非古書無以典學非深閣無以澄慮雖聖質之天
縱閣亦不為無助嗟乎吾身危而未翮阻負嶠而莫
覊雖春塘之侈趁尚千里於跬步裳未褰於弱水眼
未親於琪樹香雖聞而失紅似翫春而隔霧逢吾子
而欲吐曷以能夫詳諭聲捫錦而詔蒙眩朱黃而莫
悟忘愚僭而強說語必多其訛蘁然而要而聽之視
子之夢何客起再拜敬服其語北嚮蹈舞胥軒口款

16

曰始吾夢天怳惚有覿適適自驚謂莫比嫪今閒子
言世亦玄圃如彼收豎斗見金輿又如糟妻始供玉
箸耳返如塞不知所許遂系曰偉哉閣之用顯哉閣
之作非吾君聖明此閣何以闢非此閣光明吾君安
所宅上下兩千古奎章有一閣又歌曰彼天昭適有
奎星之孌兮吾君文明有奎閣之煥然兮非閣之如
星乃吾君之如天兮

三都賦 并叙

都邑爲三南都西都東都是已邑爲都有南西東三
也昔扶餘氏高氏朴氏竝立爲三國扶餘氏國乎南

高氏國乎西朴氏國乎東國皆有其國之都於是南
國之都爲南都南都者即今忠清道扶餘縣也西國
之都爲西都西都者今平安道平壤府云國乎東者
之都爲東都今慶尚道慶州府即其地也三都雖有
其地皆古都也城郭宮室皆已荒艸矣富強行樂皆
已雲烟矣三都邑爲而賦之也曰都之有賦亦古也
古者國有史地有志風俗有紀固無事乎都之有賦
而古之人若班固張衡劉楨左思之徒猶汲汲然賦
之者誠以賦者賦陳其事而亦可諷誦吟咏有刺美
之義而能令人之深故也然則都邑其可不有賦以

賦之耶既都不可以無賦則宜以此南都西都東都之三都而可無賦也哉此三都賦之所由作也曰然則子於扶餘氏高氏朴氏皆古人也將誰與而誰奪曰賦者亦詩之一體也秦詩能夏以其悍也其敝也析鄭衛之詩淫以其蕩也其末流也靡知守詩則可以得於賦矣曰然則子將與朴昔金氏乎曰蓋優矣賢則吾未之知也矣時辛酉孟夏賦而叙

南都

新羅鴻濟後三十一年有高句驪對盧辨雄者以其私游東都適遇百濟達率務華於蘇判思實之宅於是三子者相與登瞻星之臺周覽山川之勢游觀民物之富辨雄曰美哉都也真徐國之寶也然雖美矣猶未若我西都之爲美也務華曰西都則僕未之曾覩而蓋嘗聞諸行李之往來者矣以所聞概所見西之都若將賢於東之都之美矣而不佞甚戇不能過謙窮以爲皆不及我南國之都也辨雄勃然變乎色曰子之南都能美多少而乃欲駕軼我西都耶務華於是乃掀眉目笑鉗舌膏唇作而曰子生未聞我南都之美耶夫善爲家者必審其居善爲國者必擇其都故殷易五畿姬奠兩區國之休旺在都何如昔我

溫祚王天造艸昧作邑于漢嚴而未壯樸而未煥逮
于文周舍而南爲依山爲郭因河爲池垂及百年寶
肇寶基於赫聖王猶不寧茲乃眷四顧求民之宜爰
定其都于泗之湄此南都之所由作也爾乃富媼孕
精鉅靈擘思劃金鍑玉犁峯擇地鷄龍峻極實鎮艮
位魯城東屹天寶西遼望月前趍七甲後跂如屛環
匝如棊列置遠揖近拱各有深意國之所望名曰扶
蘇高而不亢大而不龐珈而不欝削而不癯安而不
卑爽而不膚列而岏岹秀而崛崰險而岬嶆絶而屹
巑廣而嵲嶫長而嵦崪深而岒嶝延而岬嵑嵱嵤峨

十一　綱錦賦草

嵺崇崿嵲屼厜㕒峛峋蹇嵯巀嶭東岑迎月西岑送
月二臺盤陀高絶蓬崪下臨有流寔爲泗沘自出錦
江厥委千里滾滾不盡北匯西迤從以金剛之川同
乎良丹之沚爲江爲河爲海而止爾其灝溔困泫浹
渫泱滐滵漈漎漫潎冽瀵混圓波滔鄰怒濤泫濛桃
花春漲浩渶鴻泱匡不辨牛如漢之廣霜降石出泓
渶有響碧砂遺漪游鱗可賞於是篝誠于茲抱山抵
河象鉅石而贔屭架文甃而崖嵗横雲衢之半月抹
赤城之晨霞枒雉堞以白盛列華譙之婆娑萬三千
有餘尺堅固可以致磨於是左祖右社前朝後市門

交兩駟涂方九軌乃作于宮圭測繩揆不壯不麗何
以鎭比掄村揀工倫盡其美寫南國之榱撑荍他山
之武夫梁爲栢而桂棟勞鬼工於侏儒折澀浪而承
礎撐落時而持樞千門萬戶廳廈銅鋪内爲溫室外
而法殿通爲飛閣離爲別院釦砌壁釭蝸𥳑螺鈿倒
藻柯於列拱見玉女於䆫牖仰而望之者莫不神駴
而臂脕追近玆之重修美結搆之盇華亂錦繡於土
木煥砂綠而紛葩臨彎碕而顚笑陋漆婚與駁姿爾
乃引水穿池王宮之南規而爲月雲影相涵植菡萏
之的皪被楊柳之毿毿中島嶼而列峙象仙山之有

十二 一 絅錦賦 草

三於是起望海之樓修興王之寺輝山耀河金碧珠
翠以資薦福以供游戲升平既久文物大備又復列
署星拱閭閻櫛比雲屯佐平之府鐘鳴恩寧之里街
漲香塵行者錯趾百有餘年庶矣富矣是故天子授
金策之書倭人致賨珠之貢徠䑰羅於遠譯見釋迦
於大衆國無蚘豕時有麟鳳熙熙皞皞春臺紫洞王
乃選三令之勝追萬幾之暇披紫錦之大袖冠金花
而微服集文武之臣僚命倢伃與嫆嬅游乎春風之
館憩乎明月之榭及其紅花未落春潮初平日晏風
恬波濤不驚乃却鳳輦弭羽旌御龍舟連彩舲溯曲

諸沿蘋汀魚龍帽伏水禽齊鳴朱雁粉鷗花鴨鴻鶴啜喋游泳導而前行鷄鵁乍颭錦帆珊瑚轉于北浦苔碧沙明奇巖恠石傑僊爭迎蟜騰豹玃神鬼狰獰珍木異卉紅紫交呈倭躑百日海桃山櫻迎春杜宇木丹冬青香蒸破鼻錦纈摇睛離離郁郁不可殫名於是招舟子命漁夫下綸竿施罭罛投竹叉設曲薄笭箵乍啓銀鬣揮霍鯉鱸鰣鯔蕈蘇蕢鯽石首錦鱗白魚之白潑剌金盤皷鬣而赤於是紅粧内使綠衣食尺滌錡燃竹游刀石作鱠細銀絲是胾是臑于以佐飡于以侑爵香粳玉粒之飯竹葉榴花之醽舉酒

十三　絅錦賦草

獻壽皷瑟吹笙桃皮篳篥空侯笛箏同調異関樂協羣情王乃顧而樂之叩舷而歌曰山有花兮水有波江南北兮盛繁華泛彩舟兮奏簫歌酌芳醑兮朱顔酡日欲暮兮奈樂何於是羣臣相和起舞蹲蹲絲纜移碇檥于北原厥有瑞巖不騫自溫瑩若衆床煥如繡墩登天政之高臺瞰楓林之江村徑竹園而緩歸值水月之黃昏旣流連而知反樂不可以終誤又復秋晚南池移舟湖沿鳳翮相御翠幕連天如花如月宮女三千鸞笙鳳管嘲轟駢闐寧洲邊之白蘋來水中之紅蓮愛清興之未已陟蓬壺而訪仙又復踈鍾

隅呰招提十里䕺擅異香蓊勃四起青翰赤馬翠葢
臨水白拂前導高僧列跽演伽陵之法音拾曼殊之
落蘂弭棹謳而上岈講玄妙於佛氏蓋自梁以來
纍世寧謐年豊而國富政成而民逸山川增美飾書
多術矣今不樂逝者其孰所以樂事之頻繁亦由風
景之佳麗以戒觀之吳宅建業莫予敢儷洛師鎬京
未定其第可以吞併乎四國可以傳至于萬世南都
之美果何如哉

西都

辨雄曰予之說南都其止於是耶噫子誠南士也何

十四　一　絅錦賦草

其言之華而不結滋而不斟嘓嘓乎盈人之耳而不
能槪人之心耶都邑之美謂在登臨王政之美謂在
荒嬉匪可夸也伊可懟也予信欲聞都邑之美乎惟
我西都被山帶水在昔箕聖以殷多士渡江而東聿
止于是運五遷之餘智實有得於相視基文明而闢
荒爲震域而啓始貽厥後裔傅有千祀逮國南僑承
以衛氏國有府守民有所恃向非奸臣之獻城漢兵
何以得意於此猗我東明乃聖乃神天帝維祖河伯
之孫既靈且玄握乾闡坤涉河建國于胥膴原是廬
是宮是宗是君神鞭玉橋青白二雲榭高儀鸞窟深

牧麟開松俣之新邸畊箕師之井田新宮高以九梯
石有路而朝天千年窟墟靈蹟猶存紇升卒本莫微
古言膐留暫徙壽王載旋地是樂浪城曰長安於是
乃鑿池濠沄沄湯湯乃築邪郭屹屹蔣蔣乃作都門
浩浩煌煌乃建宮室乃殿乃房乃閣乃觀乃院乃堂
乃樓乃軒乃廡乃廂乃庈乃廈乃廠乃廊乃寺乃府
乃庾乃倉乃爲梁匽乃爲中庴乃爲九門乃牖乃窓
乃苑乃囿乃沼乃塘乃砌乃墀乃壁乃廧巇巇昭昭
爽爽揚揚離離瀰瀰宵宵蒼蒼宵宵實實熠熠央央
嵷嶒喑喑雲雲章章巖若周總章高若魯靈光袞若

十五　一　綱錦賦草

29

晋銅鞮鮮若漢昭陽章華館娃銅雀栢梁駘盪昭明
枍栺披香陋如广茇不可以方於是臨高臺騁遠目
鉅岳屹嵂山矗或離作合或起旋伏或覩相背或斷
復續或高而低或直而曲或峦而睞或羣而獨或圜
如廧或藂如竹或圻如蓮或削如玉或擾如龍或駮
如鹿或跂如鸞或建如纛遠而望之則瑞錦千疋亂
賁歷錄爲帷爲裳翠碧丹綠故其山曰錦繡花蕚特
挺含英孕淑春風未敷紅辦齊簇故其峯曰牧丹若
其它蒼光之岑木覓之岳北之九龍西之美鶴莫不
各擅勝槩勢相猗角美齊吳會險踰巴蜀斯盖支出

30

妙香造化亭毒經營措置列垣分局豈如彼岐屹豈
嶻不過爲斷壠殘麓者耶䫀而察之則魚鱗蜂窩十
萬其戶烟花相接橦鐘擊皷列肆星羅商旅盤聚無
貨不居莫可較數環城以外浿水西流百川所宗千
里源頭蛇逶箭駛日夜不休穿雲炭而下注過神女
之高邱既南折而西匯始蕩蕩而浮浮激以白銀之
灘從以叢赤之洲錯以綾羅之島放于九津之游爾
乃淨如練清似油䤡德巖漾梯湫躍錦魚泛白鷗揚
柳春芙蓉秋月溶溶烟悠悠於是長安佳冶紅粉之
儔穀朝于差出游相求孔雀扇兮錦襖裙汰棠揖兮

十六 一 絅錦賦 草

木蘭舟乘輕波而汎汎遵北渚而夷猶揚雅禾之舊
歌奏小玉之空侯或採紅藕或垂月鉤或斟素兒或
登画楼其於子之所稱木嬉者不翅黃鶴之於鹖鵯
然而此猶蜜䴥鬟娓兒女子之相遊也方將飲我馬
而洗劍視天塹之深溝盈盈衣帶之水又何足久煩
於相訓也蓋其土厚而水深兵强而國富天府金湯
秦川錦繡是故沃沮降韎鞨嬃符人服藻邦走北貴
楛矢南錫橘柚四境之外久無戰鬪王乃咨禡薩白
乙豆兵不可以不講禮不可以不懋先王之游曰有
蒐狩時方季秋吉日維戊盡整我武以從于敷於是

建招搖揮綵幢鐃丁當鼓豊隆三軍之士莫不卒從
分爲八門合爲九宮暨暨狂狂林林叢叢煜煜闐闐
滔滔洶洶爾乃銀鍪錦幖裲襠七重耎反倒頓犀毗
東胎右佩魚韔左挾氷箙浮游之矢更羸之弓紅猢
綵旋㯶弭彖弸劉掛鳴鶻其利如鋒側帶一刀鞘護
霜鋒縭緁鍪鐏魚腸芙蓉又復鈹鉿錠鉀鏊鏢鉤鏦
犀渠彭排武落錡銎擯者歧者各守其工袧服既成
戒馬亦同有騆有驪有驃有驄有驈有鴇有騟有駹
有騵有騜有騋有駥㐂共雲錦走如旋風翠毦珠絡
幪笓是供鞶鞦結銜環列爲墉及其金鳴角閙鴻隊

出騣白旛慮無散而四衝于牧之外于薮之中于城
之南于山之東千營擧火四野焱紅張畢置罻罦罿
設艾如羅罻罘埋擭窞機係罽吹筩海東青鷹羣飛
蔽空桃花健狗騈走橫縱於是淺虎斑豹玄獜黃熊
麋麕麏麞麑貌豜豵貜貑豺貉羚羊驥蛩野兕陸駁
封狐巨彘莫不駛傘自擲䰠魊神㦤嗟喉哞嘶委積
龐㙷猛歎猶然飛隹何容雲白天鵝紅首華蟲羅掩
六鶴射串騣鴻山河爲其罪沮天地爲其樊籠闖大
危而論殺命軍吏而策功誰庇角之翳翳編貂尾之
芃芃繽紛白而象紅飲琉璃之千鍾乃登安鶴之宮

橫義觜之笛撾齋擂之鼓和吹蘆之曲呈金璫之舞
歡聲動於海岳壯氣彌於寰宇麾諸伍而就列尚爲
慄而餘怒爰命詞臣俾頌大武其詞曰戎整六軍洞
水之瀕左師驛驛右師趍趍載馳載驟其馬維駰以
即中林有鹿甡甡於鑠我王武士如雲大邦是禦小
國攸賓狩而言歸思樂胐胐我王康哉萬有千春嗟
乎形勝之美由天所成卜而居之在哲與明不有開
𠖥何以成城不有善守何以永貞危可使固弱可使
剏儉可使富汙可使榮大化之治不求自營霸業之
就莫我敢京然則西都之美雖不專在於都邑而其

十八　一　絅錦賦草

35

視子之南都爲多耶未耶

東都

思實蘇判揖二客而告之曰僕不佞嘗聞諸先長者
曰君子之道聽其言而知其政見其始而圖其終今
達宰之辨固失矣而對盧之諭亦未得其中也夫欒
狹則荒武黷則窮故夫差蕪婉以顚其家叶主父鸄
擴終隤厥躬始雖相斬其歸則同故古之制都也南
則逼越北則妨戎逼越者常駛於游冶妨戎者每失
於爭攻風土之所遷移人事之所減岗先王之所不
居蘆臣之所忡忡也今反貿談屑助辯鋒持而相似

36

如竹和桐匪言之言窮有憂於二公也且實之詔曰
東都雖美不如西都子盍知東都之所以美乎何由
知其如與不如也請爲子歷吿之彼阧然高起秀色
蒼藍嚶嗔嶮巇巉巖嶜崟者國之東岳名曰吐含飄
颻清絕抃若靈鼇谽谺幽映嶸嵘岧嶢嵺者國之西岳
名曰仙桃嶷嶷一帶爲巃嵸爲岡嶺屼峆峣列揷刀戟
者國之北岳名曰金剛縹緲崝崢嫙嫙繁縟如攢蒿
嶌如翔鸞鶱者名曰含月是爲南岳四局分鎭群靈
亦圖金鰲飛鶴明活伏岑紫玉北兄鷄述狼山列供
飣餖競高嵲櫱羨不可言高不可攀竅通方丈元氣

十九

一

絅錦賦草

37

呀蟠龍盤虎踞天設重關彼曠然東望漠然無已洋
汗汩越瀇蕩泬漻潢漭澌鴻濛而無津涘者國之大池
東海之水也爾乃積太素包羣羨厚不知其幾百尋
衍不知其幾千里隔岸而居者紅髮玄齒靈桃盤柯
於其嶼神桑托根於其沚文鰩潛穴而不潮巨蜃結
彩而爲市神龍之所鎭封仙聖之所游暢國家之鉅
防天地之珍藏其産於是者鰒稱珍羞鯨呑巨舫蟹
匡容釜蝦鬚植杖玄蔘似猪朱蛤如盌卵堆珠瓔稍
縈素旆腰或画廣吻或谽大后花若掌昆布若帶玄
虛之所未賦太眞之所曾昧敵子浦丁是貨是儈是

38

矚是鹽是羹是鱠盐户架鍋熬海爲醝玄精作鹹燦
若雲花海之於民切利莫涯東川西川二流分丫淺
爲魚鬣蟠作鷺渦兎嶺低橫鮫江遠斜春女隶簡游
人汎花豈無他所愛此皓沙子見夫諸城之隱隱於
雲裡者耶西爲金城東爲半月月城之陰滿月斯谿
又東而迤城曰明活南山之顚表而復闕惟此五城
屹屹屼屼隨時遷御以備倉卒民有所囿冤莫予突
恭惟我古昔先王龍游而伏羲作虬降而殷商殖首
出庶物承天建極乃貢城邑乃啓邦國綏厥萬民稼
穡是力彝仁耕義守以一德繼嗣維孝是承是式世

二十 一 絅錦賦草

有賢聖受祿萬億國以旧闕人得安息故自始國以
來金官降于山服碧珍平甘文伏長山歸惡直屬靖
鈴懷韎鞨嵗小國二十餘大國五六莅是幅員旣將
生齒漸衆市有歡頌野無關閑乃革茨土爲宇爲棟
殿闕九龍樓屹五鳳紫榆黃楊飛簷拱牙懸魚花斗
藪頭張吻沓冒黃銅泥總綠紗儉而不陋飾而不奢
允矣穹巖帝王之家子欲見東都之古蹟乎莬彼楊
麓其下有井佳氣繞林神馬留影者蘿井也瀰瀰小
港遠接龍城海雲千古瑞鵲飛鳴者阿珍浦也石高
刀痕芳林蒼翠白鷄長鳴金櫝啓瑞者始林也小井

源源流遠根厚有龍蜿蜿胐誕聖母者閼英井也有
似神宮藻井丹桷世世有獻苾芬致格者始祖廟也
有祠岳頂光氣含吐鎖骨騈藹永鎮東土者脫解祠
也花落碧桃鸞佩鳴空仙山聖母寶聳大邦者聖母
祠也珠邱南秘竹葉紛堆神兵所護伊西自推者竹
長陵也鷄嶺之顚画壁巋然有妻望夫死而爲仙者
神母祠也專屹鰲頭仙郎鷹游鶴去琴亡石瀨自流
者琴松亭也鳳凰鳴矣于彼南山瑞石猶峙聲在其
間者鳳生巖也鰲岑出雨石作蓮臺衆真搴芝於我
裴回者九聖臺也三十五宅分游以時花春月秋東

二十一 絅錦賦草

野伉知者四節宅也分畋裂遂甃若棊羅萬夫一同
公私有界者井田也神元之剏鉅橋鍊玉臬荊所亭
百鬼局趣者鬼橋也此蓋世出神聖事多靈異地不
秘寶天不愛瑞煌煌偉蹟不可一二山河之雄物産
之細城郭之壯宮室之麗子既目擊不必縷綴子欲
聞東都之所以厚民者乎在昔二聖勤課農桑外訓
耕耨内敎績紡若姬在幽務本興王愚夫愚婦習而
久常回拙成巧變舃爲良二月于耜黍稷稻粱九月
築場乃積乃倉或有不中水沴火亢躬禱録囚弭灾
導祥二宮王嬪六部諸娘分朋績麻絡緯秋杝嘉俳

較功餠酒互償一曲會蘇使人斷腸絲穀旣裕民胥
以滅市者讓絞行者不粮聖人之眂君子之鄉豈若
筦商徒私冨强子欲開東都之所以導民者乎哲以
知人患以安民治民之難在乎得人肆肯先王思擇
其臣乃飾二豔翠鬠頳唇使相居徒以察其眞南毛
旣沉代以簪紳名曰花郎妙選青春鶵冠繡衣傅白
如銀人慕似㨗士至若醑泛涉三教礱磨五倫或稱
風月之主或游山水之濱旣披砂而揀金又試芥而
辨珍灼見俊心進宅其隊忠臣秉義烈士成仁爲將
而良爲吏而循立之無方賢者是親法邁中正才多
二十二一 絅錦賦 草

興實英豪輦登郁郁彬彬旣奉源花至治可臻子欲
闢東都之所以圜民者乎上世濛濛未有教法民無
所寄士無所執往在法興笁氏東入天心沕穆與佛
相合處道捨命力折詰誦乃設琳宮乃建寶塔乃鑄
洪鐘乃延高衲天子遠嘉貝書滿笈舍利放瑞虹光
煜燁求玄宗於毗摩見宴坐於迦葉塡巨澤而鬼趍
箄新宮而龍集三寶永輝人皆誦習不言而諭不喝
而慴家國清靜人民和輯自奉釋氏世累安帖慧日
龍天佛力所及於是天帝賚之以玉帶河伯贈之以
玉篴蹄羣生於衆香措國勢於磐石無聲之樂日娛

清寂爰飾衆喜以詔羣尺琴尺衣青舞尺衣赤鷩飄
風於貴金和嫩竹於于勒舞韓歧與辛熟唱兜卒與
憂息法部未終鄉樂踵即大面輾鬼金兀飛踢月顛
醉穰求毒狂擲金色狻猊不祥是辟觀者疊肩披擠
躪躤有酒如浴有殺山積燃燈八關達曉忘夕困民
之欲非竭其力王猶太康獮獮戒惕克儉克仁化而
無迹民有歌于衢者曰似海徐邦伐如天麻立干逢
人有喜樂使我無艱難東井出黃龍南山集白鸞願
王康萬歲治國并三韓借之所以陳東都者略備矣
願二寶有以叙之也於是辨雄務華相顧逡巡下席

二十三一 絅錦賦草

45

再拜作而曰下土赤學實固且隘如貉如獨各守所
界率爾妄陳言多詭詿今聞粲花內服至戒金篦刮
瞖雷霆破聵吾儕小人得此已抉請從而辭歸泡其
適

哀蝴蝶

癸亥春暮適見有彩蝶爲風飄墮池水而死
余哀而憐之作詞以吊之

胡蝶兮褊襬褊襬兮可憐被服兮陸離又何爲兮僊
僊丹錦兮爲襘玄錦兮爲襴素錦兮爲裾褋五綵兮
爲帶韆褕衫兮翡翠裙孔雀羽兮雙綴白鳳兮襽襴

46

駕我車兮鏊瑶環胡蝶兮胡蝶與女游兮青山青山兮三月兮菲兮未歇梅花兮已落桂花兮將發蘭花兮馥馥桃花兮悦惚丁香兮百結牧丹花兮爛爛朝發兮青山夕宿兮花間花間兮不可葉低兮可攀饑食兮花香渴飲兮玉漿優游兮自得與三春兮翱翔胡蝶兮胡蝶爾胡為兮睽睽春水兮渙渙春風兮獵獵衆沾兮翼折胡蝶墮兮跕跕集翠羽兮爲艖䟴鯨須兮爲攫愛之兮欲救蕩中流兮不可接胡蝶兮隨風終然夭兮水之中山花兮未落爲誰兮紛紅繩飛兮霏霏游蜂兮鑿鑿蜻蛚兮薄薄阜螽兮躍躍衆皆

二十四 一 絅錦賦草 [illegible]

47

樂兮得所女獨爲兮飄泊誰愬兮誰尤既自輕兮復好游江有波兮日已暮目瞅瞅兮使余愁胡蝶兮帰來與落花兮同流

次陶靖節閑情賦韵

有美一人之窈窕表獨立而邁羣求四海而莫覯溯千古而未聞性猶玉而温潤氣不靡而芳芬既其質之純粹又多態於春雲薄朱素而不施哂冶女之徒勤始余未之及見恐不克而殷殷懸誠餘而乍覩縱未由而猶欣爛被章之陸離佩用亦其紛紛倚夭桃而眄睞人與花而難分自我一見心繫瑶軒室邇人

48

避香若雲山顧吹非等欲續無絃縱戒纏縉奈此嬋
娟懷中情而莫展導蝴蝶而傳言心雖摰而禮嚴戒
踰穿之多譽抱明月而將贄東朱錦而爲先如有資
而得近請百身而隨遷當南浦之夜靜駕采舲而摘
芳化芙蓉而吐蕚冒紅中於水央當花氣之惱神乍
凭几而安身化沉香而熏爐助芳澤之清新當脩夜
之懸獨左支頤而韡肩化銀缸而燒心伴柔腸而同
煎當朝窗之理掃抹纖蛾於清揚化菱鏡而分面告
無隱於新粧當羅衫之覺淒急新製於涼秋化綾錦
而暎肌俾不憂於市求當蓮尉之作移下瑶堦而折

二十五

絅錦賦草

旋化璜琚而鏘鳴協宮商於裾前當遠書之寄緘身
在西而心東化彤管而宣辭動手舌之相同當流黃
之躬績御錦機而當搖化飛梭而出入敘經緯之分
明當裙衫之試製攬刀尺而自握化鴻針而刺繡贊
巧思之綿邈當春愁之不聊斂檀板而推琴化鳳笙
而假鳴繼朱唇而揚音願以身而徇君雖九死而甘
心同游魚之樂淵等夕鳥之慕林花迎春而易飄月
近人而多陰寧有時而執袪恐無路而披襟悵山河
之多隔悵日月之侵尋諒不可以驟逢徒輾轉而寤
歎精誠發於夢寐宛再接於花顏瑶臺高而夜霜得

玉膚之無寒披情素而欲許固千緒兮萬端頋奉敎
而周旋共百年而無還雲裳飄而倏擧哀我思之未
殫孤燈烱而在彼復短抛之不安旣棄我而遠去更
何所而追攀於是無酒而醒不寒而凄攬衣出户徜
徉徘徊輕颸颸於竹林珠露溥於玉堦墻月爲之掩
彩壁蛩爲之含哀淚千行而下投腸九轉而交摧雖
頋言而已矣只自疚乎我懷相古哲之有訓戒哀樂
之太過人情幻於暮雲世路岐於九河忘西山之落
景逐東海之餘波人多謬於夢想我猶憶於悲歌箴
中心而莫忘庶古義之不遐

二十六 一 絅錦賦草

放

潘安仁閑居賦

夙余沐於菁莪佩庭訓而孳矻自幼齡而觀國策駑
鈍而顚蹶懍拖蹶而屢售抱武夫而終則嗟日月之
不與窮自傷夫華髮繞泣梁山之血又哭荊湖之痛
廓萬念之盡灰覺往事之是夢耻干祿於顓孫慕慶
着於子貢於是有先人之敝廬在王國之南畿屋可
以庇七尺之露田可以救八口之饑依山足而繚垣
向海門而掩扉稀人客之去來隔世間之是非其南
則跨海建鎭樓船百尺嗚角警曉五兵山積其北則
木道沿洄島嶼連雲來檣去揖櫂歌相聞山傅卧龍

之虢地近桃花之源専一壑而卜築結三家而爲村
叟開方塘乃拓小園栁楊栁而當門殖櫻桃而爲藩
桐抽棲鳳之枝竹延化龍之根三鬣晩翠之松七絶
早紅之柹果最珍於棗栗花莫繁於桃李家無酒而
有杏地非蜀而多鵑榴剪紅綃之神菊綴黃金之錢
雖非官而亦薇或有水而未蓮牡丹擅其富貴海棠
獅其神仙環爲衆香之城蒸成養花之天又復依巖
有萱近溪多蓼射干猗儺合歡窈窕花或碧而離離
艸或紅而梟梟其田則麥有大小之名稻有早晩之
時三粱殊色二麻宜脂播芋菽而助粮蒔黍稷而供

二十七 絅錦賦草

53

粢薏苡珠實之畀玉蜀薥生之奇薯非種而或鉏豆
不落而爲萁何妨儞於桀溺不待問於樊遲其圃則
菘葉如扇菁根似梨瓞瓜分畦甘瓠擁籬萵苣多爽
菠薐早衰池邊水芹園中露葵蠻椒紅綴倭茄黃垂
紫蔥犯禪家之忌黃虀供貧士之資又復迷陽翠菜
蒼朮黃精禹薗堪薮羊蹄宜羹于山于野不殖自榮
至若木棉二頂香菸丘畝藍列青紅麻別牝牡昌蒲
可笛地膚可箒紫蘇子之庭邊紅姑娘之霜後方類
既廣利用甚厚於是泉甘而洌地曠而閒駒犢宿櫳
畝之頭鷗鷺狎几案之間妻子不媿於王覇奴僕自

54

得於方山爾乃承親候於北堂面子道於南陵曾多
教於孟氏窃有慚於老萊具甘滫而適性問溫凊而
怡懷春晚秋初氣和景媚幸宿痾之初痊值神旺而
體利試扶掖而下堂導兒女而嬉戲窺園蔬之幾長
翫池魚之得意來昆季而共侍助談笑而擧觶誠人
間之至樂飢復羨於它事晨昏之暇退而自便種花
幾十本藏書數百卷倚紅樹而獨立覽白雲而多變
風入松而奏琴月在梧而障扇燕無疑於下簾魚不
驚於洗硯於是絲亂子山之髮垢生叔夜之面已忘
簪組之榮寧恥縕褐之賤有酒則飲三杯無事則睡

二十八 一 絅錦賦草

一場夢則齊物之論醉則太和之湯既不識而不知
果何有而何丘悟林麋之莫馴笑風蝶之多忙廢百
務而昏昏順萬品而茫茫期朽木而同腐羣鳥獸而
度世敢自訟於非狂實多愧於不慧雖不至荒淫無
道盖亦將優游卒歲

題絅錦賦草卷後

余自吃時績文章出游諸公間殊無屈首下人之意然於功令畏金性之於詞賦畏李其相毋臨圍對局伸紙吮筆蹴蹜蹜不安不得肆凌駕之氣此曷故焉蓋自髫齔肩隨而學焉而友之故其勢不得不如此太史公所謂積威約之勢於文章亦然今其相已死性之已老而余亦衰且病焉則終為人下而止者耶嗚乎可呵也哉迺得絅錦賦草釐為一卷而題其卷末云爾庚辰戊戌中元薄翁書

二十九 絅錦賦草

57

58

俚諺

俚諺引

難

絅錦子

或問曰子之俚諺何爲而作也子何不爲國風
爲樂府爲詞曲而必爲是俚諺也歟余對曰是
非我也有主而使之者吾安得爲國風樂府詞
曲而不爲我俚諺也哉觀乎國風之爲國風樂
府之爲樂府詞曲之不爲國風樂府而爲詞曲
也則我之爲俚諺也亦可知矣曰然則彼國風
與樂府與詞曲與子之所謂俚諺者皆非作之
者之所作歟曰作之者安敢作也所以爲作之

1

者之所作者作之矣是誰也天地萬物是已也
天地萬物有天地萬物之性有天地萬物之象
有天地萬物之色有天地萬物之聲總而察之
天地萬物一天地萬物也分而言之天地萬物
各天地萬物也風林落花而様紛堆而排而視
之則紅之紅白之白也句天廣樂雷般奐動而
聽之則絲也絲竹也竹各色其色各音其音一
部全詩出於自然之中而已具於畫八卦造
書契之前矣此固國風樂府詞曲者之所不敢
自任不敢相襲也天地萬物之於作之者不過

2

托夢而現相赴箕而通情也故其假於人而將
爲詩也淵〻然從耳孔眼孔中入去絲細字冊
田之上續〻然從口頭手頭上出來而其不干於
人也若釋迦牟尼之偶然從孔雀口中入腹須
臾向孔雀尻门復出也吾未知釋迦牟尼之釋
迦牟尼耶是孔雀之釋迦牟尼耶是故作之者
天地萬物之一統眼也今夫譯士之譯人之語
也譯納哈出則爲北蕃之語譯利瑪竇則爲西
洋之語不敢以其赦之不慣而有所變改焉今
夫畫工之畫人像也畫孟嘗則爲妙小之像畫

巨無霸則爲長狄之像不敢以其像之類而有所
推移焉何以異於是蓋嘗論之萬物者萬物也固
不可以一之而一天之天亦無一日相同之天焉一
地之地亦無一處相似之地焉如千萬人各自有千
萬件姓名三百日另自有三百條事爲惟是如是
也故歷代而夏殷周也漢也晉也宋齊梁陳隋也唐
也宋也元也一代不如一代各自有一代之詩焉列
國而周召也邶鄘衛鄭也齊也魏也唐也秦也陳也
一國不如一國另自有一國之詩焉三十年而世
變矣百里而風不同矣奈之何生於大清乾隆之

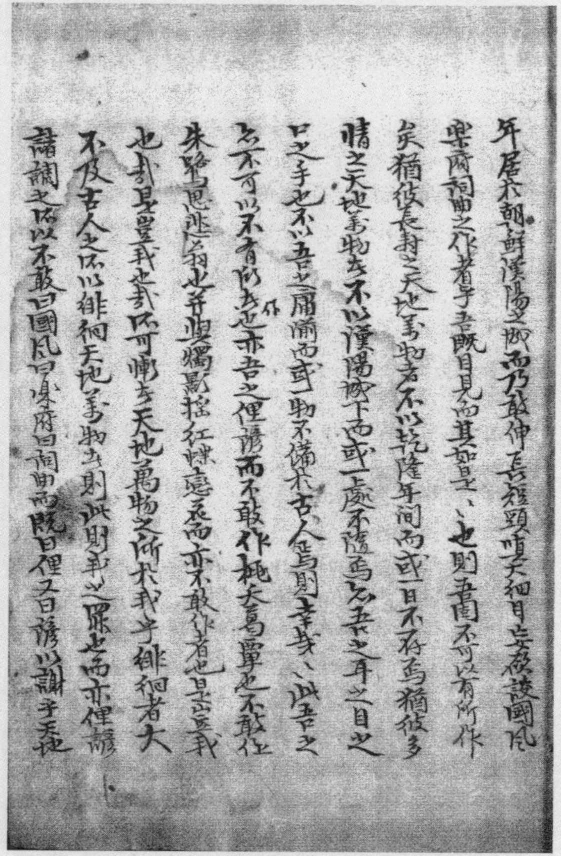
年居於朝鮮漢陽之城而乃敢伸長短頸嗔大細目妄欲談國風
樂府詞曲之作者乎吾旣目見而其如是、、也則吾固不可以有所作
矣猶彼長於之天地萬物者不以乾隆年間而或一日不存焉猶彼多
情之天地萬物者不以漢陽城下而或一處不隨焉不吾之耳之目之
口之手也不以吾之庸鄙而或一物不備於古人焉則幸哉、、此吾之
不可以不有所述(作)也亦吾之俚諺而不敢作桃夭葛覃也不敢作
朱鷺思悲翁也吾與燭影搖紅蝶戀花而亦不敢作者也是豈我
也哉是豈我也哉所可怖者天地萬物之所於我乎緋細者大
不及古人之所以緋細天地萬物者則此則我之罪也而亦俚諺
謠謳之所以不敢曰國風曰樂府曰詞曲而旣曰俚又曰諺以謂乎天地

5

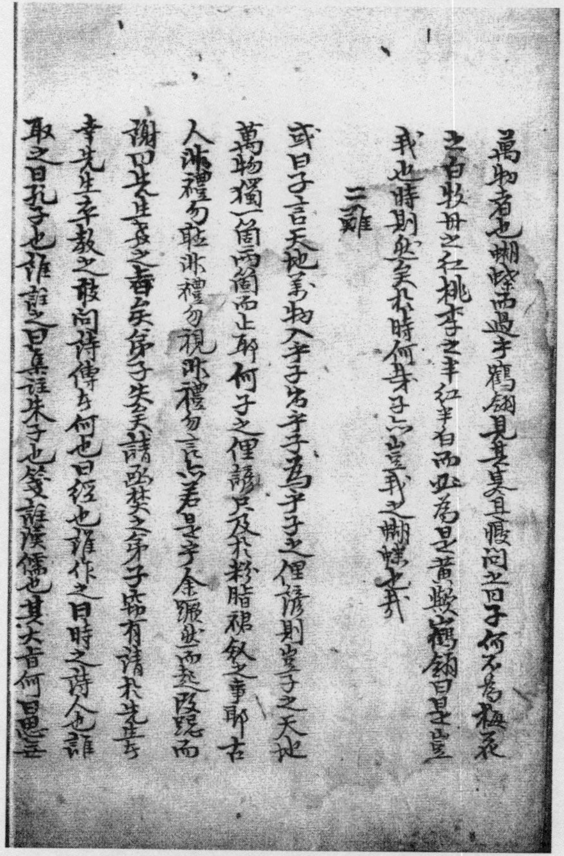
萬物者也蝴蝶而過乎鶴翎見其笑且瘦問之曰子何不爲梅花
之白牧丹之紅桃李之半紅半白而必爲是黃歟鶴翎曰是豈
我也哉時則然矣於時何哉子之豈我之蝴蝶也哉

二難

或曰子言天地萬物之於子子者乎子爲子子之俚諺則豈子之天地
萬物獨一箇兩箇而止耶何子之俚諺只及於粉脂裙釵之事耶古
人非禮勿聽非禮勿視非禮勿言今子若是乎余蹴然而起跽而
謝曰先生其言之善矣弟子失矣請函丈之弟子亦有請於先生者
幸先生卒敎之敢問詩傳者何也曰經也誰作之曰時之詩人也誰
取之曰孔子也誰註之曰集註朱子也箋註漢儒也其大旨何曰思無

6

邪也曰功用何曰敎民成俗也曰周召南何曰國風也所道者何也
曰多女子之事也凡幾篇曰周南十一篇召南十四篇也其道不女子之事
者各幾篇曰惟兔罝甘棠等合五篇也曰然則異哉天地萬物
之只在於脂粉釵裙者其自古在昔而然歟何古之詩人之不憚
乎非禮勿視非禮勿聽非禮勿言而然歟敢問其說
曰是有說焉天地萬物之觀莫大於觀人人之觀莫妙乎觀於情
情之觀莫眞乎觀乎男女之情有是世有是身有是身有是事
有是事便有是情是故觀乎此而其心之邪正可知其人之賢否
可知其事之得失可知其俗之奢儉可知其土之厚薄可知其家
之興衰可知其國之治亂可知其世之汚隆可知矣蓋人之於情也

7

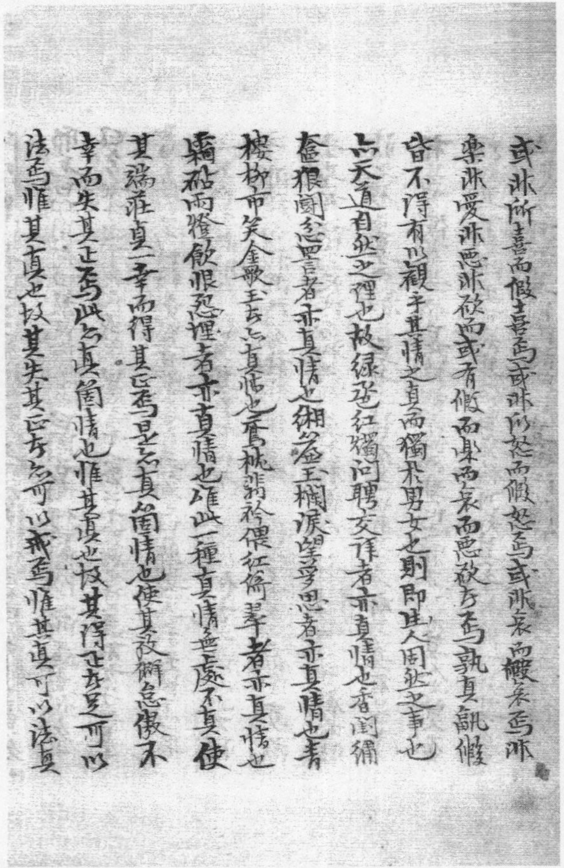

或非所喜而假喜焉或非所怒而假怒焉或非所哀而假哀焉非
樂非愛非惡非欲而或有假而樂而哀而惡而欲者焉孰眞孰假
皆不得有以觀乎其情之眞而獨於男女之則即其人固然之事也
亦天道自然之理也故綠昏紅燭問聘交拜者亦眞情也香閨繡
奩恨鬪怨罵者亦眞情也鈿盒玉欄淚望夢思者亦眞情也靑
樓柳市笑金歌玉者亦眞情也鴛枕翡衾偎紅倚翠者亦眞情也
霜砧雨燈飮恨忍埋者亦眞情也雖此一種眞情無處不眞使
其端莊貞一幸而得其正焉是亦眞個情也使其放僻怠傲不
幸而失其正焉此亦眞個情也惟其眞也故其得正者足可以
法焉惟其眞也故其失其正者亦可以戒焉惟其眞可以法惟其眞

8

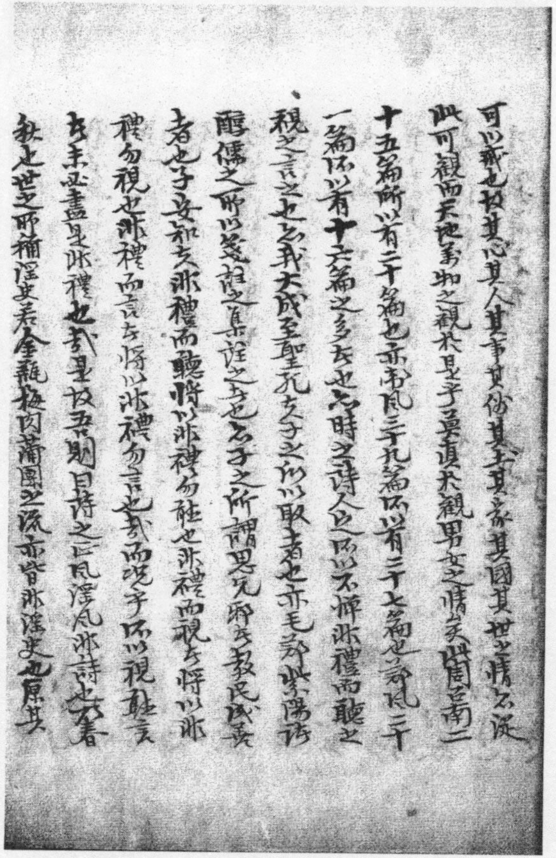
可以識也故其心其人其事其俗其土其家其國其世之情亦從
此可觀而天地萬物之觀於是乎莫眞於觀男女之情矣此周召南二
十五篇所以有二十篇也亦邶風三十九篇所以有三十七篇也鄭風二十
一篇所以有十六篇之多者也此時之詩人亦所以不憚非禮而聽之
視之言之也乃我大成至聖孔夫子之所以取者也亦毛鄭紫陽諸
醇儒之所以箋註之集註之者也乃子之所謂思無邪者敎民俗者
者也子安知夫非禮而聽將以非禮勿聽也非禮而視者將以非
禮勿視也非禮而言者將以非禮勿言也者而況乎所以視此言
者未必盡是非禮也哉是故吾則曰詩之正風淫風非詩也否者
執也世之所稱淫史者金甁梅肉蒲團之流亦皆非淫史也原其

9

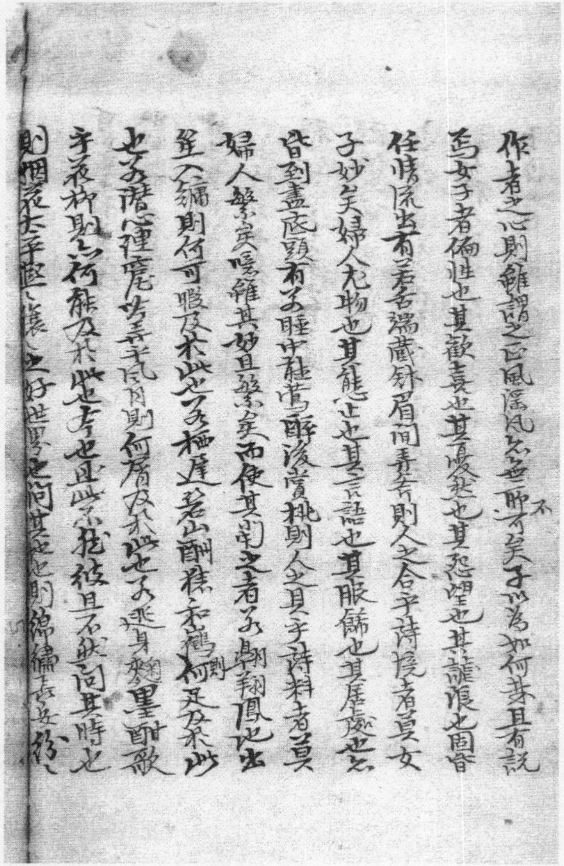
作者之心則雖謂之正風淫風亦無所不可矣子以為如何無且有說
焉女子者偏性也其歡喜也其憂愁也其怨望也其謔浪也固皆
任情而出者有若舌端藏針眉間弄斧則人之合乎詩境者莫女
子妙矣婦人尤物也其態也其言語也其服飾也其居處也亦
皆到盡底頭有若睡中聽鶯醉後賞桃則人之具乎詩料者莫
婦人繁矣嗚雖其妙且繁矣而使其詞之者亦非學翔鳳也出
至人編則何可暇及於此也乎亦樵歌若山酬樵和鶴則又及於此
也乎潛心煙霞者苦其[illegible]則何暇及於此也乎亦遊身翰墨酣飲
乎花柳則亦何能及於此也哉且此不托彼且不然問其時也
則烟花太平極之矣之好世界也問其地也則錦繡之妥節

10

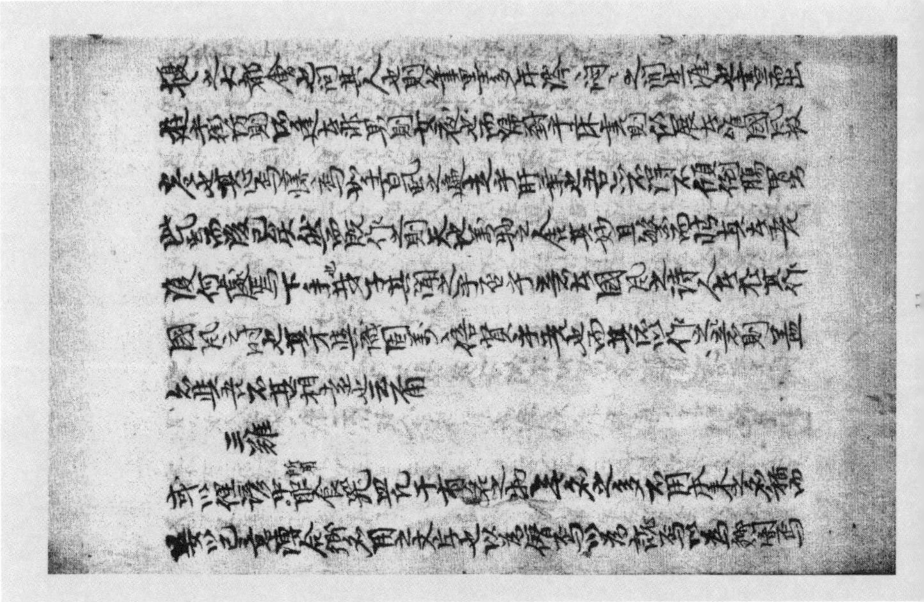

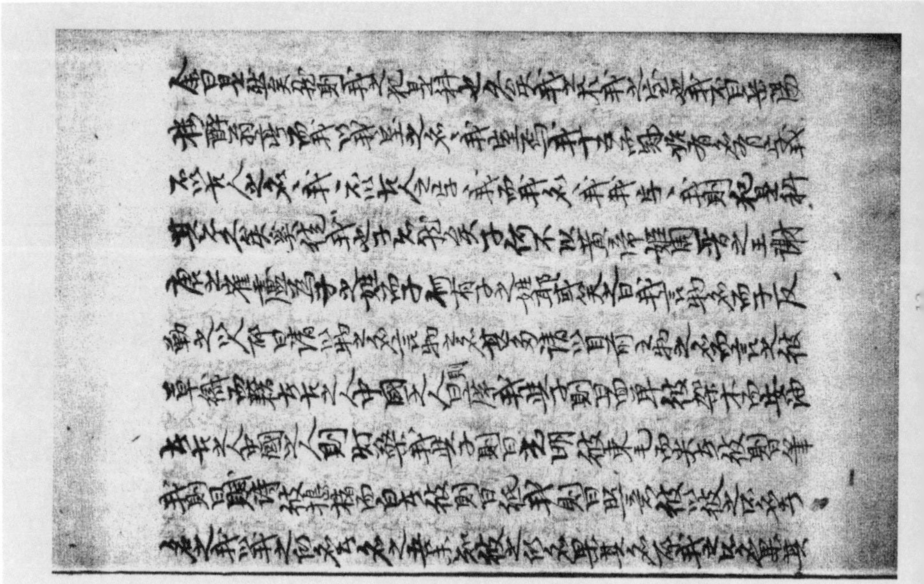

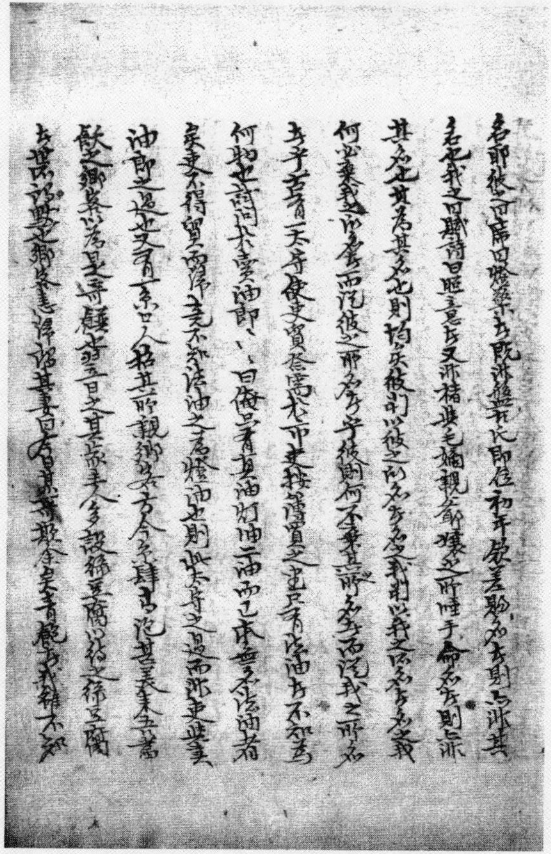

13

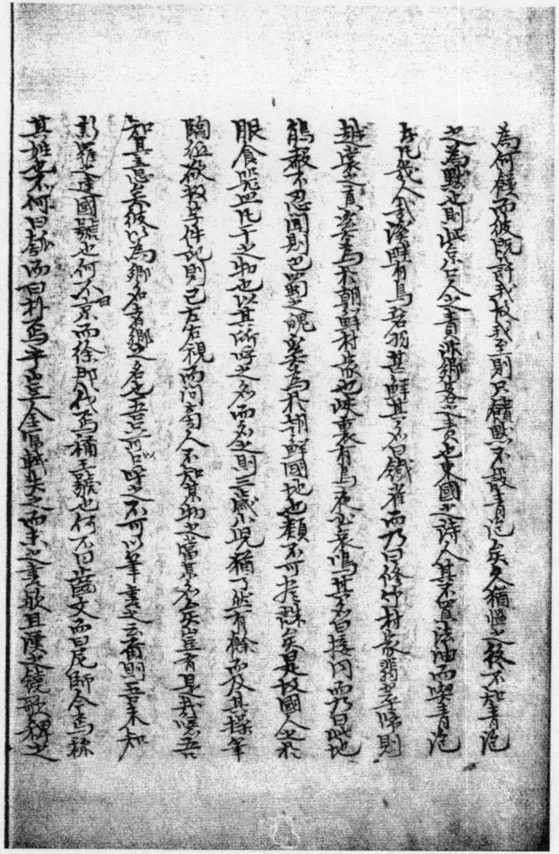

14

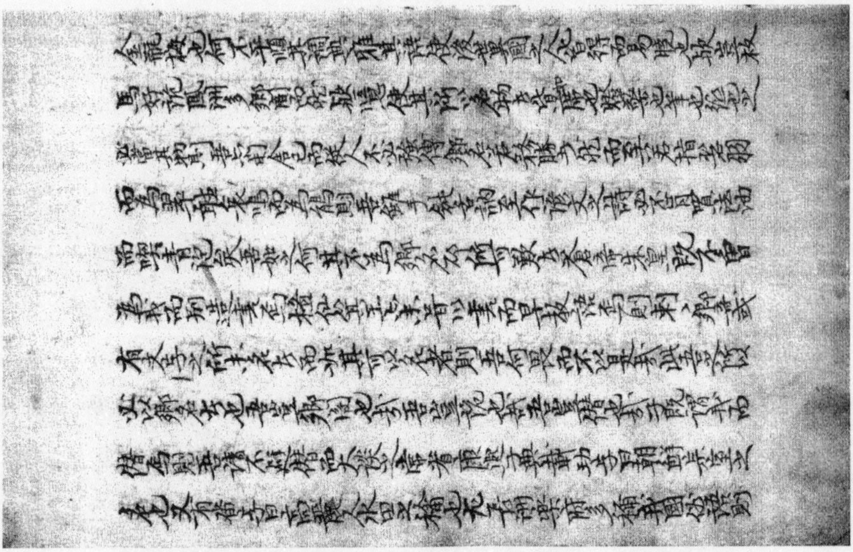

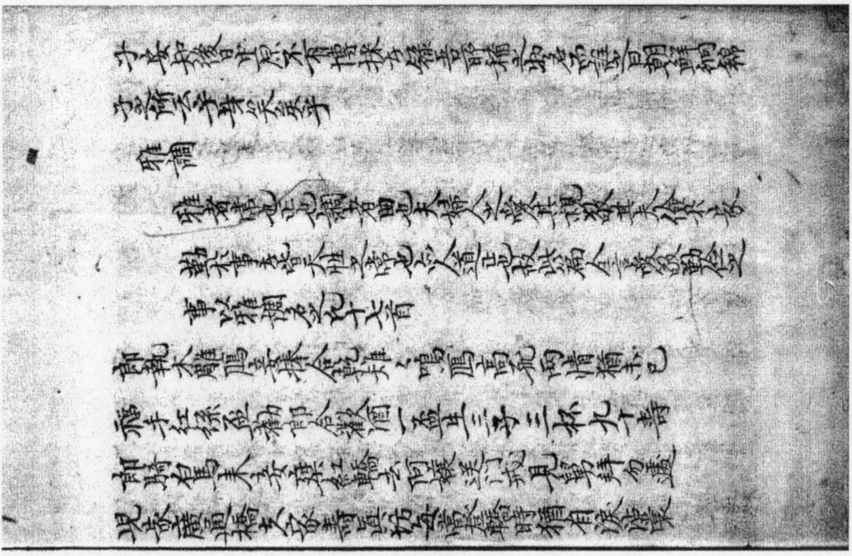

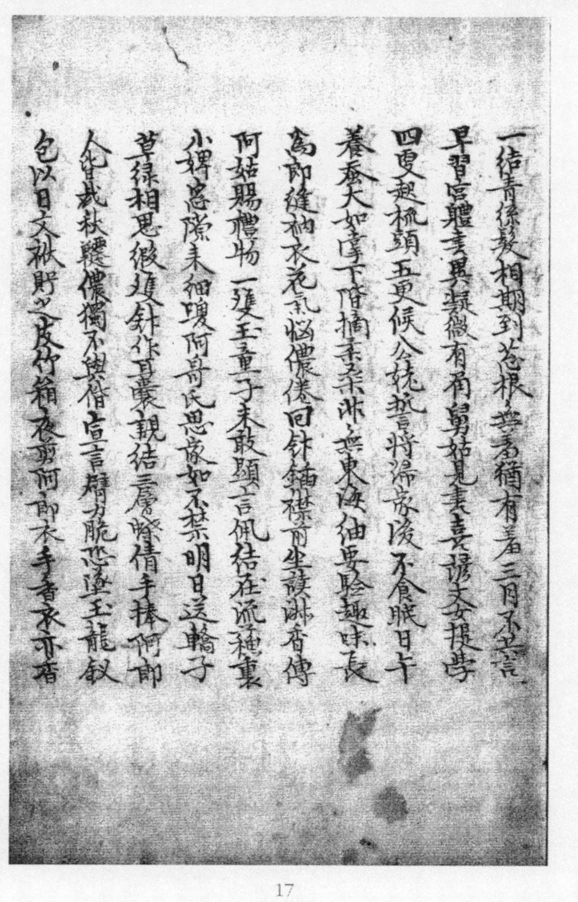

一結青絲髮 相期到葱根 無羞猶有羞 三月不共言
早習宮體書 異凝微有角 舅姑見書喜 諺文女提學
四更起梳頭 五更候公姥 誓將歸家後 不食眠日午
養蠶大如掌 下階摘柔桑 非無東海紬 要驗趣味長
為郎縫衲衣 花氣惱儂倦 回針揷襟前 坐讀淑香傳
阿姑賜禮物 一雙玉童子 未敢題言佩 結在流蘇裏
小婢窓隙來 細喚阿哥氏 思家如不禁 明日送轎子
草綠相思緞 短針作耳囊 親結三層[illegible] 倩手捧阿郎
人皆戲秋韆 儂獨不與偕 宣言肩力脆 恐墜玉龍釵
包以日文袱 貯之皮竹箱 衣剪阿郎衣 手香衣亦香

17

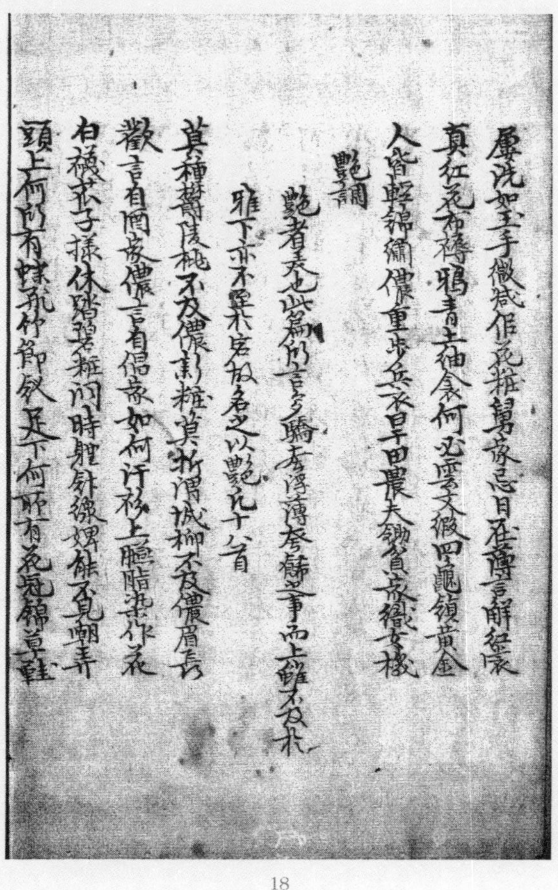

屢洗如玉手 微減作花粧 舅家忌日在 傳言解紅裳
真紅花布襪 鴉青土紬衾 何必雲文緞 四龜領黃金
人皆輕錦繡 儂重步兵衣 早田農夫鋤 貧家織女機

艷調

艷者夭也 此篇所言 多驕奢浮薄夸飾之事 而上雖不及
雅 下亦不至於宕 故名之以艷 凡十八首

莫種鬱陵桃 不及儂新粧 莫折渭城柳 不及儂眉長
歡言自個家 儂言自倡家 如何汗衫上 臙脂染作花
白襪求子樣 休踏著粧門 時艇針線婢 能不見嘲弄
頭上何所有 蝶飛竹節釵 足下何所有 花冠錦草鞋

18

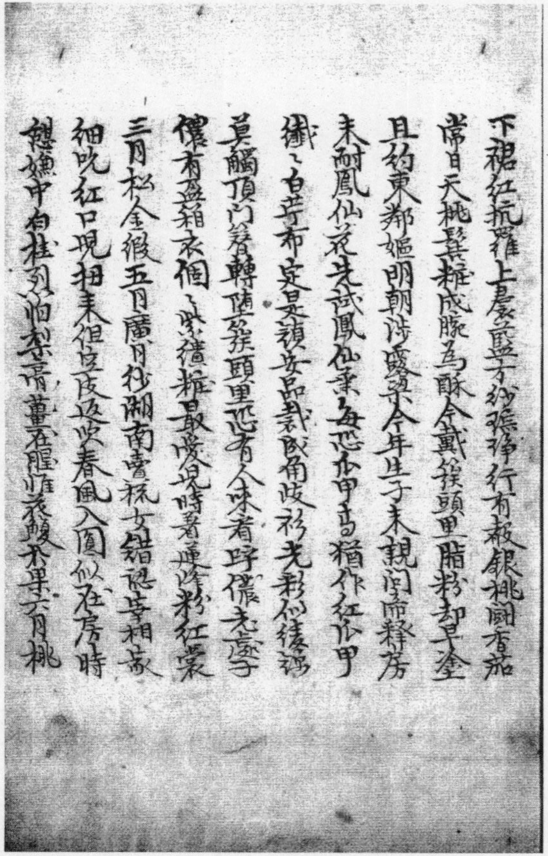

下裙紅杭羅上裳藍苧紗弥褌行有報銀桃闘香茄
常日天桃髻粧成脆爲酥今戴簇頭里脂粉却是塗
且約東鄰媼明朝浴藥泉今年生子未親問帝釋房
未耐鳳仙花先試鳳仙葉每恐爪甲高猶作紅爪甲
纖々白苧布定是鎭安品裁成角皮衫光彩似綾綃
莫觸頂門簪轉墜髮頭里恐者人來着呼儂老處子
儂有盈箱衣個々紫纈粧最愛兒時着蓮綘彩紅裳
三月松金緞五月廣月紗湖南書様女錯認宰相家
細吮紅口蜆相來但是皮返吹春風入圓似在房時
想嫌中白桂列々梨杏膏薰在腥䧢衣數不果六月桃

19

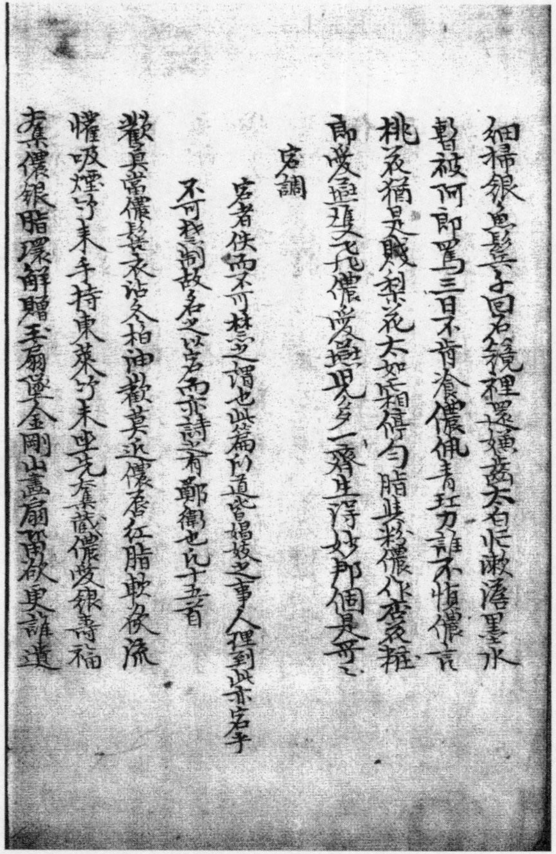

細掃銀魚鬢子回石鏡裡還嫌齒太白些澈落墨水
暫被阿郎罵三日不肯飡儂佩青江刀誰不惜儂言
桃花猶是賤梨花太如霜停勻脂其彩儂作杏花粧
郎愛遊俠兒儂愛遊蕩兒多一齊生得好那個是哥々

宕調

宕者佚而不可禁之謂也此篇所道皆娼妓之事人理到此亦宕乎
不可禁制故名之以宕而亦詩之有鄭衛也凡十五首

歡真常儂髮衣沾冬柏油歡莫近儂唇紅脂軟欲流
懽吸煙茶來手持東萊竹未坐先奪藏儂愛銀壽福
奪儂銀脂環解贈玉扇墜金剛山畫扇留欲更誰遣

20

西亭江上月東閣雪中梅何人煩製曲教儂口長閑

歡來莫纏儂儂方自憂貧有一三天珠後直十五緡

拍碎端午扇低唱黑石調一時知我者齊稱妙妙妙

郎今秋月老年前可佩歸文君何業生儂不信渠詩

人言儂筆媒儂恐筆禁自逐日稠坐中明燭到五更

不知郎名字何由誦職啣狹袖皆捕校紅衣是別監

聽我靈山曲讓儂半坐床座中諸令監皆是花郎

六鎮好月矣頭、點朱砂貢猴鴉翎色衫着加里麻

章有後庭花篇有金剛山儂是桂椽女不曾解魂還

小俠賣重金大俠青綉衣延年花房牌通情更有誰

21

儂作社堂歌施主盡居士唱到聲轉處那無我愛美

盤堆蕩平菜席醉方文酒我處負士妻鐺飯不入口

俳調

詩云小雅怨而不誹、者怨而甚者之謂也夫凡世之人

情一失於雅則至於艷、則其勢必流於宕世豈有宕者

則亦必有怨者句怨之則必已甚焉此誹之所以有作而誹

者所以誹其宕也則此亦紀極思治反求雅之言也凡十六

首

寧為豪家婢莫作吏胥婦纔歸巡邏頭去罷漏後

寧為吏胥婦莫作軍士妻一年三百日百日是空閨

22

寧爲軍士妻 莫作譯官婦 篋裏綾羅衣 那抵別離久
寧爲譯官婦 莫作商賈妻 半載湖南歸 今朝又關西
寧爲商賈妻 莫作蕩子婦 夜每何處去 朝歸又使酒
謂君似羅海 女子是托身 縱不可憐我 如何虐我頻
三升新襪子 縫成轉嫌寬 箱中有絃袜 何不照憑着
問我梳頭時 偸我玉簪兒 留固無用我 不識贈者誰
乾持羹與飯 照我面前擲 自是郞變味 儂手豈異昔
巡邏今散未 郞歸月落時 先睡必生怒 不寐亦有疑
使盡闌干脚 無端蹴踘儂 紅頰生靑後 何辭答阿公
早恨無子久 無子返喜事 子若其父肖 殘年又此淚

丁寧騶判事 說是坐三吏 送錢畫圖署 另賭大鷹來
一日三子逢 三子又盡賭 又與雞子鬪 猶未出亦罵
嫁時舊紅裙 留欲作壽衣 爲郞投賤債 今朝淚賣納
夜汲槐下井 猶自念悲苦 一身雖可棄 堂上有公姑

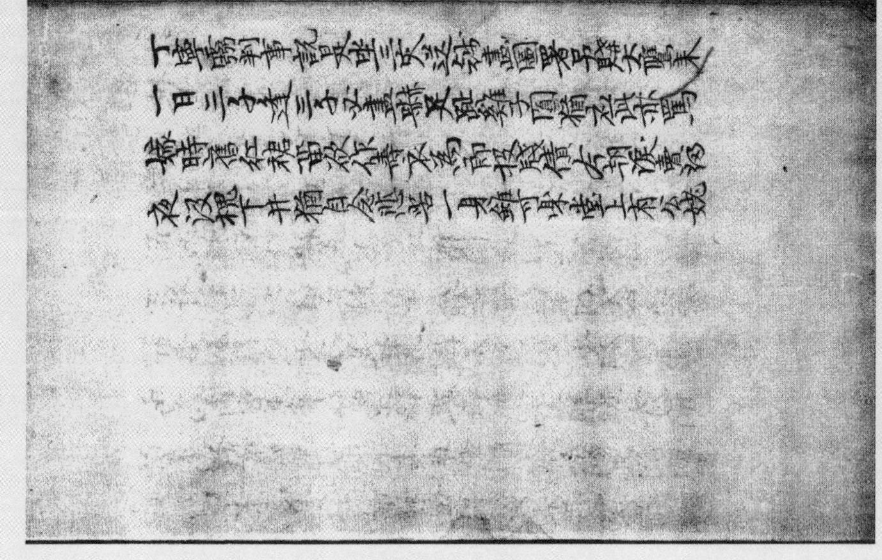

東床記

金中賜婚記題辭

忙은固不可耐어니와閑도亦不可耐로다今若擧一人於室ᄒᆞ야使目無見ᄒᆞ며耳無聞
ᄒᆞ며口無道ᄒᆞ며手足無所役케ᄒᆞ면躁者ᄂᆞᆫ不晡오靚者ᄂᆞᆫ三日이리니是故로寧守三
年瘼이언뎡難爲一日閑이로다閑이固余之所病이니人皆然乎哉아否아歲辛亥六月
에炎而霖ᄒᆞ야人不堪其苦일ᄉᆡ欲治擧業則無心作이라難自强이오欲事古文及詩則
非徒才不逮라興亦還矣로다欲看書則睡輒至ᄒᆞ니欲睡則便有數十蠅이舐睫吮鼻ᄒᆞ
야不可得夢이라欲起而走ᄒᆞ니雨且泥라尼不得出ᄒᆞ며其勢ㅣ不可奈何ᄒᆞ니亦不能
自保其不狂且病也로다小奚ㅣ歸自市門ᄒᆞ야說所聞ᄒᆞ니甚新이라曰奇哉오盛矣라
吾ㅣ可以已吾閑이로다ᄒᆞ고起ᄒᆞ야弄筆作劇ᄒᆞ니一篇에覺手稍閑ᄒᆞ고眼稍揩ᄒᆞ야
凡塡詞一日ᄒᆞ고讎校一日ᄒᆞ고謄錄一日ᄒᆞ니所消ㅣ爲三日閑이라是三日은無雨코
無暑코無蠅ᄒᆞ니在余에所得이亦多矣로다幸有看官이시거던勿問事之或訛ᄒᆞ며勿
問文之爲何體裁ᄒᆞ고亦勿須問作者之爲誰某而只消閑으로爲用則亦可爲半晌之助
云爾라梅花岩癡儂은題ᄒᆞ노라

1

東廂記

汶陽散人 弄題

正目

窮措大ᄂᆞᆫ南洞竊歎ᄒᆞ고 才賢
老處女ᄂᆞᆫ北闕徹聞이라 德慧
諸尙書가西城主婚ᄒᆞ고 眷澤
好夫婦ㅣ東廂感恩이라 福祿

第一折

金生이上ᄒᆞ되大明天地에無家客이오太白山中에有髮僧이로다賤生의姓은金이
오名은膳集이오家世ᄂᆞᆫ慶州金氏自邊이로소니冠冕이不遠ᄒᆞ고簪纓이相傳이로
洞內上下들이皆以秀才로呼稱ᄒᆞ나但因家計ㅣ倒裂也似貧窮ᄒᆞ야三旬에九食ᄒᆞ
고十年에一冠ᄒᆞ니正是樂貧的生涯라城底小屋이盤旋般也窄窄이로다俗談에難

2

一難이醜龍泉이라ᄒᆞ더니果然俺이艱難所致로早年에失學ᄒᆞ고中年에無業ᄒᆞ야非
文非武요無才無德으로居然히今年이二十有八歲이오니因此ᄒᆞ야世上所謂丈家
라ᄒᆞᄂᆞᆫ거슨難於上靑天이로다人生三十의明日再明이도록尙未免道令之稱ᄒᆞ니
南大門을成造的ᄒᆞ던姜林道令과長安日者鄭道令呵ᄂᆞᆫ雖是俺에自己事로思量來
ᄒᆞ야도可憐也오可憐也며可笑哉요可笑哉로다
〔賞花時〕〔金唱〕世上人間天下中에窮也窮寒이誰最窮이런고一間屋이阿房宮이라
住着里門小洞ᄒᆞ야單隻漢이條條紅이로다
今月이是那個月인가眼兒裏에空花ㅣ擾擾ᄒᆞ고綠莎堤에新葉이尖尖이로다亂芭
子ᄂᆞᆫ鳴也錚錚ᄒᆞ고從地理鳥ᄂᆞᆫ三丈浮로다三年陳的馬皮兒가烏乎籠가秖乎籠가
老道令心事ㅣ最是難耐로다
〔後〕紫燕은雙栖西復東이오粉蝶은翾飛雌與雄이라忽見桃花紅ᄒᆞ고思量種種ᄒᆞ야
搔頭怨春風이로다
歎科라揮(歎聲이니若嘯而無音이라) 三神帝釋이指點ᄒᆞ사俺을出來ᄒᆞᆯ這時에口也도似人ᄒᆞ고眼

3

也도似人ᄒᆞ고鼻也도似人ᄒᆞ야凡諸一應俺身上에懸來的物件이件件也似人ᄒᆞ니
何嘗有半件이라도不及人處리요만ᄂᆞᆫ只這婚姻一事에ᄂᆞᆫ不及人ᄒᆞ야直到了九十
에三分이고六十에半截이도록所謂妻子息滋味라고ᄂᆞᆫ未曾見了ᄒᆞ니萬古天下에
寧有這般的身世麼아俺이是個兩班的緖餘로若干이나聞古聖賢言語호니男子ㅣ
生而願爲之有室이라ᄒᆞ고一妻一妾은人皆有之라ᄒᆞ얏ᄂᆞᆫ듸大抵長安八萬家에無
論他班戶民戶ᄒᆞ고似俺쳐럼三十未娶的가幾個며幾個런가且況近來ᄂᆞᆫ早婚이成
風ᄒᆞ야셔世家大族은除却了ᄒᆞ고雖閭閻百姓이라도稍喫了飯塊ᄒᆞ게더면十五에
入丈家ᄒᆞ고十六에得正妻를無人不然ᄒᆞ더라俺이嘗看來호니
〔點絳唇〕多少童蒙이花轎繡韆으로相迎送ᄒᆞ야阿只氏ᄂᆞᆫ十五에乘龍ᄒᆞ고道令主ᄂᆞᆫ
十四에縹鸞鳳이로다〔混江龍〕況是妻家尊奉ᄒᆞ야新郞에好事ㅣ政丞同이로다被却
紫紗章服ᄒᆞ고騎的白雪花驄이라斗里黃囊이垂繡帶ᄒᆞ고僧頭靑扇이擺香風ᄒᆞ니鴛
鴦幷宿綠波深이오桃花早結紅心動이라似俺的ᄂᆞᆫ論其年歲ᄒᆞ면合做公公이로다
這般說話ᄂᆞᆫ都是他人家事니賜子兒에講了說이也無益이로다如俺은且講俺에自

4

家人丈家ᄒᆞᆯ方略哩리라千思萬想ᄒᆞ야도怎般的妖術로可得一個阿只氏來ᄒᆞ리요俺이嘗聞來호니古有一個老道令이俺的般처럼窮困ᄒᆞᆫ듸供養一個彌勒이러니那彌勒이慈悲他老道令ᄒᆞ야現夢ᄒᆞ야授了二字眞言호듸能附了個物ᄒᆞ고離了個物케ᄒᆞ니那道令이因此ᄒᆞ야致富ᄒᆞ고因此ᄒᆞ야得入丈家了隣居的兩班이러니百姓이嫁女迎婚ᄒᆞ거ᄂᆞᆯ那道令이見這閣氏ᄒᆞ고又用了眞言奪取ᄒᆞ야做個小妾ᄒᆞ얏다ᄒᆞ니如俺도得了那眞言時면萬事를除了ᄒᆞ고急先向那閣氏身上에粘了俺이면也豈不好麽아奈此間에沒一個靈驗的彌勒가個前에此中媒를亦多晉做的라ᄒᆞ니一個常漢이年紀ㅣ極多ᄒᆞᆫ듸要中媒的通婚이어ᄂᆞᆯ往說道新郞은更無可論이라家世ᄂᆞᆫ賽了張良이오年紀ᄂᆞᆫ恰滿十八이니正是好個新郞이더라那丈人做的가聽得大悅ᄒᆞ야完定婚姻이러니旣數日에那中媒ㅣ復來ᄒᆞ야說道仔細探來ᄒᆞᆫ즉這新郞에年紀가不是十八이오是二十四라ᄒᆞ니爾ᅵ不嫌晩麽아新婦家에셔信他를做鍾閣支棟이러니及了奠鴈ᄒᆞ야是個恰滿八十的老常漢이어ᄂᆞᆯ那丈人이如何不憤이리오大罵喝中媒道你ㅣ這磔殺的兒子아亂杖木毒的女息漢아呀야如何花言으로騙

了俺麽아那中媒ㅣ呵呵大笑道俺이何晉一毫ㅣ돌差了며半點兒를錯道麽며毫髮些나騙爾的아張良은是個五世相韓이니向所道家世ᄂᆞᆫ賽了張良이라ᄒᆞᆷ은道是父祖來로常漢이오十也ㅣ八이며二十也ㅣ四ᄂᆞᆫ是個八十이라ᄒᆞᆷ이니你眼見麽처럼你耳聽麽ᄒᆞᆯ時節에耳孔裡에釘了繫馬杙麽아那丈人이雖是切痛ᄒᆞ나是個還退不得的興成이라亦復奈何오俺도如有這般中媒ᄒᆞ야爲俺效忠時면俺에坐地가雖不及弘文校理와焚香翰林과吏曹佐郞ᄒᆞᄂᆞᆫ家世나豈不賽過了五世常漢이며俺에年紀가雖非阿只新郞이나若較他九九八十에少一的老常漢이면還是個新生的道令主니俺이豈不是好新郞材木麽아歎科라揮句 這常漢은想是個富者了로다如俺은一盞兒도沒出處ᄒᆞ니有甚中媒ㅣ看甚上德ᄒᆞ랴고爲了俺ᄒᆞ야宣力麽아終是這夜叉兒에稅米磨錬이며這獨甲飛에羅祿磨錬이며甕器匠士에數計로다此將奈何오呀야

(金菊香)半成還甲白頭翁도록君子好逑를獨未逢이라何等妻宮이這樣凶인고心火ㅣ焦胷ᄒᆞ야長歎息이又生風이로다(粉蝶兒)環顧家中ᄒᆞ니冷蒲團에誰與伴夢이며

短牛衣를誰與裁縫ᄒᆞᆯ고沒向方ᄒᆞᆫ相思病에症情이危重ᄒᆞ도다若撞他月下仙翁ᄒᆞ면扯斷他紅線ᄒᆞ고打他靑腫케ᄒᆞ리라

俺也ㅣ不是北漢山城老長首座요俺也ㅣ不是壯義洞知事令監翁인가這是甚樣八字麼아耐過了가亦已多年ᄒᆞ니未知커라從此去了ᄒᆞ야又耐了幾年苦行이라야方見了西洋世界麼아歎科라揮句不知那裡住的大功德阿只氏아你ㅣ旣要做了俺에配匹者어던緣何事ᄒᆞ야消息也ㅣ亦頓絶了오此不可做的情景麼로다喋라上看了ᄒᆞ고下看了ᄒᆞ고四面八方으로周看了라도那裏에有病身八朔的生女ᄒᆞ야與俺做了個窮漢子的妻麼아呀야柴門外에有人來索者로다是誰오出門醮科라呀야原來洞內任掌이到了로다你ㅣ甚麼事로叫俺麼아任掌이金道令아火速히將自己姓名과本貫과年歲ᄒᆞ야錄與小的麼어다金이甚曲折고任이官家甘結內에老道令에有若無的ᄒᆞᆫ物件을置于他ᄒᆞ야沒用處ᄒᆞ니一一成冊後에都劃了ᄒᆞ야付與如俺에喫素酒的洞內任掌ᄒᆞ야做個生膽按酒者라ᄒᆞ니다金이休了面弄ᄒᆞ라這眞實收成冊이甚緣故오任이漢城府甘結內에五部內各洞老道令을成冊ᄒᆞ야報狀後에自官家로助婚ᄒᆞ야不多日內로完了婚姻者라ᄒᆞ얏ᄉᆞ니好也的로다好也的로다老道令이丈家去了ᄒᆞᆯ時節이니不可不償了俺을好酒一盃哩로다作ᄒᆞ야受名帖收去科라金이噓句近來에夢兆ㅣ頗好ᄒᆞ고今日食前에不知那裏住的鵲이向俺也ᄒᆞ야啼了可可ᄒᆞ더니果然今日에聽得好消息이로다

(端正好)聽分付ᄒᆞ니還如夢이로다今朝也에吹了何風인고便同四柱單子送ᄒᆞ야已是春心動가

朝家에셔要做ᄒᆞ시랴면豈有做不得的理리요今番에ᄂᆞᆫ俺也ㅣ丁寧히得入丈家ᄒᆞ리니不知怎樣阿只氏가除得俺的衿也ᄒᆞ야來了로다且待　朝家處分哩ᄒᆞ리라下라

第二折

吏ㅣ上ᄒᆞ되堯之乾坤이오舜之日月이라國有風雲慶이오家無桂玉愁로다小人每ᄂᆞᆫ中部南部東部西部北部五部書貟的ㅣ便是로소이다月前漢城府指揮內에敬奉聖旨ᄒᆞ와助婚次로五部內에老新郞과老處女를各別搜所聞ᄒᆞ야坊坊谷谷에无一

人遺漏ᄒᆞ야成冊來報者라ᄒᆞᄋᆞᆸ시기로小人每가即時에頒布各洞ᄒᆞ야各該洞中任
任掌과眼同搜聞後에尊位兩班이報狀當部ᄒᆞ고當部에셔修正成冊子ᄒᆞ야粘連報
狀于漢城府判尹大監ᄒᆞ야都合計數ᄒᆞ니某部某坊某契第幾統第幾戶에老道令에
姓某名某며年甲幾何며本貫某鄕이오老處女某氏에父某ㅣ年幾何며本貫某鄕이
라ᄒᆞ야已上幾百幾十人을入啓後에　朝家處分內에搜覓可合處ᄒᆞ야催促過婚ᄒᆞ
되自戶曹로新郞을每名에布幾匹과錢幾兩이오處女도每貟에布幾匹과錢幾兩을
婚姻을扶助者ᄒᆞ라ᄒᆞ시니這是我　聖朝에無前曠德事로다近來에我國盛德事ㅣ
不知其數나略畧히大綱說來ᄒᆞ리라向來慘凶에都城中許多乞兒的兒子們이萬一
에非字恤之典으로新倉賑恤則怎得一個女息에生活麽아此亦盛德事요向來北道
에連年慘凶時節에萬一에非　朝家에셔極力賑恤이시면北道百姓에活出也ㅣ無
路리니此亦盛德事요上上年에平安道漢子ㅣ空一道上來時에一邊으로ᄂᆞᆫ手牽了
犬項ᄒᆞ고一邊으로ᄂᆞᆫ手挈妻子ᄒᆞ야鼠含了那鼠尾쳐럼慕華舘으로陸續兒流來할
제萬一에非鍾閣　殿座時給糧下送一欵이시더면那個女息들이得了生還故土麽

아此亦盛德事요上年六月分以後에刑漢兩司와外方八道에罪人的竄配徒流秩과
笞杖收贖秩을一齊兒白放了ᄒᆞ얏ᄉᆞ니此亦盛德事요丙丁戊己庚辛于今十六年에
田稅還上貢布를蕩減이不知爲幾百萬兩이니此亦盛德事라此事也彼事也에盛德
事가不一足이어니와至於今番에老道令과老處女에助婚一欵ᄒᆞ야ᄂᆞᆫ尤是盛德事
中盛德事로라你是較量來ᄒᆞ라人間萬事가離別中에獨宿空房이最可悲라方春和
時에草木이羣生ᄒᆞ고花也滿發ᄒᆞᆫ듸蝴蝶兒ᄂᆞᆫ翩翩ᄒᆞ고金鶯兒ᄂᆞᆫ栗栗ᄒᆞᄂᆞᆫ這時節
에興甚恒甚ᄒᆞᄂᆞᆫ心事를置着無處ᄒᆞ야悲痛兒ㅣ沒了指向이라上太息ᄒᆞ다가下太
息ᄒᆞ고低一聲太息ᄒᆞ다가長一聲太息ᄒᆞ야直令人消了肝腸ᄒᆞ니便是感傷和氣的
大椿事어ᄂᆞᆯ今賴　朝家德分ᄒᆞ야老道令은丈家去了ᄒᆞ고老處女ᄂᆞᆫ媤家去了ᄒᆞ야
長安大道上에新郞行次가犬㨾亂走ᄒᆞ니這豈非盛德事中에第一個盛德事麽아
〔錦上花〕〔吏唱〕爾莫道夫婦因緣이天上來ᄒᆞ소指ᄒᆞ니天外又天이人君이是已로다
恁牽合이隨人이오婚姻이流水라今日分에女嫁男婚은朝家呵에視民如子샷다
若非　朝家處分이시더면渠們이直到了彭祖同甲ᄒᆞ야唐白絲㨾으로白了토록實

難見丈家味ᄒᆞ리로다小ㅣ上德也則上德이어니와凡世上婚姻을下的下品으로過
了ᄒᆞ야도尙不下百餘金剗吞了ᄒᆞᄂᆞᆫᄃᆡ這個們이婚姻을只將他戶曹에셔所賚ᄒᆞᄂᆞᆫ
布匹錢兩ᄒᆞ야怎得經紀了麽아想來컨ᄃᆡ多不成模樣ᄒᆞ리로다大ㅣ似這不解事的
言語ᄂᆞᆫ聽也亦厭이로다

(後)一張禮狀函에三幅木單被로다閣氏紅裳은借了隣里ᄒᆞ고鴈夫藍袍ᄂᆞᆫ貰于廛市
ᄒᆞ야草草行過ᄒᆞ야權停禮로以ᄒᆞ지

雖是赤條條兩身으로白白地四拜ᄒᆞ야도名以婚姻이라ᄒᆞ면這便是好了事니伊間
滋味가何渠不若三千兩婚姻麽아這說話ᄂᆞᆫ除却了ᄒᆞ라好了던지不好了던지是ᄂᆞᆫ
渠每們에好了요不關俺奉行的에好了로다俺每們에職分內事ᄂᆞᆫ這個成冊裡에道
令과處女가已盡婚姻麽아伱將那成冊來ᄒᆞ야與俺으로考準者어다頭骨上에打了
一個黑點兒的ᄂᆞᆫ是ᄂᆞᆫ已婚姻이오未受點的ᄂᆞᆫ是ᄂᆞᆫ遺在的니到今토록未受點的가
幾個麽아小ㅣ作ᄒᆞ야照冊科라某坊某契에老道令某ᄂᆞᆫ於某月某日에某處로丈家
去了ᄒᆞ고某坊某契에老處女某氏ᄂᆞᆫ於某月某日에某處로媤家去了ᄒᆞ야幾乎已盡

11

收煞了로다呀야有一個了로다大ㅣ你ㅣ看他爲誰ㅣ尙今未婚了오小ㅣ南大門外
里門洞居ᄒᆞᄂᆞᆫ金禧集이年이二十八인ᄃᆡ這個가那裡去了라가尙今未遷麽아憂患
也로다憂患也로다大ㅣ這是萬科初試에落榜擧子요庚戌年大豊年에乞兒的八字
로다

(鴛鴦煞)方今에高突伊ᄂᆞᆫ盡得新娘子ᄒᆞ고佳山兒ᄂᆞᆫ併化阿只氏ᄒᆞᆫᄃᆡ譬這神仙이天
上也去時에屋兒도亦昇ᄒᆞ고鷄兒도亦去ᄒᆞ고獚兒도亦至ᄒᆞ야混家兒ㅣ沒數羽化ᄒᆞ
되老鼠兒ᄂᆞᆫ獨自墜地ᄒᆞ니可憐ᄒᆞᆫ八字라你ㅣ雖名禧集이나原來未集喜로다
俺이想得了ᄒᆞ니這個가月前에有好個婚處ㅣ在廣州地ᄒᆞ야判尹大監이報通了京
畿監營ᄒᆞ야好事也ㅣ幾乎凝了러니那知冬至曉豆粥이酸了ᄒᆞ고出了東大門鷄卵
兒에有骨ᄒᆞ야間言이風入이리오廣州兩班이忽出了腹臍ᄒᆞ니監營使道도亦無奈
何러라這分明是這那道令哩로다小ㅣ俺이平生切痛的ᄂᆞᆫ是那婚姻에間言的라一
個間言的가向那婚姻家去了ᄒᆞ다가中路에淹沒了大水ᄒᆞ야到了死境이어ᄂᆞᆯ歎息
道嘘嘘句 不祥ᄒᆞ다某婚姻이今也則成了로다ᄒᆞ니這是甚心腸麽아大ㅣ閒談은且

12

置了ᄒᆞ고更히細細考準者어다小ㅣ作ᄒᆞ야翻冊科라呀야又一個ㅣ有了로다大ㅣ是誰오小ㅣ新門外居平洞居ᄒᆞᄂᆞᆫ處女申氏ㅣ年이二十四요父ᄂᆞᆫ幼學德彬이니是個未受點秩이로다大ㅣ是也라是也라這是小居平尉洞最小巷에小小飯饌假家인ᄃᆡ一角中門三間草屋에居住的라可憐也로다艱難이여

〔後〕冬月明ᄒᆞ나雪裏人嫌冷이오秋花姸ᄒᆞ나春去誰稱美ᄒᆞ리오一叢香愁ㅣ令人腸死를不問可知로다蚕老了ᄒᆞ면猶能室이오花老了ᄒᆞ면尙能子어니와處女ㅣ老了ᄒᆞ면奈何爾아

世上에極難底事가有三ᄒᆞ니無形勢的虎班에初入仕요無器具的先輩에監試初試요艱難的處女에婚姻인ᄃᆡ這三件事中에貧處女婚姻이尤難이로다曾前에一個老處女가僥倖히得了婚姻處ᄒᆞ야四柱單子ᄂᆞᆫ來了ᄒᆞ고擇日單子ᄂᆞᆫ去了ᄒᆞ야婚姻日子가看看迫了어ᄂᆞᆯ那處女가不耐歡喜ᄒᆞ되猶是體面所在에十分忍住ᄒᆞ고不得向人說道ᄒᆞ다가奈忍住無路ᄒᆞ야走了厠間ᄒᆞ야呼了犬兒ᄒᆞ야暗暗히說道犬阿야俺也ㅣ再明日이去了媤家ᄒᆞᆫ다ᄒᆞ니犬이如何保得이리요只打一番何品欽ᄒᆞ니那處

女ㅣ悶悶ᄒᆞ야又道犬阿야俺이若謊說你時면俺也ㅣ是你的女息了라ᄒᆞ더라ᄒᆞ니人情이到這時ᄒᆞ면豈非至樂所在麽아此個處女도那個처럼再明日에得去媤家了ᄒᆞᆯᄯᆡ這等新郞과這等處女를當部에셔도亦無奈何라直等到自家運通ᄒᆞ면婚處自生ᄒᆞ야方得婚了리니俺們이且休看ᄒᆞ리라幷下라

第三折

吏ㅣ上ᄒᆞ되十日을灘頭坐라가一日에過十灘이로다小人每ᄂᆞᆫ戶曹書吏요宣惠廳書吏ㅣ便是로소이다　朝家分付內에老道令金禧集과老處女申氏가終無可合處ᄒᆞ야尙今自在云ᄒᆞ니老新郞老處女許多人中에惟此二人이如此者ᄂᆞᆫ事不偶然이라非爲　朝家에셔於渠二人에偏施厚恩이라此亦渠每們의八字所關이니申處女와金新郞을依處分ᄒᆞ야仍作夫婦ᄒᆞ되從速擧行ᄒᆞ고其婚凡百은惠廳과戶曹로扱例備給ᄒᆞ되一依惠堂과戶判의親子女成婚例ᄒᆞ야着實主婚ᄒᆞ라ᄒᆞ신事로本曹堂上無沉橋趙判書大監은主了男婚ᄒᆞ시고惠廳堂上大寺洞李判書大監은主了女婚ᄒᆞ시와使成新郞新婦的의親阿爸一般ᄒᆞ야婚書와答婚書紙를兩位大監이已將四

六儷文ᄒᆞ야製置了ᄒᆞ시고新郞四柱單子가往來ᄒᆞ고擇吉了ᄒᆞ니那婚姻的日子ᄂᆞᆫ是個本月十二日이라今已只隔ᄒᆞ니兩宅婚需를星火措備ᄒᆞ야俾無未及者어다

(要孩兒)幾番紅淚住春眼이러고總角衣도亦應濕盡이리라天般盛德과海般恩으로這婚姻을已定佳辰ᄒᆞ니前日呵ᄂᆞᆫ無衣無食貧窮秩이나後日呵ᄂᆞᆫ新郞新婦好事人이로다原父母ᄂᆞᆫ休搔鬢ᄒᆞ소라

惠廳白木과度支青銅으로這婚需를勿論錢入幾兩과布入幾匹ᄒᆞ고只從他ᄒᆞ야極品好件으로措備ᄒᆞ라ᄒᆞ시니方是個ᄂᆞᆫ是莫非 朝家盛德이시니兩位大監이奉行申飭ᄒᆞ시ᄂᆞᆫ底事에本意를俺每們이怎敢一毫兒歇后ᄒᆞ리잇가爲先把那外具ᄒᆞ야點檢者어다新郞에所騎馬ᄂᆞᆫ梨花似的白雪馬에青青月乃와銀葉絲唐鞍粧을別抄金某가去番新納馬니新郞馬로第一擢行ᄒᆞ고有紋青紗燈籠各二雙은訓鍊都監이오白木大遮日各一浮ᄂᆞᆫ一借御營廳ᄒᆞ고一借禁衛營이오八張付ᄒᆞᆫ白紋地衣各一浮와青邊飾ᄒᆞᆫ行步席은長興庫요牧丹屛風은濟用監이오牀巾도濟用監이오鍮大燭臺二ᄂᆞᆫ工曹요高足床은繕工監이오香高支ᄂᆞᆫ司僕寺오香坐兒ᄂᆞᆫ尙衣院이오生鴈은京畿監營이오芙蓉香은內局이오清遠香과木紅燭과心紅燭과紅羅照와萬花方席과奠鴈席과交拜席은各衙門과及本曹와本廳에셔借送行下ᄒᆞ고龍頭刻的函支機와玉童子ᄂᆞᆫ貰物廛이오鴈夫에所着朱紗笠에貝纓과水靴子ᄂᆞᆫ軍門에借用ᄒᆞ고只是新婦에所乘金頂轎子ᄂᆞᆫ非是借用底物이니孝經橋朴生員에所有的라出貰次로다

(五煞)拜鴈時에易蹉跌이오跨馬時에易墜隕이오紅燭下에更詳愼이어다生前孔雀屛間夜오分外芙蓉帳裏春이라細細看ᄒᆞ야도終難認ᄒᆞ리로다是仙가是鬼가是夢가是眞가

呀嗟旬 侍陪一欵을幾乎忘了로다本曹와本廳과漢城府五部에書吏書員使令通大房이一齊進去次리라且把新郞에服着的ᄒᆞ야點檢者어다草笠은已是不少了ᄒᆞ니細々凉臺漆笠兒로ᄒᆞ고銀色苧布青道袍에白苧布中赤莫과白苧布小氅衣에生綿紬汗衫이며漢布褓草絲腰帶와豆絲大緞斗里囊子에朱黃唐絲蝶樣流蘇結이며白苧複褌子에細布裡衣單褌子며細作白木新襪子에白苧布筒行纏과草絲唐絲細條

帶며單縷網巾에赤玳瑁貫子와紫芝唐八絲緊兒며靑黍皮六分에鹿皮縵色唐鞋를一齊準備ᄒᆞ얏스니有甚納鼠皮脫褌衣的念慮麼리오複紗角兒烏紗帽며袷角紫芝色紗冠帶와一品秩犀角帶에黑鹿皮好靴子요冠帶內供은紫芝複氅衣며三臺僧頭靑扇이니極盡了ᄒᆞ고極盡了ᄒᆞ오니다

(四煞)家貧ᄒᆞ면服自貧이오人新ᄒᆞ면衣亦新이라原來這個風神俊ᄒᆞᆫ듸着道袍ᄒᆞ니形容히端妙如先輩오被冠帶ᄒᆞ니服色이輝煌似重臣이로다一口兒로難盡說ᄒᆞ니宜丈人丈母ㅣ口張似咸匏ᄒᆞ야倒着𩄲巾ᄒᆞ리라

新郞衣服은且置了ᄒᆞ고把這新婦에一襲ᄒᆞ야打點者어다白苧布角支赤衫이며瓊光紬雙針腰帶며白苧布四幅襦子며細細北布鮒魚褌子며眞紅紬紗複裙子와藍方細紬單裙子와靑苧布常着裙子며上衣三勺은草綠色과松花色과寶羅色인듸甲紗熟綃廣月紗等物이니紫芝色三懷粧이오五合無竹伊과三合無竹伊며細白木襪子며線質紅眼錦唐鞋며娘子髢次는六鎭月子와簇頭里와銀竹節이니俗談에生前好事一番이오死後好事一番이라ᄒᆞ더니生來初好事로다於余未와去豆微와紅長衫

17

과金線繡鳳膝眼裙子와眞珠扇子는這皆手母에貰物이더라

(三煞)鳥無羽翼이면不得文이오婦無服飾이면不掩身이라終須錦繡與花粉이可知白屋三間室에初有紅羅九幅裙이로다村嫗來ᄒᆞ야休問ᄒᆞ소一則非常ᄒᆞᆫ八字요一則無限ᄒᆞᆫ天恩이로소이다

新郞奠鴈時와新婦新行時에下任을合用的幾雙麽아羅照差備ㅣ一雙이오香童子差備ㅣ一雙이오芙蓉香差備ㅣ一雙이오紅燭差備ㅣ一雙인듸納采時에用的을奠鴈時에仍用了ᄒᆞ고新婦禮時에香下任一雙은藍裳에紫芝赤古里요鏡臺下任과食飩下任이爲一對ᄒᆞ야俱兒孩下任인듸三繪粧豆綠赤古里에紅裳이오函下任一雙은玉色繪粧赤古里에藍裳이오幣帛下任一雙과醴下任一雙은俱草綠繪粧赤古里에藍裳이오兒孩下任一雙은七寶簇頭里와草綠唐衣에紅裳이오道士絡唐只ᄒᆞ고乳毋라手母와房直等에所著長衣와所騎鞍馬等物은預爲待令ᄒᆞ얏더라且把這新房所入ᄒᆞ야點檢者어다綵畫花鳥寢屛에花紋席登每며方紗紬草綠兩衾에繡花紬眞紅領子와士綿紬紫芝襦衣며多紅後的花鋪褥와圓面雙鶴은新郞枕이오方面九

18

鳳은新婦枕이더라男女溺江과男女梳貼이며廣細布五尺은手巾次요飛陋筒과養齒木이며黑漆에洒金호婚書函에金剪紙와毛緞袱와粉紅綿紬袱로內外袱며溢紋裍와紫芝裍며黃漆籠榥床이며倭朱紅三層鏡臺에倭畫龍器로鏡臺所入이오鄂斯羅金匣鏡이며鍮大鉈와鍮飯床이니新房所入이亦自不小호더라

〔二煞〕枕來에初疑我腦門이오被來에猶疑我布褌이오飯來에又疑我西山椀호리라牧丹屛風은豈非今日初相見이며金匣鏡은果是平生所未聞이로다君須認호라這應是瑤池世界며又或者畫裏神仙인가

凡事를幾皆停當了호얏스니這宴集一欵을亦不可草々로다奉常寺熟手幾名을星火招來호야使個辦備者어다蒸餠과引節味와欟母와白雪糕와松餠이며卵麵과酸麵이며油蜜果와紅糤子와中白桂와茶食과兩色蓼花에各色剛丁이며魚饅頭와魚菜며狗醬과軟雞濡이며魚膾와肉膾와陽地頭熟肉이며剪肉花와花藥訥飮伊며猪肉白肉과雜湯과蕩平菜와花菜며楂果林檎柳杏紫桃生梨黃栗大棗眞茋西茋니這一般을都責熟手호야進排호여라呀야繡八薦을不可不插이니라這便是使道盤床

에蝦蟆兒大卓一般이로다

〔又〕平生飮食이只知粥與飯이니未嘗一匙호야도腹先滿호리라牛升黃栗은新郞袖요三酌紅絲는手母樽이라頓飯을休遮變호소這大卓을此生에難再焉호리라

今則木石이俱備호니所欠者ㅣ惟上樑文이라호더니所欠者ㅣ惟日子ㅣ未備호니安排婚需호야待了者어다常談에道호기를處女老는福餘滓라호더니果然이로다這處女가若是早婚去了호더면怎得了這般好事麼아這是天生八字에合有晚來的福이오又是　朝家盛德이古今無比호시와匹夫匹婦가皆得這般異數了호니壯的로다壯的로다

〔收尾〕前宵春雨中에百花ㅣ齊得綻이라流向人間호야川澤이皆充滿호니量　君恩大小호오면東海ㅣ猶有這畔이로다

第四折

三生ㅣ率小奚上호되三年大旱에逢甘雨요千里他鄕에見故人이라花燭洞房無月夜요少年金榜掛名辰이라호는這首詩는是個古人에四喜詩니這四件事는儘是人

生會心處나就其中에洞房花燭夜가尤有滋味ᄒᆞᆫ듸至於老道令花燭ᄒᆞ야ᄂᆞᆫ便是人間天下에極樂的世界로다近聞金道令이因　朝家處分ᄒᆞ야得入了丈家라ᄒᆞ니俺們이俱是相親的요這婚姻은與他婚으로自別ᄲᅮᆫ더러且有四百年流來古風ᄒᆞ니不可不一次往看ᄒᆞ고且賀且打者어다作ᄒᆞ야到門科라金道令아呀嗟旬 金書房이在家麼아金이出來科라見科라大ㅣ你的事ᄂᆞᆫ沒有那般奇特事로다金이莫非　天恩이니感祝無地哩로다大ㅣ盛德事로다盛德事로다桃之夭夭여灼灼其華로다之子于歸여宜其室家라ᄒᆞ얏스니眞個今日盛德事로다二ㅣ總角丱兮ㅣ突而弁兮라ᄒᆞ얏스니你的樣子ㅣ今日也에魚變成龍이로다三ㅣ俺們이今日에見了太守ᄒᆞ고兼得了還上ᄒᆞ기스니你ㅣ解得四百年流來的古風麼아金이笑科라大ㅣ俺們三人中에俺也ㅣ是堂上이니俺이當發問目ᄒᆞ야取招ᄒᆞ리니你ㅣ一一從實直招者어다執杖的가爲誰麼아依法ᄒᆞ라一이大唱喏科라奪帶作套鉤ᄒᆞ야鋪金前科라那邊足이是你的所憎足麼아速將憎的足ᄒᆞ야來納者어다金이作ᄒᆞ야不得已納足科라二ㅣ肩帶ᄒᆞ고背立科라三ㅣ小奚呀야你ㅣ將洗踏砧子ᄒᆞ야來納者어다奚ㅣ捧梛棰科

라三ㅣ打科라是個長靏的足鐵也ㅣ落盡了로다金이哎呀야哎呀야犯了甚罪완듸打這重杖고大ㅣ笑科라你的罪를你가眞個不知麼아衆人은皆立ᄒᆞᆫ듸你獨偃臥ᄒᆞ야足向天上ᄒᆞ니此ㅣ非罪麼아你ㅣ丈家去ᄒᆞ던前一日에你ㅣ先送了甚物件麼아金이婚書紙와綵緞을只此送了로라大ㅣ又是甚物件을送麼아金이函을送了로라大ㅣ那函을是市上에셔買來的아自己家中에셔造作的아如何樣으로輸送了오金이自戶曹로輸送的요厲夫的가負去了로라大ㅣ旣是戶曹로셔備送的면想是別別調로造的로다老道令에函乙想是重了리니負去的가應也憊了로다你ㅣ去丈家時에路上에셔沒一個觀光的麼아有甚麼說話的麼아金이老的요少的ᄒᆞᆫ沙羅海와如便內ㅣ觀光的가頗多ᄒᆞ되說話的ᄂᆞᆫ未聞也로라大ㅣ好惡也로다好惡也로다重打者어다三ㅣ打科라金이哎呀야哎呀야直招了ᄒᆞ리다直招了ᄒᆞ리다大道上에奚兒們이從後趕來ᄒᆞ야齊聲叫罵道新書房아將他新阿只氏ᄒᆞ야昨日所與的貪的에餅價를還償了ᄒᆞ소ᄒᆞ고又一夥們이擧手指ᄒᆞ야揶揄道羞也呢아羞也呢아這新郞이鬚髯이幾乎生ᄒᆞ니年紀가恰滿了十五歲ᄒᆞ야妙了로다妙了로다ᄒᆞ고這外에ᄂᆞᆫ眞

實로沒有聞的로라大ㅣ一笑科라你ㅣ騎馬ᄒᆞ고到了妻家時에馬的頭가先人麼아你的頭가先人麼아金이馬的頭가先人了로라衆이大笑科라大ㅣ你가直從下馬時ᄒᆞ야到了合宮時꺼지一通을仔佃히招將來ᄒᆞ라金이死了死了乞了요德分德分乞了로라大ㅣ你에全身이都是　朝家德分이거ᄂᆞᆯ你又生心ᄒᆞ야乞了人에德分麼아重打者ᄒᆞ다三ㅣ打科라金이吚呀야吚呀야俺이騎了馬ᄒᆞ고到了妻家ᄒᆞ야奠鴈ᄒᆞ고少退ᄒᆞ야再拜ᄒᆞ얏로라

(少梁州)(金唱)遮日屛風奠鴈廳에셔拜鞠躬興ᄒᆞ거ᄂᆞᆯ俺的ㅣ再拜致精誠ᄒᆞ고低頭ᄒᆞ야拐拜了我朝廷호라

轉入于同牢宴ᄒᆞ니手毋가將他新婦ᄒᆞ야再拜了ᄒᆞ더라

(後)固知今日ᄒᆞ야可詳證일넌가不耐多情ᄒᆞ므로乍轉睛ᄒᆞ니魂難定이라俺이將何等福力으로伏侍了這般娘ᄒᆞ리오

那手毋가便勸俺ᄒᆞ야行了答拜ᄒᆞ니俺이雖然이나是個京新郎이니那裏에瞞得過리요畢竟又行了新婦에再拜ᄒᆞ거ᄂᆞᆯ俺이始答了再拜ᄒᆞ고分兩邊ᄒᆞ야跪坐ᄒᆞ니手毋가解了紅絲ᄒᆞ야勸飮了三盃合歡酒ᄒᆞ더라

(鵲踏枝)一飮了에遐齡이오再飮了에公卿이오這三次에來盃ᄂᆞᆫ這另是三個添丁이라ᄒᆞ니若教你言이无誕妄이면弁盃香ᄒᆞ야長醉不醒ᄒᆞ리라

到了新房ᄒᆞ야行了相會禮ᄒᆞ고新婦ᄂᆞᆫ仍作當日新婦禮ᄒᆞ야回了ᄒᆞ니俺이好喫了夕飯ᄒᆞ고好睡了로라乞乞乞ᄒᆞ오니解解解ᄒᆞ야쥬시오大ㅣ你가合宮節次를生心이나這潤畧麼아速速히細細히招將來ᄒᆞ라金이俺이夕飯後에入于新房ᄒᆞ니紅燭兒ᄂᆞᆫ輝煌ᄒᆞ고錦衾兒ᄂᆞᆫ燦爛ᄒᆞ고　香烟兒ᄂᆞᆫ翁蔚ᄒᆞᆫ듸無何오新婦ㅣ亦到了ᄒᆞ더라

(調笑令)是花枝依風行인가是雲捲靑天明月昇인가是天上仙娥ㅣ對糚鏡인가是觀音菩薩이顯神靈이신가我ㅣ擡頭細看ᄒᆞ니面分이不生이라原來俄　間拜我娘이로다

解他紅裙ᄒᆞ고褫他絲衣ᄒᆞ고抽他銀釵ᄒᆞ고셔剗地裏에好好睡了로라大笑不言科라大ㅣ老道令行事를不問可知로다且你에婚姻은是箇別　判付로　朝廷에셔賜

送的婚姻이니與他凡常ᄒᆞᆫ拐處女的賊漢으로煞有分揀ᄒᆞ니姑爲安徐ᄒᆞ노라聞ᄒᆞ니你가今則財多米多ᄒᆞ야他前日에沒猫粥的ᄒᆞ던生涯와ᄂᆞᆫ天地相隔이라ᄒᆞ니你ㅣ速히準備酒肴來者어다三이解帶放下科라金이起坐科라大辱이로다大辱이로다小奚呀야你ㅣ去酒家ᄒᆞ야買了幾盃燒酒와好個按酒來者어다奚ㅣ進酒肴科라大ㅣ飮酒科라二ㅣ飮科라三이飮科라衆이醉科라起舞科라金이唱科라

(天下樂)今日에小臣이酒一觴으로誠心祝我　王ᄒᆞ니我　王恩을終身不可忘이로다茫茫碧海深이오高高紅日長이라願東國聖人이萬壽无疆ᄒᆞ노이다

魚乙氏古句鳥乙氏古

(太平令)元子宮小官家도一般聖上과天이降福无疆ᄒᆞ샤享壽福康寧ᄒᆞᄋᆞᆸ소셔歌四重ᄒᆞ니星輝海潤이오祝千歲ᄒᆞ니日升月恒이라從此去萬年太平ᄒᆞ야熙熙如烟花好景이로다

低乙氏古羅句　鳥乙鳥乙氏古羅句　的許自句　低乙氏古句　丁低乙氏古句　於我聖恩伊呀句　伊乃八字鳥乙氏古句　鳥乙鳥乙氏古羅句　衆이繞場走下라

詩曰

一泥金簇蝶繡雙鴛이오
白馬金鞍이輝里門이라
御賜紅羅三百尺이
紅羅縷縷摠君恩이로다
二春風이吹不到貧家ᄒᆞ야
寂寞鶯啼半老査러니라
一夜東君이宣雨露ᄒᆞ시니
兩枝碧樹에晩桃花로다

白雲筆

白雲筆上

小敍

筆曷爲名白雲白雲舍之所筆也白雲曷爲筆之蓋不得已
筆也曷爲不得已筆之白雲素僻夏日方遅僻故無人遅故
無事既無事又無人吾曷爲消此方遅之晷於素僻之地也
吾欲行匪徒無可之又傘烘背畏不敢出吾欲睡簾風遠射
蚱氣延薰大可喝小亦可痁畏不敢臥吾欲讀書讀數行便
舌澀喉痛不可強吾欲看書不過省數葉便以卷掩面而睡
不可睡不可吾欲圍棋爭博雙陸牙牌家既不足其具亦非
性所樂也不可吾將曷爲聊此日於此地耶不得不以手代
舌與墨卿毛生酬酢於忘言之境而吾又將何所談耶吾欲

1

談天人必以爲學天文學天文者有殃不可吾欲談地人必
以爲知地理知地理者爲人役不可吾欲談人談人者人亦
談其人不可吾欲談鬼人必以吾爲妄言不可吾欲談性理
吾平生未之聞吾欲談文章文章非吾人所可評騭吾欲談
釋老及方術非吾學亦非吾所願談若朝廷利害州縣長短
官職財利女色酒食范益謙有七不言吾嘗書諸座右不可
談然則吾又將曷談而筆之耶其勢不得不談而不談則已
談則不得不談鳥談魚談獸談蟲談花談穀談果談菜談木
談艸而已矣此白雲筆之所不得已也亦不得已談此也若
是乎人之不能不談亦不可以談也吁磨兜鞬
歲癸亥五月上浣白雲舍主人筆于白雲舍之前軒

2

白雲筆 上

目錄

3

4

5

白雲筆上

筆之甲

談鳥

金生重卿言来時過海西一店〻門外懸一大鳥頭似猫而大脚似狗而長距嘴似鷹鋼毳似鵂頸與脚長各一丈左右翅亦各丈而餘店人言有鳥来攫三歲狗者以鳥鎗獲之懸之門十日無能識者或言胡人馴之日飼一犬能日搏一乕云而未可知也其狀則足可以搏乕矣噫此豈本艸所謂乕鷹者非耶此鳥有搏乕之才之力也而顧無養而用之者則乃反試之於店人之狗而卒以為路窮之懸不亦悲哉曾不若脫籠小鳥搏鶉於荒艸之間而能飽嬉无憂也

6

舍侄曾遊鷄龍山之甲寺歸言夜宿僧寮聞有鳥千百聲啼達曉始而已其鳴若曰帰蜀道故山僧仍以帰蜀道名其鳥朝見樹枝間有紅點斑〻若蚊血者曰此帰蜀道之所啼也其音甚分明且甚凄楚使人不能寐余曰此鵑也此真杜宇也鵑之稱杜宇者盖以其去國而死恨結為禽而余嘗疑鵑既蜀地之産則既已帰矣不必曰胡不帰不如帰矣而乃反居蜀而思帰則是鵑非杜宇之化也意是客於蜀而思帰者也今此鳥之直曰帰蜀道則是方為思蜀而欲帰之意也其為杜宇也亦明矣豈鷄龍之下錦水流焉故來啼於此耶余欲作禽言以演其義而未果

水之中皆魚山之中皆鳥也固多奇形詭狀者而人未之見

耳時或羣飛而至則創見者以為怪十餘年前有鳥大如鳩
赬腹而翼黃鮮甚悍急羣集處ゝ以其自南而來故民間稱
倭鵲數年前又有鳥自西而至性似痴而馴見物之紅色者
必群啄食之人多捕食之而稱大國鳥此皆深山之禽偶然
飛來而以其異於常見故疑其為異國産也余於辛亥春往
楊州楸下夜聞林間有鳥聲如呼鷹而聲甚彰惹問之土人
曰此寔鳥也鷹師之失鷹者化為此鳥鳴必以夜數年以來
自峽而移今至于此翌年冬余宿集春门外聞禁苑中有鳥
乃楊州所夜聞者出自幽谷遷于喬木者固禽鳥之性而亦
可見其時來而時去実康節翁之聞鵑發嘆者亦似太多事
矣

7

鴿之家養自唐明皇宋高宗已然矣而漢城好事者多以為
業山節藻棁綱以銅線一龕之直多至數千錢其名色有曰
全白曰僧曰紫虛頭黑虛頭曰點毛綠點毛等八目之品而
其中點毛最貴一雙能過百文點毛者小身純白而當頂只
有一墨花點者也鴿之為禽既不警時又不登俎只取其善
相戲狎態極嫋褭則此鴿之為名本取善合而頑童蕩子之
養之者猶可恥也間有老閑宰相豪華少年朱綠其欄畜之
庭除每入人家見衆鴿列坐屋脊則便覺主人諸下十丈此
後生所可戒者也嘗聞朴沂泉航海朝天携所養鴿以行及
舟破鴿獨飛歸舊宅波斯商船之放鴿傳信云者亦信矣
推奴偶得雄卵之未化者於艸間使鷄伏之未幾而得三雛

8

樊而養之鷄則子視之甚恩呴ㄹ然哺之而雛則不顧也與之粒亦不食也方啄草根及蟲蟻而自食之巧伺鷯隙每登山而走毛色斑斕與鷄雛小異而脚又稍高有蹻捷佻輕之色纔脫殼已不可廹其步居十餘日二雛遂而走一雛根泅不食死天之性也聞其初孵時卽以唾津塗其翅則能馴如家鷄云而嘗見雛之將鳧雛者每行近池渠雛忽跳入水中則母雛必驚呌奔跳而雛則方游泳自得若忘岸上之有雞矣若是乎異類之終不可同也雄雛之大者曰朱樓嗜味甚腴勝於雌故價亦倍於母雌矣

養鷹家有相鷹法能卞海西關北湖南之産又能　所養之樹及所交而孳之禽尺二寸爲大七寸爲小ㄹ而多態馴於

9

入而悍於禽翅捷而距猛者爲上品上品能日獲十餘雉而不疲價與大犗牛相埒秋萬曰寶羅龍鷹曰手陳山龍曰山陳其皮㡛金鏃麻角脾銅鈴白羽孔雀毛亦皆有等品及稱鷞亦有針灸服藥治病之方及續羽斷嘴之法蓋嘗隨獵而觀其搏當架而察其貌則誠禽中之英物也精悍之氣溢於金眸殺戮之意露盡距嘴想象千古則在人惟唐太宗似之嘗聞廣陵人有養一鷹累歲者獵于山鷹已得雉而其人卒遇虎幾噬鷹忽舍雉而赴虎掠虎腦而連蹴之鈴不停響虎苦之亦無柰鷹何不敢趍人仰視鷹而已良久鷹拏虎額啄虎眼而抉之虎遂死於人鷹亦以此廢而死蓋盡精也若此者眞義鷹而非義鶻之比也

10

我國之俗畜鵝鴨故鷄為畜牧之大祭祀之用親廚之供
賓客之羞疾病之需皆甚緊着而鄉曲貧家之尤不可不畜
者也畜之者不必求青䴉皮黃雞赤腦白烏唐雞等稀貴種
子雄只取健而早唱者雌只取黃而庳脚者牢其籠柵俾無
野猫鼬鼠之患若有雞瘕則細切牛肉與未染者飼之則不
病若不早治則必盡其羣而後已多畜雌鷄則食蛋最好盖
品則儉而味則侈不祀殺而亦肉食又能補益於人故也畜
鷄則不可恣食非徒有失於字養之利同是殺也而亦有所
不忍於其間者矣嘗見侈靡之家必求不及鷇大者而臑之
費三四命於一楪之用亦不仁矣近有金堤種者亦名竹鷄
毛稀而肉肥大倍於凡鷄可以備庖俎之用而聞其味不及

白雲筆 上 六

11

於小者云

以余臨水而家也或有勸養鶴者有勸畜鵝鴨者余曰皆已
有之矣問安在曰鶴駕雲而去未及還鵝鴨皆出游滄海未
久當至奚止此也余家後小山養華蟲數十野外畜青莊紅
鶴鸛鳥各若干近水畜白鷺白鷗翠鳥花鴇皆無數春夏黃
鶯秋鸂雁冬鴰鵊及天鵝以為畜羽畜之盛莫富於余客哂
之余曰子不以然乎嘗見人家之養白鶴花鴨者皆謂耳聞
其聲目見其彩以賁飾我池園而已也則今也吾耳有之矣
目有之矣是豈非吾之畜乎吾方以雲山為樊籠江海為池
沼與吾畜自得於其間顧何必鐵線緝其翅銅網羃其庇費
粒而飼之責僮而伺之而在渠有囂囂不得之意在我為擾

12

〻難堪之累耶余以爲道君艮岳之畜亦太拙法也客曰然
子之言信然矣
海上春晩有鳥羣飛而至飛且鳴〻曰桅天海人仍稱桅天
鳥至有桅天水之候嘴尖而稍長身輕而脚瞀高小者曰米
桅天大於雀大者曰馬桅天稍下於鶉其掌有鹹氣故踏
田水而啄之則禾苗不能立余按桅天鳥字會作鷸漢清文
鑑作水札子而鷸則說文陳藏器註云如鶉色蒼喙長在泥
塗村民云田雞所化爾雅郭註云似鷰紺色李巡疏云一名
翠羽可以飾鷙則類篇云似百舌喙長善食魚廣雅云鷿鷉
一名水札一名油鴨今觀桅天則其羽不足以聚冠其喙不
可以稱長鷸與鷙莫定其適若是乎雅學之難也

13

田家四五月之交有鳥似鷄而半之花冠甚灰常在水田中
結稻葉爲窠而抱之田人謂之得陰此又稱豆雞豆雞者田
雞之訛也每登田塍而啼其聲甚濁始緩終促余嘗作詩曰
初爲遠樹晨鴉哭忽作銀瓶瀉水聲蓋狀其音也雞之類有
秧雞者白頰短尾夏至後夜鳴秋後即止有鷚雞者如鷄長
脚紅冠雄色褐雌稍小色斑秋月即無聲此亦其之類耶
我國所稱終達者即中國所稱哨天雀也狀似鶉而小頭有
毛角自冬至後每天欲亮則鳴〻則飛而上日漸高飛至夏
至後則無聲而不飛雖微禽也而亦知候者也余每愛其鳴
不失時而其鳴後於雞而先於雀適余睡起之時嘗以爲人
於終達鳴時即起睡則不早不晚可以爲一定之候矣嘗聞

14

一士人刷童奴於遐鄉而奴不勤樵踉俔之坐於陽陂如有所觀問何觀曰陽氣日漸升故鳥飛日漸高此亦窮理之一處問能詩乎韵使賦之即吟曰躍來魚寧性飛去鳥能天士人遂縱令入學所觀者蓋此鳥也

世之生物皆喘息以喉故搤其氣管則未有不死者而鵠則能倒息故嘗見買鵠去者以索綰繫雌鵠之頸曳而走則其雄昂頭展翅䏺䏺然急鳴而隨之令人堪笑

每天陰昏黑之夜有鳥過空而鳴其聲似車轄轉軋之音甚不可聽意是鬼車鳥而其身圓如箕十頭無一頸皆兩翼鳴而流血者非徒不可仰辨其言亦恐難信但醫書戒小兒衣夜露則似有其理名曰蒼鸆亦名九頭蓋妖鳥也

15

雕之中有尾白中翎羽者曰團雕鄉音稱獨鷲其性尤悍急其搏物也如擲石于空故謀之者埰植鐵定桿于地餌鷄犬於中雕必串脳而死鄉人有新衣帶而過濤塍者時田水薄有鳬羣食於滓有團雕下擊鳬不中遂陷於淖尾惟現其白鄉人欲拱之從塍上搯其腰雕掙扎急為雕所牽亦陷於淖衣盡泥以為泥等遂盡力抱雕自解帶綑之雕足攫人以嘴嚙帶帶三四斷雕乃飛去鄉人既失帶膝以下皆泥當脇裾盡裂遂肌七困而歸人皆傳笑之鷲之類惟團雕甚力故能攫麞雛及兎猫猧子之屬見鷹搏雉而食則必并鷹而攫之遇鳬雁於空以翮擊之則利如劍無不斷

禽經曰鷹以膺之鶻以搰之隼以尹之雕以周之鷲以就之

16

鷙以搏之鷹之類盖多矣其稱鳥籠兒者鶖兒也鶏也雀鷹者烋兒也鷂也拷真者鴉鶻也鶻也桀波力伊者白趍也鴾也鄉人或稱馬夫攫皆鷙也而鷄鷂只能搏鶉鷄與麻雀鶻鴾能攫雞而不及鷹矣

禽之微莫小於雀而麻雀之外亦多尤小而稍異者有或小而微青者微黃者微赤者微黑者其名不可卞而鄉人稱鮑雀稷粥雀烟洞雀棉花雀以識之其最小者曰水喳子即巧婦雀也故諺謂鵕效其不及者曰巧婦追鶴步

余於庭畔鑿小池養鯽魚時有翠雀飛来坐紅蓼上覘魚ゝ出必啄而食之時或潛入水啣而出其狀尾短嘴長渾身翠碧惟脇腹兩脥微紅甚可愛也此鴗也一名魚虎一名魚師

白雲筆 上

17

一名天狗一名翠碧鳥鄉名鐵雀但爾雅郭註之言啄紅頷下白者微有異矣

朴燕巖言中國人多馴鳥雀上自孔雀鸚鵡下逮微禽皆養以爲翫故鳥市之盛可亘數里有弄蠟觜鳥者鳥觜如含蠟丸善射藏物藏之使不能知而縱令索之則雖屈曲洞深之處必直入而含出之累試則氣喘ゝ汗透於翎盖禽之靈慧者而嘗見安義官池邊有鳥羣集者皆蠟觜也蠟觜者乃桑扈也

畿甸及湖西之鴉皆大觜純黑而嶺南湖南皆白脰鴉余嘗見於嶺南其羣不知爲幾千百飛則如垂天之雲止則一山皆爲之黑土人夜捕於竹林中食之亦美云

18

世以爲菓占吉凶鵲則南爲祥也有妨每滿雞之家時或以鶴菓相鬪燕菓則樞內進人口樞外奴散走又以鸛菓爲吉地皆不足驗有鳥名開高抹者差大於雀而狀如鸛鴿性甚悍急每菓於人庭樹必坐上頭枝以守之有鳶鵲或近至則必啄其腦逐之遠而後歸開高抹所栖之地鷄不憂焉

鷗鷺固世所稱閒雅之禽而余家前有陂陂有鯽有鰦脣細魚每乘潮而入則有一鷗當脚而守專其利魚久不上則伸長頸謹細步以窺之幸而遇之則逐而啄之翼如舞趍如蹶其態如狂又四顧而視以啄擊其同類之至者而逐之蓋與魚而觀之則與鷄鴨鵝鴉固無異焉噫貌取而聞且槩矣名求而高且雅矣然而見利則忽顚而醉焉天下之最險者欲也莫難者利也士君子猶或失其守而墮之況鳥乎

筆之乙

談魚

庚申秋馬山人爲輸余家庄穀挐舟往沔陽行泊麑浦過夜潮纔落忽聞有聲如衆牛息舟人皆恐起審之報之所起有隱然而高橫亘如小蘩者或以爲船或以爲坨天明視之乃魚也脇以下陷於泥其出泥而高者可一仞半自頭至尾約十餘丈無鱗而黑須如戟目如盂浦丁舟子皆以爲此長鰯皮也多油肉亦美發其背而斧斲之皮深半尺如肥豬之膜內則白而腴如鷄肉爲烹之果美其皮皆油也人至者如屠牛之肆三日始見其骨初則視不轉黑任人陷脊而若無痛

痒者骨既露乃奮尾一振能自遷十餘步有當其前者為氣所辟易我墜其口魚亦未幾而死而盡沔陽守聞之以為鯨也拘其民索眼珠甚急而卒不得長鱗皮者漁者之所名而蓋亦鯨之類也聞近歲又嘗來潮入叟阜港嗟乎滄海甚寬負山之鼇呑舟之鰌皆得恢〻然自得於其間則何不於斯焉游泳而乃反自辱於容刀之水不能施其大用而卒為人鼎俎羞耶悲哉

海之中無物不有〻如人者有如狗者有如豬者有飛而似禽者有緣而似蟲者凡陸之所有海亦有之而未嘗聞有如馬者矣余兒時有交河李生言交河水邊有偶出候潮者見潮頭有一馬急跑而來纔及岸而蹶其長而高頭四蹄八蹶

21

皆馬也而但不毛不鬣亦不鱗矣宰而食之肉肥如豬以為豬而潛賣之買之者亦皆以為豬也食未盡其翌日早潮來波蔽港而至者皆馬也有白者有驖者有驃者有騘者有皇者朝日照之爛然若雲錦而不知其為幾千百疋亦皆踏浪而跑觸岸而蹶蓋離水則死而不能陸行者也村人始知豬之為馬也不食而取其油一疋可三四盆家皆藏數石餘其未盡取者為夕潮所漂去其後亦不更至李生既親而油之言其狀甚詳水中亦有馬矣豈伍子胥之所驅於浙潮者耶抑暴利長之所獲於渥洼者耶其狀貌雖馬也而既不可用於地則是亦非馬而馬〻而非馬者也

世以魚之似人者為鮫人鮫人者魜魚也魜魚者人魚也亦

22

名鮫魚其猶泣珠織綃則語近荒誕而海之有鮫々之似人
則信矣余家西湖時隣有南翁言嘗舟下巨鄒匯見有立於
水上者背離十許步而立髮甚澤而不亂肌甚瑩而不枯自
腰以下沒於水掩手噤首而立可十二三歲美兒女也南翁
素不信惟以為是漂屍之激浪而豎者舟人大驚愕戒勿言
懼來忤咒而拜舟漸近即縮入水中舟過其所又十許步則
又掠手攏髮而立於所西向者東向而又背人矣南翁於是
亦信其為生物而疑其鮫人也言於余頗詳鮫人之稱自左
思之賦郭璞之讚始見於書而王守通言眉耳口鼻手爪頭
皆具皮肉白如玉無鱗有細毛五色髮如馬尾長五六尺體
亦長五六尺其言形狀與南翁之見相類可知我國海中亦

白雲筆 上

白雲筆 三

有鮫人矣又嘗聞人有客海西者見宮室中閨美女及數嬰
兒皆白而裸意其人也逼而交之舉止情態皆人也但不言
如羞澀狀及夕主人至自野欲烹而饋之驚問之曰魚也請
於主人携至海而送之臨去三回顧若感恩而戀私者然々
則鮫人亦可網致之歟記鮫人者或言交之則交之者立死
或言鰥夫養以為妻若海西之鮫則不言為祟豈是媼耶使其
能織綃而泣珠則固當為情郎不惜數行而何其無所贈耶
聞韃旦海上亦嘗有抱孩而入網者漁人懼而出之
龍神物也不常見於世々之言見龍者或見其隱或見其鬣
云而此皆不可以常見者也甲辰七月余在花石忽白晝而
雨驟下雷動電閃望見仙桃島外有黑雲自海而起奔騰捲

擽甚急隨之鑠海而上上豈下穀絡絡而動約其大如懸五圍之束於十步之間者人皆曰龍升而余猶未之信又復之雲去海稍高則有物白而細長可數百尺屈曲搖蕩而隨之如有人抽掣牽挽之甚躁者知之者曰此龍之已昇而升離之現也升離者俗言尾末之稱也信龍矣蓋見雲而不見其尾則未有不疑其非龍者矣見其尾則亦未有疑其或非龍者矣然則龍之所以為龍於人者以其尾也不見其首只見其尾則此亦龍之所以為神者也於是余作龍賦以志之而世之言見龍隱龍聞者則余不之盡信也

國語稱魚名者多作陽康韵讀蓋以魚字初聲是陽康字終聲故也有一鄉弁謁時宰語及白魚讀作排求切宰之子有

白雲筆 上 三

25

幼而慧者譏其失訛問白魚之白如何讀曰如鯉者刺魚之鯉鯉魚之鯉何曰如鯽精雀切魚之鯽又問鯽魚曰如秀者條魚之秀字而奇之世之名魚者多此類如鱸魚之農差魚之雄諸魚之稱皆訛而變焉惟鯖魚鯡魚青魚之屬以其本音之有陽康聲不變矣

魚以尾數而十尾曰一級或曰一束百尾曰一同或千尾而曰同亦有二十尾而曰級者千尾而曰同者則青魚則十尾曰一可時蘿魚則四十尾曰一曲時四十而曲時者二十而始為級魚之所以校數者亦不一矣

有北而遊海者不知魚之大小美惡而妄言能多食鱅海之人欲誑之問子適食鱅魚能幾同乎曰一食一同有半然則

26

食蘇魚能幾尾曰五尾始飽曰壯哉然子雖有鱠量若権精則似不能盡尾矣曰然方吾之壯也食権精鱠頭一截便更無意思権精者鰕之繁而極細者其大僅十蝨聽者皆大笑世之妄作自夸語者斟不食権精一截膾每見海人遇喪客則必問子能食権精鱠我截耶至今傳笑不已

食品只可取味不可取名而世人多耳食故亦有取名而不取味者余在洛時隣有一老學士對客啜青魚羹詫其味曰此真海州青也豈宅鮮比哉有言海西船尚未至則猶以其味珍而不信也及婢奉茶至問何魚曰北道青魚之馬來者也學士遽推羹下箸曰余固疑其暫濁也不可食客皆哂之以余所味杏洲葦魚膾不如松花時蘓魚之方肥者矣春初秀魚羹不如霜後米駒之黃脂蔽椀者矣海邊有形如北魚者其名曰揄族既蓄性亦貪痴故善釣者能日數百土人賊之不以味論而有洛中人論海上珍錯推揄魚為第一亦在味之〻如何矣豈其食魚必河之鯉

魚之惡有名﨑赤者國語謂﨑為犯讀赤曰治故海人呌做犯治有骨刺能螫人甚毒死者亦能螫有李生者見第入海見螫於生第螫於死其毒均之每潮至狂呌欲絕如是數月始得已余嘗從來海女購致之頭大於身吻廣於腰背上有骨刺差〻如亂針自腮以上皆外骨而眼凸額隆雖小而有山岳巖石之象意鰐之種類而以其小故只能螫人也遇之者必灸而棄之食之亦美云

29

青魚者不知是何魚而以其色青故曰青魚嘗聞四五十年前青魚極賤十尾至一錢每海州商船至則三江盡腥洛下窮儒始得聞素故稱之曰儒魚未幾青魚漸貴漸以屢年則一尾至五六錢而豪貴之家亦見三劉而登盤矣自五六年來又以歲漸賤至于今年則二十尾直二錢半延浦之市或有一錢而得二十魚者亦極賤矣魚之貴賤亦自有時而然歟聞其方貴之時遼東人多捕之而稱之曰新魚豈魚亦有所徃來者然歟漁人言今年則青魚無處不産甚至溪港之間亦皆遡潮而上故其賤尤至云

黃石魚即海之珍味也然而以其肉之甚輭也易於腐餒一日而已變味二日而太無味三日而不可食余嘗得朝捕而

30

午至者美之甚厚且侈而知味者言已失其半嘗聞　英廟幸溫泉始嘗此美欲進于　慈殿而不可致遂熟而貯缸遞騎而進之此固　聖孝中一事而亦可見魚之難得其味矣此盖福溫之黃花魚而一名黃靈魚以其頭有石如石首故海人稱黃石魚字書作鰉魚鹽之亦甚美

魚在水中其族有萬而有川魚有江魚有海魚海之中亦自有南魚北魚之異同是魚也而有同類而不同狀者有異類而同其狀者故魚之名最難詳辨且同一魚也而有南漁之稱或異於北漁者且其所稱者皆鄉音俗語之不可訓詁者也今若以本艸及字學等書校之則亦有似而非眞者訛而誤稱者秀魚之曰鯔鯽魚之曰鯽亦皆未可信也但魟魚之

云色黃無鱗狀如蝙蝠口在頷下眼後有竅尾長一尺三刺
甚毒者疑今之所謂可五里也鮫魚之云腹有兩洞容三四
子朝出暮入皮有珠文堅可餙刀錯治材角尾末有毒者似
今之所謂霜魚也當魟之云似鯿而大鱗肥美多鯁者似今
之所謂準治也烏鯽之云如囊無鱗而須八足喙在腹下懷
板含墨者似今之所謂烏蒸魚也如此相合之類不爲多矣
以言乎魚之狀則烏賊魚章擧魚好獨魚皆八梢魚之類也
書帶可五里皆鮁魚之類也葛致公脂皆長魚之類也焉支
之於秀魚江達之於葦魚浮徐之於民魚皆類也惟漁夫之
老於水者能辨之則魚固難於辨別而此亦就余所見之海
族而論之矣滄海之深黿鼉而衆者又何能辨之也水之中

白雲筆 上

31

蓋存而勿論可也
附於土曰土花附於石曰石花石花本艸作牡蠣蛎音耤屜
酉陽雜俎言鹹水結成南粵志言形如馬蹄其味微鹹而甚
淡和醋而吸最宜醒酒冬寒尤覺清爽大抵石花之用膾爲
上葅次之醢次之粥次之煎次之羹爲下又以截豆腐及灌
羹則亦覺味香江淹石蜐賦及楊愼紫蠶贊以蠶與蜐爲蚌
蛤之類而南粵志言石蜐形如龜脚得春雨則生華、似草
華廣雅云紫蜐紫蠶即令仙人掌余嘗見石華之附於石者
其殼擁腫齟齬狀以龜脚亦頗近似且其生也必以春秋之
中而其方生也含紫吐紅遠而望之粲然如花既曰蚌類又
曰石蜐又曰紫蠶則疑其爲石花也嘗以石花饋洽齋而贊

32

其爲蠚蛓則冷齋不以爲然余亦不服其不然而但郭璞江賦旣曰玄蠣硯碟而礐磑又曰石蛄應節而揚葩則以景純之博似不當疊用一物而註曰蠣長七尺則亦豈有色玄而長七尺之石花耶余意則玄蠣非石花而石蛄是壯蠣也記之以俟博識者

珠之產龍在頷蛇在口魚在眼蛟在皮鼈在足皆不及蚌珠云亦有得於石花之肉者其不經火者婦女以大麥粉糁而養之則一年西二年搞三四年而腰鼓過此則析而爲二不多年所累者豆單者鍾蓋無物不胎而珠亦是生類也嘗聞安山人有入海得大蠔者剖之有珠大如鷄卵豁䄻若口鼻狀奇之以爲翫夜白光滿室照物如燈燭其妻大驚以爲妖

急投之烈火須臾而光熄隣人聞之撥灰求之乃珠炭也嗟乎珠而能光夜則是固寶也可以誇照乘之飾可以責連城之價而遇非其人則取而火之有若壯蠣之旁爲是豈天之所以生寶之意耶彼愚婦者何知也余竊爲河伯而惜之

鶴曰豆斐味龜曰南星今若指俳佪於野外蹣跚於泥中者而語人曰是鶴也龜也則愚者不信也此固莊子所以和光同塵避世而全身者也余家近海、無鼋鼉而多龜負人或取而燒食之已甚美如雜春夏之交龜皆上山捲卵故往往入人家見大者徑幾爲七八寸小者亦四五寸余嘗得小如唐錢者一枚貯水砂筒中養之自秋至春尚無恙古之云搘床者信矣嘗聞李節度文爀之鎮東萊也有龜脟於淺而獲

之陰可人身脩廣三之用三十人扛之留半日放于海邊未
及水十餘步一蹕而就其去如矢有人適目覩之歸言於余
龜以尺二寸為天子大寶而夏貢之所錫衛君之所夢皆不
得過矣今是龜也豈特十二寸而已哉人用莫如龜而自龜
策之法不傳於世〻不以龜為寶此所以遇絕大之寶而猶
聾而棄之者也在龜固不遇時也而優游海浦為一老南星
則亦可以免刳灼之患矣是亦龜之幸也夫

余嘗聞蜃樓者朱欄翠甍霞髹花綮歷〻可卞甚瓌觀也及
居海上海人謂之島嬉每春夏之交漁童釣叟多見之者詳
問其狀則海上之山低者忽高如半天之雲而其色黝黑纏
碧其狀無定其為山為屋為車蓋為牛馬者皆隨人意象而

白雲筆 上

35

成蓋氣也疑似而已本艸言蜃蛟屬似蛇而大有角如龍紅
鬛腰以下鱗盡逆能吁氣成樓臺城郭之狀將雨即見名蜃
樓亦曰海市是果蜃之氣也則何必依山而始成耶使蜃樓
而止此則又奚足曰蜃樓而為海上之瓌觀耶豈其所見者
別是島嬉而非古人所稱蜃樓海市者耶抑古之人喜加夸
飾言之〻過耶以蜃樓而觀之則阿房靈光等賦又未可盡
信矣

漢清文鑑即中國語常所呼喚者也今以我國語相校者則
鱨鰉魚者勿奄也厚魚者道味也重唇魚者訥治也鯿花魚
者方魚也鮎魚者買魚其也昂刺魚者〻可沙里也鰤魚者
付臭也黑魚者可勿治也穿沙魚者沒屋無治也鰨魚者冏

36

魚也黃魚者黃治也洋魚者可五里也比目魚者可滋味也
鞋底魚者舌魚也鯿鮒魚者文魚也麪條魚者白魚也以此
而又較諸字書及本艸則庶有所得矣

筆之丙

談獸

趙叅判觀鎭言嘗遊雪岳有僧雪丈者獨棲鳳頂菴累年間
曾有異見未雪言嘗夜坐誦経忽有恭山崩塌轂自遠而至
從窓隙覘之有物屹立於寺迤磨庭前老檜樹〻可十圍而
猶拜舞若柳枝時月明可詳其狀而下障於欄上碍於簷只
見四大柱植於庭俄而去歷深壑如度澗其走疾於風電遠
而後始望其全體焉乃馬也朝起見有鬉毛四五條掛於樹

37

升而取之雖地可十餘丈鬉毛大如箸長可三四丈蓋鬉之
高及此而磨而毛落也藏之於寺後墻穴中將以證知者往
採眂之馬鬉毛也而可以爲荷包帶也山獸之似馬者其名
曰駮能食虎豹而亦未有若是之高大者深山之中意其有
別種而然歟

嘗與獵者言獵者言山之中人所畏虎也虎所畏惟豺也豺
似犬而小行必以羣〻大者數百相呼曰噴是能斃虎而噉
之故虎聞噴則走獵者相期會亦呼曰噴以怖之

余聞茸鹿之說爲嘆息哉亨滯零曰四月麥將熟鹿舊角解
新角芽其名曰茸〻茄子狀者價一對二三千錢狀馬鞍者
尤貴又以其嫩且香山中百獸遇之則皆齧而甘之鹿於是

38

恐茸之不能保其身入垂蘺幽箐之中藏其身以竢夫茸之
爲角每日出則出而齕露艸前後立以晒其毛訖卽復入箐
日欲入又出而齕艸而亦不敢出箐外十步於是有獵者跡
其齕疑其有鹿則晨夕而往覘之或三日而見或四五日而
見鹿亦察人之至旣知有覘者乃舍箐而走始出箐不敢跡
而行〻數百里疲而蹄趼則亦不得不跡行而遇水則亦不
敢亂而渡以水行數里始敢陸而走行數日不得休又不得
齕則大困疲無奈遂蹷而臥獵者旣知其走負火鎗及飯鍋
而追躡之不遇則不止遇則以火鎗進射之鹿見獵者至猶
不能起但呌痛苦而已噫鹿之茸亦悲矣生於其身而殺其
身其豈非鹿之累耶兀崔齧其尾麝叩其臍而死奚徒茸之

鹿耶深藏而遠遁者猶復或不免而况乎戴茸而游城市者
乎

關西人有豢一馬一牛於廐者馬直五千錢牛十之六主人
甚寵馬萁料飽刷之政必先牛而厚之牛每目睚盱視馬嘗
并繫於庭牛忽奮斷其絲急向馬觸之馬驚走入廐主人揜
關而斷之牛躍踰屋入主人又開門出馬於外牛亦出環追
逐數百步竟以角陷馬腸斃之主人憤之召屠立殺牛牧牛
者言牛性惡於馬〻則惜其主牛則憎其主以貌視之則牛
頗似謹愿者而其性不及乎馬則豈人之所以待之者不及
馬故怨憾以然耶抑娟嫉其右不能下勝己者本性之然耶
觀其目盖亦非仁善者也

牛之力盡田畝而畢竟殺身者誠爲寃憫先儒已有言而
先朝乙丙歲亦嘗以此爲傷和之一道使中外申明屠禁俾
無犯者實盛德事也但我國之俗不勤於畜養鵝鴨與羊則
無豬則只畜之者畜之狗則家々畜之而亦有不宜用處故
祭祀燕飲養老供病之用皆專以牛爲肉又其需用者甚廣
自角革蹄毛觔骨之緊以至有形之物皆有所索其勢不得
不屠故官旣屠之民亦犯之犯之者多旣不可盡法則官又
罰金而貰之犯之者益廣而牛之死徒肥官而已且一牛之
飯所費不細而民之猶盡力而飼之者以其將服其力也老
且病者旣不能引犁又不能負重則民豈無用而費不細之
料耶苟不得宰而換可力者則陽坡之下將見有餓死之牛

41

此亦行不得者也今若使多畜豬羊鷄鴨以減其用之々路
許老且病者以閑其用之々門有違此而犯者不金而罪之
則　先朝申法之德意庶可以被之於禽獸矣
環京師五十里而遠者皆日敗趡其至也牛九馬或一每氷
泣差々血印花跡爲鐵其蹄以行海之壖皆牛畊薀方赫陽
下嶢牛引重杷陟高堆反爲土所引而後畊者大呵叱驅以
捧急不暇喘故畿甸沿海之牛多骨立而瘠項胝而背穴然
以其慣於勞也日能行百餘里載高畊遠而不瘦湖以西其
民多貸牛自其犢也烹麥和豆日饋三槽日刷滌之使充澤
不敢騎不敢載物不敢畊恐其或不肥也肥旣至外不辨骨
高可及屋於是謹其靷絆出繫於細艸之坡牛無所事時以

42

角挖土而揚之蓋待京商之至也余於湖右嘗見牧之者歎
眲麥而患無牛使試服之齟齬如不勝鐵未盡十餘步喘喘
不可觀爲即脫之其暮不肯食垂頭閉目而立牧人憂之曰
減失肉二百錢余哭曰此貴骨也將安用彼嗟乎安得致此
牛於畿甸使知有負薪眲鹽之勞乎牧人曰其肉甘而脆其
皮厚其骨粗其角秀其脂多其毛細皆可用安得無用

我國人謂馬曰秣中國馬兒之稱鄉人又變而曰毛乙此滿
洲語也建州有毛憐衛即馬之稱也言馬者謂粉青沙青諸
青馬曰驄謂駱皮馬曰騅謂紅馬曰絶多謂梟色馬曰九郎
謂紅沙馬曰夫妻謂黑馬曰駕羅謂黃馬曰公骨謂黑鬃黃
馬曰古羅謂棗騮曰烏騮謂豹花馬曰槐花赭音弗謂線臉

43

馬曰線閒赭謂玉頂馬曰小台星此皆滿人語云

貎集韵北方獸名似犬食人漢淸文鑑謂豺之有五色者則
貎似是猛獸而東軒述異記言康熙二十五年平陽有貎鬪
三蛟二龍於空中殺一龍二蛟貎亦斃長一二丈類馬有鱗
鬣死後鱗中焰起猶丈餘以此觀之則似是蛟龍之屬而今
之所謂強鐵者近之矣有人嘗見抱川王方山雷震一馬斲
其腰而馬有鱗鱗閒有火氣有僧見之謂之強鐵此其亦貎
也耶

有馬驢交而生者有牛馬交而生者古今注及本艸以馬父
而驢母曰駃騠又曰駏驉驢父而馬母曰騾又曰駏䮫牛父
而驢母曰騎騬或曰驢父而牛母曰駝䮫不可以卞矣今之

44

所稱者曰廬賽者馬交驢生也曰特者牛交馬生也嘗見有人騎小馬大不及小驢而力能趂牛馬且其形則馬也而非驢騾與特也或言豕交馬所生不可信而豈果下種耶

異獸之中如獬豸白澤挑拔辟邪狻猊青豻貘角端之類世信有之載籍且詳其形色而以其異於獐麝狐兔故人雖遇之亦不識為何獸盖緣雅學之未博也向歲燕京朝賀會者凡七八國有以鐵繩縛一怪獸致於庭問有能識者皆瞠然無以對時柳泠齋隨賀使赴燕獨言此似是堪達漢產黑龍江地其狀似此問何由知曰載大清一統志燕人皆嘆其博識而有記性此可以無愧於劉元城之辨駮矣漢清文鑑亦言麋類似駝一名四不相

白雲筆 上

45

余於走類之中所深惡而痛憎者狐也獸之食人者非無虎豹熊貔之虐亦未有食死人者而狐則必求死人而噉之往〻邱壠之間有髑髏之暴露者皆狐之為也譬如熊虎是禦人之賊而狐則乃摸金發邱之盜也老狐之魅人也必變而為淫蠱少婦又必變而為曾所親狎而慕悅者以迷之則是狐於其間煞有所挾如外道所云幻身究心通之術而賊矣既盜矣又淫矣又妖矣則走類之中所可剿殄而無遺者莫浮於狐矣余家海上曾無惡獸之可以害人者而惟狐則間有藏蹤於古郭危巖之間醉而夜歸者時或遇之而迷柳棺之竄亦多失其藏者余嘗深惡而痛憎之每欲盡除而不得者也昨年春樵奴偶得其一雛於山縶而歸余曰亟撲之得

白雲筆

46

一狐殺一狐得千狐殺千狐得之則殺之者其惟狐乎鄉人
稱狐曰女藪故天安地有女藪兀者其實曰狐洞云
家畜之最近於人者莫如貓食魚寢毯恩亦至矣其所以報
之者惟詰盜一事而間或有慵於捕鼠勇於伺鷄則此猫之
尤無狀者也嘗聞　肅廟朝養一金貓於宮中及　龍馭上
升猫不食呼嘷累日伏而死　殯殿之庭仍瘞于　明陵洞
口時人作金猫歌以擬宋之桃花犬雖緣　聖德之無物不
及而貓亦非尋常比也吁亦異矣
四足曰獸而余於嶺之岐邑見有六足鼠於昭義門外見有
豕生子而八足兩首二尾蓋豕則二而未分者也又聞有三
足狗能治風癇而或有見之者云

47

獸之狡者有狢俗稱黃獷皮曰騠鼠皮又作騷鼠鄉音訛作
足齊飛微物也而性甚狡詐身塗青泥植立浦邊則鶴以爲
橛也有來坐者攫而食之掘地作窟臥而試之往咋蛇尾蛇
怒而逐之即走而仰臥於窟蛇盤其上以守之乃從下咋蛇
頸以斃之穿鐫隙入鷄栅中既咋雞即驚之使飛附雞翼下
以出雞若不可出則盡殺栅中之雞以肆其狠毒覺而逐之
則去而復來一夜至五六次不止身多跳蝨則乃含一枝從
尾浸水徐徐以漸至于項背則蝨皆避水赴枝即舍枝而走
獸中之最狡詐者也
致産之道在乎專一畜牧不過其一事也而淸風有歲養雞
二百翅者以衣食湖之沿有家常畜百餘狗者以貲名於鄉

48

禮山有駒長者其初以牧駒起有畜牛蹄角六千於難阜者始也不滿百令牧者歲無入二歲納一犢特及犅牛皆有息歲無幾至千牛至千國富人之有也

熊虎皆在山之獸而有時闌而下郊野　英廟賓天之日有豹入舊闕獲於樹上甲辰秋有熊大至甚至挑入於廣陵水中毆殺田婦於惠化門外長安市肆為之責熊踏流至湖西經月而始息亦異矣華城　園所松栢既成林府豹多聚每四出而為憂及庚申　因山之後環而延居者不復以府為警民皆傳說而異之於戲　前王不忘

天下之獸莫大於象亦莫小於鼠而鼠能為害於象故象畏鼠甚見穴則不敢進牙聞鼠則瞿噫以至小而能害至大故

白雲筆 上　二十五

49

君子不以大忽小ヽ人不以小畏大

筆之丁

談蟲

蟲之有翅而能飛者皆無翅而不能飛者之所化也蟬之本復育也蛾之本蛹也蝶之本諸木與諸菜蟲也蜻蛉之本蜷也俗稱水蠆兒蜂之本螟蛉也蠅之本蛆也蚊之本蜎ヽ也即紅絲蟲也其有翅而能飛者究其本則未有非蛸ヽ者也當其無翅而不能飛也其狀或大或小或長或短而或有角或有毛或青或白或紅或斑或在樹間或在艸間或在水中或在土中蠕ヽ然蠢ヽ然過之者一過庭除則莫不唾而繊之其背有票及其時至而化形移而變無翅者有翅不飛者

50

能飛則旣塗以粉復黛而砂旣被以錦復翠而花粲若珠璣烱若羅紗翩々翚々實都且華於是見之者莫不愛之得之者恐或傷之點蠹棟掠華禧曾不以慼焉吾不知人之所以薄彼而愛此者愛其無翮而翮不飛而飛有以能變化其氣質歟抑愛其青紅粉碧褊襴焜燿有以能華飾其外貌也歟是未可知也

嘗偶折高粱之稈剖其一節中空而竅上下不及節大如藕孔有蟲居之長可二黍蠢然而動猶有生意余喟然嘆曰樂哉蟲也生於此間長於此間起居於此間衣食於此間且老於此間也則是以上節爲天下節爲地白而膚者爲食青而外者爲宮室無日月風雨寒暑之變無山河城郭道路澮畎

之難無耕作織紝烹割之辦無禮樂文物之煥彼不知有人物龍鹿鵬鯤之偉故自足其身而不知爲眇焉不知有宮室樓臺之侈故自足其居而不以爲窄焉不知有文章錦繡奇毛彩羽之美故自足其倮而不以爲恥焉不知有酒肉珍羞之旨故自足其齧而不以爲餒焉耳無聞目無見旣飽其白有時乎贊々而闖則三轉其肚至于上節而止焉蓋亦一逍遙遊也豈不恢々然有餘地哉樂哉蟲也此古之至人之所學焉而未至者也

余家旣鄉曲房室又甚樸陋每當夏月晝苦蠅夜苦蚊室中苦蚤虱余每苦之如不可堪已而思之是不足苦也近峽之居鹿豹日來侵閙四道之衝盜賊趂夜覘覦艸宿有蛇虺蜡

53

虻水耘有蟥蛭林樵有楊辣花毛之蟲奚徒是也貧家有責
債之人宦家有丐貸之人貴家有趨附之人喜則如蚕蝨之
咂人血怒則如蚊蠓之嘬人膚以余觀之使人不可以頃刻
耐其苦矣今余既無此三輩人矣又無虎豹盜賊矣又無艸
宿水耘林樵之遇矣庰幾埃陋而亦無蟑螂與臭蟲之惡矣
豈可以蚊蠅蚤蝨之往〻侵軼為其苦而敗其樂耶於是思
想眈然熟睡不知四蟲之為苦矣

近海多蚊每嘬人皮肉則癢若桃花痒不可支及秋則其尖
轉毒多成瘡痏至九月散作花喙而後蚊亦無如人何方其
至也燒艾葉熏室則必散去其云蘩葉檀香則蚊化為水者
試之不驗又有極微細如塵者鄉名稍蝎茶塊遇人則必穿

白雲筆 上

54

膜而咂血初則不之覺焉及其久則腫如栗子大必経旬而
始可小於蚊而其毒倍之嘗聞閩中有沒子稱金剛鑽愈搔
愈痒云似是此蟲也

余家初到海上地多蛇虺自四月以後或一日而三四見令
童奴遇則必斃之遠剗艸莽居之十餘年蛇亦屛而遠去其
種有四一曰屈行即蟒也大者如椽有豬金灰白三色間或
入人家搜雀鼠吞雞蛋一曰能屈似黑蟒而有赤黑色時或
嗽蠨蛸則人捕之以釀酒為蟾蛇酒治癱瘓及痳血一曰水
尺喜在水中逐鮭遍身皆紅綠花怒則昂頭若乙字而趨亦
名律墨一曰殺無赦黑質而白章故又名鶺蛇其性甚悍行
而遇人則止觸之則能作觳是有大毒喜咬人〻遇之則必

殺故曰殺無赦鄉之人每以蛇爲吾鄉之病而余則曰不然今若按蛇譜而考之則天下固多不可與隣之蛇如巴之呑象滇之石角潮之狗卯之類皆蛇也而其人猶居之則若吾鄉之蛇不過是紅絲刀〻者也是何足病也爲蛇所咬者多搗蒼耳葉飮汁而貼之則良云

鄉居有三聒聲最不可聞紡車聲嬰兒聲蛙聲但不紡棉花則無以紡布着縣矣不育嬰兒則無以傳家繼姓矣田無水蛙不鳴則將不免旱荒矣然則是三聲者皆是不可無者矣搗雀腦取髓以脂車軸則紡車可以無聲哺蚧以葱之訵庘以感之則嬰兒可以無聲唯蛙則莫之奈何蟈氏鞠灰之法非徒未之前試殺亦無辜或言取養魚頭張之四隅則可禁

其鳴而亦近多事矣唯當任其自起自止而設以身處雲從街列肆中及長安老學究村塾中則此不足爲聒矣始知古人之云兩部鼓吹者亦是無可奈何強作大談也

兒時聞蜘蛛殺盈斗耳福宜壽見蜘蛛則必毁其網而殺之及長思之是大不然爲是言者蓋深惡蜘蛛之網打諸豸欲人之共除其惡而今若以蜘蛛而視人則人之不爲蜘蛛者幾人耶昔太皞氏師鼅鼄而結網罟其法愈往而愈密曰罦曰罠麋之罟也曰罞曰罡曰罝曰罟曰罼兎之罟也曰罦曰罬曰罴曰罿雉之罟也曰罠曰罥曰罕曰罣曰罛曰罽曰罜曰罷曰罶曰罩曰罨曰罭曰罥曰罽曰罾曰罾曰罺曰罳曰罶曰罜曰罍曰罬皆魚之罟也麻葛之繩蚕棉之絲十費其五

而數尺之溪離環而帳圍小山之逈烟迷而霧擁無鳥不羅無魚不網無獸不罠恣害生類以肉其食則鼈黿果善網耶人之網者果善網耶奚徒是也結之以忌剋之心張之於疑似之地而巧言為其總苛法為其椿竟使雉死于兎羅鴻離于魚網者有之則此又鼅鼄之所不為而唯人或為之矣又何誅於鼅鼄之求飽而反自陷於傷生之科耶然則與其殺五斗鼅鼄毋寧於自己心上不作網罟之念者是大陰德也

余自此不復殺一鼅鼄也

蠮螉不能育子故其育子也往而求赤黑蛇以身啗之則赤黑蛇必呑之而死、數日其腹敗而坼則腹中皆蠮螉子也蠮螉以是能相傳於世余嘗怪蠮螉之殺身而求子者已愚

矣而蛇之必呑而死者又益愚矣或為子孫計而死或為口腹而死為其身死者不亦悲乎

五六月之交風薰雨淫濕氣蒸鬱蚊蠅蚤蝨之外亦多蟲焉有白如粉塵微葹不可辨者蠕、於案上諦視之蟲也有扐扐於窗間者如遠村砧聲審聽之蟲也夜臥有物大不踰黍米而緣臂而上摩驗之蟲也旁櫳咫尺之間一何蟲之多也噫天地之間含生而能動作者皆蟲也有羽蟲毛蟲鱗蟲介蟲又有曰倮蟲者則麟鳳之瑞鯤鵬之鉅龜龍之神自天視之皆是蟲也三百倮蟲人為之長則人之為蟲尤延於倮彼連營千里猛將三十六精兵八十萬鼓行金止征南伐北者以遠觀、之則一蟻也彼被繡帶佩蒼玉得志於明時翺翔

乎鳳池鸞臺之上者以達觀〻之則一蝱也棲於小山叢桂
之林傲兀萬乘薄靑紫而不肯顧自潔其一身者以達觀〻
之則一鶯也文章動一世詩詞被於樂府聲譽傳於夸狄而
翽翽瓊琚以鳴當代之盛者以達觀〻之則一蟬也高堂好
時積金堆玉而経營富厚思以傳子孫無窮之業者以達觀
觀之則一蜂也朱門屐客背冷趍熱利之所在百計圖鑽而
舐甘吮美惟恐或後者以達觀〻之則一蠅也方伯守宰吹
角張牙椎髓浚血瘠其民而飽其腹者以達觀〻之則一蚊
也佻〻公子負才沽埶花衣怒馬矜己輕人者以達觀〻之
則一蜻也智謀之士自以謂経天而緯地設機施策瞞人害
物者以達觀〻之則一蛛也方將翩〻捷〻擾〻攘〻不自

白雲筆 上 三十

59

知天地之間蟲爲何物我爲何蟲則位高才厚德備埶大者
猶如是矣况吾輩蠓〻而息蠢〻而動者不過爲一蜉蝣也
一蠛蠓也何敢以軀殼之稍大知覺之稍慧笑此數蟲之微
者也我昔目揵連盡其神力歷河沙界之一佛國報身甚大
飯鉢邊圍可當大路目連振錫而游其上彼有弟子而白佛
言安所有蟲而人其貌佛謂弟子彼眇者是娑婆世界釋迦
如來高足弟子未可以其小而易之吾安知彼緣葉而據當
者非有一娑婆世界有一釋迦如來之有一高足弟子者耶
吾又何可以其小而易之也吾與彼皆蟲也
有鎭川人遊海西飯於店見有四五人負一高竿一雞窠一
簟而至只買酒飯簟中出饒鮮十餘段食之甚肥而白問客

60

亦欲嘗此曰何曰鮮也請而食之甘且脂食而又請食二段
遂與同行過一同〻者海西人陂偃之稱也蘆葦叢密水黑
而滋其人曰是宜有之植竿於水中張絙若戲竿一人左手
奮鐵把掌右手持小鐵搖秉槖懸索而上坐竿頂口吹竹哨
有頃水波沸涌有物大如柱緣竿而上張口向之即以左手
餌之吻閉而鐵立即以鎚〻其額斃之大黑蛇也曳而下剥
其皮藏之燒其肉乃店舍所請之鮮也其人曰此蟠也皮有
需肉亦宜於人鎮川客歸而病心惡嘔嘰至數月鎮人有道
其事詳者余嘗聞羅州人嗜黑蛇膾以為珎味又嘗見湖右
之民烹水尺蛇食之謂善於百病云

有盤臺先生者秉燭夜行遇有歌謠而來者盤臺先生揖而

61

問曰來者誰氏曰慕機先生余也曰夫子奚為夜行而不火
反歌謠為曰夫子不讀禮耶禮曰上堂聲必揚此禮也何夫
子之徒耿〻然泯默而顧僕之異耶盤臺先生曰子獨知禮
矣禮不云乎夜行必以燭慕機先生曰請與子論道可乎論
語曰在邦必聞在家必聞僕竊以為道在於聲盤臺先生輾
然笑曰詩云無聲無臭夫子曰聲色之於以化民末也由此
觀之道果在聲也哉大學曰大學之道在明〻德又曰皆自
明也中庸曰自誠明謂之性自明誠謂之教由此觀之道果
安所在歟慕機先生奮然作色曰子思子曰詩曰衣錦尚褧
惡其文之著也文猶惡其著况於光乎曾子曰十目所視其
嚴乎嚴者畏也子得無畏乎盤庚曰予若觀火又曰若火之

62

燎于原此皆惡而戕之〻辭余則不爲是的〻者也舜典曰玄德升聞言玄而惟有聞也然則道其在于乎其在余乎盤臺先生曰嘻余嘗聞之書曰弗惟德馨香祀升聞于天誕惟民怨庶羣自酒腥聞在上矧曰其尚顯聞于天書曰惟公德明光于上下詩曰樂只君子邦家之光言道德光輝翶諸中則彪諸外有不可自掩者矣豈若子之大拍頭胡呌漢耶於是恐不相息共與就花間羅浮氏而質之羅浮氏曰我日出而作日入而息未嘗夜行故不知有必燭之禮未嘗有求於人而入人之家故不知有揚穀之禮小禮且不知大道安能知也我不知也有發可生者過而聞之退而告人曰世之無耳目也久矣魚目或混於明珠故有光者未必自照蛙穀能

63

雜於簫韶故無穀者未必不聞盤臺氏其難乎免矣若慕機氏其將血食於世矣

種植家之所協蟲有曰蟹梅者能夾而斷稚莖若蟹足之鉗故稱以蟹梅鄉音謂蟹爲暨謂梅爲蕆名之曰暨蕆蟲〻之害植者多矣有食葉者有食實者有食之既者而必於蟹梅爲深疵之者以其嘉蔬香卉纔得托根而蟲必夾斷之故也故謂人之多忌尅者亦曰蟹梅蟲

壬戌冬余一子四女皆患紅疹二姐出花纔三日忽蛔蟲大起疢甚危劇鄉無藥舖送人三十里買殺蛔之料而急不可需遂挖地捕蚯蚓五六十條和青粱米濃煎連服之有效盤家聞之曰蚯蚓能治蛔能補元又能治熱當劑也得矣余笑

64

曰余不知性味只知以蠻夾攻蠻夸也
獸伏於山鳥翔於空魚浮於水近人則無不驚駭散走而蟲
則不然蚊卜其夜蝇卜其晝而穿帷闖簾吮人之血舐人之
汗蚤蚝則淵藪於床褥之間剥嚙人皮膚不已蝨則猶以為
遠也據人褲襌之縫依人毛髮之叢仰人若畊作之地時復
穴人為窟而居之此猶外也三蟲入人臟腑之中隱然以人
為其衣食宮室焉鷹隼之疾而不能避趾間之蚊虎豹之嚴
而不能制頷下之蝨賁育之壯而不能奈腹中之蛲雖其所
以害之者有巨細緩亟之異而究其心則皆食人者也是羌
幽起於房室也熊虎伏於衽席也蛇蝎穴於心腹也靜言思
之不覺背慄而股栗也始知天下之患不在乎大者在乎小

者豈可以其小而忽易之也哉余嘗見蚊蠜而成癬蟲毀而
頭髮蜖冲而立死者矣
菜花方闌有羣蛺蝶來嬉有粉白而點紅者有翅黑而紅眼
者有黃者有淡青者有五色俱備者有[illegible]蝶者指而語余
曰此春木蟲也此野繭也此菜青蟲也道其蠕蠕蠢動狀甚
詳嗹于前曰子無艷也其本極醜不可近也余曰嘻末之矣
子蟲則蟲之蝶則蝶之可矣顧何必蟲其蝶也是則衛青之
大將軍而奴之也周處之忠義而悖之也郭元振之文章而
盜之也子欲罪蛙之尾而疑嬀之眼難乎容於子之前矣
乙卯夏麥將熟忽有黑蟲長可二寸喙尖而赤鉗麥稈落其
穗無田不蔽無麥不綠每日午則舍田而趍陰近麥之家庭

壁皆黑甚至食艸與木跡其過如馬齕狀麥既盡則忽復數日而盡來無所從去無所歸田民以為從天而降復歸于天其言固誕而亦是恠事余時往海門莊舍目見之矣

蟲之食木者或食葉食實食心而未有甚於松木蟲之食爲其始生也如蠶之初眠者只黑色而已及長而肥則大如食指背黃而有赤文毛可眉長渾身有粉能螫人而毒既食葉既又食其笋、葉皆盡則雖過圍之木立而枯爲所趍之地赭而後已其有未盡食者則蟲老而繭、化而蝶又復飛行遺種於樹枝之間故未寒而又生原蟲寒則蟄於根下春初而復甦必三年而始訖蟲之食木未有酷於松蟲捕之則可禁而蟲既多亦不可勝誅矣橡木及栗木亦皆有蟲如松蟲而橡栗則猶未至枯死

朴西溪詠蠹魚詩曰蠹魚身向卷中生食字多年眼乍明畢竟物微誰見許祗應長負毁經名蓋自況也而末節亦延詩識按蠹魚名蟫一名蛃爾雅翼言始則黃色既老則身有粉視之如銀故名曰白魚古人云蠹魚千歲則為脈望食之而仙皆以蠹魚為毁書者而余嘗曝書見蠹魚淺竄於青蕓黃殼之間而未嘗有咬破處別有黑而赤喙者小蟲其喙甚硬鉗斷絲縛穴鑿紙葉毁書甚多始知毁經者非徒蟫也黑蟲之罪尤為大矣

世傳有一蚤一蝨為人所挼陷於豕缸得栗殼一片攀附而登中流而去蚤顧謂蝨曰風景正好盍聯句以記游耶適主

人開缸放尿蚤即吟曰飛流直下三千尺疑是銀河落九天既尿訖復覆蓋〻錚然有聲蚤足成之曰姑蘇城外寒山寺夜半鐘聲到客船遂相與稱誦不已自以爲清興佳句也此蓋好事者之戲言也然於其間然有諷詠之意焉世之遇佳山水必泛舟而游旣泛舟必賦詩句以託之者多是蚤蝨之尿中清興且所賦之句妙有不蹈襲古人而爲蚤蝨之帰者矣然則爲此說者罵盡千古游人而如蘇東坡之泛舟赤壁者庶可免矣夫

筆之戊

談花

菊之種甚多劉蒙譜三十五種石湖譜亦三十五種史正志

69

譜又二十八種或有疊出者而蓋近百種矣余甚固於品花而曾在洛下通許家植與見於人者則如醉楊妃紫苑黃三色鶴翎通州黃蘇京白待雪白笑雪白烏紅之類亦過十餘種然而名高品稀者則其培養之道十難於凡菊烈日急雨皆費人心力而繁衍茂盛猶不若拋棄籬間者則山家所種當以江城黃早開者多植閑地春食其苗以爲菜夏食其葉以芼魚秋食其花以之泛觴而排飢其用不特看花而嗅香矣余自延年求其種頗廣植之而牛性嗜菊故纔一不愼輒齕之殆盡此養菊者之不可不戒也

余於鄉居之後有三根於花其一含芷有陂長可數百步辛丑夏種蓮子一升于陂過三年遂出水者以爲土鹵而然矣

70

有癡奴耘於陂邊見艸間有菌葉大如棵大奇之即拔而來
示之故植而終不榮其一庭畔有灣桃五六株偶得梅枝盡
伐而接之蟻慕其脈而穴之皆不續既失梅又失桃其一得
千葉紅桃核數百枚擲於前岡之下其翌年並皆作箸子大
及秋有偷樵者盡刈之根弱而不復萌使余陂而有芙蓉遊
而有梅花五六株前山而有數百樹紅桃則將不知沵山武
陵孰爲多少而山家之花事足矣余至今猶恨之也
花之最多而易得者在木惟桅杏與梨京華則在在多有不
必言雖以此海鄉之陋亦復間間有之然而桅花太濃梨花
太淡皆不如杏花之得中嘗與客品三花曰梨花非不閑潔
而如文君新寡淚洗玉面素衣縞裙不帶花鈿雖有溫存氣

白雲筆 上

71

味終覺冷落桅花非不繁麗而如太真承寵肌膚豐膩錦衣
不網燕支半醉濃豔之極然有賤下底意杏花則如無名十
五六歲女子不癯不肥不佻不癡一分羞一分戲一分春思
七分是本來玉雪面皮覺無久處客亦以爲然故嘗戲作俗
樂府曰桅花嫩太紅梨花白如霜亭亭向脂與粉偎作杏花粧
舍後舊有一株老大不能盡意延得三四株繞屋分栽每花
開究然有田家春意
繡菊者俗所稱唐菊而一名曰西蕃菊有千葉者有單葉者
有紅白紫粉紅諸色亦有香可愛僧多種之佛殿下余嘗得
其種於友人家歸種鄉舍每秋初花發亦足以文飾貧家皆
庭而以其賤也不勤養護亦數年而盡今也則無矣繡菊有

72

多色而黃則無之亦異矣
花之色自有其正而亦間有正色之外之色如杜鵑羊躑躅本淡紅色而亦有白者薔薇本黃色而亦有紅且白者野薔薇本白色而亦有紫者牧丹本紅白粉紅三色而亦有黃者此政古人所謂白惟天品潔紅或化工奢者也而亦或有致人巧於其間者如菊本無烏色而以蠐螬汁夜滲白菊則朝起如漆蓮本無碧色而浸蓮子於靛瓮中種之則花作淡青色此則亦人工之變幻天質者也梔花之一株而三接者亦甚奇
海上多塩戶故每冬盡春初薪貴如桂樵青之日課一擔者皆杜鵑花根也以是山中之花事歲益蕭瑟間有存者則其枝榦已被髡盡花皆着地而發余甚悶之家後小麓嚴明花禁使不得侵其根莖行之數年頗多茂盛每三月春暮夕陽在山則滿山皆杜鵑紅也若此過十餘年則蕭日洪輔德似不得專其美矣蓋土性宜於杜鵑故苟不牿傷則不待培養而可蕃殖矣
花之狀不一而大體則亦不過三四本如牡丹芍藥薔薇月季蓮花等毬形者是一本也梔杏梨菊梅花等圈子形者又一本也杜鵑躑躅朱槿萱艸蜀葵等喇叭形者又一本也大較千紅萬紫皆不出這般二三樣子而百合之倒捲若鉤形石榴之肉蒂而吐瓣合歡之散垂若流蘇者亦是別件化工嘗見人家有花甚細而形若金鳳花色淺紅可愛謂是妹海

棠此又異形者也然而此皆就余所見所種而論之則安知
未見未種者又何何許恠奇状也
我國無花市故不曾有賣花者而惟粥雲臺下樓閣洞及桃
花洞清風溪等處或有吏胥之老而閑且貧者多從事於花
既寓其樂仍作生涯故若梅花之托奇查者菊花之三色共
一盆者石榴之高而繁結者盆竹盆松盆桃之類往往出而
貨之價亦不甚高如冬栢梔子映山紅百日紅棕櫚倭躑躅
柚子之屬南方之民擔負般運灌輸乎權貴之門非市而可
得者也有一武人新結時宰竭其力無以媒寵適宰閒梅即
自言家有梅可即致遂出而訪之遍城中無可貨者至夕聞
西城僻巷有姓李者老而畜梅往叩之盛言有苦癖於梅請

白雲筆 上

三

75

玩之既開閣有二盆皆稀品也請其一老者熟視良久曰善
持去乎豈觀梅花者也乎使二奴輦運於街曰不可使我知
其之知則有戀宰相之所欲清閒者亦不得保其花卉矣亦
有踰墻之偷花者矣
余於今年四月初赴洛見處處石榴花爛開且向衰意謂中
春而闈故節已晚矣歸家視之則庭前二石榴方吐紅芽至
六月初始結花雖緣出窨差晚種又不得其所灌亦不以其
時而較洛花恰退二月矣大抵余家之距洛不過百有二十
里而每見蔬菜果實之屬每遅一朔而後成非徒人工之勤
慢亦係地氣之休旺矣物猶然矣况於人乎
牧丹花之賞者而海鄉頗多産焉家皆養四五本余於昨年

76

晩春得五六根於澥人列植於白雲舍前又種芍藥三本於其旁又植槿花一株於其西梧桐樹下矣土性甚惡旱則如石雨霖則如粥且晩移槿則至妹始花芍藥則萌而至今年不花牧丹則盡死矣惟一枝槿存生意藥而亦不能花蓋牧丹宜肥土之黒且踈者矣

余在白門毗屋時宅舊南尚書之淡容亭也尚書老閑多蒔花木能四時不絶而宅屢易主其珎品稀種則已皆散佚無餘矣而所餘存者猶有丁香花山茱萸花玉梅花白躑躅花若梨花杏花梔花櫻花李花來禽花迎春花杜鵑花者已老矣且思蘖而花矣岩阿之間亦多艸花之奇者兼以黄楊丹楓雪緑霜紅每春晩花香撲人落紅滿地令人不覺在城市中矣丁巳歲余家又斥而粥之則買舍者以爲林木太茂盡斫而赭之云

舍後有叢竹高不踰尺圍不及箸直蘆葦而已然種之既久甚葱蒨茂密常有如簀之義嘗見嶺南人家多脩竹之繞宅者大者成林藪小者猶數百竿皆高過屋脊望之如斵碧玉而植琅玕使人甚嘆慕之不已然而反而思之則苟使舍後之竹大而可籀篙糊扇其次可穴笛斵節小之猶可揷不律續烟杯則將見斧斤之日至矣豈能葱蒨茂密猶得淸[illegible]而宜栞書也哉然則竹之茂盛以其無用而無用者固賢於有用者矣

余性懶平生不勤花政而年既向老性甚愛花漸覺有一日

不可無君之意每歎於庭畔多種無窮花及蜀葵花盆養四
季月季三根則庶可備一年花料而亦未之得矣每與人
戲曰余後生得生大理地方則足矣人問其由曰大理即佛
家妙香國也其地多奇花異卉如五色杜鵑數畝夜合者而
四時不絶花苗女皆太真豪花而其俗婚則不歸婿家得苦
郎與處族有身始去又有藤酒甚美鵝蜒菜甚香若得為苗
女苦郎日飲咂魯麻酒肴鵝蜒菜而觀上關四時花則豈非
大福力耶人莫不嘔噱延得石成金花曆欲按月行花令而
鄉谷既陋無以遂願只自恨惜
中國市品所載者有茶梅花蠟梅花迎春花探春花燕春花
風蘭花澤蘭花朱蘭花箬蘭花伊蘭花珍珠蘭花姝妝丹花

79

纏枝牡丹花魚兒牡丹花西府海棠花貼梗海棠花垂絲海
棠花木瓜海棠花秋海棠花山蓮花西番蓮花鐵線蓮花朝
日蓮花金絲桃花夾竹桃花玉蕊花山礬花辛夷花雪毬花
楝花紫薇花紫荊花梔子花杜鵑花黃杜鵑花枇杷花木槿
花扶桑花合歡花木芙蓉花桂花山茶花瑞香花結香花金
雀花酴醾花薔薇花刺蘼花月季花四季花木香花百日紅
花棣棠花茉莉花雪瓣花含笑花指甲花芍藥花金盞花剪
春羅花剪秋羅花剪金羅花剪紅羅花菊花七月菊花綉線
菊花翠菊花丈菊花雙鸞菊花滴〻金花石竹花罌粟花雞
冠花虞美人花蜀葵花天葵花山丹花錦葵花金錢花玉簪
花旋節花水仙花寶相花瓊花丁香花萱花水葱花百合花

80

馬蓼花鷄蘈花玉蘭花此皆似非珎稀難得之花而猶延百
品則其婦女之所戴貴游之所供者豈特此而已也哉
辛丑仲夏余嘗作花國三史上編曰花典花謨花命花誥中
編曰花史綱目附錄下編曰花王本紀梅妃竹夫人列傳尚
昭華列傳三容華列傳宗室列傳蓮濂公世家梅分公世家
芍陂公世家桃林公世家杏城公世家梨園公世家蕉縣公
世家芝縣公蘭亭公世家杞國公世家葵卯公棠縣公桂嶺
公世家柳將軍列傳辛夷徵子叔列傳萱爽宣嬰列傳決明
牽牛書帶金錢列傳菊潭公列傳竹溪先生列傳楮先生錄
外蕃列傳盖依倣毛穎陸吉諸傳及鳳洲危言所載花王本
紀趙東谿花王本紀等體而作矣有序文有凡例有緣起而

其時適有以延世人所作花史來眎者其史用通鑑例而以
梅牡丹蓮菊分爲四代萃懿代出於花官齊梁迭起於香城
故余竊非之退而凡三日成是書卷首題一聯曰涵碧螢燈
三日夜妝丹麟史百年春盖實錄也然而語涉俳諧文延科
場圓年少時綺語一業也嘗見桐巢遺稿亦有花春妹而語
延余之曾所見者矣又聞居赤水應畯有花史月表而余以
未得見爲恨

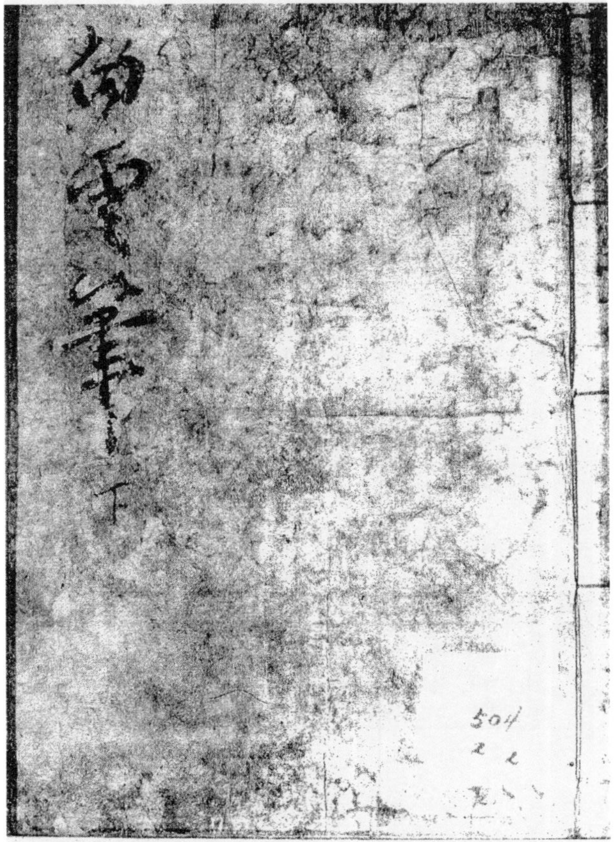

白雲筆 下

筆之已

談穀

爾雅翼曰稻性宜水一名稌有黏有不黏〻為稉不黏為秔又有一種曰秈比秔小而尤不黏其種甚早今人號秈為早稻秔為晚稻同一稻也而稻之有秈秔稉秔之別者久矣久故其種益廣而繁於其分而異之中又有異者土宜異形色異節候異而名亦異焉每聞老農之言其所稱道者百有餘種有不可詳者余嘗游湖西與佃人言畧記其所道者曰流頭早稻其芒紅性燥堅最早熟曰栗早稻無芒米小紅曰玉節先節間微黑米甚白一名氷銷早稻曰芝麻早稻穀白曰

83

老人早稻芒甚長而白一名大闕稻曰麥早稻亦芒甚長一名鉢里兒差晚曰倭早稻曰閼氏早稻節與穀俱白此皆早稻也曰嘉俳粘色斑一名鵝粘曰精金粘色白如白稻曰閼氏粘米甚白似早稻曰猪粘芒色黑一名鴉粘曰倭粘腰長而似鵝粘曰鶯粘色正黃曰蟒粘色斑曰錦粘芒色紅一名豢毛粘曰氷青粘色斑此皆粘稻也曰早精金稻曰晚精金稻曰白菉豆稻曰玉菉豆稻皆稻之白者而玉菉豆則芒與目黑曰五大棗稻曰大棗稻曰中達大棗稻曰巨兀大棗稻曰紅㮓稻皆稻之紅者而五大棗無芒早熟大棗有芒而莖長巨兀芒甚長而赤紅㮓一名好嘗稻差早熟曰背坼稻穀甚薄微有壆曰芝麻稻似早稻故差早曰羗早稻色黃如金

84

晚熟曰容達稻色黃赤米性甚良此皆以米好稱曰杜冲稻
色赤曰天上稻色白芒長其穗甚靭此皆晚稻也屢霜而後
刈曰王山稻曰巨兀山稻曰早山稻皆早種者也然而此皆
其鄕之所業植也聞於峽人則有峽種聞於畿人則有畿種
聞於嶺人則有嶺種或一稻而所字之者異固不可盡詳矣
余之居所種者又有砂鉢稻七斤稻倭多〻稻等種蓋統而
論之則性有粘不粘熟有早晚色有白黑黃赤地有水陸之
異而已矣

字書禾部縈莖曰穬白曰穛赤曰稷紅曰穠烏曰稜青曰穖
白曰秫黑曰秩則禾之多別種而隨色異名者自古然矣
稻之次則惟粱最多種類亦有粘有不粘有早有晚有赤黃
青白四色之異詩之云惟穈惟芑者即赤粱白粱也本艸亦
言性味功用之異而其稱名者皆農人之所談故如剌雀鼻
磬子㮝猫兒蹯之類不可盡詳亦不可以載錄蓋形色早晚
性味之別穀皆有之一種之別幾至數十不徒稻粱之爲然
而雖以老於農者亦不能盡知云

秫者官簿所稱唐米皮唐也爾雅云衆秫疏曰衆一名秫謂
黏粟也北人用之釀酒其莖稈似禾而麤大者是也百穀之
中惟秫最廉大早種而茂者高可二丈圍或一搤故其收亦
多於它穀嘗聞吾鄕有金翁懃諳農理與隣居韓翁論諸穀
曰一粒而收一斗者惟秫爲然韓翁不以信金翁與之賭一
臺酒春以一篙蔵肥土種秫四五粒及苗遂除之留一肥健

者且冀之及秋取而量之果一斗也金翁曰若曝則不及斗矣又嘗聞湖西人之言則箕城之甘紅露皆秫釀也以秫釀之固勝於粳云爾雅疏之云用以釀酒者固信矣神明之所種者其以此歟

田家之所種者水田種稻與粘稻陸田則曰牟麥春麥大麥大豆赤小豆綠豆油麻胡麻黍稷粱秫蕎凡十三種不種兩麥則無以為農粮不種大麥則無以造麴取麪不種大豆則無以造醬喂歟不種小豆則餠飯不備不種綠豆則無以取粉不種油麻則燈無所燃不種胡麻則不助珍味不種黍稷與粱則粮道不敷不種秫則無以縛帚補籬不種蕎則無以供餺飥備茶醬此皆農家之不可闕一者也此外又有豌豇

87

鈴麥之屬亦皆可種

大豆曰菽〻者衆豆之總名而後世仍以菽名大豆我國之稱太者太無所據蓋官簿之稱也大豆有黃而最大者有黃者有微青者有微赤者有黑者有斑者有以墨指捻之者有黑而甚細者黑細曰鼠目太可藥用黃大曰鷰夫太以其獨植故名味最厚雜米而飯甘如蒸栗又有早菽曰青太六月食

自圻以南專以水田為農其以稻種而三耘之者曰付種其以秧移而弄耘之者曰移種圻南則付種者勝於移秧自湖以下則反不如移秧者之多實而善熟蓋土性與風習然矣然而屢晒而屢耘則未有不多收者矣嘗聞湖沿有力農而

88

多蓄者與其姻隔水而居其姻來借稻出五十碩以貸之旣
量以斛復秤之於舟刻其痕而與之及秋其姻還稻量以斛
則同其槪秤以舟則不及其刻者遠遂不受而却之使復秋
而償之其姻爲付種而四耘之又往秤之猶不及又却之其
再翌年其姻爲六耘之往而秤之始及於痕力農者曰子始
知爲農耶夫稻耘之則實、、則重、、則多取米故再耘之稻
十不能取四三耘者四之五耘六耘者以其量之斛収鑿米
五升六升我非責償之苛也盖欲使子知爲農之道也又嘗
聞有以嶺南奴治農者甚勤於耕自牀至夏凡十二耕而糞
之高三寸早秧而移之及牀種一斛之地而収三百斛下田
十五年之農也故勤耕者多稻勤耘者多米屢耕屢耘者其

89

爲農之本乎
旱種而旱耘者名之曰乾播孟子之云旱則苗苦矣雨則苗
勃然興起者惟乾播稻最延之矣野居之民專以乾播爲務
故每四五月之間雨澤愆期旱風日吹則耕水田者皆有涸
魚之憂而乾播者則反以爲得其時也於是乎滕而買坐於
田以鋤槌破塊土而歌曰風乎風乎山漢子之粥風耶野漢
子之糕兒風耶其或春夏之際多雨則乾播者必泣盖旱則
土沃而莠小雨則多莠而不可勝除也延有一種稻宜於旱
種名曰麥稻旣刈麥移秧而種之則數升之収至過一碩米
亦脂白異於山稻按農書亦有乹秧乹移之法則稻亦固可
以旱秧而若使此稻盡布於世則水田不必高於旱田而春

90

夏之旱不必為憂於田家矣聞其種漸廣於圻甸云

麥者農人三庚之粮也農人之言曰麥者易飽而善消能利人而無病今夫六七月之際薰風以袚之赫日以炙之溝塍之間艸氣蒸人自朝而耘傴僂至午則使人胎膈煩悶腸胃虛脹然而饁婦至頃喫廉麥飯一大鉢飯已吸麥醪一椀即堆然藉艸而眠須㬰起坐放屁數通而腹中安帖矣向使非麥而秔則午饁之隴將多霍死之人矣其言信有理醫書亦言麥有利下益人之功而秋麥為尤然矣秋種曰𪎭麥者種曰春麥而有冒氷而早耕者曰凍麥其品亞於𪎭麥々者必張芒四磔而亦有無芒者曰僧麥々之難舂以其皮稃之厚而亦有皮薄而離者曰米麥即青顆麥々必四稜而亦有六

稜者曰六稜麥亦有蔓生而多穗者曰蔓麥生北方麥之種亦多矣

金生重卿至自關西見種于田者問曰食耶曰既種之誰禦而不之食重卿喟然曰畿之土信德矣豈有如彼其慢而食於彼也問其農曰田者廣二尺而畎々深而隴高即種粱于畝直列而不錯及苗以牛畊其壟而壅之凡三除艸三壅本壟反為畝々高於隴於是兒之游於田者微俛而出粱間莖不掔肘穗不露頂如是故西之人能不乏於飯粱噫此后稷氏之遺法也根深故能耐風而耐旱種踈故能實穎而實粟近世中國之田者皆此法也是故其耕耘之方既便於錯種而客播者又於其中有趲過歲易之意故每歲種之而能歲

、多收豈不得哉圻人則一歲種粱不敢再種爲其土性之
燥而瘠也重卿與圻人論穀性圻人則曰麥飯勝重卿曰不
如粱飯之美遂各執而不能訂余笑曰奶茶者燕京之所珍
而南人膊而不能嘗魚膾者江南之所嗜而北人嘔而不忍
嗅道不同不相爲謀圻人飯麥西人飯粱各從所好何短何
長

鄕人旣呼秫爲垂、又有名玉垂、者稈葉似秫菊生似薏
苡實大如珠有淡紅深紫水青諸色蒸而食之味甚甘亦可
麨而爲餠然而本艸無稱焉不知其爲何種也

我國人稱油麻爲荏故有眞荏水荏黑荏子之別而黑荏子
者卽胡麻也一名巨勝子一名方莖卽服食家之所珍重也

93

九蒸九暴熬搗餌之可以辟穀不飢麁碾作粥亦能潤腎膏
種之于圃則所收亦勝於白麻此巨勝之名所以取勝於八
穀之中者也世俗和蜜作漿印成花樣謂之黑荏子茶食亦
味勝於松花黃栗之屬矣

筆之庚

談菓

吾鄕海鄕也其植多柿成林之家用以衣食奴橘戶竹未必
獨富而於其中有多品焉品高而繫結者能以小敵大有曰
水柿林大而方四溝四頂爽而多漿曰早紅柿亦稱温陽尖
而差小熟不待霜次曰盟柿狀似水柿方而無溝爛如蜜水
墨柿霜柿其味亦旨霜柿圓頂霜則益美墨柿稍平黝而無

94

子曰高鍾柹形似蓮房以淹以稍味甜如餳長準甚高溝陌頗詳其皮既厚餅而後嘗月河之柹恰似高鍾形既差小味亦不強生菜似準邑而無溝啷不待盬甘液迸流方恍最小尖似棉毬一名續讋牛桿之倩惟小圓柹與陽小圓既小既圓不盈一拳種子葫蘆結以百千小而多子所由名焉其品既多雖業於柹者亦不能盡詳而大抵柹之性宜於沿海受風之地故圻甸則南陽安山江華為最盛湖中則海美結城等地甚多產湖南與嶺南則亦多山峽之成林者但湖嶺之柹皮厚而性澀雖能耐久而宜於沉乾圻甸之柹皮薄而多漿甘爽居多爛柹則當以圻產為上矣

果品之產亦自有地如西梨而南橘海柹而峽栗者或緣土

95

宜或從俗業而若淮陽之栢密陽之栗青山報恩之棗黃州鳳山之梨新濟谷山之爛梨延安之蓮實濟州之柑橘皆名於國者也柹則湖嶺與圻處處有之梔杏櫻李林禽石榴蘋婆葡萄之屬京師之人多種植以為業此其大畧也余嘗游汴之北有專小塋而居者能衣細食銅罷問其業曰有櫻梔林禽六月梔如千樹是奚足以衣食人曰京師之市早出者價倍余之果奪先於人三四日熟余是以故能果實之利亦可以使人不乏而苟得其地則不待千樹而後可矣

余兒時舍後有銀杏樹甚老大歲收子銀杏五六斛而相傳在前多食而病者故長者禁不可食怖之以死以是謂銀杏有大毒雖遇於他亦不敢食及長雖知其非殺人果而以其

96

戒之久也猶疑不敢恣食家伯氏嘗當暑食梨卒病閙格症甚急半夜延醫服藥幸而無事余自是遇梨則懼不敢食二十餘年及歲庚戌余往李凡翁宅饋以梨辭不食翁笑曰子畏耶子不讀本艸耶梨則無毒而益人不如杏之有害人毒子其啖之若杏則不可食翁素明於岐黃術旣聞翁語又遇杏則懼不敢食如是者今又十餘年余嘗靜而思之銀杏之不食以其戒之早也梨之不食以其創之切也杏之不食以其信之篤也天下事苟能早戒而篤信又有懲創之切則雖可欲之甚者皆可割而斷之耶旣而又思之知酒之能殺人而不能戒焉知色之能殺人而不能戒焉知危言危行之能殺人而不能戒焉則受訓於長者、、非不早矣懲刱於耳目

97

者非不切矣徵信於古聖賢之言者非不篤矣而只戒於彼不戒於此則亦安用不食銀杏與梨爲也推而廣之懼不可食者非徒三果而已矣

有贈余一根樹者曰果也似木瓜而形與味小不類其名曰榠子云余按醫書榠樝性溫味酸解酒毒去惡心殺蟲魚木瓜之別種也又按歐陽氏歸田錄柹初生堅實如石凡百十枚以一榠樝置其中則紅熟如泥人謂之烘柹蘇頌圖經云酷類木瓜而蔕間無重蔕如乳者通志一名蠻樝一名木李一名木梨云

宗廟之事所以供籩者不過棗栗榛榧菱實之屬則豈以有國之富而不獲於珍果而然耶誠以祭祀之用貴乎誠而不

98

貴乎珎故也若私室之祭則少有異焉凡生時所啖之果皆可以薦故朱櫻碧樆之鮮胡桃海松之腴石榴葡萄之珎青梨紅柹之爽柑橘之稀杏李之允以至王延覆盆之微甜西二瓜之賤莫不需用甚至一卓之供或踰六器一楪之費或過十錢在祭之者如何而余意則不然祭祀既異乎燕享則果必有所定之數果必有所需之品取必以時以寫櫻桃薦新之誠用必以全以遵玄酒貴本之義則庶可不悖於情禮矣嘗覩侈靡之家栗必蒸而為泥棗必蜜熬令紫黑海松則黏蜜作愽山狀或以松針攢而束之白柹則浸蜜水雜海松石榴柚子新作冷茶又以生薑藕根梨片杜楺等屬蜜煎作煎果盖尠有用其本質者是豈所以祭祀之義耶又嘗聞有

99

豪奢之家每祭祀必以厚價貿龍眼荔枝乾葡萄楊梅子之屬而若本國土産之果薄之而不用苟欲如此則何不炊浙東之長腰姜松江之四腮而只求美於果品耶此非為祭祀者也為悅人耳目之矜夸也爲有孝子祭其先而為悅人耳目者也

蘋果者俗所稱沙果也味品為夏果之最故一樹或可直三四十錢而每見京師估人買不待熟或見青而論直或驗花而計價先數月買果而亦無甚相左者嘗見周櫟園閩小紀買荔支龍眼者每於春時詐園入貲越曰斷閩曰樸有樸花者有樸孕者有樸青者慣估者能知後日風雨肥瘠而訂其價始知買蘋果者亦閩之樸法也

100

覆盆子即蓬藟也而華人呼作艸荔支每纔過端午紅熟可
愛用冷水淨洗後散紅粟浸蜜茶脹之色味俱佳醫書稱其
功用亦甚多

余性不能吞核雖櫻桃小核亦不能和核吞下故嘗取櫻桃
𥽜碎之用布帕絞取汁飮之其色淡紅甚可愛又嘗取青葡
萄依其法取汁其色亦淺綠可愛而較櫻桃尤覺清爽

梨之珍品有青戍來黃戍來合戍來等稱而以鳳山所産爲
極高嘗有一宰其族弟爲鳳山守饋以梨適其侄來謁宰曰
鳳山送我梨〻甚美命女侍取鳳山梨一枚來親削其皮而
啖之曰鳳山梨美了麽其侄不容又問曰鳳山梨果美了麽
其侄曰美了自美了小子不曾食鳳山梨何由知鳳山梨美
了不美了人以此謂美而不關我者爲鳳山梨云

中國有落花生者花落于地則有物如絲流入土中結而爲
果候其熟而採之亦佳果也柳冷齋曾見之於瀋陽其結子
之理比諸無花果亦固奇巧何古人之無及於文字者耶有
平果者亦似蘋果而甚美云

我國之人祭用之品若櫻桃流杏丹杏蟹桃林禽沙果李梨
爛梨葡萄石榴蘡薁生栗黃栗胡桃實栢榛銀杏榧子山楂
紅柹〻餠木瓜大棗橘柚柑杜棣覆盆山藥藕根西瓜甜瓜
無不用之而獨於桃忌而不用似以其木之能殺鬼故以此
爲嫌而此則不然葯之所被符之所辟梟與盧之所殺者皆
陰邪雜鬼之謂也苟或有妒於神道則葯豈可用之於弔符

103

豈可施之於門耶且赤豆粥楚人之所以逐瘧鬼而用之蘗
飯新羅之所以報神烏而用之則此固出於事死如生之義
矣生時之所食而祭祀之皆供則何獨於桃而不用有若神
道之忌此者耶此與以磔狗辟邪而不用羹獻之禮者同一
謬矣

詩曰六月食鬱及薁朱註曰鬱棣屬薁蘡薁也孔氏曰鬱樹
高五六尺實大如李正赤食之甜本艸云一名雀李一名車
下李與棣相類薁本艸註曰葡萄即蘡薁生隴西五原山谷
詩經艸木攷曰薁本艸圖經云郁李木高五六尺枝條花葉
皆如李子小如櫻桃色赤味甘酸核隨子熟六月採根并實
今按本艸郁李處々有之枝條花葉皆若李惟子小若櫻桃

104

赤色而味甘酸微澁一名車下李丹溪醫書蘡薁即山蒲萄
實細而味酸亦堪作酒以此論之則鬱者今杜李俗所稱山
櫻桃者是也薁者今稠李子俗所稱麥(華音美魚反)盧者是也而
其謂薁爲車下梨及蒲萄者皆誤矣若是乎讀詩者之難識
乎艸木之名而古人之所琗惜而載詩者曾樵童牧豎之所
甘則其尚儉之風亦可見於此二果矣

中國則祭享燕飲專以果品爲主而閒其所用多是乾葡萄
楊梅子西瓜子海松子胡桃肉橘餠等屬而我國則果實之
外又有油蜜果中白桂饊子蓼花乾煎果諸品水煎果諸品
茶食賓沙果等屬油蜜果即高麗餠也煎果即蜜餞果浧也
中白桂即扁條也 國家陵寢之祀亦皆用油蜜果而今則

風俗漸侈鄕谷貧民喪葬之際亦必待此而後始祭則所造
旣不能如法與古之所謂木造果床無以異焉是豈若生栗
一器大棗一筅串柹一筅之反爲精潔而得眞也哉
李寶城檍言在寶城時隣邑倅餽柚子三百顆適有邑子上
謁出而恣其食能食五十顆甚壯之以語妓之侍枕者妓曰
是奚足食如奴亦能食三百顆不信也每出十顆以試之凡
如是者十所食已百柚而猶叭嗒有一足色妓言柚子若蓮
皮食雖五百而不厭云甲寅秋太學殿僕洪五蕃年七十餘
出昭義門見鋪中有紅柹甚爛盡筐而買之錢一百枚凡百
有六分其六與其徒英奎丶童也而時霜朗甚冷食三柹有
寒色呵盖之盡其六胸膈結如氷爲飮熱塩湯後可五蕃則

105

食其柹盡至崇禮門外其屬不知也又爲買十二柹以進之
五蕃又盡食之是日食柹凡一百一十二顆余兒時嘗見趙
都正世選淸晨食爛柹三十七時年七十餘而又十月之望
後也蜀觀爲之有寒意而卒無恙豈果亦有戶如飮酒者然
耶余年十五始往省楊州楸下楊素稱栗鄕其行也若將食
三斗不飽及入洞門有掠驢頭而墜者問之栗也有觸驢蹄
而轉者察之栗也及抵歸樂洞朴氏宅有健奴三人方輸栗
于庭積之高可人肩使人頤然無食栗意終其歸不過食煨
栗十餘枚辛丑秋余家始僑于鄕其九月余爲覔柹往白谷
舅氏宅其家多水柹甚美及到乘喉渴連吸爛水柹杯大者
二顆便爽然無更進意日半晌強於人罷勉又食一而歸余

106

固無癖於果食而亦可見多則易厭也
果之若棗栗梨柹各有多品、各異名而至於海松子則只稱實栢皮栢更無它名然而閩穀清異錄稱新羅松子有玉角香重堂棗御家長龍牙子等品則豈古有而今無耶抑悶一栢子而所以製造者有異然耶
洛城諸宰嘗以暮春會北洞作麁花筵各具供帳將以較核相尙南城一宰家所設甚豊且華衆皆推爲第一最晚有東城一宰家始傳觴而只一小婭髻頂一碟紅小盒來及啓封只藥飯一小盂蒸紅棗十枚一小楪而已宰食其七復封其三甚謹㩌婢使還之南宰之家人疑恠之從其婢問之十棗之費爲二萬餘錢盖蒸而去核與肉末江蔘和蜜復塡其腹以海松子釘其兩頭也於是南宰家大慚不敢自居以饌品噫亦過矣果則果矣藥則藥矣何必乃爾是故紅椒饅頭青瓜松餠生蟹沉菜究其原則皆傳於東城而甚至一甑之糕合節十有二囊而蒸成饋餾則香氣達屋鬐帙而不可食嘗聞李羅州寅燮戒其家曰與其食奢寧奢於服食奢者先亡服奢者後覆味哉言乎
果木有間年而結者亦有南北分年而結者間年者即閩中荔枝之所謂歇枝者也南北遞結者即古之所謂交讓木者也
筆之卒
談菜

黃山谷畫菜題云不可使士大夫不知此味不可使天下之
民有此色余艸野之民也雖不可使有此色其知此味則不
待不可不而亦能之矣余家有小圃直堂前一童奴勤力其
中則足可以供飯蔬之用其所種者葱蒜韭蔓菁萊菔菘菜
芥菜葵藿萵苣菠薐胡瓜之屬若倭瓜與莐則列之於墻下
延圃有井、下種青芹庭邊種茄子有隙種蠻椒可以葅可
以羹可以茹可以生食可以芼魚肉可以虀汁可以藥用余
於洪舜俞之老圃賦朱夫子之十三韵不必多羨也
余家在龍山時舍後有隙地廣可三四尺長倍之畫而種茄
、甚繁自茄可食以至霜落日收茄百餘枚葅茹之餘以之
醒酒以之分隣里猶不乏茄之色有紫茄白茄青茄黃茄淡

109

紅茄、之性有山茄水茄山茄則可作羹茹葅炙而不可生
食水茄則和石花醢生食甚佳
菠薐俗名菾根翠鄉人多種以為菜熟之則其色鮮青可愛
性亦軟滑宜口劉禹錫嘉話錄云菠薐種自西國有僧將其
子來云是頗陵國之種語訛為菠薐耳李時珍曰按唐會要
云太宗時尼波維國獻菠薐菜類紅藍劉彥冲咏菜詩曰金
鐵因形製臨畦發永歎時危思擷仰楚客莫紉蘭古人固以
為珍種嘉蔬而但易老不能耐久且醫書稱其多服令脚弱
不可以久食矣
菜者不徒圃種者也凡山野之間自生而榮者亦皆菜也故
每春晚雨足百艸方苗則嫩綠肥青㪉有不可食者少婦提

110

籃犁出拾爭而其所採掇者於野則有曰苦寀白曰助芳曰魚應巨貴曰沙台尣曰芝菜光曰花多的曰吉徑曰牽意長曰獨古抹曰鵝兒頭曰鵝翅甲曰虼兒席曰茄子菜黃豆菜東海菜松菜平涼菜粳飯菜於山則有曰軟朱曰高沙里魚沙里曰馬兒勒曰雪棉子曰高菲曰鉏訖兒曰國芈里曰鵝肭曰山蒿曰鵝兒藏曰竹菜蛤菜榛菜藿菜羅尣菜其曰助芳者小薊也曰魚應巨貴者大薊也曰吉徑者車前也曰鵝頸者首蓿也曰獨古抹者蒼耳也曰牽意長者羊蹄也曰軟朱者蒼白朮也曰高沙里魚沙里者蕨若薇也曰鵝肭者薺芼也曰鵝翅甲者蘩蔞也此皆菜女之所傳稱而字之者也雖使按王磐之譜考郭璞之註有不可盡詳者而大柢野菜

111

多苦而蓋人山菜多香而檳人每凶荒之歲民之菜食者必求之野而不取於山蓋有以矣余性嗜山菜遇則必飽而後已嘗以寒食節過樓院店買飯見店婆方以大盆浸山菜甚肥且香余既先飯而吃一器仍以乾青魚換一器又以北魚菜換一器連吞三器店婆問持齋未余曰非齋也嗜也店婆曰客皆如客盡採水落山猶將不足又爲饋一大器山菜固佳但多食則令人瘦薾

菜之大者莫如蔓菁古人所謂菜菔也葑菲也蕦葖也蕪菁也蔓菁也蘿蔔也蘆菔也皆此也可無時而種可不久而食可生食可食馬可棄而無惜此諸葛武侯之所以取用也亦菜之所以姓諸葛也亦我國人之所以稱武侯菜者也宜冬

112

葅宜寒葅宜生菜宜熟菜宜羹宜醬宜鷄臛宜蝦鮓宜餠投諸厨庖無適不可殆畦圃之中百蔬之長古人稱葑也蕦也蕪菁也蔓菁也葑蓯也蕘也芥也七者一物也而以今觀之則蔓菁者俗稱淳武侁而與菘菜相延也蘿葍者俗稱大武侁而即所以供葅菜之用者也又有稱根芥者根似蔓菁而甚堅硬味辛宜寒葅盖三種也種蘿葍者累耕使土軟熟頻鉏以壅本則其根甚大味且爽甘若我国之連山種其大如斗健者僅能負五根振威有槐花亭亦以蘿葍稱粗能過尺爽能勝梨盖土性之宜也

菘者俗所稱白菜也與蔓菁相似而莖有韌脆之别根有豊細之異蔓則食根菘則食莖而鄉居之圃土性多躁異於訓

113

鍊院庫濕膏沃之壤則種菘三年化爲蔓菁亦物性之延而土品之異也

山蔬之佳有名曰翠者其氣甚香其味甚腴嫩而爲菜軟而爲羹皆絶品也生於深山者尤佳俗稱龍門山甚宜翠故龍門所賤之地其翠皆佳又有熊翠者亦香美而葉甚大只可包飯而食柳洽齋膏以翠爲杜衡今按爾雅註云杜衡似葵而香唐本艸註云葉似葵形如馬蹄盖亦與今之所謂翠者相延矣而未可詳矣舍後小山亦多翠甚佳而但不可久蓄矣

菜之甚賤且廣而古無今有者有二焉艸椒一名蠻椒俗稱苦椒倭椒一名南椒俗稱好朴二者盖延世之自外國傳者

114

也故本州及諸書無稱焉今若依本州訓釋則州椒性大熱味辛有小毒倭尒性平味甘無毒而其治療之所主未可知矣或言多食蠻椒則動風且妨目以余所聞鐵原有八十老婦人性嗜蠻椒餅飯之外皆色紅而後始嘗許一年所食可百餘斗而年過八十猶夜辨針耳其果妨目也哉倭尒則八九十年前人猶罕種而不叢食惟寺僧蒔以為味其後有一相國甚嗜之案無倭尒菜則不能飯家為油煎而和醋則不食也直以蝦鮓拌炒之而後食倭尒因盛於世云延歲有新法和豬肉作菜甚佳而倭漢三才圖會稱和猪肉烹甚美余不知是暗合而倭人先得之耶抑得之於尚順而傳之耶余於二者亦嗜之者也而椒比於尒則熊掌之魚也憶在京師

115

時每入酒肆連倒數觥手摘庋上紅椒裂而去子蘸醬而嚼之則當壚者必瑟縮而畏之及居海上細末作虀汁食鱠亦勝於黃芥汁矣

古人以疏食菜羹為貧者之食又曰咬得菜根百事可做言其喫苦耐難也而嘗見世之一種菜食者豕辛甘菜笋羹龍門山翠菜膗松茸菜木頭苗大如犢角者菹山芥嫩莖而食則其味與費豈如干魚肉之比也哉若此者不可曰咬得菜根亦不可曰菜羹矣鄉居者折葵為羹而不截釆芫為鹽菹斷葱為寒菹烹人莧為菜以蒼耳葉畢麥飯下之則方可為咬菜根也然而苟無其志徒食菜根則是亦一菜蟲也亦何益於做事也然而得之既易食之亦味猶勝於區區庖廚之

116

閒爲一葷血中蒼蠅者矣

余舍前小圃歲種瓜六七十本早蒔頻壅糞而灌之課奚奴禁菌芻藩折柳閑小兒則足可以備三夏之用每旣登瓜酸醎生熟皆瓜也余嚐食而有瓜羹瓜菹瓜菜瓜醬人有笑其太貪者余曰瓜者二八也昔李令公食三韭二十七種余今食八〻六十四種不亦富哉

在木曰果在地曰蓏〻者瓜也故蔓生而結實者統謂之瓜胡瓜者一名黃瓜即今嚐食之瓜也絲瓜者俗稱垂絲瓜者也西瓜者俗稱水瓠者也南瓜者一名倭瓜俗稱好瓠者也冬瓜者一名地芝即今冬瓜也甜瓜者俗稱眞瓜而兒輩之所酷嗜者也一甜瓜之中而亦有鸎甜瓜㡌幞甜瓜水靑甜

117

瓜牛角甜瓜諸品之異則或緣形色或別性味其類不一矣余兒時嚐見村巷游手摩集瓜肆旣嗅蔕定其甘否即剖而較驗之甘者勝〻則責輸者以一肆之價謂之打甜瓜此與錢氏子弟雪上瓜戰相延而亦齊趙所謂臭選之法也聞今也無無之一微事也而猶可以見風俗之漸瀉矣吾鄕之北有松林村〻有一田土宜甜瓜種之則大徑如鵝卵靑若漬靛甘香之至反有醎味喉螫不可以多食及余至南陽田人不勝於吏之誅求不種瓜已四三年矣延又有沙果種者皮白膚靑大不一札甘爽有蘋果氣故名相傳爲關西種云

葷之屬不一玉藻註曰葷薑及辛菜也士相見禮註曰葷辛物王篇以爲辟凶邪故漢儀禮志以朱索連葷菜施門戶徐

118

鉉說文註葷臭菜也通謂芸薹春韭葱蒜阿魏之屬楞嚴經
通潤註以葱蒜韭薤興渠釋五葷爾雅翼云西方以大蒜小
蒜興渠慈葱茖葱爲五葷道家以韭蒜芸薹胡荽薤爲五葷
今按興渠者卽芸薹也芸薹者卽俗稱平枝也似是辟蟲之
芸而通潤註言根如蘿葍生土而臭此方所無亦似非芸香
之芸矣小蒜者蒜之生山谷者而俗稱簇枝者也茖葱者亦
山葱之細莖大葉者也慈蒜不知的爲何物而旣稱蒜則疑
是野蒜而今俗所稱達來者也胡荽者卽此方香荽而俗所
稱苦莪者也醫書言胡荽損精神芸薹損陽氣蒜傷肝損目
則固宜道家之所忌而至若韭之歸心充肝除熱補虛實有
溫而益人之功薤則調中歸骨性溫且補故仙方及服食家

119

皆須之不葷五藏故道家廣餌之云爾則韭薤之於道家爲
其所禁者殊不可知至若佛氏之稱熟食發淫生啗增恚者
太無意味旣非助精之花又異發狂之藥則豈有吃此菜根
而遽然發淫增恚之理也哉至若蒜則雖非道佛亦可痛戒
每夏月鄕舍多遇喫蒜者則纔一啓口臊氣滿室使旁人不
可堪甚於狐臭孩乩古之人有紉蘭茝含鷄舌者則雖不得
滿口作蓮花香何可以不潔之氣遺臭於到處耶非甚病而
藥則切不可食余亦種數十本於圃邊以備藥用及菹料而
獨於此廚香艸守葷戒甚嚴
丁巳秋西瓜將熟忽遍身生贅疣大如豆內作釘根不可食
圃人稱西瓜瘟瓜〻相似田〻同然亦一怪事又自近年以

120

來匏瓜不能成實比將堅硬根蔓先枯朽爛不可用剖視其根則延土蠹或有蟲蝕者故一瓢之直可受半斗則恰爲五六十錢汲舀灌淅者皆買木瓢而用之亦一恠事也或言種瓢之初撒鹽於坎及苗且蔓壅而築之則能不枯而堅云余性嗜辛辣故於芥薑之屬食或過人壬子赴對策應政堂前庭自　內賜儒生盛饌、品中有黃芥汁一大椀盖爲熟肉而設而諸生皆攫肉徒嚼之不知有芥醬余獨取而汲半椀味亦甚佳胸膈爲洞乙卯十月過全州東城店地即良井浦國薑之所出也見家、園薑圃甚廣提斗荷籠者言語皆薑也出三文錢使貨之可京肆十五倍意主人厚之謝其太多主人曰今玆薑不熟比前半之直則甚矣余爲剝而噉之

121

所食幾三之一主人爲余甚嗜薑及飯饋薑菹一器根似栗瓣笋如竹葉鹹能奪辛味不如生恰有童便意不可食也萵苣有二種莖麤而葉濶深青有赤黑色而甚皺若摺裙者曰裹不老莖瘦而葉狹如槲皺皺而多白色者曰五十葉不老一名三月不老能耐久本艸有萵苣白苣二種則意五十葉者是白苣而如裹者乃萵苣耶其味固勝於白者矣每歲未夏甘雨初過萵葉政肥如青錦裙以大盆水久浸淨洗因以、水淨洗兩手大開左手如承露盤即以右手揀取萵葉厚且大者顚倒二葉鋪于掌上始取白飯摶一大匙圓如鵝卵放在葉上撇平其顚更以箸取蘇魚細膾蘸黃芥醬撮之飯上又取芹菜若菠薐菜不多不少與膾伴居又取細葱及

122

生香脊各三四枚以鎮膾菜乃取新煮蠻椒紅醬小許泥之即以右手卷葉左右緊緊包裹合若蓮房乃大張口齶靈吻弦右手推納左手護之如大悖牛載薪與芻突入柴閒往衝擊樞目瞋如怒頰豐如腫脣秘如緘齒呹如對鋸鋸咀嚼徐徐嚥下既甘且爽允美無量當其初嚼不許旁人談說笑事若不慎此發一胡盧噴白洒青必吐後已如是呑下十有餘塊我固不識一切世間龍味鳳湯八珍膏粱許多飲食是爲何物莫不飲食鮮能知味余偏嗜萵苣時或依此法食之雖不盡依亦食而甘之既甘之戲作不老經願與世之知菜味者道之得而讀之則似有勝於鄒平公鍊珍瑩食憲五十章云矣

123

筆之壬

談木

余家後小園多無名雜木蓋其初不植而自挺仍以爲藩籬之固者也有稱曰彭曰巖曰蘗曰枸枳曰芷曰刺者曰刺者即野薔薇有刺開白花結紅實實曰營實以其狀如營室星者故名古人言野薔薇榨油塗髮甚美云曰芷者即其實曰五倍子者昨年冬紅疹大行有言五倍子湯能治蛔有奇效實不足繼以皮於是五倍木皆剝皮而祼之曰枸枳者即柘也鄉人采其葉以飼蠶謂之曰枸枳蠶其大者有實赤而甘類陸璣所稱枳椇子而枳枸是椇子則類之而實非矣桑曰葚柘曰佳則此豈佳者耶採其根以染黃勝於黃檗及梔即所

124

謂栀黃者也而鄉人不知用曰藥者樹似椒五六月開白花結子如櫻大漁人擣其實毒之滂津則魚盡死故稱藥木爾雅載杬魚毒則此豈杬之類耶曰嚴者棘也適身生鉤刺葉如楓而大曰彭者木理甚燥堅中用枝多屈曲亦有花有實而不知其爲何木也或言黔彭者奇材也則彭木其亦同類而異用者歟

園中亦多合歡木此夜合花也一名鵲忩花一名縈花長枝細葉既異它樹每值花盛開拂拂如世俗所稱金剪紙流蘇甚可愛養生論之云使人不忿者即此樹也

樹有相似而不同者櫟也槲也柞也栩也杼也詩傳註疏亦不能詳辨今以鄉音之所稱者分之則曰德加乙木者葉廣

125

皮厚有橡斗而採彙自裹此爾雅所謂櫟也曰萓里真木者葉差小實亦小此槲也曰真木者葉似栗實有皂斗甚大此柞也柞則宜於材用櫟則漁人煎其皮以染網有赤黑色漢清文鑑謂柞爲橡謂櫟爲婆羅樹

樹之不同而相似者又有樗漆故古語曰櫄樗栲漆相似如一按櫄本作杶亦作春禹貢孔傳稱木似樗㭬或作橁左傳孟莊子斬其橁以爲公琴即今俗所稱真忠木也樗爾雅陸璣疏稱樹及皮皆似漆青色葉臭莊子之云擁腫卷曲者即今俗所稱假忠木也栲爾雅作山樗郭註稱似樗色小白生山中詩傳陸璣疏稱與下田樗無異葉似差狹疑今俗所稱白假忠木也漆則形雖相近而以其有汁易於分辨今按杶則膚

126

赤而堅中於材用宜其責也樗則既臭且脆其種素賤宜其薪也栲則理如桐木柔韌而堅其稱可為車輻亦宜矣我國避　度祖諱讀春為忠故稱真忠假忠白假忠以下之而四木性宜海沿故每見村人籬落之間多繞屋成林者矣椛之嫩葉作菜亦甚香美云或曰樗栲本一木大則栲小則樗

余所居素無柳樹其初得鞭長者二枝插之庭畔不多年能垂絲成陰及其蘗每伐而移之于今二十年得柳大小凡二三十株而其二本樹則已老而朽矣每一顧眄不禁有金城之歎蓋易長者易老也

楊之與柳古人辨之而明而余則曰楊與柳其本一也倒插楊枝則為柳倒插柳枝則為楊〻者葉闊枝硬揚起者也柳

127

者葉長枝軟垂流者也余以一樹分揷驗之而然至若河邊赤柳古人稱之為檉而爾雅翼稱葉細如絲婀娜可愛則又不似今之赤楊而似今之所謂渭城柳矣余得渭柳一株種之每花開葉垂望之如烟霧真可愛也若赤楊則乃楊水尺之所織而為栲栳者而古之所謂蒲柳者近之矣埤雅云楊有黃白青赤四種而其實不止於四矣

余既鄉居閒而無事專意於橐駝之業前後所種者松五百餘本柞百餘本柘三四十本柳三十餘本椴五六本梔二十餘本杏四五本李亦如之櫻桃四十餘本柿十餘本栗五六本棗三四本牛奶柿四五本牧丹六七本桃十餘本樗五六本柰根而自挺者五六十本梧桐一本薔薇三四本海棠一

128

本桂一本山丹三四本樅三四本川椒一本山櫻一本木頭菜一本渭城柳一本杜鵑花三四本杜冲一本山査三本石榴五六本所種者凡三十餘種或取其實或取其花或取其材蓋無〻可取〻之者也

世之尋常而似可易辨者莫賤於松而松之類既多矣松之類之名亦多矣則此又難於的知者也今夫松類之名曰松曰柏曰栝曰樅曰杉曰檜〻曰柏葉松身杉曰似松樅曰松葉柏身栝曰與檜同是柏葉而松身松葉而柏身與夫松葉松身柏葉柏身而凡有四種矣今夫松之類則有稱柏子者有稱側柏者有稱益價木者有稱香木者有稱老家材者有稱殿木者有稱赤木者并松而凡爲八種矣是故或有疑我

129

國松非眞松之議則尋常之松栢而猶未可易知矣蓋松是松也側柏是柏也柏子是海松也殿木是檜也益價木是杉也香木是紫檀也老家材是樅也其外不可知也今人以海松子稱栢子亦可怪松之中又有海松者頗與山松有異類莖長而無蟲矣

松者百木之長也其爲材於人也大而棺槨之厚終次而棟梁之重托皆須於松則視諸棗栗之實桅梁之華實有重焉惟其本之堅貞而有心也翦之則不復萌蘖種之則未易茁長不有養護之勤難得須用之多故國有禁法不敢妄斫杝同牛酒載在令丙而法不徒行禁綱解紐則松之日就童濯固通國之患也吾鄉海鄉也厥土宜松卯壟之間林麓之際

130

不植而自生不培而自榮望之鬱乎蒼蒼然美哉者久矣烟戶漸繁而人心不古鹽鍋漸廣而柴政益窘則大者困於斧斤之侵小者盡於薪蒸之用曾未幾何山盡髡剃而花海一畔無異湘山之赭矣村人用是大悶欲結社以護之亦鄉谷禁養之例也社既結余名之曰長青為申其約束而嚴之每日社中二人輪番巡山呵禁偷斫者有慢不勤者罰有以其私宥者罰罰與偷斫者同每年四月十月社中一會以稽能否而會時有酒亂喧呶者罰有坐失次葱横議者訶每歲春秋課社人種松而否者罰社中有婚若喪則每人出二升米以助之違者罰社會時不赴及晚來者罰罰有上中下其所養之地大峴芳谷萊逕苦嶺海亭等幅員可四五里云

131

茱萸有三種曰吳茱萸食茱萸山茱萸醫書皆言其有服食功而吳茱萸余未之見也食茱萸余未之知矣而山茱萸則曾居白門庭有一樹故廬穗見而食其實矣鄉居有樹稱為茱萸而夏開細白花妹結實顆粒僅大於麥其房則紅赤熟而自坼則其子漆黑甚有臭只合榨油燒燈余不知是果食茱萸耶其臭既惡則但恐不可以食名矣楚詞曰榝又欲充夫佩幃榝者固非香物而說文稱似茱萸出淮南唐韵稱似茱萸而實赤爾雅椒榝醜莍註莍萸子聚生成房貌疏實皆有莍彙自裹今按此樹形既似茱萸矣其實之房既赤矣其未坼也又皆莍彙自裹而聚生成房矣則是其楚詞之所謂榝者耶每當霜後鮮紅嫩赤遠望如花則古人之插於九

132

日者其亦此茱萸耶其油甚毒故久燃害目又能除蝨云

余在龍湖時庭有無名一樹枝葉及花似茱萸及姝結實則實有四角色紅味酸甘或言是雜延果甚稀種豈亦茱萸之一種耶

廧進有小樹葉厚而潤能冬青稱爲杜冲余不知是本艸所謂杜仲者耶抑非杜冲而別稱爲杜冲者耶醫家亦屢稱杜仲爲杜冲矣

五行皆有性情形體而無知覺者也異於五蟲之能運動知覺而五行之中惟木最近於知覺其順時開落似生死其隨風動靜似行止其種子相傳似繼嗣今夫就一木而諦觀之則其枝幹屈曲似走獸之拏攫其根柢蟠結似蛇蝎之糾纏

133

其花葉鮮擢似羽族之揚彩其殼核之堅固似介蟲之外骨原體之屹然似夫人之植立者則五行之中形近於生物者惟木爲多豈以其知覺之最而形狀之然耶然則其不可輕加斬伐若草菅然者非徒惜其有用也亦近於殺生之科矣可不戒歟

俗傳銀杏有牝牡之理故必相對照應然後能開花結實是則固未可知也而嘗觀樹木有能實不能實者若檜木柘木之類同一木也而或不結子則驗之然矣俗之稱結子者爲牝不結者爲雄者亦無怪矣禮有牡麻牝麻古語石楠樹有雌雄云

本州稱桂三月四月生花全類茱萸云則余雖未見桂花而

134

桂花固無足觀矣古人之稱國香仙葩而誇詡於文字表揚於詞章至以爲月中天上者毋已過乎豈非以其樹之清香絶世而幷稱其花也哉樹比於人則香者德也花者藝也有德之人其文必著不德之人其文必掩此桂之所以稱花者也然則桂之有花其忠臣烈士孝子貞婦之以片牘隻字而垂耀於後世者歟聞 禁中有一桂樹自燕京購至者十餘年云

余嘗欲脹松葉矣有言其躁者不果嘗採其節釀酒非徒利於骨節風其味香烈無異於筍酒嘗刮取松上絲衣蘖之於火氣膊臊不可聞烟亦不見其團結矣古人之重艾蒳香者不可知矣其脂用以糝瘡口易於完合但惡肉未祛則不可

135

輕用必包惡肉而生皮矣

世人稱榆爲槐蓋榆之種甚多陸璣疏言榆有十種葉同皮異爾雅有三榆一曰藲荎郭註今之刺榆山有樞也一曰無姑其實夷郭註姑榆蕪荑也一曰榆白枌東門之枌也又本艸有大榆柳榆則榆之種蓋多矣故世人只稱白枌爲榆不知今之所稱歸木者卽榆也漢淸文鑑以刺榆爲蒠蕪木則蒠蕪木者亦與歸木相似而異者也大抵世俗於尋常樹木亦多名面之異故多不知朴達之爲棣水青之爲樞梨新木之爲烏荼杻木之爲莿條黃栢之爲㯲木矣尚何槐榆之能辨也

筆之癸

136

談艸

海鄉之人多以葛爲業每五六月之交葛節旣䟽則出而采
之殺其枝葉屈曲捲歸稻破其頭卽以齒嚼其心而以手挽
其皮則皮脫至尾因節斷其皮束而浸水中一二日俟通身
透潤始以蓼葉小刀刮其陰陽則黃膚靑膜爛堆趾下而葛
皮始白明潔如好帋條稱之曰靑几致丶丶者今年物之謂
也於是擣而爲繩可以織茵可以結網其不繩而貨者一觔
可三十錢繩之者十庹直一錢以觔買者繩之則爲五六百
庹手疾者日能繩二十餘錢其工甚遲其利甚微而專力而
治之者歲能致萬餘錢故治葛之家遶屋椴木鉤坐卧手葛
不休甚則婦人皆治之如麻紵

137

醫書稱葛曰花消酒毒葉療金瘡余有友人性嗜酒謀童奴
采葛花其大人問采之何曰藥用曰奚藥久之曰藥病酒其
大人曰有藥尤妙余不飮則無病矣其根粉亦能醒酒有一
親知嗜得異粉每酒後爲作糗脤之及粉之家人爲買薏苡
粉餻之久後始覺之曰頰怔近日酒不快醒原來是薏苡粉
余聞而笑之曰古人有錯飮米泔而醉者其女爲解之曰飮
米泔亦復醉耶其人乃憮然去曰余怔酒氣終不大出玆事
恰好反對旣已飮矣旣已飮矣又何必葛花而葛粉以速其
醒也

卷葹者羊負來也一名無心草一名蒼耳一名枲耳卽李謫
仙夜醉所卧之草也其實曰道人頭中有二瓣其一先芽則

138

苗戴而出纔尺去土則復落入地其明年其一復芽而苗故
庭除之間每蒼然成林而最難鉏除者也且性近惡實易於
粘綴故馬鬣狗尾纍纍如懸信其為羊負來矣余嘗痛惡之
隨出隨拔期勿易種而醫書言其有治風治瘡治蛇咬等功
則亦不可全棄者也有客言烹葉包飯則甚香有態翠意試
之類然鄉名曰獨苦抹

離騷曰扈江蘺與辟芷又曰又况揭車與江蘺、、者蘼蕪
也而芎藭苗也余嘗植之庭畔其氣不可聞又嘗見鄉村女
子過有藥會始出篋中嫁衣則紅綠乍飄使人掩鼻之不暇
蓋慮其蛀而薰江蘺故也余嘗謂屋三間是遐鄉貧家子也
平生不知有爲宫鼷芙蓉香等許多好品故乃以芎藭兼着

139

作可佩之香不亦固哉今按蓀者是昌蒲之無脊者薜芷是
白芷也葯是白芷葉也薜荔是絡石也蕙是蘭之多花而香
不足者茝又是芎藭葉則屈子之香蓋亦如斯矣

神農氏嘗百艸制醫藥凡天下之出地而青者莫不有性味
亦莫不有功用如艾之林、蔥、者上自聖智下至愚庸莫
不有知覺運動亦莫不有所需用之處雖至瞽之伶闒之寺
冗之守門而天下無不可用之人在用之者如何矣是故善
於醫者牛溲馬勃莫不收蓄以資吾佐使之用而苟得其用
陳根腐艸未必不賢於牛黃鹿茸而俗醫不能遇一微痾命
一湯劑則必果價高而品貴者用之此安南之藿香日本之
黃連中國之若附子薑蔻肉蓯蓉者所以日翔於市而病不

140

可易辭也余見所居山野之間抽青而拂綠者多本艸中所載也若旋花地膚營室絡石蘄蕇車前升麻莬蔚苦薏茵蔯白蒿蒼耳天花苦參蠡室瞿麥芽根酸漿艾葉牛蒡大薊小薊蘼蕪葶藶旋復羊蹄萹蓄牛膝白頭翁茵實菝葜蘆艸馬勃夏枯蒲公英人皆日踐而不之知若白朮蒼朮葛根木防己芍藥百合紫艸射干萎蕤艸烏金銀花之屬采於山者皆識其苗近水有蒲黃菰艸蓮藕花若青箱牛蜱麻金鳳紅藍牧丹即種之則縈此皆只余之所知者也余旣不閑於采藥則又安知余之所不知者爲余所有而余未之知之耶苟得用之亡道則亦足以治寒熱導虛實劑四功而收十全矣余嘗與醫家論鄉谷治病之道曰瘡則牛糞勝於黃杉脂勝於

141

胡桐淚閼格則姜和童便勝於清心元鹽湯勝於藿香正氣散感則木米飲勝於蔘蕕飮虛則陳鷄膏勝於人蔘非曰勝於與其無彼而死毋寧得此而生之爲勝也醫亦然之增莭

偶種白鳳仙數十本花旣訖拔而乾之隣里有食肉而病者或患疔瘡者與之使服而付之其後皆來謝曰是好藥也甚效賴以活矣其人則易然故也

莫賤於艸而有莫貴於艸者曰人蔘是也或作人蓡或作人蓡本艸曰一名神艸一名人銜一名地精年深浸漸長成者根如人形故謂之人蓡天下產蓡之地惟上黨遼東我國而已故唐地理志載太原土貢人蓡而聞今也則無之今則天下之蓡惟産於我國故東流日本西輸中國蓡價之高甚於

142

金珠而生羅州者曰羅蓡出江界者曰江蓡羅江之品一觔至四十萬錢於是有種而業之者為之種家蓡家蓡旣盛蔓始廣於世而其功不及於采山者家家蔓之直比羅江下四之三種之者猶連阡陌美衣食蓋州之莫貴者也煮以爇金製以紅蓡貨之於燕則燕人大賈轉而之於廣東廣東之賈載以大舶往海 諸國而散之凡經三回易皆收什五六計至數萬里外其貴不可當也海外人得之皆以為此不死藥也而我國富貴之家視烹蓡如蝶桔梗往々褻煎而為果蓡安得不貴也聞其種之者致遠土慎雨曝防蟲鼠嚴忌諱夜不敢甘寐利之所厚人安得不勞也間有采女推奴牽駄達之於櫝下則盈甔而去連車而歸是又不勞而利者也亦何可貴之哉近有種蓡方行於世

草者木之類也故其生也稟春木之氣而莖葉皆青碧蒼綠旣秀而花則得太陽之氣故其花多丹朱黃白此百艸之所同然而余怪夫鷄冠花則莖葉與花皆赧朱而鮮紅鷄腸艸則其蔓葉猶微綠而花則乃深青此亦異乎常者也花之青者非無馬蘭吉更而皆不若鷄腸矣葉之紅者非無赤莧紫蘇而亦不若鷄冠矣豈所稟者或異而然歟兒時嘗見有白艸如以粉筆畧之者曰錦線艸又見海邊有海莊艸初生甚紅始知艸之為色亦自不一矣然而亦未見有色黑者則艸之所急者其惟黑耶偶見鷄腸雞冠花青葉紅而同植庭畔故及之

木棉一作梻南史高昌國傳言有艸實如繭中有絲爲細纑名曰白㲲取以爲布甚軟白唐環王傳稱古貝艸也緝其花爲布史炤釋文曰木棉江南多有之以春二三月下種旣生一月三薅至秋生黃花結實及熟時其皮四裂其中綻出如綿此木花之棉也而木綿之見於世自六朝久矣意自西南旁流入中國至于東國而世傳文　入中國納其子筆管而來托其姻種之種旣繁其姻爲造取子車繅絲車取子車卽今去核絞車也繅絲車卽今所稱文來車文氏以是有木花功臣之號云海鄉素不力棉而余有小田不宜穀菓而歲種棉亦可以暖數人背我國則紬棉旣貴袁褐亦罕故所以布之纊之者專恃草棉此田家之所不可忽者也近又有黑

木棉能不染而如鵝色色云矣

茶者我國之所謂南艸也中國之所謂烟艸也䠶音之所稱痰破膏也明季自呂宋而傳入中國坍菴瑣語云烟葉自閩出閩外人以匹馬易一觔崇禎癸未禁烟犯者斬以邊軍病寒無治遂傳禁宋荔裳綏冕紀畧以爲明季之一灾異則茶之見於中國蓋自崇禎間始矣韓慕廬菼始嗜之以爲去食去酒而不可去烟則亦嗜之甚者而醉可使醒、可使醉饑可使飽、可使饑者不徒檳榔之專美矣李澤風詩集載南靈艸歌有曰南靈艸生自海東洲倭人相傳貞女䰟藁砧病時不得醫以殉墮化千金藥又曰南人用以代茗荼尊將一弁沽一葉註本名琰珀鬼此延於齊諧而又似自日本流傳者矣能治疾治蟲治惡心又能散憂鬱之病又足爲禦寒之用則使菸早生於州本州之日歎其功用必有所稱道者矣菸之土則炭之洪川湖之青陽南之鎭安西之三登皆以烟鄕稱而其性味則北州峻而有毒使人疾首南州次之西只平平東則與南性延唯兩以西色如金絲味甘有香臭使人一吸知其爲渡浿水來者故言烟州者必推西州爲第一矣

余亦慕慕盧者也歲種數百本以資用而所種之土古埃墟爲上赤埴次之沙石下之旣苗而移旣根而植頻澆且壅埃其完而糞之所糞者鷄矢白埃中灰爛艾菜馬糞人尿榨油糟皆可但鷄矢多年尿不宜火唯埃灰馬糞有香且烈摘其幼葉之延地者及長治其傍枝又治其頂之結花者每一

148

樹不過留六七葉則葉厚而味烈惟其毒盛剗而綴之陽暴三日陰乾十日既有黃赤色庭鋪三夜以承烌露則味之香烈不下於西州矣其種亦有五十葉牛舌葉之異而西州則有別種云矣余嘗聞菸之初至洒蓀而用之吸者猶瞑眩故五六十年前食烟者猶十之二三今則內自婦人下逮童稚無不飮之甚至四五歲小兒連吸數杯甘之如乳亦大變矣余亦多目擊者矣

余家歲種紅花數畦盖資嫁女時衣裳之染也本州稱紅藍而古今注稱燕支中國人謂之紅藍則紅花之名本是燕支而後世乃分而稱之也燕支或作臙脂或作燕脂或作絪赦或作焉支始知胡人之稱閼氏者亦燕支之訛卽其旁種染

綠之艸此古人所謂蔞藍而三藍之一也
春夏之交雨洗日烜百艸皆花實類且繁余乃曳粗笻循曠
野博采細搜究其所以花者或紅如耴或黃如蠟或如綴璣
或如鎏鏁或如鍪金粟或如攢錦纏或如燈如毬或如鱗如
羽咕嘟齊綻光彩亂費時風乍至薌澤撩鼻適有蕘者以鐵
而來信手芟刈無顧無惜余乃歔欷而歎曰地之所生天之
所養萬物芸芸同澤其廣甫乃吹和風而雕鏤下甘雨而縕
滌同運機而稟形各隨質而呈豔其視牡丹之珍重海棠之
奇麗雖或大小之不齊寧有工拙之異計况乎細瑣也其營
也益勞微杳也其成也益艱刻宋玉於三年纔得髣髴剪隋
錦於五采未盡斒斕壯而貴者如彼賤者如此豪家深幕護

春風於眼前癡奴短鎌爨烞霜於手裡豈皆庭近人郊垌遠
阻近者易親遠者齟齬故耶抑姚魏姓尊凡卉無名姓尊者
煇爀無名者為賤故耶抑根深者種大蔥蔥者細下高大者
在位細下者在野故耶噫生之在天榮之在人天則無私也
其造化也均人則不可以博施也故有疎而有親天旣已生
之矣又何恨乎人之榮不榮也余雖有感草則無情其視牛
脰之餘何異蝶翅之爭
近世南方多種甘藷余亦嘗見之而藷根大如蘿蔔形似蹲
鴟味若玉延相傳可以為餅餌粥糜可以蒸煨食如栗棗可
以飼牛馬救荒之良劑也按南都賦註以藷為甘蔗博雅稱
藷藇署預也又按南方艸木狀言甘蔗圍數寸長丈餘頗而

食之甚甘然則諸之與蔗非徒味異形亦殊之意其爲薯蕷之別種芋魁之同類歟

天下事無全備者植物亦然竿莫高於董竹葉莫大於巴蕉花莫盛於芙蓉實莫碩於西瓜今若綴巴蕉葉於十仞之竹而花之以芙蓉實之以西瓜則此天下之珠樹也然而各得其一未之或兼則天下之物無可以責備者矣士之才高者或輕女之貌美者鮮貞馬之快走者易驚此固理也余嘗詠牡丹曰詩人莫恨花無實〻〻人間可花

漢陽小民之家〻既湫隘人亦清貧每見屋角種一年碧梧桐一樹高出板墻〻下聚拳石築小堦〻上所種者一年抻五色金鳳花鄉茘支石竹花鷄冠花四五本墻頭壅土種唐艸椒數根開花結實亦自有瀟灑意鄉民則不然屋旁隙地種菸種瓠雖或陳靡亦不曾揷一艸花此固華實之所由分都鄙之所由別也

白雲筆卷之下終

烟經

烟經

烟經序

古人於日用飲食之事莫不有書以記之故鄭公有
食憲五十章王績有酒譜鄭雲叟有續酒譜竇苹亦有
酒譜陸羽有茶經周絳補之毛文錫有茶譜蔡君謨丁
謂有茶錄以之飲啖之外有可以資清賞備故事則若
范曄之香序洪駒父之香譜葉廷珪之香錄宦就燒香
一事記之也若君謨之荔枝譜沈立之海棠譜韓子溫
之橘錄范石湖之梅菊譜歐陽永叔之牡丹譜劉貢父
之芍藥譜戴凱之竹譜僧贊寧之筍譜宦就石花嘉祐

1

案上記之者也於此可以見古人之於物苟有一善之
可錄則不以物微而遺之蒐羅其隱者闡揚其蘊若莫
不裒以爲書以詔後來則其爲歷物揚側陋與天下後
世而公其用者其意豈一時翰墨之戲也哉天下之吃
烟之久矣則屢瑣語稱崇禎初烟葉自呂宋傳來東莞
裒綴冠紀畧亦引爲明季一災沴則烟之自南蠻來若
且四百年矣李澤堂集有南靈州歌林忠愍家傳稱錦
州之役載烟以易食則東國之有烟亦將二百年所矣
視之若菽粟黍麻而種植之法至爲服之者若親杯觴

2

而修製之方萃焉以至族彙漸繁而名品異焉智巧漸
尙而器用備焉薰花吸月而有酒之妙理焉燒碧燃紅
而有香之意思焉銀杯花筒而有茶之風致焉瑭花曝
香而亦無愧於珠寶名卉焉則二百年間宜其有文字
之所以記焉者而纂輯家未聞有所誌焉則豈物瑣事
冗不足爲墨卿之從事歟蓋有之而余未之見也有固
寡之愧歟抑其出猶不久矣有未遑者而留而爲後人
涉筆之地歟余癖於烟甚嘗且嗜不自畏笑妄有撰次
疎謬荒穢固不足以發幽抉秘而若其記載之意則庶
北石庵本

3

幾乎酒錄花譜之類云爾
歲庚午鳴蜩之月下浣花石山人題

4

烟經一

昔樊遲問爲圃子曰吾不如老圃聖人之意雖
責其所問之鄙而葢爲圃之道亦必求老於圃
者問之也余嘗見鄉之業植烟者名之曰艸農
艸雖非農而其作苦而亦利也則亦一農也京
華貴游子弟只知烟爲可吃不知烟之所以種
獲培植者爲如何則亦何異乎能喫玉食而不
知稼穡之艱難者歟余既鄉居亦多種烟有所
得於老圃者故爲先記其種獲培植之方俾食

5

烟者知烟之所以成者亦不易焉

一收子

子黑微黃赤細無倫粟可三之　有曰五十葉或曰百
之烟曰牛舌葉味下之葉踈曰倭葉莽而矮　藏不密
鼠穴而齧

二撒種

剗地爲平不壤而築先以屎水潤定將子和黃土或灰
均撒令勿密　陰之以松青苗生二葉即去陰去雜艸

三窩種

6

間二㞗挖一小臼實糞灰蓋以土瓶大豆ㄷ每顆䅽烟
子四五粒掩不露豆爛而烟苗勝於移 斷秸寸長埏
而粘子亦可

四行苗

苗寸而上得雨皆可移 旱則堅築霖則疏封 濕地
凸燥地凹凡地甃而植其畎 苗過於脩者乙而埋至
腰

五壅根

苗之徙十日根而如生鋤土令柔袪而封之如姪如塊 北石左本

7

視苗大小 又十日復爾自移至刈壅不厭數

六溉根

壅既完候將雨以尿灌其本勿令葉知 一溉而止再
三之葉雖茂不利火

七下藥

古壞灰雞矢白爛艾葉乾馬通莽分糅和各一根與一
合多而鋤解其封環而圍之近不親膚遠不出趺復合
而完之

八剔筍

8

苗既盛其氣旁出而苗任而不剔々而不勤支強於宗
毒不注葉　剔必惟日期以無苗惟留近地者一爲蒡
後之患

九禁花

欲苗而不得則毒不肯専於葉上而爲花々則實々則
葉瘦而淡　擇早穗者一二許其花而子之其餘髡之
俾不得紅而四

十除蟲

烟之毒有蟲猶甘之在稗蟹拇鉗其莖及長蛸、者青

北石庄本

9

剔其葉始猶作河洛文甚則無葉而既朝起審其背捕
而除之

十一愼火

烟有瘕其名曰火病者葉斑而爛始赤誌如灑赭未裂
黄又未裂白蓋枯也　一樹病百樹從火有起即去之
無使蔓

十二蹋葉

葉之最下曰影々近土多海金沙且不受陽光而猶不
毒蟄之時蹋而去之勿令分氣　暴其影爲當新用亦

10

佳曰青艸烟

十三采葉

毒旣至即可采毒之候葉怒硬而如糍黏而如膠色深青而隱黃全身反側不能安者毒之不自勝也 或連莖蔪或以葉取葉取者筍復爲葉蔪者支復爲本 壅漑之所力或三采或四五采 采過期毒復下

十四緶葉

葉少萎辮秸以緶其柄四分而三合以固之 辮一眼或兩葉或五六葉兩葉弱五六葉太樸 之則易饐 或五十眼或七八十眼長短無程兩端繼以綰纓

十五暴葉

旣緶鋪地若委二日三日太陽下炙翻而炅之尖角微黃即擧而施之於宇有風無雨日或朝暮披而番之內無其青乹已成矣 陽乹紅陰乹青乾不善者黑

十六曬葉

秋露方繁枯槁猶浥乃從宇下遷于屋上夜則承露朝則納陽葉之性剝者柔澀者油辣者不射喉 如是凡三日夜始收

十六層根

未霜収烟根大若層蔵上霅中春石芽明年又爾施二

冬不層石能樹　葉漸細味漸垂

13

北石花本

14

烟經二

子曰人莫不飮食鮮能知味々 猶鮮知況知其所由之遠知其可施之宜者能幾人也哉余嘗見世之吃烟者多知以南艸而不知其爲烟只知爲自倭國而不知其所出鄕里之人慣於樸園而不知市刻之如何者有之京華之人狃於買品而不知刀切之如何者有之則吃烟是一尋常日用之事而能知其所可知者亦鮮矣余爲備述其原由與性味與鋪疊聶切之法斟酌

15

燒吃之道與不知者告之也

一原烟

中國古無烟明崇禎初自呂宋傳入閩未幾至出關始

猶酒惹吃最宜冬　初有屬禁戍卒病遂不禁　其始

烟一畝直一馬

二字烟

烟之名曰菸朝汕曰南艸又曰烟茶　鄕名曰淡巴菰

或作痰破膏

三神烟

16

或曰癀破膏非也蟹之女有曰渶泊鬼夫痛不得藥從
而死矢曰願爲藥以救人是爲烟帝女之化菪艸也

四功烟

澤風子曰烟能使飢〻使能醉使醒〻使醉偉哉烟之
功南眠之有檳榔果也

五性烟

烟味苦辛性大熱有大毒主氣鬱膈滯喉痰惡心治一
切憂思　能辟寒辟穢臭　中毒者用蘿蔔汁解

六嗜烟

北石庄本

17

烟之始韓葵葉嗜之或問酒食烟三者必不得已去於
斯三者奚先曰去食又問曰必不得已去於斯二者奚
先曰去酒〻食可無烟不可一日無

七品烟

西烟香而甘爽烟平而厚湖南之烟柔而和准北方之
烟甚強喉燥而腦暈　赤埴之田味而烈塗泥之田燥
而羶　植於舊釁之地者奇哉不可尚已

八相烟

庸烟吃而知老烟齅而知巧烟目而知　啓蔵有甘香

18

氣螫鼻者上辣氣者次燒毛氣艸腥氣無氣者下　手
摩津、如漬蜜金色而微紅者上柔而赤嗣之如蜈蚣
脚者次色或青或黑或黃白隨手作軟翅碎者下　大
牢色淡者淡體薄者薄

九辨烟

烟之書曰西書故亦有鴈爲體西也色西也惟氣與味
非西也或杼葉之所蘸或霜雹而早或浣於雨或紅藍
之黃皆不可吃　有工造雁者逆烟如錫三浴之加笞
汁再加朴硝水潤之以火酒雖雁味無敵

北沂左本

19

十校烟

時貴時賤物之情也烟爲甚當貴極漢陽之市持一文
者析半葉屑其骨杯量而訂價又當賤之極市見衛者
一錢檻而梅不交者二　闕之西一秤而七十錢者惟
巡察使當之

十一輔烟

遠至者尾於藏者凝而殯剖之如石解之如沙即以驛
錫水或火酒蘸而端令濕氣緩透味倍佳　強而太元
者剉乾棗肉糅和佳或切蓮葉和或拌香末燒佳　病

20

於無者亦吃桑葉蒼耳葉云

十二嗜烟

烟之美者不澤而自滋其餘嗜而柔之 水太儉傷葉
水太多傷味 晨鋪而承露上安於下 也使久而潤次
之不得而嗜必均而細珠結如果翻復之厚被而輕疎
之即其身通和而適矣 市之人不能借水而為重故
揮篲而雨市之品留不利火無味者水之多也

十三鋪烟

葉、而鋪蓄而治之惟謹沙則振之灰則掃之塵則揩
北石灰之

21

之芥則拾之 慎壁鏡若慎河桃之煤小有失殺人
去其脊舒其角鋪而疊之均厚薄齊圓潰三卷而摺之
大刀面而廣小刀脩而數 倭之葉若緣紙而積卷只
紅攤絲其附無事鋪也

十四剉烟

市人用剉家人用刀切之如鱠細而不厭 絲鈇為上
匈莖次之糠最次之菜芼末之切若帅菜人必閒戛間
火則赫治之不成

十五儲烟

22

藏葉烟宜厚裹而緊彼人立而植上防雨下防濕防穴鼠 藏切烟磁罌上木匱次紙裹次 終始忌風〻不愼乾而味辛 藏之所密欝而白醭〻雖無傷腐則味爽

十六斟烟

量杯而實准意橡栗平其底無窒其咽歛其頂無帽其唇 潤者彈之使疏燥者捺之使密散者堅之使凝乾若小過鉤〻而三呵之妙

十七着烟

23

凡着火 茸火最佳星〻火次之紅炭火末之燃薪火又末之燈燭火又復末之麸炭火末又末之炭與薪其埶燄〻火未及而杯烘燈與燭灸而不燃誤而脫杯棄烟與油麸火香甘之烟皆爲糠味大不可 火着偏倚深若尾窒火着遍地圍若野燒遲速緩峻惟火爲要

十八吸烟

齒以交住不至陷鐵唇以鼓鞴時啓時閉無如兒吮乳無如魚吐沫一呼一吸始翕而闢其味無窮悉能體得時或噏口不減點運眞氣從鼻孔噴出腦海淸爽妙

24

不可說

十九 洞烟

取烟葉厚疊密捲作小筩圍視杯口長短在手堅植在杯上〻安一豆子火吸之味勝剉切一杯當三杯鄉名烟洞烟

北石庄本

25

26

烟經三

子曰工欲善其事必先利其器天下之事無、器而可能者則一飯之恒而必有待乎盌楪匙箸矣一飮之庸而必有需乎甁罍珓坫矣欲善其事而必利其器者奚徒工而已也哉此蔡君謨之茶錄下篇專以茶具爲重者而烟之有具亦未嘗不若茶具則此余所以著爲一編而本之自烟刀烟盒外之及火筯火鐮者皆以其爲烟之具也而亦出於利其器之意也云爾

北石莊本

一烟刀

市之切剉野之切刀剉宜頸長而厚背刀宜薄而廣砥不離側切而復磨刀不利切不細　利而不愼血指而釁

二烟屓

市刀有爲承之以氊革家切無常遇木則畫木太剛則傷刀木太柔則屑生白　鋸斷五寸株立而爲格芒刀不缺俎亦無跡

三烟杯

杯之品白銅上黃銅次紅銅又次水鐵又次之 其制
窾欲疏乳欲細器欲闊而淺 有抽而作菘菫者有能
而作蓮葯者有窪而作橡斗者有四稜者有六稜者有
三成而間銀銅者有銀箍者有銀墓者有鍍銀花者有
鑴銀壽福篆者 俗侈匠巧鬪新尚妙其制不一不可
以悉 大抵太纖近婦女太華近俠游太壯近輿儓無
侈無野醇而不繪豁而不碍容而不塞斯之美矣 亦
有屬而如鉢蓋而如盒輪而如輓大而能受一握者
惟瑶瑯嵌花不可用

四烟筒

烟之所往來筒爲之路也太短則近火而無味太長則
亦多妨貌慢一也易折二也頻噎三也 無位之士未
耆之子筒齊其耳人反爲耻長不出四尺短不入三咫
得其中矣 花班上之促節次之皂竹次之白竹末之
花班固好而五色鱗璃遍地無閑者還戒太侈不如
紫地作紅梅點黃地點桃花二三者 促節耐久猶妨
倒汁

五烟囊

以紙或以紬油而為子囊亦有圍其腹為夾囊 厚油
而凝之使黏而不燥套之以帛以防磨穿 中國之囊
佩不局香茶藥烟至四至六東人蓄之不敢佩服佩之
者野人貧人賤人也 鐵骨而紅星當係而押者市童
子之奢也

六烟匣

平壤造上松都全州造次漢城造次之 或作橘皮皺
或作蓮葉緑皆取瑩如琉璃柔如麋皮 或以紫紬緣
帒口佳或衣以青黑布而紐

31

七烟盒

文木而黃銅粧者黃銅而嵌花者油鐵而鍍銀花者木
漆黑而嵌螺鈿者品亦不一多有位者之用

八火爐

爐之制不一各適其用而烟之爐貴小貴輕貴深小則
占地不廣輕則便於左右深則能久火 只爇一塊紅
能終一日一夜者好 中國人多爇烟香無事乎爐

九火筯

下圓上方食筯而長連鐶而綴之只可撥灰掩灰好

32

亦或用鐵匙

十火刀

一名火鐮鄉名火鐵　烟之用火刀火最有味　或小
奩而藏之或荷包而囊之　宜於夜宜於雨宜於行路
不可以無　其品有三孔風穴七星風穴萬字雙穴又
有鋼結交龍而加火刃者隋如鐵脾而出兩刃者　古
者男子佩鐩〻者夫遂也蓋類也　夫叩火之法制不
如性〻不如石〻不如人

十一火茸

北汜庄本

33

端午翠絶佳厚紙漬蜆麻灰佳蒿稈灰佳烟骨灰易緩
蘇灰有艸氣朴硝水太倏或曰傷人　手法之聖故紙
墨痕皆可用　茸尚不斂星流電迅承而復燼石喪其
利金竭其誠人病其臂　石唐勝鄉白勝黃紅勝蒼柔
勝剛適勝方

十二烟臺

烟爲灰〻則爲塵〻則涴人勢所相因於是爲小奩頂
板而啓闔板竅而容入凹其一面以安承杯俗曰灰匱
實烟之臺　烟而不臺席有火跡衣有灰色還烟入爐

34

毒焰裊碧　或鍮鑄如匜而滿

潮石居[illegible]

35

36

烟經四

朱子嘗論物之理有曰花瓶有花瓶之理燭籠有燭籠之理所謂理也者不過是如此則可如此則不可如此則好如此則不好之謂也然則吃烟不過一閑漫事而視諸花瓶燭籠猶爲緊用則豈可以吃烟而無其理也哉嘗觀袁石公觴政編專論趣味之妙宜則烟亦酒之類也其理宜與酒而無間故畧論烟之所以用之、理以著於末云爾

一烟用

一飽喫盂飯口餘葷腥卽進一杯胃安脾醒　二早起未嗽痰噎津濁卽進一杯灑然如濯　三愁多思煩無賴莫聊徐進一杯如酒以澆　四飮酒旣多肝熱肺懣快進一杯鬱氣隨散　五大寒水雪鬚珠唇強連進數杯勝服熱湯　六大雨潦溼席菌衣花恒進數杯氣燥而嘉　七思詩軋、撚髭咬筆特進一杯詩從烟出

二烟宜

宜月下宜雪中宜雨中宜花下宜水上宜樓上宜途中

宜舟中宜枕上宜厠上宜獨坐宜對友宜看書宜圍棋
宜把筆宜烹茗

三烟忌

一尊前不可 二子孫之父祖前不可 三弟子之函丈前不可 四賤之貴人前不可 五少幼之長老前不可 六祭祀不可 七大衆會獨吃不可 八忙急時不可 九病癯呑酸時不可 十赫炎旱日時不可 十一大風時不可 十二馬上不可 十三衣被上不可 十四火藥火鎗邊不可 十五梅花前不可

北沰庄本

十六病咳喘人前不可 一切嚴禮貌處不可愼火患處不可妨烟氣處不可戒畫瓕處不可 嘗於寺中對佛而吃僧大閱

四烟味

對案讀書咿唔半晌喉燥涎膠無口可吃讀既已引爐撚筒細進一杯其甘如飴 趍陪殿陛既嚴且盛緘口自久五味甘澀纔脫禁扃忙索烟亟促進一杯五內皆香 冬夜漫〻睡覺難初無人可酬無事可賴潛叩火刀一剹承爔徐從被底穩進一杯春生廬室 長安

城裏日熱道狹鮑肆溝圂百臭破鼻使人發乎失嘔忙向友舍未暇叙阻主人勸進一杯頓如新浴 炎路荒店病嫗賣飯蟲沙雜蒸鹽腥菹酢只顧軀命強呑忍吐胃滯不輸匙纔傳即進一杯如食薑桂是皆當之者知之

五烟忌

童子含一丈筒立吃時復從齒間唾可憎 閨閤衣紅婦人對郎君自如吃可愧 年少鵶鬟踏竈頭吃如吐霧可痛 野人携五尺白竹筒粉末烟葉和唾引火數

41

吸便盡而棄唾於爐埋灰於席可悶 破笠丐子筒與節長而道上攔人索溱陽鍾聲烟一杯可怕 朱門賜僕橫植不短之筒爛焚西烟而嗇過甚前不暫停吃可愧

六烟候

測時之法或尺而影或漏而聲而亦不可隨時而臉適處而占則皆不如烟之測候之爲簡且易也或限詩令或促急步或寬小暇或約近期每以一杯烟二杯烟至于三杯四杯以爲準焉則杯雖有深淺烟雖有燥濕而

42

大抵所以候時者差亦不遠矣顧何待火索與辰鐘也
歟

七 烟癖

嗜而過人病之曰癖有飯癖酒癖餅癖餳癖麪癖諸果
癖菸癖豆腐癖者而於烟亦多癖之者古一相國弱冠
日吃西烟二觔一尚書常用二杯遞進而杯不冷近一
相國一元戎皆用新菓別製杯杯恰如鵝卵殼又或有
三歲兒盡日吃不住亦不曾醉暈烟亦有生而癖者歟
其初吃者百一二近古不吃者猶十一二今則男子

北石本

43

皆吃婦女亦皆吃賤者猶皆吃適一世無不吃烟者然
而貴人多癖愁人多癖閑人多癖之者蓋亦多矣
聞燕京則婦女甚於丈夫云

八 烟貨

居峽者有一項地不種粟而種烟鄉居者有一席地不
種菜而種烟故山海之市負而相首尾者烟也漢陽大
都會也東北以蹄角運西南行舟楫川委而雲集者皆
烟也 城中外開鋪凭積而坐磨刀之聲相聞童子席
地而墻環叫賣西烟紅烟者聒人耳前負以肐行而求

44

衙者種相沓也然而朱門華屋則饋遺日臻而亦不曾
求烟於市烟之費不亦廣哉一日吃一日之切一歲吃
一歲之種非烟之多吃者之多非吃之多癖者之多觀
於烟知人之方盛多矣

九烟趣

天下事〻〻皆有其格苟失其格便覺沒趣今若以烟
之格論之則位高御宰方伯州牧觀瞻所係使令足前
一藙烟來自有伶俐小史忙將銅奩揭起金色烟取觀
音紫竹七尺筒燃災到半翻裾淨杯鞠躬而進高倚花

45

席緩〻吸進便貴格　年大老人孫曾列侍擧止從便
吃烟亦罕飯粥少頃始命一杯或是稚孫或爲女侍徐
展油匣斟酌輕杯火候既熟拭而進之移灰薹以薦之
坐吃卧吃從其所安便福格　年少郎君袖出小匣引
銀萬字東萊杯粧訖盧橫左吻又於囊裡取出精緊火
刀一藙舂然火已近捎揷在烟心緊美唇舌一吸再吸
烟已出口便妙格　天韶佳人逢歡撒嬌就歡口裡拔
出銀三筒滿花竹燃未半者不暇念灰散羅裾不曾顧
涎流滴珠虬揷在櫻紅唇間且笑且吸便豔格　鋤水

46

農人傳鋤坐稲塍青艸間麥酒初巡於露髻上拔出横髩短竹杯捲烟葉作烟洞狀安在杯上左手擎杯右手執火而燃之烟出如烽直衝其鼻便真格 人各有其格、各有其趣相與姍之曰君獨未知其趣耳

十烟類

火至熱烟至毒人所不可食然而海外有食火之民仙翁有吐火者人之吃烟亦類也 醫家有筒烟法或熏耳或熏齒吃烟亦何以異於是 古人以吃烟爲南朝聖火之比而歸之於明季赤青則吃烟其豈火沴木之

北石庄本

47

類歟 今則用大於酒功先於茶直可曰茶酒之類也人有嗳香烟成癖者則吃烟亦豈非香烟之類耶南方之人習食檳榔常儲懷袖和灰食之故齒爲之紅亦食烟之類也嗜食烟者齒皆内黑如枸奴之漆近西洋人又傳鼻烟法取黃黑屑一黍大吸入鼻孔可敵吃一杯佳烟若鼻烟者又是烟之别部也

48

附錄

《題墨吐香草本卷後》

牟遇於西漁權尙書家握手歡如平生贈余詩集一
卷求余弁首之文余受而莊之因循未果應其意今
已八閱星霜矣玆移寫淨紙爲二弓其所求者則擬
別搆思以副故人勤懇之意未知果能遂計否也

題墨吐香草本卷後

余與絅錫子李君其相爲同研友其相爲人耿介而
多氣義有古節俠風其文纖細而情思泉湧其詩輕
清而格調峭刻其相之言曰吾今世人也吾自爲吾
詩吾文何關乎先秦兩漢何繫乎魏晋三唐其相尤
工于塡詞余不以爲奇也其相嘗騎牛訪余于廬陵

1

袖出一書題曰墨吐香自言其用心之苦余覽之傚
中今其相歿已五年偶閱篋得之悲其平生劬攻之
意玆謄寫爲一弓云

題日紅堂漫稿卷後

余兒時從西漁權公遊公時年少力文章尤工於詩
如遠樹山腰見輕雲水面知幸堪持自好不敢告人
知等句皆膾炙人口公亦自愛惜其咳唾常使李亶
佃揭淨紙欽寫其後數十年問之則並遺失無一存
者盖公自西河之痛不復留意於斯而又無左右可
以收拾者故耳惜哉公在纖營時以近年所漫詠若

叢書題後 二十二

2

《璿源續譜》

이옥의 가계도를 살펴볼 수 있는 자료이다. 이옥의 고조高祖 이기축李起築은 원래 서얼이었으나 인조반정 후 정사공신靖社功臣에 녹훈錄勳되고 승적承嫡되었다. 위 자료에서 기축起築(完溪君) → 만림萬林(武科府使) → 동윤東潤 → 상오常五(進士) → 옥鈺(生員)의 계보를 확인할 수 있다.

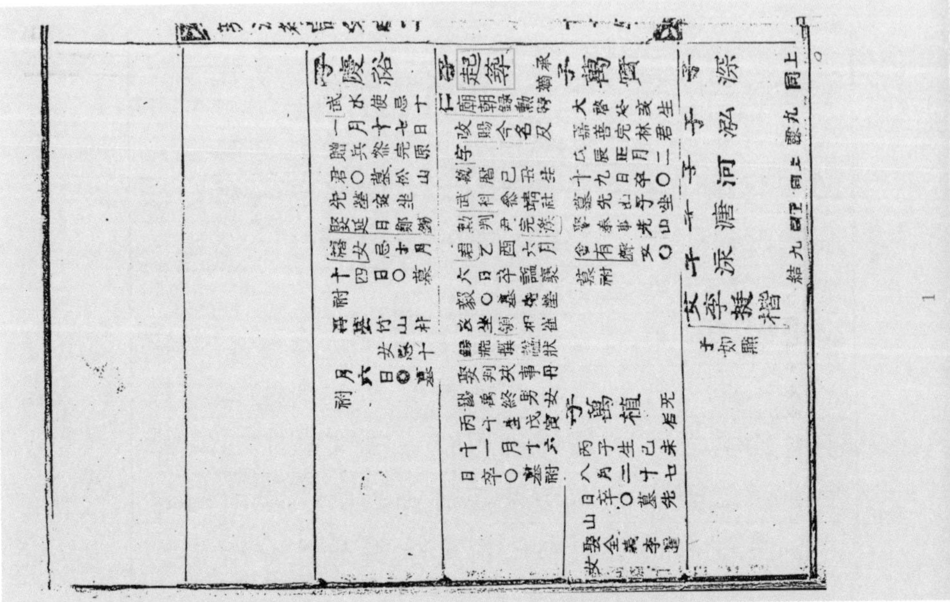

1

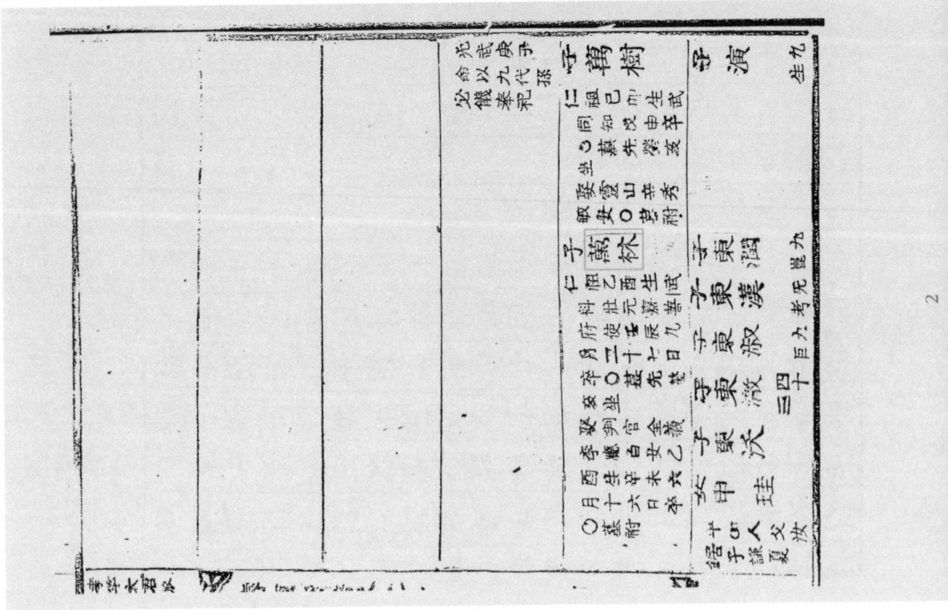

2

東澗
顯宗辛亥生辛未六月十六日卒○墓松山先塋子坐
娶東萊鄭應祥女己酉生癸亥八月十七日卒○墓松山上下穴
配娶昌寧黃錯女己卯七月二十八日生辛卯十一月卒○墓

子常五
壬寅四月一日生 追士丙戌五月三日卒○墓南陽松山艮坐
娶郡守南陽洪以源女壬丑正月十二日生戊寅正月十九日卒○墓楊州松山戌坐
再娶驪興閔洪以錫女戊子正月二十一日生壬申十二月八日卒○墓合窆

子鍈
辛酉生癸酉十月一日卒○墓南陽松山
娶咸平李希齡女壬戌正月二日生庚申二月六日卒○墓合窆

子元泰
己丑正月三十日生癸酉正月二十日卒○墓曾城月梧洞新基
娶韓明李聖穆女○墓合窆
再娶驪州金興敏女丙戌三月五日生○墓月梧洞新基

子仁泰
己未生壬申三月八日卒◎墓古阜山

子來
辛丑生壬辰卒○墓月梧洞新基一
娶光山金始女○墓鐵窆

繼淵達
生父貞泰見下板
甲戌生
娶昌寧成之

子鍾三
死

子鍾益
丙午生
死

3

子鏷
乙丑生壬戌九月二十六日卒○墓振威二炭
娶坡平尹歆女丁卯生辛亥五月五日卒○墓合窆

子濟泰
丙辰生丙辰八月二十日卒○墓二炭
娶江陵崔敏仲女戊戌生辛巳十二月五日卒○墓合窆

女金仁城
義城人父達

子鈺
乙亥生乙亥六月五日卒○墓南陽松山
娶海州鄭景祚女己卯九月三十日生乙亥五月十一日卒○墓合窆

子景郁
初名友泰
辛巳生丁巳二月十七日卒○墓南陽宮坪艮坐
娶金州柳萬養女己酉生丙戌五月二十二日卒◎墓南陽松山艮坐

子明達
丙子生
娶安東權泰和女

子鍾六
死

4

《北譜》

이옥의 집안 내력을 살펴볼 수 있는 자료이다. 이옥의 집안은 효령대군파로, 당색은 북인계北人系임을 알 수 있다. 여기서는 생원 이옥이 '진사進士'로 기록되어 있다.

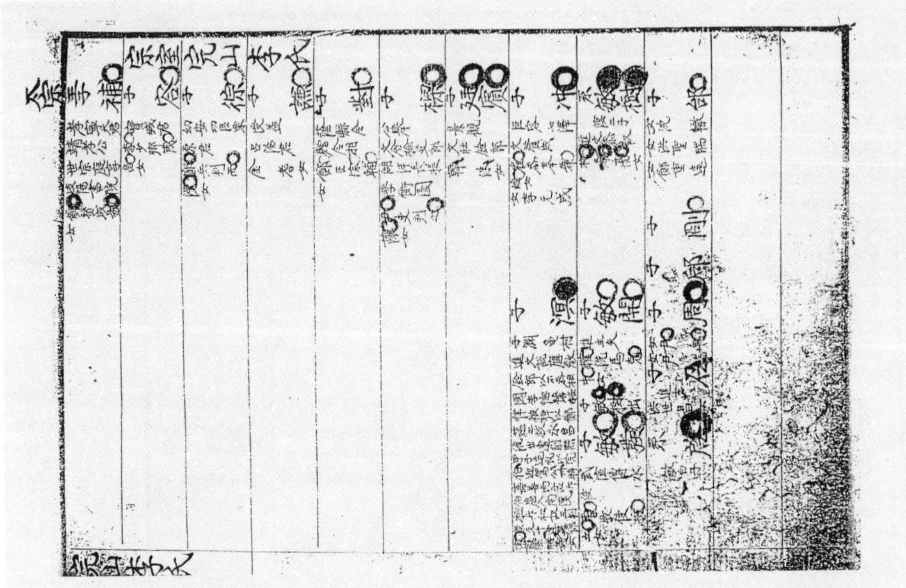

1

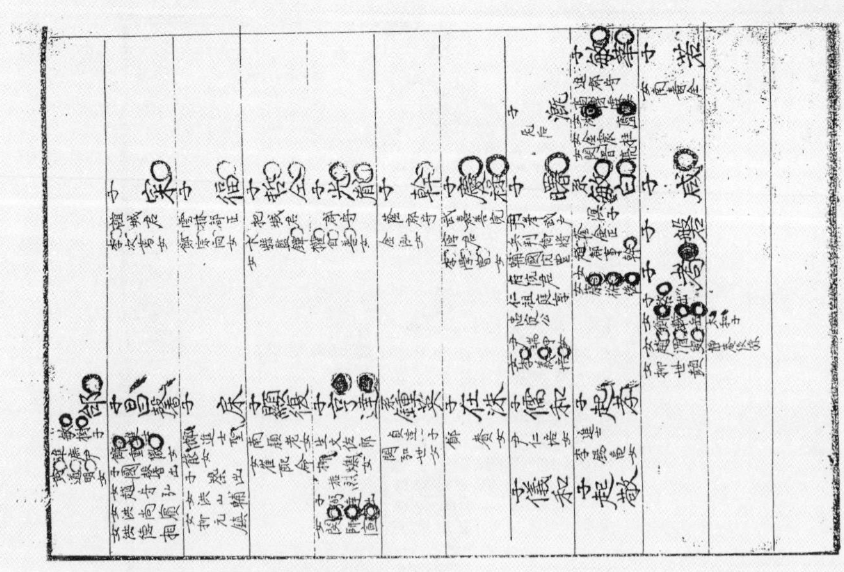

2

完山李氏

十二

幹 郡守見上 武水使

慶裕

承嫡 起學 武判尹院 漢君震毅 公卷靖社勳 判決縉女

萬林 武府使 李應白女 張尚周

東潤

東潤 嵩林子 進 節應祥女 洪郡守以傑女

常五 李希崙女

鍈 李聖穆女 金

元泰 仁泰 顯命

芣 姑女 淵達 貞泰子 瀅達 汶達

鍾三 金聖主女 鍾益 鍾善 鍾喜 鍾吉 鍾八

貞泰 潤達出

鏷

鈺 進士 尹東明女 鄭擢來女 洪義煥女 尹德來女

鐮 尹 洙 韓九衡女 李景祚女 尹德來女 金師健女 金建行女

景泰 景郁 顯圭 智泰 顯豊 顯章 顯弼

明達 權泰和女 河達 澮達 泓達 宬達 系海達

鍾六 鍾觀

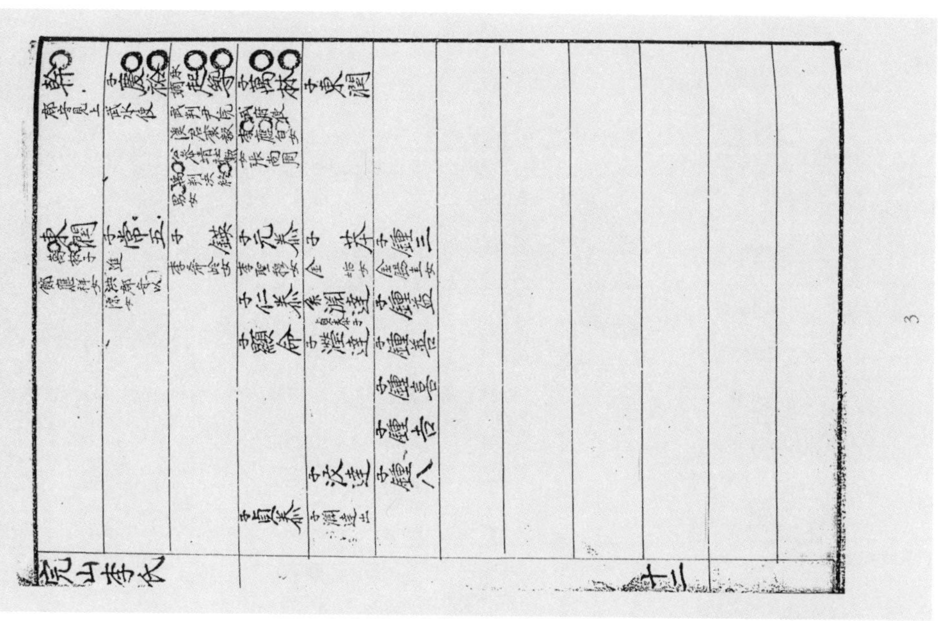

篇名 索引

完譯
李鈺全集

완역 이옥 전집 5 자료편—영인본

이옥 지음
실시학사 고전문학연구회 옮기고 엮음

1판 1쇄 발행일 2009년 3월 9일

발행인 | 김학원
편집인 | 한필훈 선완규
경영인 | 이상용
기획 | 최세정 홍승호 황서현 유소영 유은경 박태근
마케팅 | 하석진 김창규
디자인 | 송법성
저자 · 독자 서비스 | 조다영(humanist@humanistbooks.com)
조판 | 홍영사
스캔 · 출력 | 이희수 com.
용지 | 화인페이퍼
인쇄 | 청아문화사
제본 | 경일제책

발행처 | (주)휴머니스트 출판그룹
출판등록 | 제313-2007-000007호(2007년 1월 5일)
주소 | (121-869) 서울시 마포구 연남동 564-40
전화 | 02-335-4422 팩스 | 02-334-3427
홈페이지 | www.humanistbooks.com

ISBN 978-89-5862-278-9 04810
978-89-5862-279-6 (세트)

만든 사람들

기획 | 최세정(se2001@humanistbooks.com) 박태근
편집 | 김은미
디자인 | 민진기디자인